모옌 중단편선

莫言

세계문학전집 345

모옌 중단편선

莫言

모옌

심규호, 유소영 옮김

차례

일러두기

작가 연보는 산동인민출판사(山東人民出版社)에서 출간된 『큰형이 말하는 모옌(大哥說莫言)』(2013)을 참고했다.

영아 유기

해바라기 가득한 들판에서 여자아이를 품에 안았을 때 내 심장에 끈끈한 검붉은 피가 가득 차올랐다. 묵직해진 심장이 마치 차디찬 돌멩이처럼 아래로 축 늘어지고, 온통 희뿌옇게 변해 버린 내 머릿속은 마치 찬바람이 휩쓸고 지나간 거리 같았다. 한동안 정신을 차리지 못하고 멍하니 있던 나는 청개구리처럼 요란한 아이의 울음소리에 겨우 정신을 가다듬을 수 있었다. 아이에게 고맙다고 해야 하나, 아니면 아이를 원망해야 하나. 게다가 과연 내가 좋은 일은 하고 있는 건지, 아니면 나쁜 일을 하고 있는 건지 도무지 판단이 서지 않았다. 그때 나는 참외처럼 길쭉하고 주름이 쪼글쪼글하며 누렇게 뜬 아이의 얼굴을 놀랍고 두려운 마음으로 바라보았다. 또한 연옥색 눈물방울이 그렁그렁 맺힌 눈자위와 이가 없어 동굴처럼 생긴 입을 바라보았다. 그 안에서 울려 퍼지는 울음소리는 음습하고 축축했다. 심장의 피가 사지와 두개골로 꽉 채워지는 느낌이었다. 내 두 팔로는 커다란 붉은 비단에 싸인 아기를 받쳐 들 수 없을 것 같았다.

아이를 안은 채 괴로운 심정으로 비틀거리며 해바라기 만발한 들판을 빠져나왔다. 쓰악싹 둥글부채 같은 해바라기 잎 소리, 억센 잎줄기의 흰 솜털이 내 팔과 뺨을 스쳤다. 해바라기 들판을 나오자 온몸에 땀이 났다. 해바라기 줄기에 스친 곳에는 마치 채찍으로 맞은 것처럼 선홍빛 자국이 나 있었다. 독충에 물린 것처럼 아릿했다. 그러나 가슴에는 그보다 깊은 통증이 느껴졌다. 밝은 태양 아래 아이를 싼 빨간 비단이 마치 활활 타오르는 불길처럼 내 눈을, 마치 살얼음이 맺힌 것처럼 내 마음을 따갑게 했다. 정오였다. 드넓은 들판, 회백색 거리, 길가의 무성한 잡초가 마치 뱀처럼, 미꾸라지처럼 뒤엉켜 있었다. 서늘한 서풍, 강렬한 태양, 춥다고 해야 할지 덥다고 해야 할지 알 수 없었다. 어쨌거나 전형적인 가을 정오의 모습 그대로였으며, 여하튼 마을 사람들은 마을에 틀어박혀 나오지 않을 터였다.

길 양옆으로 콩, 옥수수, 수수, 해바라기, 고구마, 면화, 깨 등이 마구잡이로 심어져 있었다. 해바라기가 만개한 가운데 노란 국화꽃이 노란 구름바다를 이루어 푸르른 들판 위에 둥실 떠올라 있었다. 엷은 꽃향기 속에 검붉은 야생벌 몇 마리가 날아다니고 여치들이 나뭇잎 아래 숨어 날카로운 목소리로 구슬피 울었다. 메뚜기들이 튀어 다니고, 제비들은 먹이를 찾아다녔다. 들판 위 하늘에 낮게 축 늘어진 전화선 위에 집제비들이 줄줄이 앉아 휴식을 취하고 있었다. 목을 움츠린 모습이 푸른 들판을 미끄러지듯 흐르는 회색빛 물길을 바라보고 있는 것이 분명했다. 마치 벌꿀처럼 끈끈한 생명의 기운을 느낄 수 있었다. 만물이 왕성하게 기를 내뿜고 있었다. 기세가 결코 작지 않았다. 생기 넘치는 왕성한 기운은 무성한 들풀과 탱탱하게 자란 벼 사이에 후텁지근한 물기로 피어올랐다. 하늘은 경이로울 정도로 푸르렀고, 그 하늘 위로 순수한 소녀 같은 흰 구름이 외롭게 떠 있었다. 아이가 계속 울었다. 마치 엄청나게 억울한 일이라도 있는 것 같았다. 당시 나는 그 여자아이가 버려진 아이라는 것을 몰랐다. 아이를 향한 내 싸구려 연민은, 아이 입장에서 보면 반드시 큰 은혜라고 할 수는 없지만 나에게는 극도로 고통스러운 것이었다. 지금도 나는 마음을 선하게 먹는다고 반드시 보답을 받는 것은 아님이 우주의 평범한 규칙이라고 생각한다. 당신은 모진 어려움과 고통을 감내하고 누군가를 구해 주었다고 생각하지만 다른 이는 당신이 재물을 탐내고 목숨을 해치려 한 것이라 생각하지 않던가! 나는 그 후로 다시는 좋은 일을 하지 않겠다고 다짐했다. 물론 나쁜 일을 하겠다는 뜻은 아니다. 이 여자아이가 얼마나 나를 괴롭힐 것인가, 이것이 해바라기 만발한 들판에서 아이를 안고 나오던 순간부터 맴돌던 생각이었다.

낡아 빠진 버스가 단 한 명뿐인 승객인 나를 버드나무 세 그루 아래 내려놓은 것은 내가 해바라기 만발한 들판에서 아기를 줍기 반 시간 전의 일이었다. 차를 타고 있을 때 나는 확실하게 사회 제도의 우월성을 체험하고 있었다. 얼굴이 참 새 알처럼 작은 차장 아가씨 역시 이를 말해 주고 있었다. 차장 아가씨는 전날 밤 남자 친구와 노닥거리느라 잠을 설쳤는 지 차에 타는 순간부터 연신 하품을 해 댔다. 그러더니 갑자 기 그 경애해 마지않을 머리통을 획 돌리면서 자못 노기등등 한 얼굴로 나를 노려보았다. 마치 내가 그녀의 앞가슴에 가 래라도 뱉은 것처럼, 마치 내가 자기 콜드크림에 석회라도 섞은 것처럼. 나는 문득 그녀의 눈 주변에 갈색 주근깨가 가 득 나 있는 것 같다는 생각이 들었다. 그녀가 자꾸만 나를 노 려볼 때마다 주근깨들이 마치 쇠 부스러기처럼 내 얼굴에 난 사되는 것 같았다. 당혹스러웠다. 뭔가 큰 죄를 지은 것 같아 그녀가 나를 노려볼 때마다 가능한 한 상냥한 미소를 지으려 고 애썼다. 결국 그녀는 그런 나를 용서해 주었다. 그녀가 말 했다.

"아주 전세 냈네요."

차는 10미터 정도의 길이에 유리창 스무 장 가운데 열일곱 장은 이미 깨져 있었고, 시커먼 가죽으로 뒤덮은 좌석은 마치 잔뜩 물에 불은 빵처럼 뒤틀려 있었다. 쇠로 만든 곳은 예외 없이 붉게 녹이 슨 내 전용차는 온몸을 부들부들 떨면서 좁아 터진 흙길을 따라 앞으로 내달렸다. 길 양옆으로 푸른 빛의 농 작물이 뒤로 물러났다. 내 전용차는 마치 험한 파도를 헤치고 나아가는 군함 같았다. 운전기사가 고개도 돌리지 않은 채 물 었다.

"군 생활은 어디서 하셨우?"

"××요."

나는 과분한 은총에 몸 둘 바를 몰라 하며 이렇게 대답했다.

"요새(要塞)에 계셨나?"

"네, 그럼요."

요새에 있지 않았지만 거짓말도 유용할 때가 있다는 건 알고 있었다. 거짓이 몸에 밴 어떤 사람에게 배운 것이었다. 기사는 금세 기분이 좋아졌다. 고개를 돌리진 않았지만 나는 친근한 그의 얼굴이 눈에 보이는 듯했다. 분명히 수많은 그의 기억들, 군대에서의 기억들을 불러일으켰을 것이다. 운전기사가 요새의 불량스럽기 그지없는, 원숭이를 닮은 부참모장 욕을 실컷 늘어놓았고, 나는 그러는 그에게 박자를 맞추며 편을 들어 주었다. 언젠가 그가 부참모장의 차를 몰 때 부참모장과 38사단 사단장 부인이 뒷좌석에 앉았다. 거울에 부참모장이 사단장 부인의 젖가슴에 손을 뻗는 것이 보였다. 그는 얼굴을 잔뜩 찌푸린 채 핸들을 꺾었고, 지프차가 그대로 나무를 들이받았다……. 이렇게 말하면서 그가 폭소를 터뜨렸다. 나도 덩달아 웃음을 터뜨렸다. 내가 말했다.

"이해해요, 이해해. 부참모장도 사람이지요."

"돌아와서 반성문을 쓰라고 하기에 이렇게 썼지. '부참모장이 여자 젖가슴을 만지는 걸 보고 정신이 나가 차를 나무에 부딪치는 바람에 과오를 범했습니다.' 반성문을 제출하니 우리 지도자 동지가 내 뒤통수를 후려갈기더니 욕을 퍼붓더라고. '야, 이 자식아! 언제 반성문을 이딴 식으로 쓰랬어? 가서 다시 써 와.'"

"다시 쓰셨어요?"

"쓰긴 개뿔? 지도자 동지가 대신 써 주기에 나는 그대로 베껴 썼지."

내가 말했다.

"지도자 동지가 정말 잘 지도했네요."

"잘하긴 개코를 잘해? 면화 열 근을 바쳤다고! 완벽한 사람은 없는 법이야. 게다가 문화 대혁명 때 일이잖아, 모두 '사인방'1)의 죄가 크지."

"당시 부대는 어땠어요?"

"아주 좋았다고, 아주 좋았어!"

차가 '나무 세 그루'에 이르자 차장 아가씨가 차 문을 열어 주었는데, 나를 한 방에 걷어차 내지 못해 아쉬운 모습이었지만 나는 운전기사와 이미 '전우'가 된 사이라 그녀가 전혀 무섭지 않았다. 나는 '99' 담배를 운전석에 던졌다. 담배의 위력은 대단했다. 운전기사는 감사의 표시로 차가 꽤나 멀어질 때까지 계속 경적을 울렸다.

차에서 내린 다음 나는 앞으로 계속 걸었다. 어깨에 설탕한 포대를 둘러메고, 술 한 상자를 손에 들었다. 부모님과 처자식을 만나려면 뜨거운 햇살 아래 차도 다닐 수 없는 15리 좁

---

1) 사인방(四人幇). 문화 대혁명 시기 무소불위의 권력을 휘둘렀던 네 명을 지칭하는 것으로, 이들이 체포되면서 문화 대혁명은 막을 내렸다. 마오쩌둥의 부인인 장칭(江靑), 정치국 위원 야오원위안(姚文元), 중공 중앙위원회 부주석 왕훙원(王洪文), 정치국 상무위원 겸 국무원 부총리 장춘차오(張春橋)를 일컫는다.

은 시골길을 걸어가야만 했다. 멀리 해바라기 들판이 보였다. 나는 곧장 해바라기 들판을 향해 달려갔다. 버드나무 아래에서 쪽지를 본 후 해바라기 들판을 향해 쏜살같이 달렸다.

쪽지에는 비뚤비뚤하게 "빨리 해바라기 들판으로 가서 사람을 구해 주세요!"라고 적혀 있었다.

해바라기 만발한 들판이 문득 아주 멀리 있다는 생각이 들었다. 마치 대지에 떠 있는 구름 같았다. 노랗고 부드럽고 코를 자극하는 향기가 나를 강하게 유혹하고 있었다. 나는 등에 짊어진 설탕 한 포대와 손에 든 술 한 상자까지 모두 내팽개치고 재빨리 달려갔다. 초조하게 달려가는 사이에 잊지 못하고 가슴속 깊이 간직했던 지난 일이 생각났다. 재작년 여름 방학 때였다. 집에 돌아오는 길에 백구 한 마리에 이끌려 오랫동안 만나지 못했던 작은고모 난(暖)을 만나게 되었으며, 그렇게 해서 또 하나의 이야깃거리가 탄생했다. 나는 그 일을 내 나름대로 형태를 바꾸어 『백구와 그네』란 소설을 썼다. 나는 지금도 그 소설이 좋은 작품이라고 생각한다. 매번 귀향할 때마다 나는 고향에 대한 새로운 발견을 하면서 과거에 잘못 알고 있던 것을 깨닫게 되었다. 번잡하고 다양한 시골 생활은 마치 엄청난 분량의 대작과 같아 그것을 끝까지 읽고 완전히 이해하기가 결코 쉽지 않다. 그래서 나 역시 문인들의 무료함과 천박함을 생각하곤 한다. 이번에는 또 어떤 신기한 일이 나를 기다리고 있을까? 버드나무에 걸려 있던 쪽지의 계시는, 대학 출신의 문인의 입에 발린 말을 빌리면 "더욱 치열하고, 더욱 잔혹한" 일인지도 모른다. 해바라기, 노란 해바라기가 만발한 들판은 숄로호프[2]와 악시니야[3]가 밀회하던 곳이자 사람을 얼뜨게 하는 따뜻하고 운치 가득한 낙원이다. 들판으로 달려가 그 앞에 선 나는 숨을 내쉴 수 없었다. 삭삭, 따뜻한 서풍에 흔들리는 거친 해바라기 잎사귀 소리, 방울벌레, 귀뚜라미, 여치의 밝고도 처량한 울음소리 사이로 이후 나를 한없이 번거롭게 할 여자아이의 울음소리가 낭랑하게 울려 퍼졌다. 아이의 울음소리는 해바라기 들판의 주선율로, 마치 눈썹이 불에 타 들어가는 듯 다급하고 긴장감이 넘쳤다.

나는 이제껏 들판 가득한 해바라기를 본 적이 없었다. 주로 울담 가장자리나 담벼락에 성기게 심어져 있는 해바라기만 보았을 뿐인데, 홀로 우뚝 서 있는 모습이 사람을 능욕한다는 느낌을 주었다. 그러나 들판 가득한 해바라기는 따뜻하고 친근한 모습으로 서로서로 기대고 서 있었다. 마치 사랑이 넘실거리는 따뜻한 바다 같았다. 고향에서 이전만 해도 드문드문 심던 해바라기를 지금은 아예 들판 가득 넘실대도록 심게 된 것은 농촌의 경제생활에 중대한 변화가 생겼다는 생동감 넘치는 표현이었다. 며칠 후 나는 아름다운 해바라기 들판에 내버려진 여자아이가 수많은 모순을 한 몸에 안은 존재로, 버릴 수도 없고, 그렇다고 버리지 않을 수도 없는 괴물이라는 사실을 예리하게 깨닫게 되었다. 인류는 지금까지 진화해 왔지만 사실 짐승의 세계와 겨우 백지장 한 장 차이밖에 나지 않는다.

---

2) 1905~1984. 노벨 문학상을 수상한 『고요한 돈 강』의 작가.

3) 『고요한 돈 강』의 주인공인 그레고리의 정부.

또한 인성이란 사실 한번 쿡 찌르면 그대로 찢어지는 얇고 힘없는 백지장 한 장이나 다를 바 없다.

해바라기 줄기는 굵고 회녹색인데, 줄기 아래 반 정도는 잎이 달리지 않은 채 어렴풋이 잎이 붙어 있던 흔적만 남아 있었다. 위로 올라갈수록 잎이 무성해져 햇빛이 비쳐 들지 않았다. 잎은 거무죽죽한 초록빛으로 광택이 나지 않았다. 휘어진 목덜미에 매달린 사발만 한 수많은 꽃받침의 모습이 마치 공손하게 조아린 고개 같았다. 나는 소리를 따라 해바라기 들판으로 들어갔다. 금 같은 화분이 비 오듯 떨어지는 가운데 내 머리카락과 손등에, 내 눈 속에, 쏟아지는 빗줄기에 숫돌처럼 보이는 땅 위에, 아기를 감싼 빨간 비단 위에, 아이 옆 보탑처럼 생긴 개미굴 옆에도 떨어져 내렸다. 까만 개미들이 북적대며 자신들의 보루를 쌓느라 정신이 없었다. 문득 절망적인 느낌이 내 뼛속까지 전해졌다. 개미들의 수고로운 노동은 인간에게 기상에 관한 정보를 알려 주는 것 이외에 아무런 가치가 없다는 생각이 들었다. 아무리 높고 크게 개미집을 지은들 빗줄기가 거세게 퍼붓는다면 아마 삼십 초도 견디지 못할 것이다. 거대한 우주에서 인류의 위치 또한 이렇듯 개미와 비교해 볼 때 과연 얼마나 높고 크다고 할 수 있겠는가? 공포와 함정과 사기와 거짓, 속고 속이는 일들이 도처에 깔려 있다. 해바라기 만발한 들판에조차 붉은 아기가 숨겨져 있다. 나는 아기를 내버려 둔 채 내 길을 가야겠다고도 생각했지만 그렇게 할 수 없었다. 마치 아이가 내 팔에 용접이라도 되어 있는 것 같았다. 마음속으로는 몇 번이나 내버려 둬야겠다고 생각했지만 팔이 내 말을 듣지 않았다.

　나무 아래로 돌아와 다시 쪽지에 적힌 글자를 곰곰이 살펴봤다. 글자들이 사납게 나를 노려봤다. 들판은 여전히 공활하고, 가까스로 목숨을 부지하고 있는 가을 매미들이 버드나무에서 애달프게 울고 있었으며, 현성[4]으로 통하는 구불구불한 길에 눈부신 황금빛이 번져 있었다. 피부병에 걸린, 집에서 쫓겨난 들고양이 한 마리가 옥수수 들판에서 빠져나와 나를 보고 야옹 하고 울더니 느릿한 걸음걸이로 깨밭으로 들어갔다. 나는 여자아이의 통통하고 투명한 입술에 잠시 시선을 준 후, 등짐을 메고 상자를 들고 아이를 받쳐 안은 채 집으로 향했다.

　가족들은 나의 갑작스러운 출현에 화들짝 기뻐하다가 이내 내가 안고 있는 아이를 보고 경악하는 눈치였다. 아버지와 어머니는 비틀거리는 몸짓으로, 아내는 갑자기 두 팔을 축 늘어뜨리는 것으로 그들의 놀라움을 대신 표현했다. 유독 다섯 살 난 딸아이만 아이의 출현에 극도로 흥분하며 소리를 질렀다.

　"남동생, 남동생이야. 아빠가 남동생을 주워 왔어!"

　딸아이가 '남동생'에게 강한 흥미를 보인 것은 모두 부모님과 아내의 오랜 훈련 결과라는 것을 잘 알았다. 매번 집에 돌아갈 때마다 딸은 내게 남동생을, 그것도 두 명이나 구해 달라고 매달렸다. 그럴 때마다 아버지와 어머니, 아내의 엄숙하면서도 부드럽고 기대에 찬 눈초리가 느껴졌다. 마치 내게 가혹한 판결을 내리는 것 같았다. 언젠가 나는 황당하게도 분홍색

---

4) 중국의 행정 단위인 현(縣) 정부가 있는 도시.

플라스틱 남자 인형을 여행 가방에서 꺼내 남동생을 달라고 시끄럽게 떠들어 대는 딸에게 건넨 적이 있었다. 딸이 인형을 받더니 인형의 머리를 후려쳤다. 남자아이 인형 머리에서 삑 소리가 났다. 아이는 인형을 바닥에 내동댕이치며 우앙 하고 울음을 터뜨렸다. 아이가 울면서 말했다.

"싫어, 이건 죽은 거잖아……. 난 말하는 남동생을 원한단 말이야."

나는 플라스틱 인형을 주워 올려 비웃음이 가득한 툭 튀어나온 커다란 인형 눈을 바라보며 무겁게 한숨을 내쉬었다. 아버지와 어머니도 한숨을 쉬었다. 나는 고개를 들고 아내의 시커먼 얼굴에 두 줄기 누런 눈물이 강물처럼 흘러내리는 것을 바라보았다.

딸만 빼고 가족 모두 멍한 눈빛으로 나를 바라보았다. 나 역시 멍하니 그들을 바라봤다. 내가 해탈한 사람처럼 쓴웃음을 짓자 그들도 나를 따라 소리 없이 쓴웃음을 띠었다. 그들의 표정이 마치 흙으로 빚은 인형처럼 축 늘어져 경직되었다.

"아빠, 동생 보여 줘!"

딸이 내 앞에서 깡충깡충 뛰어오르며 소리를 질렀다.

내가 그들에게 말했다.

"주웠어요, 해바라기 들판에서……."

아내가 분노의 고함을 질렀다.

"나도 낳을 수 있다고요!"

내가 의기소침하게 말했다.

"여보, 죽게 내버려 둘 수는 없잖소?"

어머니가 말했다.

"그래, 잘 데려왔다! 잘 데려왔어!"

아버지는 시종일관 아무 말도 하지 않았다.

아기를 구들장 위에 내려놓자 아기의 얼굴이 오그라들더니 울음을 터뜨렸다.

나는 아기가 배고픈 것 같다고 말했다. 아내가 나에게 눈을 부릅떴다.

어머니가 말했다.

"천을 풀어 봐라, 뭔지 좀 보자."

아버지가 냉소를 짓더니 바닥에 쪼그리고 앉아 담뱃대를 꺼내 뻑뻑 담배를 피우기 시작했다.

아내가 총총히 앞으로 다가가 허리를 동여맨 빨간 띠를 풀고 비단을 펼쳤다. 그리고 힐끗 안을 들여다보더니 울상이 되어 한 걸음 옆으로 물러섰다.

"나도 볼래, 나도 동생 볼 거야."

딸이 앞으로 비집고 들어가더니 손으로 구들장 가장자리를 잡고 위로 올라가려 했다.

아내가 허리를 구부려 딸의 엉덩이를 세게 꼬집었다. 딸이 날카롭게 비명을 지르더니 재빨리 마당으로 달아나 목청껏 소리를 높여 울기 시작했다.

여자 아기였다. 아기는 피딱지가 잔뜩 묻어 있고 쪼글쪼글한 작은 다리를 바동거리며 악을 쓰며 울었다. 사지 온전하고 오관 뚜렷하며 울음소리도 낭랑한 것을 보니 실한 아기가 분명했다. 아기 엉덩이 아래 검은 똥이 한가득이었다. 태변이라는 것을 알 수 있었다. 빨간 비단 위에 마치 연체동물처럼 꿈틀거리고 있는 것은 다름 아닌 갓 태어난 영아였다.

"계집애네!"

어머니가 말했다.

"계집애가 아니면 누가 이렇게 내다 버리겠소?"

아버지가 대통을 힘껏 바닥에 털면서 침울하게 말했다.

마당에서 울고 있는 딸아이의 울음소리가 마치 노랫소리처럼 들렸다.

아내가 말했다.

"데려온 곳에 그대로 갖다 놔요."

내가 말했다.

"갖다 놓으라니, 그건 죽도록 내버려 두라는 것이나 마찬가지잖아. 사람 목숨 가지고! 죄짓는 짓은 못 해!"

어머니가 말했다.

"우선 좀 키워 보자. 우선 키우면서 아이 없는 집이 있나 알아보게. 생명을 구했으면 끝까지 책임을 지고 보내 주려면 확실히 보내야지. 너희가 착한 일을 하면 다음에는 분명히 사내아이를 낳을 수 있을 거다."

어머니, 아니, 온 가족 모두 오매불망 한시도 잊지 않는 일은 바로 내가 아내와 아들을 낳아 아들이자 남편으로서 소임을 다하는 것이었다. 이런 요구는 나와 아내의 나이가 많아지면서 더욱 강렬해졌고, 이제는 거의 폭발 일보 직전에 이르렀다. 독약과도 같은 이런 욕망은 가족 모두의 정서에 해를 끼치고 있었다. 모든 가족이 저울 고리 같은 눈으로 내 영혼을 쥐어뜯고 있었다. 나는 몇 번이나 무기를 버리고 투항하고 싶었지만 끝내 투항하지 않았다. 이제 나는 거리를 걸을 때마다 깊은 공포를 느낀다. 사람들이 이상한 눈빛으로 나를 훑어본다. 마치 내가 정신 질환자나 외계에서 떨어진, 사람 형체를 한 괴물이라도 되는 것처럼. 나는 지극히 간절한 눈빛으로 나를 위해 기도하는 어머니를 바라보았다. 마음이 쓰렸다. 한숨을 내쉴 기운도 없었다.

나는 휴지 반쪽을 찾아내 아이의 태변을 치워 주었다. 파리 떼가 우르르 냄새를 맡고 몰려들었다. 화장실에서, 돼지우리에서, 소 외양간에서 날아와 시커먼 탁류처럼 방 안을 날아다녔다. 구들장 아래 어두컴컴한 공간에 벼룩들이 떼를 지어 마치 탄알처럼 튀어 다녔다. 끈끈하고 녹녹한 태변은 녹아 버린 아스팔트, 잘 고아진 고약 같았고 비릿한 악취가 타의 추종을 불허했다. 힘껏 태변을 닦아 내는 순간, 나는 욱 하고 토악질이 날 것만 같았다.

아내가 바깥채에서 말했다.

"자기 아이는 자기 씨도 아닌 것처럼 거들떠보지도 않더니 남의 아이는 똥오줌 닦아 주는 것이 마치 지 새끼 같네. 하긴 친자식일지도 모르지, 어디 밖에서 웬 계집년하고 놀아나 저 새끼를 낳았을지도……."

아내의 말이 웅웅거리는 파리 소용돌이와 섞여 내 뇌수를 온통 휘저어 놓았다. 나는 신경질적으로 소리를 질렀다.

"됐어! 그만해!"

아내가 입을 다물었다. 나는 분노와 두려움으로 얼굴이 제멋대로 일그러지는 아내를 바라봤다. 딸아이가 골목에서 이웃 여자애들과 노는 소리가 들렸다. 여자아이, 여자아이, 도처에 모두 환영받지 못하는 여자아이뿐이었다.

나름 조심한다고 애썼지만 어쩌다 보니 손에 태변이 묻고 말았다. 나는 정말 아름다운 일이라고 느꼈다. 부모에게 버려진 여자아이를 위해 일생의 첫 번째 변을 닦아 줄 수 있다는 것은 나의 영광이란 생각이 들었다. 나는 아예 손가락을 구부려 아이 엉덩이에 묻어 있는 검은 변을 훑어 냈다. 나는 곁눈질로 입이 반쯤 헤벌어진 채 경악하는 아내를 바라봤다. 돌연 뼛속 깊숙이 전 인류에 대한 혐오감이 치밀었다. 물론 나는 나 자신이 더욱 증오스러웠다.

아내가 다가와 나를 도와주었다. 나는 아내를 기쁘게 맞이하지도, 그렇다고 거부하지도 않았다. 아내가 앞으로 다가오더니 능숙한 솜씨로 포대기를 정리했다. 나는 기계적으로 뒤로 물러서 물을 조금 퍼서 손에 묻은 대변을 닦았다.

아내의 외침이 들려왔다.

"돈이네!"

나는 손을 들고 자리에서 일어났다. 아내의 왼손에 빨간 종이가 펼쳐져 있고, 오른손에 낡은 지폐가 쥐어져 있었다. 아내는 빨간 종이를 내던지고 침을 뱉어 손에 쥔 돈을 셌다. 그렇게 몇 번을 세더니 확인하듯 이렇게 말했다.

"21위안이군!"

아내의 얼굴이 한결 부드러워졌다. 내가 말했다.

"사사가 어렸을 때 쓰던 젖병 좀 꺼내 씻어. 분유 좀 타 먹여

보게."

"정말 기르려고요?"

아내가 물었다.

"그건 차차 생각하고, 우선 굶겨 죽이진 말아야지."

내가 말했다.

"집에 분유 없어요."

"그럼 공급 수매 합작사[5]에 가서 사 와!"

나는 주머니에서 10위안을 꺼내 아내에게 건넸다.

"우리 돈은 못 써요."

아내가 손에 들고 있던 더러운 지폐를 흔들며 말했다.

"그 여자 돈으로 사야죠."

귀뚜라미 한 마리가 축축한 벽 모서리에서 튀어나와 구들
장 가장자리로 기어오르더니 빨간 비단 위를 곱이곱이 기어
갔다. 강렬한 빨간 비단 위를 기어가는 커피색 귀뚜라미의 몸
체가 유별나게 눈에 띄었다. 귀뚜라미 촉수가 신경질적으로
떨렸다. 여자 아기가 강보에서 애써 커다란 손 하나를 꺼내 입
에 넣고 빨기 시작했다. 손등 피부가 허옇게 들떠 있었다. 머
리는 새까맣고 귀는 큼지막한 것이 반투명했다.

언제부터인지 아버지와 어머니까지 내 뒤에 서서 허기에
차 주먹을 빠는 아기를 바라보고 있었다.

"배가 고팠네."

어머니가 말했다.

_____

5) 농촌 경제 발전, 농민 문제 해결을 목적으로 세운 중국의 정부 기관.

"사람은 뭐든지 배워야 한다지만 먹는 것만은 배우지 않아도 절로 알아."

아버지가 말했다.

나는 고개를 돌려 두 노인을 바라보았다. 가슴 밑바닥에서 뜨거운 격랑이 뭉클하게 솟구쳤다. 그들은 마치 신령님에게 참배라도 하듯, 나와 함께 세상을 뒤엎을 걸출한 영웅이 될지도 모를, 핏자국으로 얼룩진 여자아이의 얼굴을 경건하게 바라보았다.

아내가 분유 두 봉지를 사 가지고 왔다. 나는 직접 분유 한 병을 타서 우리 딸아이가 물고 빠느라 다 해진 젖꼭지를 아기 입에 밀어 넣었다. 아기가 머리를 몇 번 흔들더니 잽싸게 젖꼭지를 물었다. 아기의 목구멍에서 꼴깍꼴깍 우유 넘어가는 소리가 들렸다.

분유 한 병을 다 먹은 후 아기가 눈을 동그랗게 떴다. 두 눈망울이 까만 올챙이 같았다. 아기가 열심히 나를 바라보았다. 눈빛이 차가웠다.

내가 말했다.

"아이가 날 바라보네요."

어머니가 말했다.

"갓 태어난 아이는 아무것도 안 보여."

아버지가 노기 가득한 얼굴로 어머니의 말을 맞받아쳤다.

"아무것도 안 보이는지 어떻게 알아? 저 애가 당신에게 전화라도 해서 알려 줬어?"

어머니가 뒤로 물러서며 말했다.

"당신이랑 언성 높이고 싶지 않구려. 보이든 안 보이든 저 애 맘이지."

딸아이가 골목에서 소리를 지르며 뛰어왔다.

"엄마, 천둥이 쾅쾅거려. 비가 오려나 봐."

과연 방에 서 있으려니 서북 방향에서 연신 맷돌 돌리는 것 같은 천둥소리가 들려왔다. 종이가 터진 격자 문양의 뒤창을 통해 저 너머 하늘에 포시시한 먹구름이 보였다.

오후 들어 장대비가 퍼붓기 시작했다. 빗물이 처마에서 마치 회백색 장막처럼 바닥에 수직으로 늘어져 있는 것 같았다. 빗소리 사이로 개구리 울음소리가 들렸다. 빗줄기를 따라 떨어진 열 마리 남짓한 쟁깃날 같은 커다란 붕어가 마당에 고인 물에서 팔딱팔딱 뛰어올랐다. 아내는 구들장에서 곤히 잠이 든 딸아이를 안고 있고, 아버지와 어머니는 자기 구들장에서 푸푸 숨을 내쉬고 있었다. 나는 아기를 대나무 체에 넣어 방 한가운데 놓인 네모난 걸상 위에 올려놓았다. 나는 대나무 체 옆에 앉아 미친 듯이 퍼붓는 빗방울을 바라보다 다시 체 위에 누워 쌕쌕거리며 곤히 잠든 아기를 바라봤다. 처마 위 낙숫물이 엎어 놓은 물통 위로 때로는 맑고 큰, 때로는 둔탁한 소리를 내며 물통 위로 후드득 떨어졌다. 하늘빛이 어두웠다. 방에 푸른빛이 가득 번졌다. 아기의 얼굴이 마치 귤껍질 색 같았다. 나는 아기가 배고프지나 않을까 마치 소화기를 들듯 손으로 젖병을 잡고 있었다. 아기가 울려는 듯 입이 벌어지면 나는 재빨리 젖꼭지를 아기 입안으로 밀어 넣어 미리 울음을 막아 버렸다. 그리고 분유가 아기 입에서 흘러넘치고 나서야 나는 문득 아기가 배고파 죽는 것이 아니라 배가 터져 죽을 수도 있다는 것을 깨달았다. 나는 분유 먹이기를 멈추고 수건으로 눈가와 귓불에 묻은 분유를 닦아 준 후 약해질 줄 모르는 빗줄기를 초조하게 바라봤다. 나는 여자아이가 이미 내 짐이 되어 버렸다는 것을 깨달았다. 아기가 없었다면 계속 차에 시달린 몸을 쉬느라 구들장에 누워 잠을 청했을 텐데. 아기 때문에 나는 그렇게 딱딱한 걸상에 앉아 지루하게 폭우를 바라볼 수밖에 없는 신세였다. 내가 아니라면 아마 아기는 폭우에 잠겨 죽든지, 아니면 얼어 죽었을 것이다. 아마도 일찌감치 거센 물줄기에 쓸려 계곡으로 떠밀려 가는 바람에 굶주린 물고기 떼가 아기의 눈알을 삼켜 버렸을지도 모른다.

마당의 푸른 벽돌이 깔린 통로에 흰 붕어 한 마리가 보였다. 붕어는 바닥에 누워 꼬리로 바닥을 파닥파닥 치고 있었다. 은빛이 엷게 반짝였다. 결국 붕어는 통로 아래 고여 있는 물속으로 튀어 들어갔다. 붕어가 몸을 곧추세우자 푸른 등이 마치 쟁깃날처럼 수면을 갈랐다. 나는 빗줄기 속으로 달려 나가 붕어를 잡아다 아버지 술안주로 대령하고 싶었다. 그러나 참았다. 비에 옷이 젖지나 않을까 하는 걱정 때문만은 아니었다.

화살을 퍼붓듯 한바탕 소나기가 쏟아지고 난 오후, 나는 극성스러운 모기 떼를 참아 가며 고향에서 벌어진 영아 유기의 역사를 조사했다. 아무 자료 없이도 고향에서 유기된 영아들에 관해 분명한 단서들을 정리할 수 있었다. 나는 기억이라는 날카로운 주둥이로 흙먼지에 덮여 봉인된 역사에 깊은 굴을 파 내려갔다. 나는 굴을 통과하며 손과 발로 유기된 아이들의 차디찬 백골을 더듬었다.

나는 버려진 아이들을 대략 네 유형으로 분류했다. 그냥 대략적으로 구분하는 것은 네 가지 유형의 버려진 아이들이 때로 각기 다른 유형에 동시에 속하기도 하기 때문이다.

첫 번째 유형은 가정 형편이 어려워 부양할 능력이 없기 때문에 오줌통에 익사시키거나 길거리에 유기하는 경우이다. 이는 대부분 해방 이전, 산아 제한 조치인 계획 생육이 실시되기 이전의 일일 것이다. 이런 영아 유기는 전 세계적인 현상이었던 것 같다. 내 기억에 일본 소설 중에도 이런 이야기를 다룬 책이 두 권 있다. 미나카미 쓰토무의『뽕나무 아이』, 그리고 작가 이름은 기억이 나지 않지만『미치노쿠의 인형들』이다. 아마도『나라야마 부시코』를 쓴 후카자와 시치로의 작품으로 생각되는데, 이 모두 영아 유기에 관한 이야기를 다루었다.『뽕나무 아이』를 보면 멀쩡하게 살아 있는 아기를 눈밭에 버리는 대목이 나온다. 하지만 생명력이란 대단한 것이다. 눈구덩이에서 꼬박 하룻밤을 지새우고도 아이는 끝내 죽지 않고 응애응애 소리를 내며 울었다. 이런 아이들은 종종 누군가에게 발견되어 양육되기 마련이다. 그러나『미치노쿠의 인형들』의 경우는 다르다. 그들은 아기가 태어나 첫울음을 터뜨리기도 전에 아이를 뜨거운 물에 익사시켰다. 그들은 아기가 첫울음을 터뜨리기 전에는 감각이 없기 때문에 이때 익사시키는 것은 비인도적인 일이 아니라고 생각했다. 일단 아기가 울음을 터뜨리면 그냥 기를 수밖에 없다는 것이다. 이러한 두 가지 영아유기 방식은 내 고향에도 있었다. 이러한 일이 일어난 이유에 대해서는 앞에서 영아가 유기되는 원인에 따라 분류할 때 말한 바 있다. 나는 오랫동안 고향에서 제법 많은 아기들이 오줌통 속에서 죽어 갔다고 믿는다. 이런 영아 살해 방식은 일본 미치노쿠에서 벌어진 영아 살해 방식보다 더 더럽고 잔인하다고 생각한다. 물론 마을의 나이 지긋한 노인들에게 물어봐도 누가 아기를 그처럼 죽였는지에 대해 뚜렷한 답변을 들을 수 없었다. 그러나 나는 울타리 옆이나 무너진 담장 옆에서 눈을 지그시 감고 안정을 취하는 그들의 모습을 떠올리면 그들의 얼굴에 나타난 표정이 모두 영아 살해자의 표정이라는 생각이 들었다. 그들 중 아마도 누군가가 오줌통에 자신의 친아들과 친딸을 익사시키거나 길가에 유기해 얼어 죽거나 굶어 죽게 만들었을 것이다. 이런 아기들을 주워 가려는 사람들은 없었다. 살아 있는 아이를 길거리나 네거리에 내다 버리는 것은 아이를 오줌통에 익사시키는 것보다 그래도 조금은 인도적이라고 생각될지 몰라도 사실 이는 가난하고 착한 부모들이 스스로를 위안하는 방식일 따름이다. 이렇게 살아 있는 상태에서 내버려진 아기들은 분명 삶을 다시 얻을 기회가 거의 없었을 것이며, 그들 중 대다수가 주린 들개의 배를 채웠을 것이다.

두 번째 유형은 선천적으로 생리적인 결함이 있거나 기형인 경우이다. 이런 아기들은 오줌통에 들어갈 자격도 부여되지 않았다. 일반적으로 이런 아이의 아버지는 산 너머에서 해가 뜨기 전에 구석진 조용한 곳을 찾아 아이를 생매장했다. 매장할 때 그들은 아이의 배에 벽돌을 얹어 다음 생애에 환생하는 일이 없도록 했다. 그러나 예외적인 경우도 있었으니 해방

초기 우리 고향 사람 중에 명성이 자자했던 지역장 리만즈는 태어날 때부터 언청이였다.

　세 번째 유형은 '사생아'이다. 사생아란 매우 심한 욕이라 할 수 있다. 우리 고향에서는 아가씨들이 화가 치밀 때 이 표현을 들어 상대를 욕하곤 한다. 사생아란 결혼하지 않은 처녀가 낳은 아이를 말한다. 이런 아이들은 일반적으로 매우 총명하고 예쁜 편이다. 몰래 정을 통하는 젊은 남녀들치고 미련한 얼간이들이 없기 때문이다. 이런 영아들은 살아날 가능성이 대체로 높다. 아이가 없는 집에서 이런 아이를 키우고 싶어 하기 때문에 사전에 연결되면 아기의 아버지는 야밤에 몰래 아기를 키워 줄 집의 대문 앞에 아기를 갖다 놓았다. 또한 행인들의 눈에 잘 띄는 곳에 갖다 놓기도 했다. 사생아를 싼 강보에는 일반적으로 약간의 재물이 놓여 있기 마련이다. 사생아의 경우에는 남자아이도 종종 있지만 앞서 말한 두 유형의 경우에는 생리적인 결함이 심각한 경우를 제외하고 일반적으로 남자아이는 찾아볼 수 없다.

　해방 이후 경제생활이 나아지고 위생 환경도 개선되면서 영아 유기도 대폭 줄어들었다. 그러던 것이 1980년대에 들어 다시 나타나기 시작했고, 양상이 훨씬 더 복잡해졌다. 이 시기에 유기된 영아 중에는 남자아이가 거의 한 명도 없었다. 얼핏 생각하면 계획 생육 정책이 일부 부모들을 야수로 만들어 버린 것 같지만 좀 더 깊이 살펴보면 이와 같이 영아를 살해하는 원흉은 전통적인 남존여비 관념이다. 물론 새로운 시대에 들어 영아를 유기하는 자들을 혹독하게 비판할 수 없다는 것을 안다. 내가 만약 농민이었다면 이처럼 친딸을 버리는 아버지가 되었을 가능성이 높기 때문이다.

이런 현상은 인민 공화국의 명예를 실추시키는 일이겠지만 엄연히 존재하는 사실이며 단시간 내에 근절시키기 어렵다. 악취가 진동하는 더러운 마을에서 태어나면 금강석으로 만든 보도(寶刀)조차 녹이 스는 법, 나는 이제야 일말의 '깨달음'을 얻을 수 있게 된 것 같다.

폭우가 밤새도록 퍼붓다가 동이 틀 무렵에야 먹구름이 흩어지고 습기와 열기를 머금은 핏빛 햇살 한 줄기가 비쳐 들었다. 나는 아기를 아내의 구들장에 옮겨 두고 아기를 돌봐 달라고 부탁한 후 빗물에 진창이 된 길을 밟으며 내를 건너 향(鄕) 정부로 도움을 청하러 갔다. 골목길을 걸을 때 수숫대를 엮어 만든 울타리가 비바람에 넘어진 것이 보였다. 울타리에 하나 가득 피어 있던 나팔꽃이 빗물에 잠겨 있었다. 자줏빛, 분홍빛 나팔꽃이 빗물에 둥실 떠올라 이제 막 갠 하늘을 향해 우울한 모습으로 뭔가 하소연을 하고 있는 것 같았다. 울타리가 쓰러지며 장애물이 사라지자 채 깃털도 다 오르지 않은 중병아리들이 울타리를 넘어 들어 사발만 한 배추를 미친 듯이 쪼아 먹고 있었다. 개천 물이 불어나고 있었다. 돌을 놓아 만든 징검다리 가장자리에 물보라가 일었다. 다리를 뛰어가다 발을 삐끗하는 바람에 강둑을 걸어갈 때 수십 보를 절뚝거리며 걸었다. 길한 징조가 아니니 향 정부에 간다 해도 아기를 보낼 수 있다는 보장이 없으리란 생각이 들었다. 그래도 나는 향 정부의 빨간 기와 건물을 향해 절뚝거리며 씩씩하게 걸어갔다.

장대비가 퍼부은 후라 향 정부 마당의 건물이 유달리 선명해 보였다. 붉은 벽돌과 초록 기와, 푸른 죽간까지 모든 것이 반들거렸다. 마당에서는 인기척이 느껴지지 않았다. 귀가 뾰족하고 꼬리가 잘린 잡종 셰퍼드 새끼가 콘크리트 계단에 누워 있다가 나를 빤히 바라보더니 다시 가느스름하게 실눈이 되었다. 나는 입구에 박힌 나무 팻말을 따라 사무실을 찾아가 문을 두드렸다. 세 번 문을 두드렸을 때 갑자기 뒤에서 바람 소리가 나면서 종아리가 찢어지는 듯 아팠다. 다급히 고개를 돌려 보니 새끼 셰퍼드가 나를 물어뜯고는 다시 느긋하게 콘크리트 계단에 엎드리는 것이었다. 개는 아무 소리도 내지 않은 채 붉은 혀로 입술을 핥은 후 다정하게 미소 지으며 나를 쳐다보았다. 물리긴 했지만 오히려 호감이 갈 뿐 전혀 미운 생각이 들지 않았다. 이 녀석이야말로 위대한 개라는 생각이 들었다. 도대체 나를 왜 물었지? 밑도 끝도 없이 그냥 물진 않았을 것이다. 세상에는 무조건적인 사랑도, 아무 이유 없는 미움도 없다. 개는 아마도 나에게 고통 속에서 깨달음을 얻게 하려고 했을 것이다. 진짜 위험은 전방이 아닌 후방에서 온다는 것을, 진짜 위험은 이를 드러내고 사납게 짖는 자로부터 오는 것이 아니라 모나리자처럼 달콤한 미소를 짓는 자에게서 온다는 것을 말이다. 아예 생각을 못 했으면 그냥 모르는 채 살았겠지만 그런 생각이 들자 나는 화들짝 놀라지 않을 수 없었다. 개야, 고맙다! 날카로운 주둥이에 완벽하게 예술적인 얼굴을 지닌 개야!

　바짓가랑이가 끈적끈적하고 후끈했다. 아마도 피가 흐르고 있을 것이다. 내가 다른 사람을 위해 피를 흘렸을 때 내 피를 마신 사람은 나에게 이렇게 욕을 퍼부었다. 피가 너무 비려! 꺼져! 그렇다면 버려진 여자아이도 내 피가 비리다고 욕하지 않을까?

칠이 거의 다 벗겨진 초록 빛깔 문이 벌컥 열리며 내 앞에 마치 검은 철탑처럼 커다란 남자가 서 있었다. 그는 나를 몇 번이나 훑어보더니 이렇게 물었다.

"누구 찾으쇼?"

내가 말했다.

"향 지도자를 찾아왔는데요."

그가 말했다.

"나인데. 안으로 들어와 앉으쇼. 저, 당신 다리에 피가 나는데? 어쩌다 그렇게 됐소?"

내가 말했다.

"여기 개가 물었어요."

시커먼 남자의 낯빛이 변하더니 그가 씩씩거리며 말했다.

"이런! 미안하오. 쑤 녀석 때문이지! 인민 정부가 무슨 지주 저택도 아니고, 뭣 때문에 개새끼는 기르고 그래? 인민 정부가 인민을 무서워하기라도 한단 말이야? 빌어먹을 개새끼 때문에 혈육 같은 인민과의 접촉을 단절하라는 거야, 뭐야?"

내가 말했다.

"단절하기는커녕 '혈육'[6]이 생겼는데요."

---

6) 앞에 언급된 '혈육 같은 인민'이라는 표현과 비교하여 '핏덩이'라는 의미를 의도한 언어유희.

내가 다친 다리를 가리키며 말했다.

상처의 피가 종아리를 타고 발뒤꿈치에 이어 다시 신발 뒤축까지, 다시 붉은 벽돌 바닥까지 흘러내렸다. 제법 긴 담배꽁초가 내 피에 퉁퉁 불었다. 첸면 담배, 분명히 첸면 담배였다. 담뱃잎이 노란 국화 빛이었다.

덩치 큰 시커먼 사내가 소리를 높였다.

"왕 군! 왕 군!"

왕 군이 소리를 듣고 달려와 손을 축 늘어뜨리고 명령을 들었다. 사내가 말했다.

"이 해방군 동지를 위생원에 모시고 가서 약을 발라 드려. 청구서 작성해서 청구하고. 돌아올 때 식량 보관소 샤 소장에게 들러 사제 총 빌려다 저놈의 개새끼 박살 내 버려!"

내가 일어나며 말했다.

"지도자 동지, 그 일 때문에 온 것이 아닙니다. 지도자께 보고드릴 중요한 일이 있어서요. 다리 상처는 제가 직접 치료하겠습니다. 개는 살려 주십시오. 좋은 개입니다. 개에게 무척 고마운걸요."

"당신이 고마워하든 말든 일찍부터 죽이려고 했소. 말이 돼야 말이지! 벌써 스무 명이나 물었단 말이오. 당신이 스물한 번째요! 죽이지 않으면 또 누군가를 물어뜯을 거요."

덩치 큰 시커먼 사내가 말했다.

"그렇지 않아도 골치 아픈 일이 많은데 이런 일까지!"

내가 말했다.

"지도자 동지, 제발 죽이지 마세요. 저 개가 사람을 무는 데는 나름대로 다 이유가 있습니다."

"됐소, 됐어!"

덩치 큰 시커먼 사내가 손을 휘두르며 내게 말했다.

"무슨 일이오?"

내가 다급히 담배 한 개비를 꺼내 그에게 건네자 그가 단호하게 손을 내저었다.

"담배 안 피웁니다."

난처해진 나는 불을 붙이고 담배를 피우면서 안절부절 이렇게 말했다.

"지도자 동지, 여자 아기를 하나 주웠는데요⋯⋯."

그의 눈빛이 번갯불처럼 반짝이더니 그가 콧소리를 냈다.

"또 그 일이군!"

그가 심란한 표정으로 말했다.

"죽어 가는 걸 보고 그냥 갈 수 없었습니다."

내가 말했다.

"내가 언제 그냥 가라고 말했소? 그냥 또 그런 일이 일어났다고 한 거요. 또! 향 정부 일이 얼마나 골치 아픈지 당신은 모를 거요. 토지가 세대에 분배되자 농민들은 자유로워지고, 아이 키우는 일도 자유로워졌소. 기르고 또 기르고 계속 기르지. 남자아이를 기를 수 있을 때까지 죽어도 멈추질 않아."

"하나 낳기 정책 아닙니까?"

그가 쓴웃음을 지었다.

"하나 낳기? 둘째, 셋째, 넷째, 다섯째까지 다 낳소! 11억이라고? 그거 너무 과소평가한 거지! 12억은 안 되겠소? 호적에 올라가지 못한 흑해자[7]들이 이삼백 명 없는 향이 어디 있습디까? 어차피 밖에 떠들어 댈 수도 없으니 중국 밖으로 나가지도 못하지!"

"벌금을 내게 되어 있잖아요?"

"그렇기야 하지! 둘째를 낳으면 2000위안, 셋째는 4000위안, 넷째는 8000위안이오. 하지만 그런 벌금 따위 아무 상관없소이다. 돈 있는 사람은 있는 사람대로 벌금은 걱정하지 않고, 돈이 없는 사람 또한 더더욱 걱정할 필요가 없지. 둥촌 주민이시오? 우얼 아시오? 그 사람은 아이를 넷이나 낳았소. 땅도 없고, 낡은 세 칸짜리 집에 살지. 솥 하나, 옹기 하나, 다리 세 개짜리 탁자 하나가 고작인 집에 벌금을 때려 보시오. 그자는 '난 돈 없어요. 아이로 계산하지요. 하나를 원하면 하나, 둘 달라면 둘을 내놓겠소. 어차피 모두 딸들이니까!'라고 할 텐데. 이런 자를 어찌하겠소?"

"강제로 묶어 버리는 그…… 그런 것도 있지 않습니까?"

내가 조심스럽게 물었다.

"그렇지. 요 며칠 그 일 때문에 정신이 없었지. 그런데 개보다 더 냄새를 잘 맡아. 일단 소문이 돌았다 하면 둥베이로 한 일 년 숨어들었다가 봄이 되면 애새끼를 하나씩 안고 돌아온단 말이오. 일손을 더 확보해야 해결이 되지, 빌어먹을! 이런 좆같은 일은 사람이 할 일이 아니야. 도무지 혼자 밤길을

---

7) 헤이하이즈[黑孩子] 또는 헤이하이[黑子]라고도 한다. 중국 정부의 1가구 1자녀 정책으로 인해 초과 출산된 아이를 호적에 올리지 못한 경우, 이러한 아이를 흑해자라고 부른다. 이러한 산아 제한법은 2015년에 폐지되었다.

다닐 수도 없다니까? 밤길 걷다가 돌 맞기 일쑤거든!"

개에게 물린 내 다리가 후들거렸다.

그가 코웃음을 쳤다.

열린 문으로 편안하게 시멘트 계단에 엎드려 있는 셰퍼드 새끼가 보였다. 목이 달아나진 않을 것이다. 식량 보관소 샤소장 집에 절대 사제 총 따위가 있을 리 없기 때문이다.

"제가 주운 여자아이는 어떻게 할까요?"

"할 수 없지 않소?"

시커먼 사내가 말했다.

"당신이 주웠으니 당신 거지. 키워야지 않겠소?"

"지도자 동지, 그런 말이 어디 있습니까? 내 아이도 아닌데 왜 저더러 키우라는 겁니까?"

"그럼 당신이 안 키우면 나보고 키우란 말이오? 향 정부가 무슨 탁아소도 아니고!"

"안 됩니다. 저는 키울 수 없습니다."

"그럼 어떡한단 말이오? 당신이 주웠지, 향 정부에서 당신에게 주워 가라고 한 것도 아니지 않소?"

"아이를 원래 있던 곳에 돌려 놓겠습니다."

"당신 마음대로 하시오. 하지만 해바라기 들판에 갖다 놓으면 아이는 굶어 죽든지, 개에 물려 죽든지 할 것이오. 그럼 당신은 영아 살인죄를 저지르는 것이오."

나는 담배 연기에 목에 메어 콜록거렸다. 눈물이 나왔다.

덩치 큰 시커먼 사내가 동정하는 눈초리로 나를 바라보더니 차를 한 잔 따라 주었다. 찻잔에 때가 잔뜩 끼어 있었다. 나는 차를 한 모금 마시고 시커먼 사내를 바라봤다.

그가 말했다.

"아기 키울 과부가 있는지 한번 알아보든지. 없으면 당신이 키우는 수밖에 없지 않소? 식구들이 농촌에 살지요? 아이가 하나 있겠고! 당신이 키울 경우 호적에 넣으면 둘째가 되는 셈이니 벌금을 2000위안 내야겠군!"

"개새끼!"

나는 찻잔을 높이 쳐들다가 다시 살며시 내려놓았다. 나는 눈물이 그렁그렁한 채 말했다.

"지도자 동지, 이 세상에 정의와 도덕이 있기나 합니까?"

지도자가 단단해 보이는 누런 이를 드러내며 웃었다.

다리가 이상하게 근질거려 도무지 참을 수가 없었다. 바닥에 흥건하게 고여 있는 빗물만 보면 다리가 후들거렸다. 분명 십중팔구 광견병에 걸렸을 것이다. 잇몸도 근질거렸다. 특히 자꾸 사람이 물고 싶었다. 덩치 큰 시커먼 사내가 내 뒤에서 고함을 질렀다.

"초조해하지 마쇼. 누군가 달라는 사람이 있을 거요. 향에서도 당신을 도와줄 방법을 생각하리다."

나는 그저 사람을 물고 싶을 뿐이었다.

사흘이 지났다. 아이는 분유 한 봉지를 다 먹고 대변은 여섯 번, 소변은 십수 번을 눴다. 나는 아내에게 구걸하듯 기저귀 네 장을 구해 돌아가며 빨아 사용했다. 아내는 유달리 기저귀를 주려 하지 않았다. 미래의 아들을 위해 준비해 둔 것이라, 깨끗하게 마치 손수건처럼 상자에 차곡차곡 보관해 둔 기저귀였다. 기저귀를 건네주는 아내의 얼굴에 나에 대한 비난과 원망이 가득했다.

아이는 먹성이 좋고 울음소리가 정말 우렁찼다. 전혀 신생아 같지 않았다. 대나무 체 옆에서 분유를 먹이며 아기가 조그만 입안에 젖꼭지를 옹골차게 머금은 모습, 미친 듯이 빨아 대면서 언뜻 보이는 사나운 표정을 볼 때마다 가슴속에 희뿌옇게 싸늘한 냉기가 번졌다. 아기가 무서웠다. 분명히 내게 재앙을 가져다줄 것이다. 때로 나는 왜 내가 이 아이를 주웠을까 하는 생각이 들었다. 아내의 가르침이 정답일지도 몰랐다. 친부모도 내다 버렸는데 뭐 잘났다고 착한 척이에요? 당신이 그런다고 누가 알아줘요?"

나는 아기를 담은 대나무 체 옆에 앉으면 늘 노란빛 찬란한 해바라기 꽃밭, 커다란 고개를 무겁게 숙인 채 기계적으로, 둔하게 자기 줄기를 따라 흔들거리는 모습이 떠올랐다. 노란색 화분이 마치 눈물방울처럼 바닥에 떨어지면 개미굴까지 다 막아 버릴…….

개에게 물린 상처가 썩어 문드러지는 느낌이 들기 시작했다. 파리가 다리 주위로 꼬여 들었다. 배 속 가득 구더기를 담은 파리의 모습이 마치 폭탄을 잔뜩 실은 폭격기 같았다. 나는 다리가 썩으리라는, 마치 얼어 버린 겨울 호박처럼 썩어 문드러지리라는 생각이 들었다. 내가 다리를 절단하고 목발을 짚고 마치 괘종시계처럼 흔들거리며 걸어 다니면 저 어린 여자아이는 어떻게 생각할까? 그런 내게 감지덕지할까? 그럴 리가 없다. 절대 그럴 리가 없다. 타인을 위한 엄청난 희생에 대한 보답은 언제나 나에 대한 뼈에 사무치는 원한과 악독한 저주, 가장 심한 저주였다. 내 마음은 이미 상처를 입고 구멍이 난 상태였다. 내가 간장에 절인 심장을 다른 사람에게 바쳤을 때 상대는 오히려 내 심장에 오줌을 갈겼다. 나는 추악한 인류를 지긋지긋하게 증오한다. 물론 먹성이 어마어마한 이 여자아이까지도 말이다. 나는 왜 이 아이를 구했을까? 아이가 분노의 목청으로 내게 힐문했다. 왜 날 구했어요? 내가 고마워하기라도 할 것 같아요? 당신이 없었으면 난 벌써 이 더러운 인간 세상을 떠났을 텐데, 어수룩한 멍청이 같은 양반! 개에게 물려도 싸지!

이렇게 혼자 잡다한 생각에 빠져 있던 나는 문득 잔뜩 배를 불린 아이가 함박 미소를 짓는 것을 발견했다. 정말 사랑스럽게 웃고 있었다. 마치 검붉은 비트 시럽 같았다. 아이의 뺨에 콩알만 한 보조개가 보였다. 미간 가운데 껍질이 벗겨지고 있었고 납작하고 긴 두개골은 점점 동글동글해졌다. 예쁘고 건강한 여자아이라는 증거였다. 해바라기처럼 휘황찬란하고 열정적인 생명을 바라보며 나는 다시 황금빛 해바라기 꽃밭을 떠올렸고, 내 불경한 생각들을 부정했다. 사람을 미워하는 것은 옳은 일이 아닐 것이다. 그렇다면 한껏 사람에게 애정을 줘야지. 철학 선생님이 내게 깨우침을 주었다. 순수한 증오, 순수한 사랑은 모두 단명의 감정입니다. 증오하면서도 사랑해야지요. 그래, 나는 나 자신에게 인류를 증오하면서 또한 지극한 사랑으로 대하라고 명령을 내렸다.

아기 강보 안에 들어 있던 21위안은 분유 한 봉지 가격이었다. 아이를 위해 새로운 가정을 찾아 주는 일에는 아무런 진전이 없었다. 아내의 잔소리가 하루 종일 귓가를 맴돌았다. 아버지와 어머니는 더더욱 목석이 되어 버렸다. 그들은 하루 종일 입도 뻥긋하지 않았다. 그들과 언어 능력이 뛰어난 아내의 모습이 선명한 대비를 이루었다. 내 딸은 주워 온 여자아이에 흥미가 많은 듯 자주 대나무 체 옆에 나를 따라 앉아 체 안에 놓인 아기를 뚫어져라 바라봤다. 우리는 마치 기이한 열대어를 관상하는 것 같았다.

만약 최단 시간 내에 이 여아를 처리하지 못한다면 친부모가 아기에게 남긴 21위안을 다 쓴 후 나를 기다리는 것이 무엇일지 나는 잘 알았다. 나는 다친 다리를 질질 끌며 출발했다. 향의 열 개가 넘는 마을을 들러 아이가 없는 모든 집을 모조리 훑어 가며 얻어 낸 대답은 거의 마찬가지였다. 우리는 여자아이 필요 없어요. 남자아이가 필요해요. 나는 전에 우리 고향이 인물도 빼어나고 지역도 영험한 곳이라고 생각했었는데, 며칠을 헤매고 다니는 동안 내 생각은 완전히 바뀌고 말았다. 흉측하게 생긴 수많은 남자아이들이 마치 죽은 물고기 같은 눈을 크게 뜨고 나를 바라봤다. 이마 가득 잡힌 깊은 주름은 고단하고 원한이 깊은 빈민 고용농의 표정 그대로였다. 그들은 모두 행동이 느리고 허리가 곱사처럼 굽고 마치 노인처럼 기침을 했다. 나는 인종의 퇴화를 더 절실하게 체험했다. 이는 도태되어야 할 인종이 마치 엄청난 값어치를 지닌 귀한 보물처럼 마을에 보존되고 있다는 것을 여실하게 보여 주었다. 나는 감히 나이가 들기도 전에 쇠해 버린 인종이 어떤 후손들을 번식시킬지 감히 상상할 수 없었다.

어느 날 나는 아기를 맡길 집을 알아보고 돌아오는 길에 초등학교 동창을 만났다. 아마 서른두셋 정도의 나이이리라. 그런데 그는 마치 쉰은 된 것처럼 보였다. 집안 이야기를 하자 그가 처량하게 말했다.

"아직 혼자야. 이번 생은 그냥 이렇게 살다가 갈 것 같아."

내가 말했다.

"지금은 돈도 꽤 생겼잖아?"

그가 말했다.

"돈이야 좀 많아졌지. 하지만 여자가 너무 적어. 누나나 여동생이 하나 있으면 아내와 교환할 수 있겠지만 내겐 누나나 여동생도 없잖아."

내가 말했다.

"향의 규정에 친족을 교환하는 일은 엄금하지 않나?"

그가 미심쩍은 듯 말했다.

"향의 규정이라는 게 뭔데?"

내가 고개를 끄덕이며 그에게 내가 주운 여아와 그로 인한 어려움에 대해 이야기를 늘어놓자 그는 멍하니 내 말을 들을 뿐 동정하는 내색은 전혀 하지 않았다. 그는 그저 내가 준 담배만 뻐끔거리며 피울 뿐이었다. 담배가 직직 타들어 갔다. 그의 콧구멍과 입에서는 푸른 담배 연기가 전혀 나오지 않았다. 마치 매캐한 담배 연기를 모두 위 속으로 삼켜 버린 것 같았다.

닷새 후에 그가 나를 찾아와 한참을 머뭇거리더니 말했다.

"그럼…… 그냥 그 아이 내게 줘……. 내가 열여덟까지 키워서……."

나는 고통스러운 얼굴로 나보다 더 고통스러운 얼굴을 바라보며 그가 다시 입을 열기를 기다렸다.

"아이가 열여덟이 되면…… 내가 쉰이니…… 그땐 혹시 가능할지도……."

내가 말했다.

"이봐, 형씨! 그만해……."

나는 내 돈으로 아기 분유를 두 봉지 샀다. 아내가 이 빠진 사발을 내동댕이쳤다. 아내가 구슬프게 흐느끼며 말했다.

"이건 아냐! 정말 못살겠어! 어차피 당신도 살 생각이 아니잖아! 싸는 것이 없을 정도로 제대로 먹지도 못하고 모은들 뭐해? 그렇게 모았더니 딴 집 아이 분유를 사?"

내가 말했다.

"당신, 내게 그러지 마! 아이 넘길 곳을 찾느라 하루 종일 동분서주하는 것 안 보여?"

"애초에 주워 오지 말았어야지!"

"그래, 그래. 나도 알아. 하지만 이미 주워 온 걸 굶어 죽게 내버려 둘 수는 없잖아."

"마음씨도 고우시지."

"마음을 곱게 쓴다고 보답이 있는 건 아니지, 그렇지? 오랫동안 함께 살 붙이고 산 부부 정을 생각해서 그렇게 잔소리만 퍼붓지 말고 좋은 생각이 있으면 말해 봐. 우리 함께 협조해서 아기를 어디로 보내 보자고!"

"이 아이 내보내고 우리도 하나 더 낳아요!"

아내가 입을 삐죽거리며 아양을 떨었다.

"그래!"

내가 말했다.

"사내애로 낳자고!"

"그래요."

"이왕이면 쌍둥이로!"

"그래, 그러자!"

"병원으로 작은고모를 찾아가서 당신이 부탁해 봐요. 마을에 혼자 사는 노인들이 고모에게 아이를 구하러 오기도 하잖아요."

마지막 시도이다. 병원 산부인과에서 일하는 고모마저 아이를 내보낼 방법을 찾지 못하면 영락없이 내가 이 아이의 양부가 될 판이었다. 이런 결과는 나나 아기 모두에게 영원한 재난이 될 것이다. 밤에 구들장에 몸을 눕힌 나는 벼룩들의 공격을 참으며 아내의 바드득 이 가는 소리, 입맛 다시는 소리, 심하게 코 고는 소리를 듣고 있었다. 그럴수록 마음이 냉정해졌다. 나는 살그머니 구들장에서 내려와 마당으로 나가 하늘 가득 찌푸린 별들을 바라보았다. 마침내 지기지우를 발견한 것 같았다. 이슬에 어깨가 촉촉이 젖었다. 코가 시큰했다. 문득 나는 내 생명을 아끼고 사랑해야 한다는 것을 깨달았다. 나는 줄곧 다른 사람을 위해서만 살았다. 앞으로는 나 자신을 위해 사랑을 조금 남겨 둬야 한다. 방으로 돌아와 나는 체 안에 담긴 아기의 고른 숨소리를 듣고 손전등을 더듬어 불을 켜서 체

안을 비췄다. 아이가 또 오줌을 눴다. 오줌 줄기가 체의 그물 눈을 따라 바닥으로 떨어졌다. 나는 아기의 기저귀를 갈아 주었다. 하느님이 보우하사 이번이 나의 마지막 기저귀 처리가 되길 염원했다.

고모가 막 분만을 끝낸 후 흰 가운을 입고 온몸이 땀범벅, 피범벅이 된 모습으로 의자에 털썩 주저앉아 숨을 헐떡이고 있었다. 일 년 동안 못 보는 사이에 고모는 많이 늙어 보였다. 내가 들어가자 고모는 앞으로 몸을 조금 숙이며 어서 오라는 시늉을 했다. 안(安) 간호사가 안쪽에서 기기를 정리하고 있었고, 막 태어난 신생아가 분만대에서 응애응애 울고 있었다.

나는 작년에 앉았던 안 간호사 자리에 고모를 마주하고 앉았다. 테이프가 덕지덕지 붙은 산부인과 서적이 안 간호사의 탁자 위에 여전히 놓여 있었다.

고모가 천천히 물었다.

"왜 또 왔어? 작년에 다녀간 후 책 쓴다고 고모를 못살게 하더니!"

나는 부끄러운 듯 웃으며 말했다.

"그리 잘 쓴 건 아니에요."

고모가 말했다.

"여우에 관한 이야기 또 듣고 싶어서? 진작 알았으면 여우 이야기까지 쓸 수 있었을걸, 그럼 잔뜩 알려 줬을 텐데."

고모는 피곤도 잊은 채 내 뜻과는 상관없이 다시 주절주절 이야기를 늘어놓기 시작했다. 작년 겨울 자오 현 남쪽 마을에 한 노인이 새벽 댓바람에 분뇨를 주우러 나왔다가 다리가 잘린 여우를 만나 등에 지고 와서 길렀다. 여우 다리의 상처가 다 나아갈 즈음 노인의 아들이 집에 왔다. 노인의 아들은 부대의 대대장으로 그만 경솔하게 아버지가 기르는 여우를 보자 다짜고짜 모제르총을 꺼내 냅다 쏴 죽이고 말았다. 그는 그렇게 죽인 것도 모자라 여우 가죽을 벗겨 벽에 못질을 해 걸어 두고 바람에 가죽을 말렸다. 노인은 깜짝 놀랐지만 아들은 아무 일도 없다는 듯 유유자적 노래까지 흥얼거렸다. 다음 날 낮에 아들이 소고기를 사다가 직접 만두를 빚었다. 속도 만들었다. 고수랑 부추, 대파 흰 부분까지 다지고 여기에 참기름, 간장, 후춧가루, 조미료까지 온갖 재료를 다 넣고 맛을 냈다. 밀가루 두 광주리로 만두피를 빚었는데 어찌나 뽀얗고 윤기가 좌르르 흐르는지 마치 자기로 만든 그릇을 보는 것 같았다. 만두를 다 빚은 다음 물을 끓여 훌러덩훌러덩 만두를 솥에 넣었다. 솥의 열기가 하늘 높이 솟구쳤다. 그렇게 한 번, 두 번, 세 번 만두를 다 익혔다. 아들이 조리로 솥에서 만두를 건져 보니 놀랍게도 나귀 똥이 한가득 들어 있었다. 자꾸만 조리로 건지고 또 건져도 나오는 건 나귀 똥 덩어리뿐이었다. 아들은 놀라 자빠질 지경이었다. 밤이 되자 집 안의 창문이란 창문, 문이란 문이 일제히 흔들리기 시작했다. 아들이 총을 꺼내 들었지만 아무리 해도 방아쇠가 당겨지지 않았다. 하는 수 없이 여우를 위해 크게 장례식을 치렀다.

고모가 아는 귀신, 여우 이야기는 사흘 밤낮을 이야기해도 끝나지 않을 것 같았다. 게다가 시간, 장소, 증거까지 죄다 정확하니 믿지 않을 수 없었다. 실로 고모가 『요재지이(聊齋志

異)』[8] 속편을 쓰지 않는 것이 유감스러울 정도였다.

그렇게 한참 동안 여우 귀신 이야기를 늘어놓은 후 고모는 원기를 회복했다. 분만실의 아기가 울고 있었다. 안 간호사가 문을 박차고 나가 씩씩거리며 말했다.

"어디 이딴 엄마가 있어? 아이를 낳자마자 볼기를 한번 쳐 보더니 그냥 달아나 버리네!"

나는 궁금한 눈초리로 고모를 바라봤다.

고모가 말했다.

"헤이수이 입구에 사는 여자야. 아이를 셋이나 낳았어. 그 것도 모두 여자아이로. 이번에는 한사코 아들을 낳겠다고 기대했는데 낳고 보니 여자아이인 게지. 남자는 또 여자아이를 낳았다고 하니까 마차를 몰고 달아나 버렸어. 세상에 이런 아버지가 어디 있다니? 여자는 남자가 달아나는 것을 보고 분만 대에서 뛰어내리더니 바지를 올리고 울며 뛰쳐나가 버렸어. 아이도 다 필요 없대."

나는 고모랑 분만실에 들어가 버려진 여자아이를 들여다보았다. 마치 바람에 말린 고양이처럼 말라비틀어진 아이였다. 내가 주운 아이만큼 실하지 않았고, 얼굴도 내가 주운 아이처럼 예쁘지 않았으며, 울음소리도 내가 주운 아이처럼 우렁차지 않았다. 나는 조금 안도했다.

고모가 손가락으로 아이의 작은 배를 누르며 말했다.

"좀 부지런히 살 좀 더 올라서 나오지 않고! 조금만 살집이

---

8) 중국 8대 기서 중 하나로, 청대 초기에 나온 문어체의 괴이(怪異) 소설집.

더 있었으면 오동포동 귀여웠을 텐데, 살집이 이 모양이니 누가 봐도 꼭 구린 개똥같이 보이지."

안 간호사가 말했다.

"어떡하죠? 여기 그냥 두면 어떡해요?"

고모가 나를 바라보며 말했다.

"셋째야, 애 좀 데려가 키워 주렴. 내가 아이 부모를 알잖아. 이목구비 단정하고 키도 커. 아이도 비슷할 거야. 아마 분명히 참한 규수로 자랄 거다."

고모가 말을 끝맺기도 전에 나는 그대로 줄행랑을 치고 말았다.

나는 해바라기 들판에 멍하니 넋을 놓고 앉아 있었다. 축축한 흙에 내 엉덩이와 하지는 감각을 잃었지만 그래도 나는 일어서고 싶지 않았다. 해바라기 둥근 꽃판의 눈썹 같은 꽃잎은 이미 까맣고 고불고불해져 있었다. 꽃판에 박힌 수많은 까만색 씨앗은 마치 수없이 많은 검은 눈동자가 나를 바라보고 있는 듯했다. 햇살이 비치지 않았다. 터진 솜처럼 회색빛 구름이 하늘을 가득 메우고 있었기 때문이다. 해바라기는 안절부절 슬픈 모습으로 이리저리 고개를 숙이고 있었다. 판판한 진흙 땅 위에 검은 개미가 성루를 여러 개 쌓고 있었다. 그날 내가 본 것들보다 더 크고 그럴듯했다. 그들은 앞으로 닥칠 소나기가 그들의 성을 모조리 무너뜨리리라는 사실을, 제아무리 그들의 집이 개미 왕국 건축 사상 가장 찬란한 건축이라 할지라도 그렇게 무너져 내리리란 사실을 모르고 있었다. 바람 한점 없었다. 해바라기 들판은 마치 찜통처럼 숨이 막혔다. 나는 마치 찜통 속 향긋한 오리가 된 듯한 기분이었다. 도시에서 일어난 아름다운 이야기가 떠올랐다. 아름답고 온화한 젊은 처자가 젊은 남자를 살해해 먹어 버린 사건이었다. 넓적다리는 간장에 졸이고, 엉덩이 살은 수육을 하고, 간과 심장은 식초와 마늘에 버무려 먹었다.

여자는 많은 남자를 먹어 치우며 영원히 미모를 유지할 수 있었다. 고향의 아득한 역사 속에 역아[9]라는 요리사가 있었다. 그는 자신의 친아들을 삶아 제환공(齊桓公)에게 바쳤는데, 역아의 아들의 고기 맛이 양고기보다 훨씬 맛있었다고 한다. 나는 '인성'이란 얇은 종이 한 장만도 못한 나약한 존재라는 것을 더욱 확실하게 알게 되었다. 바람이 불었다. 거친 해바라기 잎이 내 머리를 거칠게 스치며 서걱거렸다. 거친 해바라기 잎이 마치 사포처럼 걷잡을 수 없는 내 마음을 자꾸만 문질렀다. 처음 느끼는 편안함이었다. 바람이 멈췄다. 소리를 낼 수 있는 곤충이란 곤충이 모두 가장 아름다운 노랫소리를 들려주고 있었다. 등에 작은 메뚜기를 업은 큰 메뚜기가 해바라기 줄기에 붙어 있었다. 교배를 하고 있었다. 어떤 의미에서 이들은 인류와 마찬가지이다. 그들은 인간에 비해 전혀 비천하지 않은 존재이며, 인류 역시 그들보다 나을 것이 하나도 없다. 이곳 해바라기 들판은 어쨌거나 희망으로 가득 차 있다. 고개를 숙인 무수한 해바라기 꽃판이 무수히 많은 아기들의 얼굴처럼 다정하게 나를 바라보았다. 그들은 나에게 위안을 주고,

---

9) 易牙. 춘추 시대 제(齊)나라의 뛰어난 요리사.

세상의 에너지를 느끼고 깨닫게 해 주었다. 비록 이런 느낌과 깨달음이 고통스럽지만 말이다. 나는 문득 『미치노쿠의 인형들』의 결말이 생각났다. 작가는 미치노쿠 지역의 아이를 익사시키는 습속을 이해하게 된 후 도쿄로 돌아와 이따금 잡화점에 들러 가판대에 놓인 눈을 꼭 감은 나무 인형을 봤다. 나무 인형에는 먼지가 수북이 쌓여 있었다. 작가는 이 나무 인형들을 보며 바로 눈을 뜨지 못하고, 채 울음을 터뜨리지도 못한 채 흐르는 물에서 익사한 영아들을 떠올렸다……. 나는 내 슬픔을 기탁할 만한, 그래서 내 글을 끝낼 상징을 찾을 수가 없었다. 해바라기? 메뚜기? 개미? 귀뚜라미? 지렁이? ……모두 그저 황당한 것들이었다. 아무것도 삶의 본모습은 아니었다. 나는 내가 파낸 동굴 속에서 영아들의 백골을 더듬으며 결코 착하지 않은 것도, 순박하지 않은 것도, 사랑스럽지 않은 것도 아닌 이들이 울음인지 웃음인지 모를 소리를 내고 있는 것을 생각했다. 미치노쿠의 버려진 아이들은 이미 역사가 되었겠지? 콘돔, 루프, 피임약, 정관 수술, 인공 유산 모두 미치노쿠의 영아 익사라는 잔인한 사건의 효과적인 도구가 되었다. 그러나 여기서, 이처럼 노란 꽃이 만개한 땅 위에서라면 문제가 매우 복잡하다. 의사와 향 정부가 손을 잡고 가임 연령대의 남녀를 수술대 위로 끌고 가 강제로 정관을 묶고 있지만 과연 고향 사람들의 머릿속에 뿌리 깊게 자리 잡아 소 열 마리가 끌어도 절대 돌아서지 않을 사상을 잡아매 버릴 묘책은 누가 갖고 있단 말인가?

철의 아이[10]

대대적인 철강 제련이 시행되던 그해, 정부는 민공(民工) 20만 명을 동원해 두 달 반 동안 80리에 달하는 철로를 깔았다. 위로는 자오지 철로[11] 간선에 연결되는 가오미 역에서 아래로 가오미 둥베이 향 주위 수십 리에 이르는 잡초 우거진 습지까지 잇는 철로이다.

당시 우리는 겨우 너덧 살 어린아이로 '공공 식당'[12]과 함께 세워진 '유아원'[13]에서 생활했다. 유아원이라고 해 봐야 흙담에 초가지붕을 얹은 방 다섯 칸이 나란히 줄지어 서 있을 뿐이었다. 그 주위로 굵은 철사로 연결된 사발 주둥이 두께의 나

---

10) 원제는 '铁孩'.
11) 자오지(膠濟) 철로. 칭다오에서 지난까지 이어진다.
12) 인민공사 시절 사원들이 함께 밥을 먹는 식당.
13) 인민공사 시절 사원들의 자녀를 공동으로 육아하는 시설.

무 기둥이 있었다. 2미터가 넘는 기둥이라 서너 살 정도 아이는 물론이고 젊고 기운 팔팔한 개도 뛰어넘을 수 없었다. 우리 아버지, 어머니, 형, 누나…… 삽질이 가능한 사람은 모두 민공 대열에 합류되었다. 그들은 철로 현장에서 먹고, 철로 현장에서 잠을 잤기 때문에 보지 못한 지도 한참이었다. 우리는 유아원에 갇혀 지냈고, 비쩍 마른 할머니 셋이 우리를 돌봤다. 세 할머니 모두 매부리코에 눈이 퀭하게 들어가 있었다. 우리는 할머니들의 모습이 모두 똑같다고 생각했다. 그들은 매일 커다란 양푼 세 개에 채소 죽을 끓여 우리에게 먹였다. 아침에 한 양푼, 점심에 한 양푼, 저녁에 한 양푼. 우리는 작은 가죽 공처럼 배를 불렸다. 그렇게 죽을 들이켠 후 우리는 나무 울타리를 잡고 바깥 풍경을 구경하며 나무 기둥에 난 작은 버섯을 뜯어 먹었다. 울타리 밖 거리에 타지 억양의 민공들이 오고 갔다. 하나같이 헝클어진 머리에 기운이 축 처져 있었다. 우리는 민공들 틈에서 친척을 찾았다.

우리가 훌쩍거리며 물었다.

"삼촌, 우리 아빠 봤어요?"

"삼촌, 우리 엄마 봤어요?"

"우리 누나 봤어요?"

"……."

민공 가운데는 귀머거리라도 되는 양 아예 우리를 거들떠보지도 않는 이도 있었고, 고개를 한쪽으로 기울인 채 우리를 힐끗 쳐다보고 고개를 가로젓는 이도 있었다. 그런가 하면 호되게 욕을 퍼붓는 사람도 있었다.

"개자식들, 이리 나와 봐."

세 할머니는 입구에 앉아 아예 우리에게는 신경도 쓰지 않았다. 나무 울타리는 2미터 정도로 높아 기어오를 수도 없고 틈새가 좁아 비집고 나갈 수도 없었다.

나무 울타리 너머로 마을 밖 들판에 점차 토룡[14]이 불뚝 솟아오르더니 검은 사람들이 무리를 지어 토룡 위를 마치 개미들처럼 분주히 기어 다녔다. 나무 울타리 바깥쪽 민공들 말이 그곳이 철도 노반이라고 했다. 우리 가족, 친지 들은 그 검은 무리 가운데 있었다. 때로 토룡에 갑자기 수없이 많은 홍기가 꽂혀 있기도 하고 그러다 갑자기 수많은 백기가 꽂혀 있기도 했다. 그러나 그보다는 아무것도 없을 때가 더 많았다. 후에 토룡 위에서 뭔가 많은 물건들이 번쩍거렸다. 울타리 밖에 있는 민공들이 철도 레일을 깔려고 한다고 말해 주었다.

어느 날 나무 울타리 밖에서 머리가 노란 청년 하나가 다가왔다. 키가 컸다. 팔만 뻗어도 나무 울타리 꼭대기에 닿을 것 같았다. 우리는 그에게 가족들의 소식을 물었다. 뜻밖에 그가 나무 울타리 옆으로 다가와 쪼그려 앉더니 다정하게 우리 코를 쓰다듬기도 하고 배도 쿡쿡 찌르고 고추도 비틀었다. 우리 소리에 응답을 한 첫 번째 어른이었다. 그가 웃으며 우리에게 물었다.

"아버지 이름이 뭔데?"

---

14) 土龍. 중국 민간에 전해지는 동물의 한 종류. 지렁이를 이르기도 한다.

"우리 아버지는 왕푸구이예요."

"어, 왕푸구이."

그가 아래턱을 어루만지며 말했다.

"왕푸구이 알지."

"언제 절 데리러 올지 알아요?"

"데리러 못 와. 그저께 철도 레일을 메고 나르다가 레일이 무너져 깔려 죽었거든."

"우앙……."

아이가 울음을 터뜨렸다.

"우리 엄마는요?"

"엄마 이름이 뭔데?"

"우리 엄마는 왕슈링이에요."

"오, 왕슈링."

그가 아래턱을 매만지며 말했다.

"언제 데리러 올지 알아요?"

"못 와. 그저께 침목을 옮기다가 침목에 깔려 죽었어."

"우앙……."

또 한 아이가 울음을 터뜨렸다.

"……."

결국 아이들이 모두 울음을 터뜨렸다. 노랑머리 청년은 몸을 일으키더니 휘파람을 불며 자리를 떠났다.

우리는 한낮부터 황혼이 질 무렵까지 울었다. 할머니들이 우리에게 죽을 먹으라고 했을 때도 우리는 여전히 울고 있었다. 할머니들이 화를 내며 말했다.

"울긴 왜 울어? 계속 울면 만인갱[15]에 보내 버린다."

우리는 만인갱이 어디인지 몰랐지만 정말 무시무시한 곳이 분명하리라는 것을 알았기 때문에 모두 울음을 멈췄다.

다음 날도 우리는 나무 울타리를 잡고 바깥 광경을 구경했다. 오전이 반쯤 지났을 때 몇몇 민공이 문짝 하나를 맞들고 황급히 걸어왔다. 문짝에 얼굴 형체를 알아볼 수 없을 정도로 피범벅이 된 사람 하나가 누워 있었다. 남자인지 여자인지도 알 수 없었다. 검은 피가 문짝 가장자리를 타고 바닥에 뚝뚝 떨어졌다.

누가 먼저 울기 시작했는지 마치 문짝 위에 누워 있는 사람이 자기 가족이라도 되는 양 우리는 일제히 눈물을 흘렸다.

낮에 죽을 다 먹고 다시 나무 울타리에 기대 서 있던 우리는 커다란 총을 받쳐 든 남자 둘이 우리가 전날 만난 노랑머리 청년을 묶어 데려가는 것을 봤다. 노랑머리 청년의 손이 뒤로 밧줄에 묶여 있었다. 코와 눈은 시퍼렇게 멍이 들고 입술에서는 피가 흘렀다. 우리 앞에 이르자 고개를 갸우뚱 기울인 채 우리를 바라보며 눈을 끔뻑이고 코를 찡긋거리는 모습이 꽤나 흥겨워 보였다.

우리가 일제히 그를 불렀다. 시커멓고 커다란 남자 하나가 총부리로 그의 등을 쿡쿡 찌르며 말했다.

"어서 가자!"

다시 어느 날 오전 나무 울타리에 기대 멀리 철로를 바라보

---

15) 과거 일본인들이 중국 양민을 무자비하게 학살하고 파묻은 구멍.

던 우리는 갑자기 홍기가 가득 꽂혀 있고 징과 북 소리가 흘러 넘치며 수없이 많은 사람이 철로에서 고함을 지르는 것을 봤다. 대체 뭐가 그리 신이 나는지 알 수 없었다. 낮에 죽을 먹을 때 할머니들이 달걀을 한 사람에 한 알씩 나누어 주며 말했다.

"얘들아, 철로가 다 완성됐어. 오후에 개통할 거다. 너희 엄마 아빠도 이제 너희를 집에 데려가려고 올 거야. 우리도 너희 돌보는 일 끝났고. 각자 달걀 하나씩 받아, 개통식 축하 기념이야."

우리는 신바람이 났다. 사실 알고 보니 우리 가족들 중 죽은 사람은 없었다. 노랑머리 청년이 우리에게 거짓말을 한 것이다. 그렇게 묶여 가는 것도 당연한 일이었다.

우리는 달걀을 먹어 본 일이 드물었다. 할머니가 우리에게 껍데기를 벗겨 먹는 것이라고 알려 주었다. 우리는 서툰 솜씨로 달걀 껍데기를 깠다. 껍데기 속에 털이 달린 병아리가 숨어 있었다. 한 입 깨물자 빽삐악 소리와 함께 핏물이 솟구쳤다. 우리는 먹을 수가 없었다. 할머니들이 몽둥이로 우리를 때리며 달걀을 먹으라고 강요했다. 우리 모두 달걀을 먹었다.

다음 날 오후 우리는 나무 울타리에 기대 철로 위에 부쩍 늘어난 홍기를 봤다. 한낮이 가까워 오자 철로 양쪽에 있는 사람들이 와와 소리를 지르기 시작했다. 꼭대기에서 검은 연기를 내뿜는 커다란 물건, 길고 시커먼 커다란 물건이 우우 하고 소리를 내며 남서 방향에서 달려왔다. 말보다 빨랐다. 우리가 본 것 중에서 제일 빨리 달리는 물건이었다. 발아래 땅이 부르르 떨리는 것 같아 너무 무서웠다. 어디에서 나타났는지 흰옷에 흰 장갑을 낀 여자가 박수를 치며 소리쳤다.

"기차예요! 기차가 왔습니다."

기차가 칙칙폭폭 동북 방향으로 달려갔다. 우리는 기차 꼬리를 따라 기차가 완전히 보이지 않을 때까지 바라봤다.

기차가 지나간 후 정말 어른 몇 명이 아이들을 데리러 왔다. 개도 데려갔다. 양도 데려갔다. 기둥도 가져가고, 콩도 가져갔다. 오직 나 한 사람만 남았다.

할머니 셋이 나를 울타리 밖으로 끌고 나와 말했다.

"집에 가!"

나는 집을 잃어버린 지 오래였다. 나는 엉엉 울며 할머니들에게 날 집까지 데려다 달라고 애원했다. 할머니는 나를 한쪽으로 밀치더니 후다닥 울타리 대문을 닫고 문 안쪽에서 커다랗고 누런 자물쇠를 잠갔다. 나는 나무 울타리 밖에서 울고 소리치며 사정사정했지만 그들은 아예 거들떠보지도 않았다. 나는 나무 울타리 틈으로 안을 들여다봤다. 똑같이 생긴 세 명의 할머니가 나무 울타리 문 안에서 작은 쇠솥을 얹고 장작을 쪼개 솥 아래에 불을 지핀 후 솥에 담록 빛 기름을 부었다. 불꽃이 파닥파닥 타오르고 솥 안의 기름이 뿌글거렸다. 잠시 후 거품 방울이 사라지더니 흰 연기가 솥 가장자리를 타고 올라왔다. 할머니들이 달걀을 깨서 나무젓가락으로 털 달린 병아리 몇 마리를 기름 솥에 넣고 지글지글 볶고 화라락 뒤집었다. 노릇노릇 익는 향기가 올라왔다. 할머니들은 다시 나무젓가락으로 기름 솥의 병아리를 집어 몇 번 호호 식히더니 입으로 밀어 넣었다. 왼쪽 오른쪽 돌아가며 뺨이 올록볼록, 오물거리는 소리가 났다. 그들이 병아리를 먹을 때 나는 눈을 감고 뚝뚝 눈물을 흘렸다. 그들은 나를 그냥 울고불고 난리를 피우게 내버려 둔 채 문을 열어 주지 않았다. 나는 눈물도 말라 버리고 목도 다 쉬어 버렸다. 까맣고 반지르르한 나무 옆에 혼탁한 물이 고인 웅덩이가 있었다. 물을 마시려고 다가갔다. 물을 마시면서 보니 물가에 누런 두꺼비 한 마리가 있었다. 등에 흰 점이 있는 까만 뱀도 있었다. 두꺼비와 뱀이 뒤엉켜 있었다. 무서웠다. 목이 말랐다. 두려움을 꾹 누르고 무릎을 꿇고 손으로 물을 떠 마셨다. 물이 내 손가락 틈으로 쪼르르 새어 나갔다. 뱀이 두꺼비 다리를 물었고, 두꺼비 머리에서 흰 물이 뽀글뽀글 솟아났다. 물이 비렸다. 속이 조금 메스꺼웠다. 자리에서 일어섰다. 어디로 가야 할지 알 수 없었다. 울고 싶었다. 울었다. 그러나 눈물도 나오지 않았다.

나무, 물, 누런 두꺼비, 까만 뱀, 싸움, 두려움, 목마름, 무릎을 꿇고 물을 손으로 받쳐 들었고, 물이 비렸고, 속이 메스꺼웠고, 울었고, 눈물은 나지 않았다……. 에이! 왜 울어? 아빠가 죽었어? 엄마가 죽었어? 식구들이 모두 죽었어? 나는 고개를 돌려 내게 질문을 던진 어린애를 바라봤다. 나랑 키가 똑같았다. 옷을 입지 않고 있었다. 그 아이의 피부에 녹이 슬어 있었다. 철의 아이라는 생각이 들었다. 눈이 까맸다. 나와 같은 사내아이였다.

그 애가 왜 나무 눈물을 흘리느냐고 물었다. 나는 나무가 아니라고 말했다. 그 애는 한사코 날 나무라고 불렀다. 그 애는 "나무, 너랑 동무해서 철로에 놀러 가고 싶다."라고 말했다.

그곳에 볼 것, 먹을 것, 놀 것이 많다고 했다.

나는 뱀이 금방이라도 두꺼비를 삼킬 거라고 말했다. 그 애는 그냥 삼키게 내버려 두라고, 건드리지 말라고 말했다. 뱀이 아이의 골수를 빨아 먹을 수도 있다고 했다.

그 애는 날 데리고, 나는 그 애를 따라 철로 쪽으로 걸어갔다. 철로는 우리와 가까운 곳에 있는 것 같았는데도 아무리 가도 다가갈 수 없었다. 걷고 나서 다시 바라봐도 철로는 언제나 저만치 있었다. 우리가 가는 만큼 철로도 물러나는 것 같았다. 우리는 가까스로 철로 옆으로 다가갔다. 발이 아팠다. 나는 그 아이의 이름을 물어봤다. 그 아이는 나에게 부르고 싶은 대로 부르라고 했다. 나는 그 아이가 꼭 녹이 슨 철 같다고 했다. 그 아이는 내가 자신을 철이라고 말하면 자신은 그냥 철이라고 말했다. 나는 '철의 아이'라고 말했다. 아이는 응 하고 대답하더니 입을 헤벌리고 웃었다. 나는 철의 아이를 따라 철로로 올라갔다. 철길 노반이 매우 가팔랐다. 나는 마치 커다란 뱀 같은 철로 레일을 봤다. 분명히 아주아주 먼 곳에서 기어 왔을 것이다. 내가 밟으면 꿈틀거리며 끝없이 긴 나무 꼬리로 나를 휘감을 것이라는 생각이 들었다. 시험 삼아 한번 살짝 밟아 봤다. 철은 아주 차가웠고, 꿈틀거리지도 않았고, 꼬리를 휘두르지도 않았다.

해가 산을 넘어가려 했다. 태양이 정말 크고 정말 붉었다. 커다란 흰 새들이 물가에 내려앉았다. 괴성이 들렸다. 철의 아이는 기차가 온다고 말했다. 철로 된 기차 바퀴는 빨간색이었다. 철로 된 팔이 바퀴를 두드리며 돌았다. 바퀴 아래에서 사람을 빨아들이는 바람이 부는 것 같았다. 철의 아이가 기차를 향해 손을 흔들었다. 마치 기차가 친한 친구 같았다.

저녁이 되자 배가 고팠다. 철의 아이가 붉은 녹이 슨 철근을 가져와 먹으라고 했다. 나는 사람인 내가 어떻게 철을 먹느냐고 했다. 철의 아이는 왜 사람이 철을 먹지 못하느냐고 말했다. 자기도 사람인데 자신은 철을 먹을 수 있다고 했다. 못 믿겠으면 내가 먹어 볼게. 그 아이는 정말 철근을 입에 집어넣더니 와작와작 깨물어 먹기 시작했다. 철근이 바삭바삭하고 연하게 느껴졌다. 맛있게 먹는 그 아이의 모습을 보니 나도 먹고 싶어졌다. 어떻게 하면 철을 먹는 법을 배울 수 있는지 물어봤다. 그 애는 철을 먹는 것도 배워야 하느냐고 말했다. 나는 철을 먹지 못한다고 말했다. 그 아이는 어떻게 못 먹을 수가 있느냐고 말했다. 못 믿겠으면 한번 먹어 보라고 했다. 나는 반신반의하며 철근을 입에 넣고 우선 혀로 핥아 맛을 음미했다. 짭짤하고 시큼하고 비리고 약간 절인 생선 같은 맛이었다. 그는 "깨물란 말이야."라고 말했다. 나는 시험 삼아 깨물어 봤다. 뜻밖에 별로 힘들이지 않고 한 토막을 물어뜯었고, 그렇게 씹기 시작했는데, 씹을수록 향기가 났다. 먹을수록 맛이 있고 그럴수록 더 먹고 싶어졌으며 그렇게 잠시 후 나는 철근 반 토막을 먹어 치웠다. 어때? 내 말이 거짓말 아니지? 나는 그 애가 날 속이지 않았으며 정말 좋은 애고, 내게 철을 먹을 수 있다는 것을 가르쳐 주었으니 더 이상 채소 탕을 먹을 필요가 없겠다고 말했다. 그 애는 모든 사람이 철을 먹을 수 있는데 모르고 있는 것이라고 말했다. 나는 일찍 이런 사실을 알았으면 누가 곡물을 심겠냐고 말했다. 그 애가 나에게 철 제련이 작물 재배보다 쉬운 일인 줄 아느냐고 했다. 철 제련이 훨씬 어렵다는 말이었다. 절대 철이 맛있다는 것을 사람들에게 알려 주지 마. 사람들이 그 사실을 알고 일제히 먹기 시작하면 우리 둘이 먹을 것이 없어질 거야. 나는 그 애에게 왜 이런 비밀을 내게 알려 주는지 물어봤다. 그 애는 자기 혼자 철을 먹으면 재미가 없기 때문에 동무를 찾은 거라고 말했다.

나는 그 애와 철길을 밟으며 북쪽으로 향했다. 철을 먹을 수 있게 되었기 때문에 나는 철길이 조금도 무섭지 않았다. 마음속으로 생각했다. 철길, 철길 너 고분고분하게 굴어. 건방 떨면 내가 널 먹어 버릴 거야. 철근을 반 근 먹고 나니 전혀 배가 고프지 않았다. 다리와 발에도 힘이 생겼다. 나와 철의 아이는 철길을 한 줄씩 밟으며 앞으로 걸었다. 빨리 걷다 보니 잠시 후 새빨간 하늘 반쪽이 보였다. 예닐곱 개의 커다란 화로가 훅훅 불길을 내뿜고 있었다. 나는 향긋하고 상큼한 철 냄새를 맡았다. 그가 말했다. 저 앞이 철강 제련하는 곳이야. 네 엄마랑 아빠가 저기 있을지도 몰라. 나는 눈곱만큼도 그 사람들 생각이 안 난다고 말했다.

우리가 자꾸만 걷다 보니 갑자기 철로가 사라져 보이지 않았다. 사방이 모두 우리보다 훨씬 키가 큰 잡초들이었고, 잡초들 속에 무더기로 붉은 녹이 슨 폐철들이 보였다. 여러 대의 기차가 잡초 속에 쓰러져 있었다. 열차 칸이 납작하게 찌그러져 안에 들어 있던 폐철이 모두 쏟아져 나왔다. 앞으로 다시 조금 나아가자 사람들이 몰려 있는 것을 발견했다. 그들은 철강 더미에 쪼그리고 앉아 밥을 먹고 있었다. 화롯불에 사람들의 얼굴이 벌겋게 달아올랐다. 그들은 음식을 먹고 있었다. 뭘 먹고 있을까? 커다란 고기만두, 고구마. 그들은 정말 맛있게, 달게 먹느라 두 볼이 불룩했다. 마치 목거리를 앓고 있는 사람들 같았다. 그러나 나는 고기만두와 고구마에서 악취가 느껴졌다. 개똥보다도 더 구린 냄새에 나는 심하게 구역질이 나서 재빨리 바람이 부는 방향으로 달려갔다. 이때 남자 하나, 여자 하나가 갑자기 무리에서 일어나 큰 소리로 고함을 질렀다.

"거우성!"

고함 소리에 나는 깜짝 놀랐다. 우리 아빠와 엄마라는 것을 알 수 있었다. 그들이 휘청거리며 내게 달려왔다. 나는 순간 그들이 무서웠다. 마치 유아원의 할머니들처럼 무시무시했다. 그들에게서 개똥보다 더 지독한 악취가 났다. 그들이 손을 뻗어 나를 잡으려는 순간 나는 몸을 돌려 달아나 버렸다. 내가 뛰어가자 그들이 뒤쫓았다. 나는 차마 고개를 돌릴 수 없었다. 그들 손가락이 끊임없이 내 두피를 찌르고 있는 것을 느꼈다. 그때 내 친한 친구 철의 아이가 앞에서 고함치는 소리를 들었다.

"나무, 나무, 철 더미로 뛰어!"

그의 암홍색 모습이 철 더미에서 번쩍이더니 시야에서 사라져 버렸다. 나는 폐철 더미로 달려가 산더미처럼 쌓여 있는 더미 위로 솥, 삽, 쟁기, 총, 포 등 철기들을 밟고 기어 올라갔다. 철의 아이가 동그란 철 파이프 안에서 나를 불렀다. 나는 어깨를 옆으로 기울여 안으로 들어갔다. 철 파이프는 시커멓고 녹 냄새로 가득했다. 아무것도 보이지 않았다. 작고 싸늘한 손이 내 손을 잡아당겼다. 나는 철의 아이의 손이란 걸 알았다. 철의 아이가 작은 목소리로 말했다.

"걱정하지 마, 나를 따라와. 저 사람들은 우리 안 보여."

나는 그 애를 따라 앞으로 기어갔다. 구불구불한 철 파이프는 어디로 통해 있는지 알 수가 없었다. 기고 또 기어가니 한 줄기 빛이 보였다. 나는 철의 아이를 따라 밖으로 나왔다. 철의 아이가 내 손을 잡고 낡은 탱크 캐터필러를 잡아 포탑으로 기어 올라갔다. 포탑에 흰색 별 모양이 그려져 있었고 부식으로 구멍이 숭숭 난 포신이 비스듬히 하늘을 향하고 있었다. 철의 아이가 포탑을 쑤시고 들어갔다. 포탑의 나사도 모두 녹이 슬어 망가져 있었다. 철의 아이가 말했다.

"물어뜯어 열어."

우리는 포탑에 무릎을 꿇고 앉아 주위를 돌아가며 녹이 슨 나사들을 깨물었다. 깨물다가 먹다가 그렇게 조금 지나니 나사가 풀렸다. 포탑 뚜껑을 한쪽으로 젖혔다. 포탑 위 철은 어찌나 연한지 마치 너무 익어 물러 터진 복숭아 같았다. 나는 탱크 배안으로 들어가 폭신한 철에 앉았다. 철의 아이가 구멍을 찾아 우리 아빠와 엄마를 볼 수 있게 해 주었다. 나는 멀찌감치 그들이 철 더미를 기어 다니면서 쨍그랑 쨍쨍 철기들을 뒤지며 울부짖는 모습을 봤다.

"거우성, 거우성, 아들아. 이리 나와. 나와서 고기만두랑 고구마 먹자⋯⋯."

나는 그들의 모습이 낯설기만 했다. 나와서 고기랑 만두를 먹자고 소리칠 때 나는 그들을 비웃었다.

그들을 나를 찾지 못하고 돌아갔다.

우리는 탱크에서 나와 포신으로 기어 올라탔다. 멀리 또 가까이 불을 뿜는 커다란 화로와 화로 주위 분주히 움직이는 사람들의 모습이 보였다. 그들은 철로 된 솥을 들고 소리를 높였다. 하나, 둘, 셋! 소리와 함께 허공으로 솟구쳤다 떨어지면서 솥이 찌그러지면 다시 커다란 망치로 우그러지도록 내리쳤다. 솥 조각들이 구워지는 향긋한 냄새에 배에서 꼬르륵꼬르륵 소리가 들리기 시작했다. 철의 아이는 이런 내 마음을 알아차린 것처럼 말했다.

"나무 아이, 가자, 솥 먹으러 가자. 맛있어, 솥!"

우리는 이리저리 헤치며 불빛으로 걸어 들어가 가장 큰 솥 하나를 골라 들고 달아났다. 남자 몇 명이 기겁을 하며 손에 들고 있던 망치를 떨어뜨렸다. 쏜살같이 후다닥 달아나는 사람도 있었다. 그자가 달려가며 소리를 질렀다.

"철 도깨비, 철 도깨비가 나타났어!"

그때 우리는 이미 철 더미 꼭대기에 올라 솥을 한 줌씩 쪼개서 크게 덥석덥석 물어 먹고 있었다. 솥은 철근보다 훨씬 맛있었다.

우리는 솥을 먹다가 허리에 모제르총을 찬 절름발이 하나가 다가오는 것을 봤다. 그는 총 멜빵을 꺼내 '철 도깨비'라고 소리를 지른 남자를 후려치며 욕을 했다.

"빌어먹을 놈! 유언비어로 방해를 일삼는 놈들! 여우나 나무나 도깨비가 된다는 말은 들었지만 무쇠가 어떻게 도깨비가 돼?"

남자 몇 사람이 일제히 말했다.

"지도원 동무! 우리가 감히 어떻게 거짓말을 합니까. 우리가 솥을 내리치고 있는데 검은 그림자에서 철로 된 조그만 아이가 튀어나왔어요. 몸에 온통 붉은 녹이 슬어 있었고요. 솥을 뺏더니 들고 달아났습니다. 눈 깜짝할 사이에 사라졌어요."

절름발이가 물었다.

"어디로 달아났어?"

그 사람들이 말했다.

"폐철 더미 있는 곳으로 달아났어요."

"빌어먹을 헛소리!"

절름발이가 말했다.

"황폐한 벌판 어디서 아이가 나왔다고 그래?"

"그러니까 무서운 거죠."

절름발이가 총을 꺼내 철 더미를 향해서 땅! 땅! 땅! 세 발을 쐈다. 총알이 철에 맞으며 큼직한 금빛 불똥들이 튀어 올랐다.

철이 아이가 말했다.

"나무 아이, 우리 저 총도 뺏어서 먹어 버릴까?"

내가 말했다.

"뺏을 수 있을까?"

철의 아이가 말했다.

"넌 여기서 기다려. 내가 가서 뺏어 올게."

철의 아이가 살금살금 철 더미에서 내려와 잡초 위를 엉금엉금 기어 천천히 앞으로 나아갔다. 밝은 곳에 있던 사람들은 그 애를 보지 못했지만 난 볼 수 있었다. 나는 그 애가 절름발이 뒤까지 기어갔을 때 철 더미에서 쇠 경첩을 하나 집어 솥을 두드리기 시작했다. 몇몇 남자들이 말했다.

"들어 봐, 철 도깨비가 저기 있어."

절름발이가 막 총을 들어 쏘려고 할 때 철의 아이가 등 뒤로 뛰어올라 한 방에 총을 낚아챘다.

남자들이 소리를 질렀다.

"철 도깨비다!"

절름발이가 바닥에 엉덩방아를 찧으며 비명을 질렀다.

"사람 살려! 특무 요원이다, 잡아라."

철의 아이가 총을 들고 내 곁으로 기어 올라와 말했다.

"어때?"

나는 그 애의 능력에 찬사를 보냈다. 그 애가 무척 기뻐하며 총신을 한입 물어뜯어 내게 건넸다.

"자, 먹어!"

한입 베어 물었다. 화약 맛이 났다. 나는 퉤퉤 뱉으며 연거 푸 말했다.

"에이! 맛없어."

그 애가 총 등을 베어 물어 맛을 음미하더니 말했다.

"정말 맛도 되게 없네. 저 사람에게 줘 버리자."

아이는 총신을 절름발이 옆으로 던졌다.

나는 내가 한입 베어 문 조준경을 그 옆에 던져 버렸다.

절름발이가 총신과 조준경을 집어 들어 살피더니 우우 소리를 지르면서 엉망이 된 총을 버리고 달아났다. 달려가던 절름발이가 갸우뚱거리다 넘어지는 것을 보고 우리는 철 더미 위에 앉아 깔깔거렸다.

한밤중에 남서쪽 방향에서 한 줄기 섬광이 번쩍이더니 콰앙 하는 엄청난 소리와 함께 다시 기차가 나타났다.

우리는 기차가 철로 끝까지 달려가 그대로 다른 차량으로 파고들고, 뒤에 매달려 가던 차량이 쿵하며 달라붙는 동시에 차 칸에 있던 쇠가 와르르 철로 바깥쪽으로 쏟아지는 것을 목격했다.

그 후로 기차는 다시 오지 않았다. 나는 그 애에게 기차에 특별히 맛있는 부분이 있는지 물어봤다. 그 애는 기차 바퀴가 가장 맛있다고 말했다. 후에 우리는 기차 바퀴를 딱 한 번 먹어 봤다. 반쯤 먹고 나니 더 이상 먹고 싶지 않았다.

우리는 다시 용광로 옆에 가서 새로 제련한 쇠를 찾아 먹었다. 그러나 녹슨 철만큼 맛있지 않았다.

낮에는 철 더미를 헤집고 들어가 잠을 자다가 밤이면 밖으로 나와 소란을 피우는 우리 때문에 제련 작업을 하는 사람들은 혼비백산하여 도망을 쳤다.

어느 날 밤 우리는 또 솥을 내리치고 있는 남자에게 겁을 줬다. 환한 불빛 아래 온통 벌겋게 녹이 슨 솥이 놓여 있었다. 우리는 함께 솥을 향해 달려갔다. 우리가 막 솥 가장자리에 손을 뻗었을 때 획 하는 소리와 함께 밧줄로 매듭을 엮은 커다란 그물이 우리를 덮쳤다.

우리는 입으로 밧줄을 물어뜯어 보려 했지만 아무리 용을 써도 밧줄은 끊어지지 않았다.

그들이 신이 나서 외쳤다.

"잡았다! 잡았어!"

후에 그들은 사포로 우리 몸에 슨 붉은 녹을 닦아 냈다. 정말 아팠다, 정말!

첫사랑

아홉 살 되던 해, 나는 벌써 소학교 3학년이었다.

반 학생들보다 나이가 많이 어린 내가 막내였고, 제일 나이가 많은 두펑위는 이미 열여섯 청소년이었다. 그는 키가 우리 담임 선생님보다도 더 크고, 여드름도 담임 선생님보다 더 많았다. 매우 자연스럽게 그는 우리 반의 어린 패왕이 되었다. 더구나 그의 집은 명성도 드높은 위풍당당 극빈농으로, 위로 3대가 거지였다. 그의 엄마는 호소문 작성을 위해 걸핏하면 학교에 불려 왔다. 그럴 때마다 눈물 콧물 범벅이 되어 엄동설한에 동냥을 다니던 일, 비바람 치던 날 밤 두펑위를 지주 집 연자맷간에서 낳았던 일들을 늘어놓았다. 우리 반 담임 선생님 집은 부유한 중농이라 배경이 좋지 않았기 때문에 근홍묘정[16]으로, 여드름 가득한 얼굴에 눈을 부라리는 무산 계급 후손의 말 같지도 않은 만행에도 찍소리 한 번 내지 못했다.

우리 교실은 원래 마을에서 양을 기르는데 쓰던 두 칸짜리 곁채로 비가 오는 축축한 날에는 양 비린내가 진동했다. 곁채 북쪽에 위치한 세 칸짜리 본채는 향의 전화실이었다. 수많은 전화선이 창문을 통해 밖의 전신주에 연결되었고, 그렇게 다시 어디론가 이어져 있었다. 전화 교환실을 지키는 사람은 외지 억양이 있는 젊은 여자였다. 얼굴이 하얗고 몸도 통통했다. 당시 소파니, 빵이니 하는 것들이 뭔지도 몰랐던 나에게 마을의 건달 아저씨는 교환실 여자 가슴이 빵 같다느니, 배가 소파 같다느니 지껄였다. 여자에게는 딸이 둘 있었는데 얼굴 모습이 판이했다.

"다펑, 샤오펑, 내가 너희 아빠야."

두 딸은 처음에는 고분고분 그를 아빠라 부르다가 나중에는 그렇게 부르지 않았다. 후에 총각이 다시 자신을 아빠라고 하자 두 딸은 마치 노래를 부르듯 고함을 질렀다.

"네미 씹할!"

전화실 여자 집에는 반듯하게 옷을 차려입은 향진의 간부들이 많이 드나들었다. 전화실 너머로 우리가 있는 교실까지 히득거리는 웃음소리가 날아들었다. 나는 어렴풋이 그곳에서 좋은 일이 무척 많이 일어나겠다는 생각이 들었다. 어느 날 저녁, 나는 새끼 고양이를 보러 친구 집에 간 적이 있었다. 교환

---

16) 根紅苗正. 마오쩌둥 시대의 정치적 용어. 극좌 노선이 성행했을 때 노동자와 빈농, 열사의 자제 같은 출신 배경을 뿌리가 빨갛다고 하여 근홍(根紅)이라 했고, 신중국에 태어나 홍기 아래 성장하여 구사상의 영향을 받지 않은 자를 씨앗이 반듯하다고 하여 묘정(苗正)이라 했다.

실을 지나는데 창문 밖에 누군가 서 있는 것을 발견했다. 다가가 보니 바로 우리 담임 선생님이었다.

나는 여드름 잔뜩 난 젊은 담임 선생님이 뭐가 그리 못마땅해서 걸핏하면 나를 아무 이유도 없이 교실 밖으로 끌어다 전화실 밖 전신주 아래에서 벌을 서게 했는지 알 수가 없었다. 한번 벌을 섰다 하면 몇 시간이었다. 여름철이면 햇살에 머리가 어지럽고 눈앞이 컴컴해지고 온 얼굴에 땀이 홍건해지는 건 당연한 결과였다.

반에는 여학생이 두 명밖에 없었다. 하나는 우리 삼촌 딸이고, 또 한 사람은 성이 '두'인데, 이름은 뭔지 생각이 나지 않는다. 그 애는 두 발 모두 발가락이 여섯 개였다. 발이 평평하고 넓어 마치 작은 부들부채 같았다. 우리는 그 애를 '류즈'[17]라 불렀다. '류즈'는 못생긴 데다 남의 연필이나 지우개를 훔치는 도벽이 있었다. 출신 배경 역시 좋은 편이 아니라 반에서 무시를 당했다. 나는 담임 선생님이 나와 류즈를 가장 혐오했기에 나랑 그 애를 한 걸상에 앉아 한 책상을 쓰도록 했을 거라고 생각했다. 나와 류즈는 키가 제일 작았지만 담임은 우리를 맨 뒷줄에 앉혔다.

류즈와 한 걸상에 앉는다는 사실에 내가 느꼈던 수치스러움은 그 어떤 말로도 표현할 길이 없었다. 그런데 두평위, 그 빌어먹을 새끼가 내게 류즈와 한 걸상에 앉으니 장차 부부가 될 거라고 억지를 부렸다. 당시 류즈보다도 더 못생겼다는 사

---

17) 六指. 발가락이 두 발 모두 여섯 개씩이라 붙여진 이름.

실을 깨닫지 못했던 나는 류즈와 한 걸상에 앉는다는 자체만
으로도 진절머리가 났는데, 이런 내게 류즈와 부부가 되라니
정말 죽을 맛이었다. 나는 눈물을 왈칵 쏟으며 목멘 채 두펑위
에게 욕을 퍼부었다. 두펑위가 두 주먹을 날렸다. 주먹은 곧장
내 머리로 날아들었고 나는 그대로 바닥에 주저앉고 말았다.

바닥에 앉아 우느라 수업 종소리도 듣지 못하고 있던 나는,
담임이 머리에 빨간색 플라스틱 나비 핀을 달고, 빨간색 체크
무늬 상의에, 하의도 빨간색 체크무늬 바지를 입은 여학생을
데려오는 것을 발견했다.

담임은 색분필 한 통을 손에 들고 교편을 낀 채 여자아이 손
을 끌고 곧장 교실로 향했다. 내 추한 얼굴이 보이지도, 내 울
음소리가 들리지도 않는 것 같았다. 그러나 담임 옆에 있는 예
쁜 여자아이만은 나를 유심히 바라봤다. 그 아이의 눈동자가
어찌나 예쁜지! 까맣고 촉촉한 눈동자가 마치 신선한 포도송
이 같았다. 그 아이의 눈길에 문득 나는 뭐라 말로 표현할 수
없는 기분이 들었다. 나는 우는 것도 잊은 채 멍하니 여자아이
의 눈길에 빠져들었다.

담임이 여자아이를 데리고 교실로 들어섰다. 잠시 얼이 빠
져 있던 나는 자리에서 일어나 옷소매로 눈물, 콧물을 닦고 조
심조심 슬쩍 교실로 들어갔다. 반 아이들은 평소와 달리 단정
한 자세로 앉아 칠판 앞에 선 담임과 여자아이를 바라봤다. 내
가 살며시 류즈 옆에 가서 앉았다. 담임 선생님이 매서운 표정
으로 나를 훑어봤다. 여자아이가 다시 아름다운 두 눈동자로
호기심 어린 눈길을 보냈다.

담임 선생님이 말했다.

"여러분, 우리 반에 새로운 학생이 왔다. 이름은 장뤄란! 장뤄란 학생은 혁명 간부의 자녀로 고귀한 자질을 듬뿍 지닌 학생이니 여러분 모두 열심히 배우기 바란다."

우리는 일제히 박수로 아름다운 장뤄란을 환영했다.

담임 선생님이 말했다.

"장뤄란 학생은 공부를 잘하니 앞으로 우리 반 학습위원을 맡도록 하자."

우리는 다시 박수를 쳤다.

담임 선생님이 말했다.

"장뤄란 학생은 특히 노래를 아주 잘해. 우리 모두 장뤄란 학생 노래를 청해 듣도록 하자."

우리는 다시 박수를 쳤다.

장뤄란은 낯빛 하나 바뀌지 않고 당차게 노래를 부르기 시작했다.

"푸른 하늘, 흰 구름 떠가고, 흰 구름 아래에는 말이 달리네……."

아고, 엄마야! 장뤄란, 보통 아이가 아니었다. 노랫소리가 꿀보다 더 달콤했다. 대체 저 아이 엄마, 아빠는 어떻게 저런 애를 낳았을까? 학우들은 모두 뤄란의 노랫소리에 넋이 나가 버렸다.

우리는 힘껏 박수를 쳤다.

담임이 말했다.

"장뤄란은 우리 반 문화체육위원도 겸하도록 해라!"

우리가 막 박수를 치려 할 때 두펑위가 벌떡 일어나 담임에게 물었다.

"저 애더러 문화체육위원을 하라니, 그럼 전 뭐 합니까?"

담임은 잠시 생각하더니 말했다.

"넌 노동위원 하면 돼."

두펑위가 입을 삐죽거리며 막 앉으려 할 때 담임이 말했다.

"앉을 필요 없고, 뒷줄로 가. 그 자리는 장뤄란에게 주고."

두펑위가 낡은 책가방을 끼고 욕을 중얼거리며 교실 가운데를 가로질러 맨 마지막 줄, 그를 위해 특별히 마련된 전용 좌석에 앉았다.

장뤄란은 내 사촌 누나 옆자리, 두펑위가 비워 놓은 걸상에 앉았다. 뒷자리로 밀려난 두펑위를 보며 나는 속으로 쾌재를 불렀다. 장뤄란이 오자 두펑위가 오리알 신세가 되었으니 장뤄란이 내게 복수를 해 준 셈이다. 장뤄란, 정말 멋진 장뤄란! 나는 무한한 사모의 정으로, 자줏빛 포도송이 같은 두 눈을, 잘 익은 사과처럼 발그레 홍조를 띤 얼굴을, 달콤한 꿀 같은 미소를, 앵두같이 어여쁜 두 입술을, 조개 속 같은 하얀 치아를, 날렵하고 힘차며 아기 사슴같이 경쾌한 장뤄란의 발걸음을 바라봤다. 그 아이는 자리에 앉기 전, 내 사촌 누나를 보고 어여쁘게 미소 지었다. 나는 괜히 눈물이 핑그르르 돌았다. 그 아이는 단정하게 자리에 앉았다. 내 눈길이 학우들 등줄기를 돌아 장뤄란의 등에, 빨간 체크무늬 상의의 체크무늬에 꽂혔다. 수업 시간 내내 담임이 무슨 말을 하는지, 나는 아무것도 알 수가 없었다.

장뤄란이 오고 난 후 무미건조하고 암흑 같았던 나의 학교 생활에 갑자기 푸른 풀이 무성하고, 아름다운 꽃이 피어난 것 같았다. 장뤄란이 오기 전까지 나는 학교생활이 지겹고 두렵고 증오스러웠다. 몇 번이나 나는 아빠 엄마에게 애걸을 했다. 학교에 보내지 마세요. 집에서 소나 양을 칠게요. 그러나 장뤄란이 온 후로 나는 토요일, 그것도 토요일 오후가 가장 두려웠다. 내 마음속의 태양, 장뤄란이 가죽 책가방을 멘 채 알록달록한 체크무늬 옷을 입고, 나비 핀을 꽂고, 폴짝폴짝 냇물 위 조그만 돌다리를 건너 향 정부 마당의 자기 집으로 돌아가면 나는 더이상 그 아이를 볼 수 없었기 때문이다.

　일요일만 되면 나는 마치 영혼을 잃은 사람처럼 밥도 먹고 싶지 않고, 물도 마시고 싶지 않았다. 그런데 집에서 양을 끌고 나가 풀을 먹이라고 하지 않아도 나는 양몰이를 하러 갔다. 나는 양을 끌고 내를 건너 향 정부 마당 앞을 서성거렸다. 향 정부 문 앞 공터의 오래된 잡초는 일찌감치 우리 양들이 모조리 뜯어 먹어 버린 탓에 양들은 배가 고프다고 음매 하며 울어댔다. 그러나 나는 푸른 풀이 무성한 들판으로 가서 풀을 뜯어 먹고 싶은 양들의 소망을 들어 주지 않았다. 나는 양들을 향 정부 문 앞 나무에 묶어 두고 나무껍질을 갉아 먹게 했다. 나는? 나는 나무 옆 공터에 앉아 뚫어져라 향 정부 대문을 들고 나는 사람들을 바라보며 어느 순간 갑자기 장뤄란이 내 앞에 나타나 주길 고대했다. 나는 자꾸만 나 자신을 북돋았다. 조금만 기다려, 조금만, 다시 조금만 더…….

　이런 나의 비밀은 결국 양 두 마리의 배가 홀쭉해진 것을 발견한 할아버지에게 들통이 나고 말았다. 그러나 집안사람들은 내가 왜 향 정부 문 앞에 양을 몰고 가는지 정확하게 알지 못했다. 한바탕 욕을 먹은 후 나는 대문 밖으로 달려 나가 훌쩍거렸다. 내 사촌 누나가 뜨거운 고구마를 들고 내게 왔다. 누나는 내게 고구마를 건네며 말했다.

"난 네가 왜 거기 가서 양을 치는지 알아. 네 비밀을 지켜 줄게. 하지만 그 대신 『봉신방』[18] 일주일만 빌려줘."

나는 이웃 마을 아이와 커다란 폭죽 두 개를 주고 맞바꾼 『봉신방』 연환화[19]를 가지고 있었다. 누런 종이에 당시 유행하던 연환화보다 판형이 컸다. 콧구멍에서 황금 빛줄기를 내뿜으며 사람의 혼백을 빼앗는 정륜, 눈에서 손이 자라고, 손에 눈이 있는 양임, 호랑이를 타고 다니는 도인 신공표, 땅속을 이동하는 토행손, 커다란 두 날개를 가진 뇌진자 그리고 용의 힘줄을 뽑아내고 용의 비늘을 벗기는 나타……. 덩치 큰 두 평위가 주먹으로 날 위협해도 난 보여 주지 않았다. 그러나 나는 벽장 속에 숨겨 둔 이 보물 같은 책을 조금도 주저하지 않고 사촌 누나에게 빌려줬다.

장뤄란이 온 지 한 달 남짓, 반에 일대 사건이 벌어졌다. 담임이 교실에서 엄숙한 어조로 말했다.

"학생 여러분, 누군가 교환실 처마 밑에 걸어 둔 말린 고구마 한 줄을 훔쳐 갔다. 가져간 사람은 자진해서 털어놓는 것이

---

18) 封神榜.『봉신연의(封神演義)』의 별칭. 은나라에서 주나라로 바뀌는 왕조 교체기의 이야기를 다룬 중국 고전 소설.

19) 連環畵. 하나의 사건이나 이야기를 여러 개의 그림을 연결해 서술한 작품.

최선이야. 남에게 고발당해 창피당하지 말고!"

나는 담임이 의미심장한 표정으로 날 바라보는 느낌이 들었다. 순간 가슴이 쪼그라드는 것 같았다. 말린 고구마를 훔친 건 아니지만 마치 내가 꼭 훔친 것 같았다. 내가 엉덩이를 이리저리 비트는 바람에 걸상 다리가 삐걱거렸고, 그 때문에 짜증이 난 류즈가 큰 소리로 말했다.

"엉덩이에 뿔이라도 났어? 왜 그렇게 꿈지럭거려?"

류즈의 말에 선생님과 친구들의 시선이 모두 나에게 쏠렸다. 일제히 나를 향한 그들의 시선은 마치 내가 말린 고구마를 훔친 도둑임을 확신하는 것 같았다. 코끝이 시큰해졌다. 나는 이내 흑흑거리며 울기 시작했다. 그때 간사한 두펑위가 고함을 질렀다.

"고구마 훔친 범인이 쟤예요. 어제 쟤가 화장실에 쪼그리고 앉아 말린 고구마를 먹는 걸 봤어요. 내가 좀 달라고 해도 죽어도 안 주더라고요."

나는 변명을 하려고 했지만 목구멍에 뭐가 박힌 것처럼 단 한마디도 소리를 낼 수 없었다. 담임이 다가와 극도로 혐오스럽고 경멸에 찬 표정으로 나를 바라보며 차갑게 말했다.

"꼭 죽어 나자빠진 곰 새끼 같아 가지고! 나가서 울어!"

야비한 두펑위 새끼가 담임의 지시에 따라 모질게 내 머리채를 움켜쥐고 전화실 창밖 전신주 아래로 나를 끌고 가더니 큰 소리로 전화실을 향해 소리쳤다.

"당신네 말린 고구마 훔쳐 먹은 좀도둑 새끼 잡았어요. 어서 나와 봐요."

머리에 헤드폰을 낀 하얗고 통통한 여자가 높다란 창문으로 고개를 내밀어 나를 힐끗 쳐다보더니 외지 억양으로 길게 말을 늘여 뺐다.

"쪼그만 자식이 벌써 남의 물건이나 훔치고, 커서 도적 떼가 될 것이 분명하네."

수치스러운 모습으로 전신주 아래 자리한 내 머리 위로 뜨거운 태양이 내리쬐고 있었다. 전화실의 두 여자아이가 뛰어나와 담 모서리에서 벽돌 조각들을 주워 올리더니 굼뜬 동작으로 나를 향해 돌팔매질을 하며 소리쳤다.

"이 도둑놈의 새끼, 도둑놈! 이 염병 걸린 개새끼, 추잡한 새끼!"

금방이라도 눈물이 터질 것 같던 순간, 눈앞에 빨간 빛이 번쩍였다. 장뤄란이었다. 나는 고개를 푹 숙였다.

장뤄란이 천사처럼 깨끗한 손으로 내 옷자락을 잡아당기며 마치 방울 소리 같은 목소리로 내게 말했다.

"울보, 실컷 울었어? 말린 고구마 네가 안 훔친 거 다 알아."

장뤄란은 나를 교실로 데려가더니 책가방에서 말린 고구마 한 덩이를 꺼내 들어 올리며 말했다.

"선생님께 말씀드리는데, 이건 누명이에요. 말린 고구마를 훔친 사람은 두펑위예요."

모든 시선이 장뤄란의 손에서 두펑위의 얼굴로 옮아갔다. 두펑위가 고함을 질렀다.

"거짓말이야!"

장뤄란이 말했다.

"이 말린 고구마는 제가 싫다는데도 두펑위가 한사코 제게
준 거예요. 누가 이런 것 먹고 싶대? 저 애 책가방에 아직도 많
아요. 못 믿겠으면 뒤져 보세요."

감히 두펑위의 가방을 뒤지는 아이는 없었다. 장뤄란이 달
려가 그의 책가방을 낚아챈 후 모서리를 잡고 흔들자 물건이
와르르 쏟아졌다. 말린 고구마, 왕성이 잃어버린 볼펜, 리리
푸가 잃어버린 지우개, 왕다차이가 잃어버린 만화경⋯⋯. 모
두 그의 책가방에서 쏟아졌다. 알고 보니 진범은 바로 두펑위
였다. 나는 계속 이 모든 것을 류즈가 훔쳐 갔다고 생각했더랬
다. 류즈가 펄쩍 뛰며 욕을 퍼부었다.

"두펑위 이 씹할 새끼, 너나 나나 같은 두씨 아냐? 항렬로
보면 내가 네 고모뻘인데, 날 모함해? 내가 아주 본때를 보여
주겠어!"

담임은 두펑위를 자리에서 일어서도록 했다. 두펑위가 일
어나 고개를 삐딱하게 기울이더니 더러운 손톱으로 벽을 후
벼 팠다.

담임이 열없이 물었다.

"네가 훔친 거야?"

두펑위가 두 눈을 치켜뜨고 천장을 바라보더니 경멸하듯
흥 하고 코웃음을 쳤다. 담임이 말했다.

"나가!"

두펑위가 말했다.

"나가라면 나가지, 뭐."

그는 문드러진 개가죽 같은 낡은 책 몇 권을 책가방에 쑤셔

넣더니 담임의 이름을 들먹이며 욕지거리를 퍼부었다.

"썹할! 언젠가 권력을 잡으면 부유한 중농, 네놈부터 잘라 버리겠어."

두펑위가 낡은 책상을 뒤엎고 씩씩거리며 나가 버렸다.

누렇게 뜬 초췌한 얼굴로 구부정하게 허리를 구부리고 강단에 선 담임의 입술이 부들부들 떨리고 있었다. 한참 만에 담임이 허리를 펴고 말했다.

"수업 끝!"

말끄트머리에 담임이 몇 번 기침을 했다. 얼굴이 마치 금분을 칠해 놓은 것처럼 노래지더니 입안에서 한가득 선혈이 품어 나왔다.

나는 억울함을 풀어 준 장뤄란에게 말로 다 할 수 없이 감격했다. 그렇지 않아도 미친 듯이 그 애를 연모하던 차에 불처럼 뜨겁고 물처럼 깊은 은혜를 입고 나니 마치 불에 기름을 끼얹은 듯, 비단에 꽃을 더한 듯 더욱 얼이 빠져 버렸다. 감히 더 이상 향 정부 문 밖에서 양치기를 할 수도, 더더욱 그 애를 만나러 향 정부 마당에 들어갈 배짱도 없었다. 나는 그저 매주 학교에 있는, 마치 번개처럼 짧은 닷새하고 반나절 동안만 더욱 열심히 그 애를 바라볼 뿐이었다. 앞으로 다가갈 용기도, 그 애에게 말을 걸 용기도 나지 않았다.

어느 날 집에 친척 한 분이 오시면서 사과 네 개를 선물로 가져왔다. 친척이 떠난 후, 사과 네 개가 탁자 위에 놓여 있었다. 빨간 모습이 마치 장뤄란의 얼굴처럼 질은 향기를 품고 있었다. 나는 뚫어져라 사과를 바라봤다. 할머니가 삐죽거리며 사과 두 개를 가져가 엄마와 숙모에게 말했다.

"한 사람에 하나씩 가져가서 아이들 나눠 줘라."

엄마는 선홍빛 사과를 우리 방으로 가져오더니 부엌칼을 찾아 사과를 잘라서 우리 형제자매에게 나눠 먹이려 했다. 나는 큰 용기를 내 엄마의 손목을 잡았다. 그리고 더듬거리며 엄마에게 부탁했다.

"엄마…… 그냥 자르지 말고……."

엄마가 나를 바라보며 말했다.

"귀한 거잖아. 형이랑 누나에게도 맛을 보여 줘야지."

난 수줍게 이렇게 말했다.

"내가 먹으려는 것이 아니고, 그게……."

엄마가 한숨을 내쉬었다.

"네가 먹을 게 아니라면 왜 달라고 해? 욕심은!"

나는 용기를 내서 말했다.

"엄마…… 장뤄란이란 친구가 있는데……."

엄마가 촉각을 곤두세웠다.

"남학생이야, 여학생이야?"

내가 말했다.

"여학생."

엄마가 물었다.

"그 애 갖다 주려고?"

나는 고개를 끄덕였다.

엄마는 더 이상 묻지 않고 칼을 옆에 내려놓은 후 옷깃으로 빨간 사과를 쓱쓱 문질러 통째로 내게 건넸다.

"책가방 속에 숨겨 둬."

그날 밤 나는 잠을 이룰 수 없었다.

날이 밝자마자 나는 자리에서 일어나 책가방을 메고 집을 빠져나갔다. 엄마가 등 뒤에서 나를 불렀지만 나는 대답을 하지 않았다. 한 손으로 책가방 안의 사과를 꼭 누르고 새벽안개가 몽롱한 골목길을 쏜살같이 달려 콩꼬투리와 나팔꽃이 가득 피어오른 울타리를 지나 높은 강둑으로 올라간 다음 맑은 강물을 거슬러 올라 까만색 좁은 돌다리 위로 달려갔다.

나는 다리의 차가운 돌기둥을 손으로 잡고 달콤한 기다림에 빠져들었다. 일찍 물을 길러 나온 남자 몇 명이 내 옆을 지나갔다. 그들 몸에서 후끈한 열기가 느껴졌다. 그들은 의혹에 가득 찬 눈초리로 나를, 봉두난발에 남루한 옷을 걸치고 얼굴에 때가 덕지덕지 앉은 어린 남자아이를 바라봤다.

태양이 솟아올라 강 전체를 붉게 물들였다. 물을 긷는 남자들이 다리 중앙에 서서 다리를 쩍 벌리고 허리를 구부린 채 맑은 강물이 가득 담긴 물통을 끌어 올렸다. 수많은 영롱한 물방울들이 물통 가장자리를 따라 소리 없이 강으로 떨어졌다. 윤기가 번지르르한 검은 개 한 마리가 강둑을 어슬렁어슬렁 걸어가고, 수탉 한 마리가 풀 더미 위에서 멍하니 서 있고, 희뿌연 밥 짓는 연기가 집집마다 굴뚝을 통해 곧장 하늘을 향해 피어올랐다. 이것이 바로 새벽 풍경이다. 너무 일찍 집을 나섰지만 후회하지 않았다. 일 분씩 시간이 흐를 때마다 밤새도록 내 머릿속에 맴돌았던 정경에 그만큼 가까워지고 있었다. 그 애가 빨간 옷을 입고 다리 저쪽 끝에 나타나면 나는 이쪽 끝에서 달려가 다리 중앙에서 그 애를 만나리라. 그 애가 놀란 눈초리로 나를 바라볼 때 나는 두 손으로 빨간 사과를 그 애 앞에 내밀며 말할 것이다. 친애하는 장뤄란 학우, 내가 가장 난처할 때 나를 도와줘서 고마워. 나는 사과를 그 애 손에 올려놓고 몸을 돌려 달려가야지. 아침 태양을 맞으며, 노래를 부르며, 마치 환희에 찬 아기 새처럼.

　마침내 장뤄란이 작은 돌다리 저쪽 끝에 모습을 드러냈다. 그 애는 내가 가장 깊은 인상을 받았던 그 빨간색 옷 대신 흰빛이 감도는 푸른색 옷을 입고 있었다. 커다란 남자가 길을 걸으며 그 애의 머리카락을 쓰다듬고 있었다. 순간 용기가 사라져 버렸다. 나는 좀도둑처럼 돌기둥 옆에서 뛰어나가 행여 장뤄란에게 들킬까 다리 끝 근처 관목 더미 안으로 쏙 들어가 버렸다. 장뤄란의 목소리가 들렸다.

　"아빠, 들어가요. 두펑위는 아빠에게 혼난 후 다시는 감히 날 건드리지 않아요."

　장뤄란의 아빠가 뤄란에게 손짓을 한 후 뒤돌아 떠났다. 장뤄란이 노래를 흥얼거리며 내 옆을 지나갔다. 나는 한 손으로 책가방 안의 사과를 움켜쥐고, 허리를 굽힌 채 관목 더미를 잽싸게 뚫고 나가 장뤄란의 앞을 가로막고 사과를 그 애 손에 건네야 했다.

　나는 학교 근처에 쌓아 둔 관목 더미 뒤편에서 뛰어나가 숨을 헐떡이며 장뤄란을 가로막았다. 장뤄란이 "어!" 하고 소리를 지르더니 마음을 진정시킨 후 버럭 소리를 질렀다.

　"얘, 너 뭐 하는 거야?"

나는 가슴이 콩닥거렸다. 수백 번 되새겼던 말을 해야 하는데 입이 열리지 않았다. 나는 선홍빛 사과를 책가방에서 꺼내야 했지만 손이 움직이지 않았다.

　장뤄란은 길에 길게 늘어진 내 그림자를 향해 침을 뱉더니 고개를 들고 가슴을 내민 채 도도하게 내 옆을 스쳐 지나가 버렸다.

사랑 이야기

그해 가을 대장이 열다섯 샤오디와 예순다섯의 노인 귀싼에게 수차를 돌리도록 했다. 왜 수차를 돌리는가? 물 때문이다. 물은 어디에 쓰려고 하는 것인가? 배추에 물을 주기 위해서였다. 수로 관리자는 허리펑이라는 여성 지식 청년으로 나이가 스물다섯 정도였다.

입추가 지나면 매일 배추에 물을 줘야 한다. 그러지 않으면 뿌리가 썩는다. 일을 할당할 때, 대장은 매일 아침 작업 할당을 기다릴 필요 없이 그저 밥 먹고 나서 배추에 물을 주면 된다고 했다.

그들은 밥을 먹은 후 배추에 물을 주러 갔다. 입추부터 서리가 내릴 때까지. 물론 그들이 쉬지 않고 물을 주는 것은 아니다. 그들은 다른 일도 했다. 예를 들어 배추에 비료도 주고, 벌레도 잡아 주고, 고구마 순으로 땅에 늘어진 배춧잎을 한데 모아 묶어 주기도 했다. 그들은 매일 네 차례 삼십 분 남짓 휴식을 취했다. 여성 지식 청년 허리펑에게 손목시계가 있었다. 서리가 내린다는 상강이 되자 지온이 낮아지기 시작하면서 배추가 공 모양으로 오그라들었다. 그리고 그때가 되면 물 주기 작업도 끝이 났다.

수차를 해체하고 수레로 생산대 마당까지 날라 관리인에게 넘기자 관리인은 대충 훑어본 후 가도 좋다고 말했다.

다음 날 그들은 아침을 먹은 후 쇠 종 아래에서 대장의 새로운 업무 하달을 기다리고 있었다. 대장이 궈쌴에게 소 세 마리를 끌고 가 밑동이 남은 콩밭 작업을 하도록 하고, 샤오디에게는 들판 귀퉁이 땅에 밀을 심도록 했다. 허리펑이 물었다.

"대장, 난 뭐 해요?"

대장이 말했다.

"샤오디랑 함께 밀 파종이나 하지. 거긴 고랑 파고, 샤오디는 씨 뿌리고!"

능글능글한 합작사 사람 하나가 대장의 말꼬리를 잡고 샤오디에게 농을 건넸다.

"샤오디, 거시기, 허리펑 거시기에 잘 겨냥해서 뿌려. 거시기 밖으로 씨 뿌리지 말고."

사람들이 일제히 폭소를 터뜨렸다. 샤오디는 가슴이 콩닥콩닥 뛰는 것을 느끼며 힐끗 허리펑을 쳐다봤다. 표정이 잔뜩 굳은 허리펑은 몹시 불쾌해 보였다. 샤오디는 금세 울상이 되어 농지거리를 던진 공사 직원에게 욕을 퍼부었다.

"라오치, 저 개잡놈의 자식!"

배추밭은 마을 동쪽 끝, 커다란 못 바로 옆이었다. 못에는 빗물이 꽤나 많이 고여 있고, 수면에 수초와 이끼가 제법 끼어 있어 그 속을 가늠할 수 없을 정도로 짙푸른 녹색을 띠고 있었다. 생산대에서 배추밭으로 이곳을 고른 중요한 이유는 바로 이 못의 물을 이용하기 위해서였다. 당연히 우물로도 물을 댈 수 있지만 못 물보다는 효과가 좋지 않았다. 못 위로 설치한 수차는 마치 수상 정자 같았다. 샤오디와 궈쌴이 덜그럭대는 나무 판을 발로 밟았다. 각자 철로 된 수차 손잡이를 하나씩 잡고 번갈아 위, 아래로 오르락내리락하며 끼익, 끼익 계속해서 물을 퍼 올렸다. 입추부터 상강까지 단 한 번도 비가 내리지 않았다. 거의 매일 하늘은 푸르고 햇살은 찬란했다. 바람이 불든, 안 불든 못의 물은 평온하기 그지없었다. 하늘에 흰 구름이 뜨면 못에도 흰 구름이 떴다. 못의 구름은 하늘의 구름보다 더 맑았다. 샤오디는 때로 구름을 바라보다 넋이 나가 잡고 있는 쇠 손잡이를 돌리는 일도 잊어버렸다. 궈쌴이 시르죽어 한 소리 했다.

"샤오디! 자나?"

못의 북쪽에 돗자리만 한 크기의 갈대밭이 있었다.

쓸쓸한 갈대밭은 현실 세계처럼 느껴지지 않았다. 갈대가 하루하루 노랗게 물들었다. 태양이 떠오를 때 그리고 서산으로 기울 때면 햇살에 비친 노란 갈댓잎은 마치 금칠을 해 놓은 듯했다. 온몸이 빨갛고 기이하게 생긴 커다란 잠자리가 금빛 갈댓잎에 내려앉을 때면 못과 갈대, 잠자리가 한 폭의 그림을 이루었다. 오리 십수 마리와 하나같이 눈처럼 하얀 거위 예닐곱 마리가 푸른 물을 유유히 떠다녔다. 목이 긴 수컷 거위 두 마리는 암컷 거위 등에 올라타 있기도 하고 때로는 오리 등에 올라타 있기도 했다.

이런 수컷 거위의 모습을 샤오디는 종종 얼빠진 모습으로 바라봤고 그럴 때마다 수차 돌리는 일을 까먹는 바람에 궈싼에게 한마디씩 듣곤 했다.

"뭘 생각하나?"

샤오디는 황망히 거위, 오리에게서 눈길을 돌려 더 열심히 수차를 돌렸다. 절컥절컥 수차의 사슬이 돌아가는 소리, 후드득 물 떨어지는 소리와 함께 궈싼의 말이 울려 퍼졌다.

"아직 털도 다 안 난 수평아리가 생각하는 거 하고는, 원!"

샤오디는 창피한 생각이 들었다. 궈싼은 못 위를 날아다니는 빨간 빛의 아름다운 잠자리에게 '각시'라는 이름을 붙여 주었다.

허리펑은 몸집이 컸다. 궈싼 아저씨보다도 더 컸다. 우슈에도 능해서 듣자 하니 중국소년무술팀에 참가해 유럽 공연을 간 적도 있다고 한다. 사람들은 늘, 문화 대혁명만 아니었다면 그녀가 분명히 한 가닥 했을 거라고 아쉬워했다. 출신 배경이 좋지 않다고 했다. 그녀의 아버지가 자본가라고 말하는 이도 있고, 주자파[20]라고 말하는 이도 있었다. 주자파든 자본가든 별 차이가 없었기 때문에 누구도 이를 꼬치꼬치 알아보려 하

---

20) 走資派. 중국의 문화 대혁명 때 자본주의 노선을 추구했던 실권파로 류샤오치, 덩샤오핑 등을 지칭한다.

는 이는 없었다. 어쨌거나 모두 허리핑의 출신 배경이 좋지 않다는 사실만 알고 있었다.

허리핑은 말수가 적었다. 마을 사람들 모두 그녀가 성실하다고 말했다. 그녀랑 같이 내려온 지식 청년들은 학교에 가는 사람도 있고, 일자리를 잡은 사람도 있고, 도시로 돌아간 사람도 있었지만 허리핑은 이 모든 것에서 제외되었다. 이 모든 일이 출신 배경 때문이라는 것을 모두 알고 있었다.

허리핑의 우슈 솜씨를 본 건 딱 한 번, 그것도 농촌생산대 일원으로 막 마을에 도착했을 때였다. 당시 샤오디는 겨우 여덟, 아홉 살이었다. 당시 마을에서는 마오쩌둥 사상 선전회가 자주 열렸다. 지식 청년들은 연설이나 노래를 하고 하모니카, 피리를 불거나 얼후[21]를 연주하기도 했다. 당시 마을은 분위기는 매우 떠들썩했다. 인민공사 사람들은 낮에는 일하고 밤에는 혁명을 외쳤다. 샤오디는 당시 하루하루가 마치 새해 명절을 보내듯 북적거렸다고 기억했다. 어느 날 밤 여느 밤들과 마찬가지로 저녁을 먹은 사람들이 밖으로 나와 혁명에 나섰다. 앞에는 흙으로 만든 단상 위에 기둥 두 개가 서 있고, 그 기둥에 가스등 두 개가 걸려 있었다. 지식 청년들은 단상 위에서 노래를 부르고 연주를 했다. 샤오디의 기억에 따르면 갑자기 공연 상황을 알리는 어린 지식 청년 하나가 이렇게 말했다고 한다.

빈농과 하중농[22] 동지 여러분, 위대한 지도자 마오 주석은

---

21) 중국 현악기로 해금과 비슷하다.
22) 자신의 노동 수입에 의해 생활하며 일반 중농 이하의 생활을 하는 계층.

총부리에서 정권이 나온다고 가르치셨습니다. 이어서 허리펑의 우슈 공연 '구점매화창'[23]을 감상하겠습니다.

샤오디는 사람들 모두가 미친 듯이 박수를 치며 허리펑이 나오길 기다렸다고 기억한다. 잠시 후 허리펑이 등장했다. 그녀는 몸에 꼭 끼는 빨간색 옷을 입고, 발에는 흰색 고무신을 신고, 머리를 틀어 올린 모습이었다. 젊은 청년들은 봉긋 솟은 그녀의 가슴에 대해 의견이 분분했다. 가슴이 진짜라는 이도, 가짜라는 이도 있었다. 가짜라고 말하는 사람은 허리펑의 가슴에 플라스틱 공기가 두 개 들어 있다고 말하기도 했다. 그녀가 빨간 끈을 맨 창을 집고 무대 위에 등장했다. 가슴을 내밀고 고개를 들고, 까만 두 눈을 반짝이는 모습은 눈이 부셨다. 이어 창을 몇 번 흔들더니 샤샤 바람을 가르며 창을 놀리기 시작했다. 중요한 대목에 이르자 무대 위에는 빨간 그림자만 번뜩이며 휙휙 지나다니니 도무지 그녀의 몸동작을 정확하게 볼 수가 없었다. 이후 허리펑은 마지막 동작을 취한 후 손으로 긴 창을 잡고 무대 위에 똑바로 섰다. 마치 굳어 버린 붉은 심지 같았다. 한동안 쥐 죽은 듯이 조용하던 무대 아래 사람들이 그제야 꿈에서 깬 듯 넋 나간 표정으로 박수를 치기 시작했다.

그날 밤 마을 젊은이들은 모두 잠을 이루지 못했다.

다음 날 바닥에서 쉬고 있던 인민공사 사람들은 너도 나도 창을 놀리던 허리펑과 그녀의 '구점매화창'에 대해 쑥덕거렸다. 이 계집애 창술은 그저 보기만 좋을 뿐 아무짝에도 쓸모없

---

23) 九點梅花槍. 매화 창은 소림 무술 중 하나인 태조문의 전통 창이다.

다고 하기도 하고, 그런가하면 창을 놀리는 속도가 바람처럼 빨라 네댓 사람이 가까이 다가갈 수도 없으니 이는 쓸모를 따질 수준을 넘어선 거라고 말하는 이도 있었다. 이런 마누라를 둔 놈은 재수 옴 붙었다고 말하기도 했다. 얻어터질 일밖에 없지 않겠느냐고. 이런 계집애라면 분명히 남자를 올라타고 잘 텐데, 제아무리 차축같이 건장한 남자라도 '구점매화창'의 일격을 이겨 내지 못할 것이 아니냐고도 했다. 이후 사람들은 점점 더 야한 이야기를 주고받았다. 당시 어른들을 따라 일을 하던 샤오디는 이런 말을 들으면 왠지 쑥스러우면서도 은근히 화가 났다.

허리펑의 '구점매화창'은 단 한 번의 공연 이후 다시는 구경할 수가 없었다. 듣자 하니 누군가 공사혁명위원회에 고발을 하자 공사 측은 근본이 붉고 싹이 바른 혁명 계승자가 창을 쥐어야지, 어찌 흑오류[24] 후손이 창을 쥘 수 있겠느냐고 말했다 한다.

허리펑은 말수가 적었다. 매일 의기소침한 모습으로 인민 공사 사람들과 함께 일했다. 모든 지식 청년들이 날개를 달고 날아가자 그녀는 무척 외로워 보였고 이런 그녀를 사람들은 동정하기 시작했다. 대장은 더 이상 그녀에게 힘든 일을 시키지 않았다. 그녀가 누군가 상대를 만나 결혼을 해야 하지 않을까, 같은 문제는 생각하는 사람이 없었다. 마을의 젊은 청년들

---

24) 黑五類. 문화 대혁명 당시 지주, 부농, 반혁명 분자, 불평불만이 많은 괴분자, 우파 분자를 뜻하던 말로, 주로 그들의 자녀를 뜻한다.

은 아마도 그녀의 대단한 창술을 기억하고 있어서인지 아무도 감히 그녀를 건드리지 못했다.

어느 날 허리펑이 허공의 수차 발판 위에 앉아 멍하니 푸른 못 물에 시선을 주고 있을 때 못가에 앉은 샤오디가 뚫어져라 그녀를 바라보았다. 그녀는 얼굴이 까맣고, 콧날은 가늘고 높았으며, 눈동자가 흰 부분이 거의 없을 정도로 까맣고 두 눈썹은 귀밑머리 쪽으로 길게 드리워져 있었다. 왼쪽 눈썹 중간에는 커다란 검붉은 사마귀가 보였다. 치아가 하얗고 입은 커다랬으며 머리숱이 많은 탓에 두피가 보이지 않을 정도였다. 그날 허리펑은 세탁으로 허옇게 바랜 푸른색 개버딘 소재의 군대 일상복을 입고 있었다. 옷깃 단추를 여미지 않아 눈처럼 하얀 목과 내의의 레이스가 그대로 드러났다. 그 아래쪽으로 시선을 옮기던 샤오디는 황망히 고개를 돌려 배추 들판 위를 너울거리는 나비 두 마리에 시선을 고정했다. 그러나 정작 나비는 눈에 들어오지 않고 그녀의 두 가슴 때문에 군복의 양쪽 주머니가 봉긋하게 솟아 오른 모습만 머릿속에 단단히 박혀 있을 뿐이었다.

궈싼은 원래 농사꾼이 아니었다. 사람들 말이 젊은 시절 그는 칭다오의 기원에서 '다차후'[25]였다고 한다. '다차후'가 뭐 하는 것일까? 샤오디는 알 길이 없었지만 그렇다고 다른 사람들에게 물어보기도 멋쩍었다.

---

25) 大茶壺. 과거 중국 기원에서 포주 밑에서 온갖 잡심부름을 하거나 차를 따르던 남자들을 부르던 말. 사회적 신분이 매우 미천하였고 악랄한 성정을 지닌 이들이 많았다.

귀싼은 아내 없이 혼자 지내고 있었다. 마을 사람들 모두 그가 리가오파의 마누라와 놀아단다고 말했다. 리가오파의 아내는 옆을 반들반들하게 올려 깎은 짧은 머리에 얼굴은 크고 뿌옜다. 푹 퍼진 엉덩이를 실룩거리며 걸어갈 때면 오리가 연상되었다. 그녀의 집은 못에서 멀지 않았다. 샤오디와 귀싼이 나무 판을 밟아 수차를 돌리다 고개를 들면 리 씨 집의 마당이 보였다. 그녀 집에는 무척 사나운 검둥개 한 마리가 있었다.

그들이 배추 들판에 물을 준 지 나흘째 되던 날 리 씨 아내가 광주리를 끼고 못가로 나왔다. 그녀가 주춤주춤 물가에 이르더니 수차 옆에서 키들키들 웃기 시작했다.

그녀가 웃으며 귀싼에게 말했다.

"삼촌, 대장이 좋은 일을 분배해 줬네요."

귀싼도 헤헤거리며 말했다.

"보기엔 거뜬하게 해낼 것 같지만 사실 그리 쉬운 일은 아니야. 못 믿겠으면 샤오디에게 물어보라고!"

연거푸 며칠 동안 수차를 돌리다 보니 샤오디 역시 어깨가 쑤시고 지끈거렸다. 그는 헤벌쭉 웃었다. 그는 리 씨 아내의 반질반질한 짧은 머리가 눈에 거슬렸다. 그녀가 싫었다.

리 씨 아내가 말했다.

"대장이 우리 집 그 절름발이 양반을 난산 채석장으로 보냈어요. 침구까지 들고 가 한 달 지나야 돌아온대요……. 그놈의 대장, 너무하지 않아요? 집도, 직업도 없는 시퍼렇게 어린 청년들은 놓아두고 절름발이 우리 서방만 보내다니!"

샤오디는 귀싼이 작은 눈을 잽싸게 깜빡거리는 것을 봤다. 그의 목구멍에서 컥컥 마른 웃음이 터져 나왔다. 귀싼이 말했다.

"대장이 자네를 존중하지 않나!"

"흥!"

리 씨 아내가 화를 냈다.

"싸가지! 우릴 못살게 구는 거라고요!"

귀싼은 입을 다물었다. 리 씨 아내가 기지개를 켜며 얼굴을 쳐들고 실눈을 뜬 채 태양을 바라봤다.

"삼촌, 오전이 다 지나가는데, 쉬었다 해야죠."

귀싼이 손을 들어 이마를 가리고 해를 바라보며 말했다.

"쉬어야겠군."

그는 수차 손잡이를 잡고 있던 손의 힘을 빼며 채마밭을 향해 소리쳤다.

"허 군! 잠시 쉬지."

리 씨 아내가 말했다.

"삼촌, 우리 집 개가 요 며칠 동안 통 뭘 안 먹는데, 좀 가서 봐 줄래요?"

귀싼이 샤오디를 힐끗 보더니 말했다.

"먼저 가 봐. 난 담배 좀 피우고 갈 테니."

리 씨 아내가 걸어가면서 고개를 돌려 말했다.

"삼촌, 빨리 좀 와요!"

귀싼은 짐짓 짜증스러운 것처럼 말했다.

"알았어! 알았다니까!"

그는 담배쌈지와 담뱃대를 꺼내더니 갑자기 다정하게 샤오디에게 물었다.

"이봐, 담배 피울래?"

말을 그렇게 하면서도 그는 담뱃잎을 담은 담뱃대를 자기 입에 물었다. 샤오디는 그가 불을 붙이며 자리에서 일어나 주먹으로 허리를 두드리며 말하는 모습을 지켜봤다.

"나이가 드니 조금만 일을 해도 허리가 쑤셔."

귀싼은 리 씨 아내를 따라갔다. 샤오디는 그들을 보지 않은 채 배추밭 쪽으로 고개를 돌렸다. 허리펑은 쇠 삽을 밭두둑에 꽂은 채 옴짝달싹하지 않았다. 샤오디는 마음이 괴로웠다. 수차가 휘저어 놓은 못에서 해감 비린내가 풍겨 와 마치 그의 치아 틈새를 타고 스며드는 것 같았다. 탕, 탕 수차 쇠파이프 소리가 울리고 체인이 덜커덩거렸다. 수차 손잡이를 역으로 돌리자 쇠 통에 들어 있던 물이 다시 못에 채워지고 소리가 멈췄다.

샤오디는 원래 녹이 슬었던 자리가 자기가 하도 많이 만지는 바람에 반지르르하게 닳아 버린 수차 손잡이를 바라봤다. 나무 판에 앉아 두 다리를 늘어뜨렸다. 햇살이 좋았다. 채마밭 이랑의 물이 계속 유유히 흐르며 잔잔한 은빛으로 빛나고 있었다. 배추도, 채마밭 끄트머리 우뚝 솟은 강둑도, 강둑 위 감나무도 꼼짝하지 않았다. 감잎 몇 개는 이미 선홍빛을 띠고 있었다. 샤오디의 시선이 서쪽을 향했다. 귀싼이 가만히 리 씨 집 마당을 들어서고 있었다. 검둥개는 한 번 짓더니 그대로 순종하듯 꼬리를 흔들기 시작했다. 귀싼은 개와 함께 집 안으로 들어갔다. 리 씨네 울타리 강낭콩 콩대에 자줏빛 꽃이 가득 피어 있었다. 못물이 일렁이고, 오리와 거위는 일제히 목청을 돋우며 날갯짓으로 수면을 내리쳤다. 목이 긴 흰 거위 수컷이 오리 암컷을 물속으로 짓누르자 오리 암컷이 거위 수컷을 태우고 유영을 했다. 샤오디는 채마밭 가장자리로 홀쩍 뛰어가 흙덩이 한 줌을 쥐어 거위 수컷을 향해 날렸다. 흐물흐물한 흙덩이는 물에 닿기도 전에 부스러졌다. 황토 흙 부스러기에 푸른 물이 출렁거렸다. 거위 수컷은 여전히 오리 암컷 등에 올라탄 채 물 위를 빠르게 나아가고 있었다.

이런 감정은 처음이었다. 몸이 무척 차가웠다. 못의 수증기 때문에 그의 피부에 닭살이 돋았다. 허리를 똑바로 펼 수가 없었다. 곧추선 바지 홑겹이 수치스러웠다. 그때 허리펑이 두둑을 따라 수차를 향해 다가왔다.

허리펑이 한 걸음씩 가까이 다가오는 동안 샤오디는 바닥에 앉아 있었다. 문득 허리펑이 한껏 커진 것 같은 느낌이 들었다. 머리카락이 황금빛으로 반짝였다. 샤오디의 심장이 마구 방망이질을 치고 이도 딱딱 떨리기 시작했다. 그는 손을 무릎 위에 올렸다가 다시 발등 위로 옮긴 후 흙 한 줌을 파내 아귀에 힘껏 힘을 주어 짓이겼다.

허리펑의 목소리가 들렸다.

"궈싼 아저씨는?"

그는 자기 목소리가 떨리는 것을 느낄 수 있었다.

"리가오파 집에 갔어요."

그는 허리펑이 나무 판으로 걸어가는 소리, 그녀가 못에 침 뱉는 소리를 들었다. 몰래 고개를 든 그는 넋이 나간 듯 못의 오리와 거위를 지켜보는 허리펑을 발견했다. 허리펑은 수차에 상체를 기댄 채 못의 오리와 거위 들을 바라보고 있었다.

허리펑이 엉덩이를 한껏 위로 추켜올렸다. 샤오디의 두려움은 극에 달했다.

이어 나이를 묻는 허리펑에게 그는 열다섯이라 말했다. 허리펑은 그에게 왜 공부를 하지 않는지 물었고, 그는 학교에 가고 싶지 않다고 대답했다.

샤오디는 얼굴이 온통 땀으로 범벅이 되어 허리펑 앞에 서 있었다. 허리펑이 헤헤거리며 웃었다. 샤오디는 더더욱 고개를 들 용기가 나지 않았다.

그날부터 귀쏸은 매일 리가오파 집에 검둥개를 치료하러 갔고, 허리펑 역시 샤오디에게 다가와 말을 걸었다. 샤오디는 점차 긴장감이 사라지고, 땀도 흘리지 않게 되었으며, 허리펑의 얼굴도 힐끔거리며 바라볼 용기가 생겼다. 심지어 허리펑의 몸에서 풍기는 냄새도 맡을 수 있었다.

날씨가 무척 더운 어느 날이었다. 허리펑이 푸른 제복을 벗고 분홍색 셔츠만 입고 있었다. 샤오디는 셔츠 안으로 작은 옷의 매듭과 매듭 고리가 보였다. 그는 너무 행복해 눈물이 나올 지경이었다.

허리펑이 말했다.

"쪼그만 놈이! 뭘 그렇게 쳐다봐?"

순간 샤오디는 얼굴이 붉게 달아올랐지만 대담하게 이렇게 말했다.

"옷이 멋있어서요!"

허리펑이 씁쓸하게 말했다.

"옷은 무슨! 내 옷 중에 좋은 건 따로 있어."

샤오디가 벌게진 얼굴로 말했다.

"뭘 입어도 예쁜걸요."

허리펑이 말했다.

"너 아부도 잘 떤다?"

그녀가 말했다.

"빨간색 치마가 있어. 저 감잎 같은 색이야."

샤오디와 허리펑의 시선이 모두 강둑 허리쯤에 있는 감나무로 쏠렸다. 이미 몇 차례나 서리가 내려 햇살 아래 감잎이 마치 불처럼 붉게 물들어 있었다.

샤오디가 잽싸게 달려가 감나무를 타고 오르더니 가지 하나를 꺾었다. 가지에 달려 있는 수십 개의 이파리 하나하나가 반지르르 홍조를 띠고 있었다. 샤오디는 벌레에 갉아 먹힌 자국이 있는 잎 하나를 떼어내 버렸다.

그는 붉은 잎이 달린 가지를 허리펑에게 내밀었다. 허리펑은 가지를 받아 코로 감잎 향기를 맡았다. 그녀의 얼굴이 붉은 잎사귀에 비쳐 발그레해졌다.

샤오디가 허리펑을 위해 붉은 잎을 따고 있는 광경이 궈싼의 시야에 들어왔다. 수차를 밀 때 궈싼이 괴이하게 웃으며 샤오디에게 물었다.

"샤오디, 내가 중매해 주지."

샤오디는 얼굴이 온통 시뻘겋게 달아올라 말했다.

"그런 것 필요 없어요."

궈싼이 말했다.

"리펑 괜찮은 계집애야. 젖도 크고, 엉덩이도 튼실하고!"

샤오디가 말했다.

"헛소리하지 마요……. 그 사람 지식 청년에다…… 나보다 열 살이나 많은데……. 키도 그렇게 크고……."

궈싼이 말했다.

"그게 뭐! 지식 청년도 남녀 간의 그렇고 그런 일이 좋다는 건 다 알아! 여자가 열 살 많은 건 많은 것도 아냐. 여자가 크고, 남자가 작으면 두 젖이 목에 떡하니 걸치니 그야말로 입이 헤벌어지지."

궈싼의 말에 샤오디는 온몸이 후끈 달아올라 엉덩이가 실룩거렸다.

궈싼이 말했다.

"고추도 섰네. 이제 다 컸네."

그날 이후 궈싼은 끊임없이 샤오디에게 그런 이야기들을 주절거렸고, 샤오디 역시 그동안 궁금했던 궈싼의 '다차후' 일을 물어봤다. 궈싼은 기원 이야기를 상세하게 들려주었다.

샤오디는 수차를 돌리는 내내 얼이 나가 있었다. 허리펑의 모습이 눈앞에 아른거렸다. 궈싼은 샤오디의 모습을 보고 더욱 음탕한 말로 그를 부추겼다.

샤오디가 울면서 말했다.

"아저씨, 그런 이야기 좀 그만해요……."

궈싼이 말했다.

"바보 멍충이! 울긴 왜 울어! 리펑을 찾아가 봐. 그 계집애도 근질근질할걸?"

어느 날 정오, 샤오디는 생산대 들판에서 빨간 무 하나를 훔

쳐 물에 깨끗이 씻은 다음 풀 더미 안에 숨겨 놓고 허리핑이
오기를 기다렸다.

허리핑이 왔다. 궈싼은 아직 나타나지 않고 있었다. 샤오디
는 빨간 무를 허리핑에게 주었다.

허리핑이 빨간 무를 받아들더니 샤오디를 빤히 바라봤다.

샤오디는 지금 자기 모습이 어떤지 알지 못했다. 머리는 마
구 흐트러진 채 풀이 엉겨 붙어 있고, 옷차림은 초췌하기 그지
없었다.

허리핑이 물었다.

"이 빨간 무 왜 주는 거야?"

샤오디가 말했다.

"누나가 좋아서요."

허리핑이 한숨을 내쉬더니 손으로 빨간 무의 매끄러운 껍
질을 매만지며 말했다.

"넌 아직 어린애야……."

허리핑이 샤오디의 머리를 쓰다듬더니 빨간 무를 들고 그
자리를 떠났다…….

샤오디와 허리핑은 밀을 좀 더 심기 위해 멀리 떨어진 들판
으로 갔다. 가축들을 위해 파종을 하지 않고 남겨 둘 공간이
있어야 하기 때문이다. 그들은 수수 밑동이 남아 있는 곳으
로 왔다. 일찍 파종한 밀은 벌써 싹이 올라와 있었다. 수숫대
한 무더기가 불쑥 솟아나 있었다. 만추에 접어든 시기라 날씨
가 조금 쌀쌀했다. 허리핑과 샤오디는 한차례 밀을 파종한 후
수숫대 앞에 오그리고 앉아 햇살을 받으며 쉬고 있었다. 고운

햇살이 따뜻하게 그들을 내리쬐고 있었다. 수확이 끝난 들판이 끝 간 데 없이 펼쳐져 있고, 사람은 그림자도 찾아볼 수 없었다. 그저 새 몇 마리만이 지저귀며 창공을 날고 있을 뿐이었다.

허리펑이 수숫대를 눕혀 그 위에 편안하게 몸을 기댔다. 샤오디가 옆에서 그녀를 바라봤다. 얼굴에서 은은하게 빛이 났다. 가늘게 뜬 눈, 조금 벌어진 촉촉한 입술 사이로 하얀 치아가 드러나 보였다.

샤오디는 온몸에 한기가 느껴졌다. 입술이 딱딱하게 굳고 목구멍을 누가 막아 버린 것 같았다. 그는 힘겹게 이렇게 말했다.

"……궈싼과 리가오파 아내가 그 짓을…… 매일 가요……."

실눈을 뜬 채 미소를 짓는 허리펑의 얼굴에서 광채가 났다.

"……궈싼이 누나 욕을…… 누나가……."

허리펑이 실눈을 뜨고 대자로 늘어졌다.

샤오디가 한 걸음 앞으로 몸을 옮기며 말했다.

"……궈싼이 누나도 그런 걸 생각한다고……."

허리펑이 샤오디를 바라보며 미소를 지었다.

샤오디가 허리펑 옆에 쪼그리고 앉아 말했다.

"궈싼이 내게 용기를 내서 누나를 만지라고……."

허리펑이 미소를 지었다.

샤오디가 엉엉 울며 말했다.

"……누나, 누나, 나 누나 만져 볼래요…… 누나 만지고 싶어요……."

샤오디가 허리펑의 가슴에 손을 얹자 그녀의 긴 두 다리와 긴 두 팔이 그의 온몸을 꼭 감싸 안았다…….

이듬해 허리펑은 쌍둥이 둘을 낳았다. 이 일은 가오미 현 전체를 떠들썩하게 했다.

메뚜기 괴담

1927년 4월 어느 날 우리 할아버지가 괭이를 걸치고 밀밭에 김을 매러 갔다. 작년 가을부터 시작해서 긴 겨울 그리고 황량한 봄이 지나가는 동안 눈이나 비가 거의 내리지 않았다. 하천은 메마르고, 못은 바닥을 드러냈다. 올챙이가 무더기로 악취가 나는 물웅덩이에서 말라 비틀어져 죽어 갔다. 두레박이 우물 바닥으로 떨어져 버렸다. 거리에는 먼지가 풀풀 날렸다. 남쪽 자오저우 령은 사람이나 가축 모두 마실 물이 모자라는 탓에 벌써 며칠 전부터 항아리랑 쇠가죽 주머니를 실은 마차가 마을로 들어와 물을 퍼 날랐다. 촌장 마 영감은 마을의 유일한 수원인 우물의 수위가 점차 낮아지자 사람을 보내 몽둥이를 들고 우물 옆에서 물을 지키도록 했다. 물을 길러 온 자오저우 사람들이 아무리 애걸복걸해도 마 영감은 절대 그들에게 우물물 퍼 가는 일을 허락하지 않았다.

할아버지가 괭이를 메고 거리에 나서자 누군가 할아버지에게 물었다. 관얼, 김맬 게 뭐 있어? 밀 싹에 불이 붙을 것 같구먼! 할아버지가 말했다. 가만히 있자니 마음만 심란해서 들판이라도 돌아보려고. 밀밭으로 들어선 할아버지는 기운이 빠졌다. 밀은 고작 한 뼘의 반의반도 자라지 않고 꼭대기에는 꼭파리만 한 이삭이 맺혔을 뿐이었다. 흉작은 이미 기정사실이고, 종자도 거둘 수 없을 것 같았다. 할아버지가 우리에게 말했다. 우리 밀은 그래도 잘 자란 거야. 크기에 상관없이 어쨌거나 이삭은 생겼으니까. 잘하면 '메뚜기 똥'만 한 작은 밀 반말은 거둘 수 있을 거다. 다른 사람들 쪽은 대부분 이삭도 피지 않았어. 아마 '닭 둥지'나 만드는 신세가 되겠지. 할아버지는 밀밭에 서서 멀리 세 현의 경계인 드넓은 벌판의 황량한 경관을 바라봤다.

예년 같으면 밀밭은 물결처럼 출렁이고, 싱그러운 벼 이삭은 푸른 싹을 틔웠을 때이건만 올해는 가뭄에 강한 띠와 궁궁이만 겨우겨우 그나마 마지막 한 가닥 남은 푸른빛을 움켜쥐고 있었다. 가뭄 때문에 땅에 소금기가 올라와 개울가나 황폐한 땅이 은백색을 띠면서 마치 서리가 내린 것 같았다. 할아버지는 시커먼 땅에 앉아 살담배를 태웠다. 매캐한 담배 연기 때문에 눈물이 났다. 할아버지 마음은 아마 이 살담배보다 더 맵고 쓰라릴 것이다. 눈물을 닦자 눈앞에 죽음과 사투를 벌이는 들풀 위로 다닥다닥 진딧물이 붙어 있는 것이 보였다. 불처럼 붉은 왕개미 몇 마리가 진딧물을 메고 이리저리 분주히 오가고 있었다. 할아버지가 검은 흙을 한 움큼 파내 손아귀에 꼭

쥐었다. 할아버지는 검은 흙이 단단하고 뜨겁게 느껴졌다. 마치 뜨거운 가마에서 꺼낸 것 같았다. 들판에 일렁이는 뜨거운 열기, 작열하는 태양을 똑바로 바라볼 수가 없었다. 아득히 높은 하늘에는 구름 한 점 보이지 않고, 아득히 먼 땅 끄트머리에 연기인지 안개인지 모를 뭔가가 모락모락 피어올랐다. 까마귀 소리가 마치 비단 찢기는 소리 같았다. 날이 가물수록 새들의 수도 줄어들었다. 며칠 전 참새 떼가 물을 길러 오는 자오저우의 마차들을 따라 낮게 날더니 요 며칠 동안 흔적조차 보이지 않았다. 마을 우물 벽에는 매일 새 몇 마리가 부딪쳐 죽었다. 참새도 있고, 제비도 있었다.

우물물의 위생을 위해 하는 수 없이 나무 수레바퀴로 우물 입구를 덮어 두었다. 이제 참새도 보이지 않고 제비도 어디로 날아갔는지 알 수 없었다. 아직도 사람 곁에 남아 있는 것은 까만 까마귀 몇 놈뿐이다. 극도로 목이 마른 까마귀는 걸핏하면 사람들의 물통에서 물을 가로채 먹는다. 그러나 그렇게 물을 먹을 수 있는 기회는 결코 많지 않았다. 녀석들 역시 어지럼증에 방향을 잃고 바닥을 향해 날아들기도 하고, 날고 또 날다가 생명이 다하여 마치 돌덩이처럼 바닥에 곤두박질치기도 했다. 멀리 총포 소리가 들렸다. 누구의 군대가 또 다른 누구의 군대와 싸움을 벌이는지 모를 일이다. 천재에 인재까지 더해져 백성들은 죽음의 선상에서 허덕이느라 전쟁 같은 일에 신경 쓸 여유가 없었다. 바로 그날 할아버지는 엄청난 메뚜기 떼가 땅에서 올라오는 기이한 광경을 목격했다. 이처럼 기이한 광경은 책에도 기록되어 있지 않았다. 할아버지가 직접 말해 줬기 때문에 나는 한 치의 의심도 없이 그 이야기를 굳게 믿는다.

할아버지는 돌아가시기 전까지 우리 자손들에게 땅에서 나온 메뚜기 떼 이야기를 적어도 백 번은 했을 것이다.

할아버지는 뜨겁게 달아오른 검은 흙을 움켜쥐고 밀밭에 앉아 담배를 피우다가 무심코 고개를 숙였다. 그런데 갑자기 발 앞의 바짝 마른 땅이 서서히 위로 솟기 시작했다. 할아버지는 자기 눈이 어른거리는 줄 알고 황급히 눈을 비볐지만 그래도 땅은 여전히, 천천히 위로 들뜨고 있었다. 이어 땅이 마치 바짝 구워진 기와 조각처럼 갈라지면서 암홍색의 물체가 떼거지로 길게 이어졌는데 그 모습이 마치 쇠똥 같았다. 할아버지는 답답해 미칠 지경이었다. 그는 농업에 관한 한 상당한 지식을 가지고 있었지만 땅에서 솟아 나온 것이 무엇인지 알 수 없었다. 바닥에 쪼그리고 앉아 찬찬히 들여다보던 할아버지는 잔뜩 겁에 질렸다.

쇠똥 같은 암홍색의 물체는 다름 아닌 바로 수천, 수만 마리의 개미만큼 작은 메뚜기였다. 작기는 하지만 갖출 것은 다 갖추고 있었다. 다리도, 눈도 모든 것이 다 있는데 크기가 정말 앙증맞게 작았다. 몇 걸음 떨어져서 보니 쇠똥 덩어리가 햇살 아래 괴이한 빛을 번쩍이는데 가까이 다가가 보니 수만 마리 메뚜기가 솟구치는 모습이, 도저히 개체를 구분할 수가 없었다. 할아버지는 겁에 질려 메뚜기가 서서히 팽창하는 모습을 지켜봤다. 마치 우담바라가 피어나는 것 같았다. 그는 멍하니 얼이 나간 채 어찌해야 좋을지 알 수가 없었다. 기적과 같은 광경 앞에 잔뜩 흥분한 그는 고개를 돌려 이 기이한 광경을 나눌 사람을 찾았다. 그러나 드넓은 들판 두둑에 사람은 그림자도 얼씬하지 않았다. 지평선이 은빛 뱀처럼 꿈틀꿈틀 이어져 있었고, 태양이 불처럼 작열하는 가운데 높은 창공의 새소리에 마음이 철렁 내려앉았다. 멀리 군대에서 총소리, 포 소리가 울려 퍼지고 있으니 땅에서 솟아난 메뚜기에게 관심을 갖는 이는 없었다. 그래도 할아버지는 펄쩍 뛰며 고함을 질렀다.

"메뚜기! 메뚜기가 땅에서 나왔어!"

할아버지 고함 소리가 채 끝나기도 전에 눈앞에 양배추 모양으로 점점 불어난 작은 메뚜기들이 둔탁한 소리를 내며 사방팔방으로 튀어 갔다. 놈들은 마치 일 분 내에 도약을 배운 것 같았다. 순식간에 할아버지 머리와 얼굴, 저고리, 바지에 메뚜기가 가득 달라붙었다. 뛰는 놈, 기어오르는 놈, 뛰다가 기는 놈, 기다가 뛰는 놈도 있었다. 얼굴이 근질근질하자 할아버지는 손을 들어 얼굴을 더듬었다. 순식간에 얼굴이 끈적거렸다. 갓 태어난 메뚜기는 어찌나 여린지 톡 건드리기만 해도 그대로 터져 버릴 것 같았다.

할아버지 손과 얼굴이 온통 메뚜기 시체였다. 할아버지는 이제껏 한 번도 맡아 보지 못한 비릿하고 역한 냄새를 느꼈다. 그는 괭이를 질질 끌며 허둥지둥 밀밭에서 도망쳤다. 그는 이랑 사이 여기저기에 뭉텅이, 뭉텅이 마치 소똥 같고 버섯 같은 암홍색 메뚜기 무리가 바싹 마른 땅 위로 불거져 오르는 것을 봤다. 그렇게 어느 정도까지 부풀어 오른 순간 놈들은 폭발했다. 사방에서 퍽퍽 폭발 소리가 들렸다. 나지막한 밀 줄기, 시커멓게 바짝 마른 들풀에 모두 작은 메뚜기가 빽빽하게 꿈틀거렸다. 메뚜기 새끼 한 마리가 마치 일부러 구경을 하라는 듯 할아버지 손톱 위에 앉았다. 할아버지는 자세히 메뚜기를 들여다봤다. 암홍색 작은 요정은 실로 정교하기 이를 데가 없었다. 그처럼 앙증맞고, 정교하고, 복잡하다니. 이런 것을 만들어 낼 수 있는 것은 하느님뿐이다! 할아버지는 온몸이 근질거리기 시작했다. 처음에는 어깨, 등을 살살 기어 다니더니 나중에는 이리저리 마구 폴짝거리며 튀어 올랐다. 그는 초조하고 두렵고 당장이라도 죽을 것만 같았다. 주위에 사람은 보이지 않았지만 그래도 그는 다시 한 번 큰 소리로 고함을 질렀다. 흙에서! 흙에서 나왔어! 신기한 메뚜기가 흙에서 나왔어!

그의 눈앞에 다시 말발굽 정도 크기의 메뚜기 떼가 부풀어 오르는 모습이 금방이라도 폭발할 것만 같았다. 그는 곡괭이를 휘둘러 메뚜기 떼를 향해 내리쳤었다. 빠직 하는 소리와 함께 마치 묽은 쇠똥처럼 액체가 튀었다. 곡괭이 날도 틀에서 빠져 버렸다. 고개를 숙여 괭이 날을 잡으려 할 때 그는 다시 한 번 그 낯선 비린내를 맡았다. 비린내에 취해 정신이 몽롱할 지경이었다. 한 손에 괭이 날을 집고, 한 손으로 괭이 막대를 끌며 얼이 빠져 마을로 걸어갔다. 그의 멍한 눈빛은 혼백이 다 날아간 듯했다. 그가 중얼거렸다. 끝장이야, 이번에야말로 완전히 끝장이야. 이상하고 신기한 메뚜기가 땅속에서 나왔어…….

할아버지가 마을에 가져온 소식에 마을 사람들은 더욱 불안한 모습을 감출 수 없었다. 당시 우리 마을은 무척 작았다.

기껏해야 십여 가구에 마을 인구는 백여 명에 불과했다. 당시 누군가 들판으로 나가 자초지종을 살폈다. 아버지는 우리에게 그때 자기도 따라갔다고 말했다. 당시 아버지는 겨우 다섯 살이었으니 막 기억력이 생겼을 때다. 그들은 메뚜기가 튀어 나오는 기이한 광경은 볼 수 없었다. 그들은 눈부신 태양 아래 가뭄으로 인해 죽음의 기운이 묵직하게 깔려 있던 들판에 갑자기 생기가 넘치는 것을 봤을 뿐이다. 죽지 않고 살아남은 식물 위에 메뚜기 떼가 뛰어다녔다. 작고 여린 소리였지만 쏴 소리가 수도 없이 빽빽하게 망망한 대지에 물결치고 있었다. 이를 본 사람들은 모두 온몸이 가렵고 눈앞이 어지러웠지만 어디가 불편한지 꼬집어 말할 수가 없었다.

들판에서 메뚜기를 보고 돌아온 아버지는 자기 엄마, 그러니까 우리 할머니가 본채 한가운데 향안을 차려 놓는 것이 눈에 들어왔다. 초 두 개와 향 세 가닥, 촛불이 튀고, 향불이 휘감아 피어오르니 귀기가 잔뜩 서려 있었다. 할머니는 향안 앞에 무릎을 꿇고 앉아 입으로 중얼거린 후 다시 계속해서 머리를 조아렸다. 할머니 말이 메뚜기는 황충으로, 옥황상제가 기르는 곤충이라 했다. 글자를 만드는 사람이 '황(皇)'이란 글자 옆에 '충(蟲)'이란 글자를 더했으니 황충(蝗蟲)이라 함은 곧 황충(皇蟲)이고, 황충이 곧 메뚜기이니 결국 뒤집어도 매한가지인 셈이다.

며칠 후 남동풍이 거세게 불어오더니 거대한 먹구름이 밀려왔다. 공기가 축축해지면서 저녁 무렵 마을 앞 못에서 악취가 올라왔다. 이불이며 요가 끈끈하고 벼룩이 날뛰어 할아버지는 잠이 쉬 오지 않았다. 그해는 모든 것이 비정상적이라 사람들은 큰 재난이 닥칠 것이라고 입을 모았다. 메뚜기 떼가 땅속에서 튀어나온 후 들판은 더욱 황량하게 텅 비어 버렸고, 그럴수록 메뚜기들은 질긴 풀 줄기까지 깡그리 갉아 먹었다. 그 조그만 곤충들은 씹는 힘이 대단했다. 할아버지는 며칠 전 마을 사람이 팔랍묘[26]에 가서 향을 피우고 머리를 조아리며 애원했지만 현실은 변한 것이 아무것도 없으니 이런 기원도 다 쓸데없는 일이라고 했다. 미신을 믿는 여자들의 이런 행동에 남자들은 간섭커녕 관심조차 없었다. 그들은 어차피 땅이라고 해 봤자 귀신 같은 메뚜기 떼들이 먹을 것 하나도 남지 않았으니 기원을 하나 안 하나 매한가지라는 것을 잘 알고 있었다. 어쨌거나 흙이나 사람을 먹어 치울 수는 없지 않겠는가! 먹을 만한 것을 다 먹고 나면 옮겨 가겠지 싶었다.

남동풍이 불기 시작하자 사람들은 희망에 부풀어 올랐지만 그렇다고 걱정이 없는 것도 아니었다. 가을 파종을 할 수 있도록 비가 흠뻑 내리기를 고대하면서도 풀 줄기를 모조리 갉아 먹은 메뚜기 떼가 아쉬움 때문인지 발길을 돌리지 않고 있는 것이 심히 우려스러웠기 때문이다. 놈들은 가을에 돋을 싹을 기다리고 있는 것 같았다.

할아버지는 잠을 이루지 못한 채 마당에 나가 서성거렸다. 사람들의 가슴팍을 향해 불어오는 남동풍에 그들 뒤로 찢어진 창호지가 펄럭거렸다. 바람에는 비릿한 냄새가 가득했다.

---

26) 叭蠟廟. 고대 한족이 섬기던 농업의 신인 '팔랍'을 모시는 사당.

흙 비린내, 물비린내도 느껴졌지만 그중에 가장 심한 것은 토악질이 날 것 같은 메뚜기 비린내였다. 비, 정말 비다! 메뚜기들이 아직 떠나지 않았지만 가뭄에 바짝바짝 애가 타들어 가던 마을 사람들은 흥분의 도가니가 되었다. 비가 점점 가까이 다가오고 있었다. 하늘가에 번갯불이 번뜩였다. 할아버지는 병사들의 포 소리가 아니라 뇌공(雷公)이 손에 들고 있던 터진 부채를 흔드는 소리라는 것을 알 수 있었다. 할아버지는 마음속으로 기도했다. 하느님, 엄청난 폭우가 휘몰아쳐 저 해충들을 세차게 때려 죽여 주시고 메마른 땅도 해갈시켜 주십시오.

그날 밤 과연 많은 비가 내렸다. 빗속에 살구씨만 한 우박이 섞여 있었다. 마을 사람들은 신바람에 덩실거리며 지독한 가뭄을 풀어 주고, 해충도 없애 준 하느님께 감사했다. 그러나 날이 밝은 후 들판에 나간 사람들은 그들이 상상했던 것처럼 상황이 그리 낙관적이지 않음을 알았다. 빗물과 우박 때문에 메뚜기들이 조금 해를 입긴 했지만 그보다는 부쩍 자란 메뚜기들이 더 많았다. 그들은 비가 온 후 며칠 사이에 자신의 크기를 큰 땅콩 정도로 부풀렸다. 한 마리, 한 마리가 모두 한결같이 기름지고 야들야들한 것이 활력이 넘치고 육감적이어서 쳐다보고 있으려니 두려운 마음이 일 정도였다. 눈앞이 온통 진격을 준비하는 메뚜기들로 가득했다.

수많은 더듬이가 번득거리고, 수많은 겹눈이 번쩍거리며, 수많은 배가 꿈틀거렸다. 빗물을 한껏 머금은 대지는 고단한 겨울과 봄을 이겨 낸 식물에게 희망찬 성장의 기회를 가져다주었다. 모든 식물이 새 잎을 피우고, 모든 씨앗이 땅을 뚫고 싹을 틔웠다. 그러나 새로 나온 생명은 모두 메뚜기 떼의 성찬이 되었다. 놈들은 편식을 하지 않았으며, 중독을 두려워하지 않았다. 희한한 냄새가 나는 박하든 맹독을 품은 취어초든, 땅에서 솟아난 것이라면 무조건 모조리 갉아 먹었다. 놈들이 자줏빛 커다란 이를 드러내고 주둥이에서 초록빛 액체를 토해 내는 바람에 들판은 비린내가 진동했다. 메뚜기 냄새로 공기 가득 사악한 기운이 감돌고, 사람들의 용기는 무너져 내렸다.

비가 온 후에도 대지는 헐벗은 그대로였다. 돋아난 푸른 잎은 메뚜기들의 배를 채우기도 부족했다. 식물들은 화가 났다. 제기랄! 밖으로 나가지 말아야지, 어디 너희 놈들이 우리를 어떻게 먹을지 두고 보자. 재주가 있으면 땅강아지로 변신해 땅속으로 들어와 우리 뿌리를 먹어 보시지. 식물들 스스로 내키지 않아 밖을 향한 성장을 멈추니 메뚜기 떼 역시 초조하고 불안한 모양이었다. 들판에서 마을로 방향을 튼 그들의 모습에 초조와 불안이 역력했다. 메뚜기들은 담을 기어올라 안으로 들어와 나무의 새순을 먹어치운 후 나무껍질까지 갉아 먹기 시작했다. 풍문에 메뚜기들이 마을 리 대인의 막내아들 귀 반쪽을 갉아 먹어 버렸다는 이야기도 들렸다. 이에 대해 할아버지는 석연치 않은 모습이었다. 할아버지는 메뚜기가 확실히 악랄하긴 악랄해도 사람 귀를 갉아 먹을 정도는 아니라고 말했다.

마을 어귀의 팔랍묘와 마을 뒤편 유맹장군[27] 사당의 향불이 다시 엄청난 기세로 타오르기 시작했다.

---

27) 劉猛將軍. 메뚜기를 없애고 작물을 보호해 주는 일을 하던 전설 속 장군.

할아버지 말에 따르면, 팔랍묘의 본신은 나귀 새끼 같은 거대한 메뚜기로, 그 형상이 머리는 사람에 몸은 메뚜기인 기괴한 모습을 하고 있어, 보는 사람은 섬뜩한 기분이 든다고 했다. 유맹장군 묘의 본신은 물론 유맹이다. 자료를 찾아보니 유맹은 원나라 오천(吳川) 사람이었다. 일찍이 지휘관으로 임명되어 병사를 이끌고 창장 강 중하류와 화이허 유역의 도적 떼를 섬멸한 후 배를 타고 개선하니 때는 메뚜기 떼의 습격으로 주민들의 삶이 도탄에 빠져 있던 시기라고 한다. 유맹이 군사를 동원해 메뚜기 떼를 섬멸하려 했으나 오히려 갈수록 메뚜기가 늘어나는 바람에 분을 삭이지 못하고 강에 투신해 자살했다고 한다. 조정에서는 유맹을 장군에 봉하고 신위를 받들도록 하여 백성을 위해 메뚜기를 없애는 일을 관장하도록 했다. 한데 나는 여기에 모순이 있다고 느꼈다. 메뚜기를 옥황상제가 기르는 곤충이라 했거늘 유맹이 메뚜기를 없앤다면 이는 하늘의 비난을 받을 일이 아니겠는가? 어찌 그런 그에게 관직까지 하사한단 말인가? 분명하게 그 이치를 밝힐 길이 없으니 이 문제는 이쯤 덮어 두고 다시 메뚜기에 대한 이야기를 해 보기로 하자. 메뚜기를 대하는 백성들의 마음은 마치 백성들을 대하는 조정의 마음과 같아 회유와 통제, 약수와 강수를 모두 동원하니 때로는 그중 한쪽만 택하기도 했으나, 약수와 강수 두 방법을 모두 동원할 때도 있었다.

우리 마을은 회유책을 선택해 먼저 팔랍묘에 향을 피우고 머리를 조아렸다. 향초를 바쳐도 효과가 없자 이어 각 집에서 돈을 조금씩 추렴하여 마을에 무대를 세우고 극단을 불러 메뚜기들을 위한 공연을 세 번이나 무대에 올렸다. 말은 메뚜기를 위한 공연이라 했지만 사실은 사람들을 위한 것이었다. 우리 아버지는 당시 가장 열성적인 관객이었다. 수십 년이 지난 후에도 아버지는 당시를 생생하게 기억하고 있었다. 당시 공연은 「진주방량」, 「착방조」, 「무가파」 세 가지로, 사방팔방에서 마을 주민들이 구경 올 정도로 성황을 이루었다고 한다. 아이들의 기억은 언제나 부풀려지기 마련이다. 나는 당시 상황에서, 그 황량한 가오미 둥베이 향이 '인산인해'를 이루었다는 사실을 믿을 수가 없다. 내가 상상하건대 육십 년 전 메뚜기 떼를 위한 공연은 아마도 다음과 같은 풍경이었을 것이다. 드넓은 벌판에 나지막하게 흙으로 단을 만들고, 그 무대 위에서 연지와 분을 찍은 사람 몇몇이 움직이고 있고, 무대 아래로 따분해 보이는 사람들이 한가로이 자리를 잡고 앉거나 서 있고, 그 가운데 아이들도 십수 명이 함께하고 있었을 것이다. 그중 머리를 틀어 올린 사람이 우리 아버지이다. 또한 공연 때는 아마 무대로 튀어 올라온 메뚜기들이 배우들의 얼굴에 앉고, 입으로 들어가기도 하는 바람에 제대로 노래할 수도 없었을 것이다.

백성들의 정성에 메뚜기들이 감동했는지 아니면 유맹장군의 강철 채찍이 위력을 발휘했는지(가장 믿을 만한 설명은 메뚜기들이 일심 단결하여 우리 가오미 둥베이 향 대지를 그야말로 깔끔하게 허허벌판으로 먹어 치워 버렸다는 것.) 마침내 이주를 시작했다. 그 역시 기이한 경관이었다. 그 기이한 경관을 목격한 사람은 비단 우리 할아버지 한 사람뿐이 아니었다. 우리 아버지를 포함해 마을의 노인 십여 명이 모두 나에게 메뚜기들이 강을 건너던 광경을 이야기해 주었다.

우리 마을 뒤편에는 자오허 강이, 앞으로는 순시허 강이 흐른다. 메뚜기 떼가 이동을 하려면 반드시 이 두 물길을 건너야 한다. 비가 엄청나게 내린 후 하천은 성인 키의 반만큼 물이 올랐다. 메뚜기 떼는 당시 3센티미터 정도 크기에 머리통이 유달리 컸고, 등에 '작은 보따리'[28] 두 개가 얹혀 있어 매우 둔하고 추한 약충 단계였다. 그렇다면 메뚜기들이 어떻게 물을 건넜는지 들어 보자.

그날 마을 사람들은 모두 강둑에 서서 메뚜기가 강을 건너는 모습을 구경했다고 한다. 처음에 들판 쪽에서 묵직하고 혼잡한 소리가 들려오더니 들판이 들썩이며 벌거벗은 대지 위에 메뚜기가 만들어 내는 탁한 물결이 일렁이기 시작했다. 메뚜기들이 파도를 이루어 굽이굽이 강변으로 몰려들었다. 아이들은 행여 어른들이 보지 못할까 큰 소리로 외치기 시작했다. 왔어요, 왔어! 메뚜기 신이 왔어요! 당시 강에는 푸른 물결이 출렁이고, 강밖에는 메뚜기 떼가 붉은 물결을 이루고 있었다. 어른들은 낯빛이 흙빛이 되어 멍하니 메뚜기들이 연출하는 긴 물결을 쫓아 강둑으로 몰려갔다. 쏴쏴쏴쏴, 싸사카사……. 무더기, 다시 한 무더기, 줄줄이 수천수만 마리가 수천수만 마리 위로 겹겹이 끊임없이 이어졌다. 할아버지는 만약 메뚜기가 흙을 먹는다면 강둑의 흙을 다 먹어 치우는 것은

---

28) 발육 중인 날개.

일도 아니라는 생각에 가슴이 두근거렸다.

메뚜기가 강을 건너는 광경을 목격한 노인들이 말을 덧붙였다.

메뚜기들이 서로 부둥켜안고, 셀 수도 없이 많은 주둥이에서 암녹색 액체를 뿜어내며 엄청난 수의 메뚜기 형제들을 물들였어. 수많은 메뚜기들이 사지를 비벼 대는 무지막지한 소리에 혼이 나갈 것 같았지. 강둑에서 구경을 하고 있던 사람들 모두 심장이 터질 것처럼 무서웠다니까. 줄행랑을 놓고 싶어도 다리가 후들거려 움직일 수가 없었단다.

메뚜기 떼가 만들어 낸 기다란 대열이 마치 대오를 정돈하듯 강둑에서 잠시 동작을 멈췄다. 대열이 짧아지며 더 빽빽하고 견고하게 뭉치는 모습이 마치 굵직한 소나무를 보는 것 같았다. 놈들은 엄청난 소리를 내며 강으로 몰려갔다. 그 순간 물방울이 사방으로 튀고 수면 여기저기서 수면이 찢어지는 것 같은 엄청난 굉음이 울려 퍼지기 시작했다. 1927년 5월 18일, 당시 중화민국은 연일 전쟁의 포화 속에 휩싸여 탄환의 흔적이 사방에 널려 있었다. 관료들은 전쟁을 틈타 도적질을 일삼고 재물을 챙기며 온갖 악행을 저질렀다. 갖은 명목의 세금을 수도 없이 거두어들였다. 토비들이 여기저기서 일어나 전화가 끊이지 않고 역병이 유행했다. 백성들은 모진 고통 속에 허덕였다.

강물 위를 꿈틀대는 메뚜기들의 행렬은 마치 기다란 용의 행렬을 보는 것 같았다. 푸른 비단 같던 강물은 만신창이가 되었다. 강물은 탁한 격랑을 일으키며 날뛰기 시작했다.

수많은 사람들이 지켜보는 가운데 맞은편 언덕 가까이 이른 메뚜기들이 갑자기 수천수만 개의 개체로 흩어지는 바람에 맞은편 강둑은 순간 전혀 다른 색조를 띠었다.

그리고 결국 놈들은 맞은편 드넓게 펼쳐진 들판 속으로 사라져 버렸다. 사람들은 긴 한숨을 내쉬었다. 마음을 짓눌렀던 돌덩이 하나가 떨어져 나간 듯했지만 또한 허전하고 슬펐다.

그날 오후 할아버지는 들판으로 파종을 나갔다.

보름 후 푸른 새싹이 고개를 내밀더니 대지는 엷은 푸른색 옷으로 단장을 했다. 이어서 사람들의 소망대로 바람도, 비도 순조로운 손길로 대지를 보듬었다. 고력(古曆) 7월, 가오미 둥베이 향의 광활한 대지는 바다처럼 푸른빛으로 물들었다. 비록 밀 수확기에 거두어들인 것은 없었지만 의외의 일이 발생하지 않는 한, 두 달 정도가 지나면 가을 풍작이 사람들의 일 년 식량을 해결해 줄 수 있을 것이다.

그러나 누구도 감히 낙관할 수 없었다. 봄날 자오허 강 맞은편으로 사라진 메뚜기들이 남긴 거대한 그림자가 줄곧 가오미 둥베이 향의 상공에 드리워져 있었다. 메뚜기에 대한 공포는 마치 돌덩어리처럼 사람들의 마음을 짓누르고 있었고, 우리 할아버지의 마음도 예외는 아니었다.

재난은 피하기 어려운 법이다.

메뚜기들이 다시 찾아온 그날은 음력 8월 초아흐레였다. 햇볕이 좋은 날이었다. 하늘은 푸르고 새들도 많았다. 언덕 가득한 수수 낟알이 붉게 익어 가고 있었다. 가을바람이 불자 출렁이는 수수밭 풍경은 바다의 파도를 연상케 했다. 할아버지는 나무 수레를 이용해 들판으로 분뇨를 퍼 날랐다. 그는 한 손으로 수레 손잡이를 잡고, 다른 한 손에 긴 채찍을 든 채 수시로 앞에서 수레를 끄는 까만 나귀를 내리쳤다. 손수레로 분뇨를 나르면 가축을 몰 필요가 없었다. 이는 할아버지의 절묘한 재주로, 마을에서 이렇게 할 수 있는 사람은 할아버지가 유일했다. 수레로 몇 번에 걸쳐 분뇨를 실어 나르고 나니 정오에 가까워졌다. 할아버지는 문득 이상하게 마음이 어수선했다. 수레를 끌고 있던 검은 나귀까지 마구 날뛰며 할아버지의 말을 듣지 않았다. 마치 뭔가 맹수의 위협을 받고 있는 것 같았다. 나귀가 기우뚱하는 바람에 수레가 엎어져 버렸다. 수레가 엎어졌다는 사실은 할아버지에게는 엄청난 치욕이었다. 그는 손잡이는 밀쳐 내고 채찍을 휘둘러 나귀에게 혼쭐을 내 주려 했다. 그 순간 갑자기 서북 방향 하늘에서 두터운 암홍색 구름이 날아오기 시작했다. 할아버지는 덜컥 겁이 나며 손에 들고 있던 채찍을 바닥에 떨어뜨렸다. 순식간에 붉은 구름이 마을까지 날아오더니 다시 순식간에 들판 상공을 향해 움직였다. 붉은 구름에서 척척 굉음이 들렸다. 마치 갑옷이 부딪치는 소리 같았다. 붉은 구름이 마치 지상을 정찰하듯 잠시 뱅그르르 돌더니 갑자기 쩍 갈라지며 하늘에서 누런 비가, 수없이 많은 황금 별이, 화살처럼 땅으로 곤두박질쳤다. 눈앞의 모든 것, 붉은 수수, 황금빛 알곡, 푸른 나무가 온통 눈부시게 검붉은 빛으로 바뀌어 버렸다. 나귀가 커다란 머리통을 수레 아래로 들이박았다. 똥구멍에서 뿌직뿌직 묽은 똥이 새어나왔다. 들판에서는 농부 십여 명이 허둥지둥 도망치며 자지러지게 고함을 질렀다. 돌아왔어…… 메뚜기 신들이 돌아왔어…….

할아버지는 마치 말라 죽은 지 오래된 나무처럼 온몸이 굳어 버렸다. 두 줄기 뜨거운 눈물이 뺨을 타고 흘러내렸다.

첫 번째는 선발 부대, 그들의 하강을 뒤이어 메뚜기들이 대거 끊임없이 날아들었다. 하늘에 보송보송한 구름이 떼로 몰려들었다. 수많은 날개를 퍼드덕거리며 심장이 철렁 내려앉을 정도로 무시무시한 굉음을 냈다. 태양을 가려 버린 누런 하늘, 피비린내 나는 참혹한 광경은 마치 세상에 종말이 다가온 것 같았다.

마을 사람들은 두려움을 조금 가라앉힌 후 너도나도 자기 밭으로 달려갔다. 메뚜기들을 놀라게 해 들판에 내려앉지 못하도록 청동 대야랑 기와 조각을 두드리고, 빗자루와 막대를 휘두르며 고래고래 소리를 질렀다. 몇 달 동안 보이지 않더니 놈들의 등에는 실한 날개가 돋아나 있었고, 뒷다리는 힘이 넘쳤다. 봄날 여리기만 했던 사지는 마치 철판을 이어 놓은 것처럼 단단해져 있었다. 놈들이 미친 듯이 곡식을 갉아 대기 시작하자 들판에 소나기가 퍼붓는 것 같은 소리가 울려 퍼졌다. 언덕을 가득 메우고 풍성한 수확을 기다리던 농작물들이 순식간에 사라져 버렸다.

할아버지가 말했다. 봄에는 배 속에 집어넣더니 이제는 먹지 않고 물어뜯어 놓기만 해, 이걸로 끝장이다 싶었지. 전에는 생존을 위한 것이었지만 그때는 마치 죄다 망가뜨리려 작정을 하고 덤벼드는 것 같았어. 성충 메뚜기를 보고 봄날 애벌레를 떠올리니 그제야 새끼 메뚜기들이 얼마나 온유하고 착했는지 느낄 수 있었지.

날이 일찍 어두워졌지만 또 다른 메뚜기 떼가 서북 방향에서 날아들었다. 대체 메뚜기 부대는 얼마나 많은 것일까? 마치 영원히 끝이 없는 것 같았다. 두꺼운 메뚜기 구름 사이로 이따금 핏빛 태양이 기진맥진 목이 다 쉬어 버린 사람들을 비췄다. 누렇게 뜬 얼굴이 시퍼렇게 질려 몰골이 참담했다. 핏빛 빛줄기 아래 메뚜기 떼 역시 뭇별같이 반짝거렸다. 밤이 되자 들판에 거대한 소리가 리듬에 맞춰 울려 퍼졌다. 마치 백만 대군이 조련을 받고 있는 것 같았다. 사람들은 창문과 문을 모두 단단히 걸어 잠근 채 방에서 근심 가득한 모습으로 꼼짝하지 않고 앉아 있었다. 아이들조차 잠을 이룰 수가 없었다. 사람들은 들판의 소리, 우박이 쏟아지듯 메뚜기가 지붕을 내리치는 소리를 들었다. 마을의 나뭇가지들이 툭툭 부러졌다. 모두 메뚜기들의 짓이었다.

다음 날 사람들은 힘겹게 방문을 열었다. 마을 안팎이 모두 메뚜기로 뒤덮여 있었다. 푸른 그 모습은 어디에도 없었다. 처마의 마른 풀까지도 모두 갉아 버린 상태였다. 하늘과 땅을 가득 메운 메뚜기들이 만물의 주재자가 되었다. 먹을 만한 것은 모두 다 먹어 치웠기 때문에 마을 사람들은 더 이상 두려워하지 않았다. 사람까지 먹진 못하겠지? 할아버지의 부름에 마을 사람들이 동원되어 메뚜기와 대전을 치렀다. 그들은 쇠 삽, 빗자루, 몽둥이를 들고 파내고, 두드리고, 쓸어 내고, 쳐내기 시작했다. 그들은 치우면 치울수록 화가 치밀었고, 화가 치밀수록 더 세차게 내리쳤다. 메뚜기는 초목을 갉아 대며 파괴의 기쁨을 가득 채웠고, 마을 사람들은 메뚜기를 내리치며 살생의 기쁨, 보복이 가져다주는 기쁨을 만끽했다. 그러나 메뚜기는 아무리 쳐내도 끝이 없는 반면 사람들의 힘은 한계가 있었다. 거리에 가득 쌓인 메뚜기 사체는 그 깊이를 알 수 없을 정도였다. 사람들의 발에 밟힌 메뚜기 사체에서 찌걱찌걱 소리와 함께 검은 액체가 사방으로 튀고 비릿한 악취가 코를 찌르는 바람에 많은 사람들이 끊임없이 토악질을 했다.

할아버지 말에 따르면, 마을의 우롼즈라는 사람이 마을 어귀에서 건초 더미에 불을 붙였는데 그 연기 기둥이 하늘을 뚫고 메뚜기와 이어졌다고 한다. 불길이 거세게 타오르자 메뚜기들이 후드득 떨어졌다. 마을 사람들은 건초를 더해 불길을 키웠다. 건초를 모두 태우자 나무를 던졌고, 나무가 다 떨어지자 집의 문짝을 떼어 냈다. 메뚜기와의 전쟁을 위해 우리 선조들은 모든 것을 내놓았다. 우리는 팔랍의 선한 마음을 기원하지도, 유맹에게 신의 위력을 기원하지도 않았다. 백성의 농작물을 보호하기 위해 우리는 오로지 우리 자신에게 의존했다. 사람들은 죽은 메뚜기를 삽으로 퍼 불구덩이에 던졌다. 기름이 타들어가 연기가 엄청나게 피어오르고 악취가 하늘을 찔렀다. 노인 몇 사람은 그 자리에서 혼절해서 다시는 깨어나지 못했다.

십여 일이 지난 후, 올 때와 마찬가지로 불현듯 들판을 가득 덮었던 메뚜기들이 사라져 버렸다. 어디로 갔을까? 아무도 아는 이가 없었다. 그저 민둥민둥한 나무와 단단한 식물 줄기만 가을바람에 부들부들 떨고 있을 뿐이었다.

메뚜기, 작디작은 절지동물, 사람이 짓밟으면 단 한 번에 한 무더기를 짓이겨 죽일 수 있는 그 작은 것들이 떼로 뭉치자 그처럼 거대하고 무시무시한 힘이 되어 마른 풀과 썩은 나무를 꺾고, 모든 것을 파괴할 만한 힘을 갖게 되었다. 만물의 영장이라 호령하던 인류는 그들 앞에서 속수무책이었으니 여기에 깊이 새겨 봐야 할 이치가 숨겨져 있다.

메뚜기, 그 더러운 곤충은 늘 부패한 정치와 전란으로 어수선해진 세월과 연결된다. 마치 난세를 상징하는 분명한 부호 같은 것이다. 여기에 바로 심오한 이치가 내재되어 있다.

1927년, 가오미 둥베이 향의 메뚜기 재앙은 할아버지들에게 재난을 안겨 주었지만 또한 이 세상의 경악할 만한 모습도 남겨 주었다. 할아버지들이 본 것은 그저 머리 위쪽에 자리한 하늘에 불과했지만 사실 그해, 메뚜기는 허리케인처럼 산둥 대지를 휩쓸었고 또한 허베이, 허난, 안후이 등 여러 성으로 퍼져 나가 해를 입은 면적이 거의 백만 평방킬로미터에 달했으며, 재해를 당한 사람이 수백만 명에 달했다. 할아버지들이 직접 목격한 광경만으로도 나는 놀라움을 금할 길이 없다. 그런데 할아버지가 목격하지 못한 것 중에는 더욱 놀라운 광경도 있다. 자오지선에서 기차 운전자로 일했던 한 노인의 목격담이다. 그해 철로를 가득 덮은 메뚜기 떼가 산을 이루어 기차 진로를 막는 바람에 자오지선 철도 교통이 일흔두 시간 중단되었다고 한다.

한밤의 게잡이

한참을 보챈 후에야 아홉째 삼촌은 드디어 밤에 날 데리고 게를 잡으러 가겠다고 약속했다. 1960년대 중반의 일이었다. 매년 홍수가 나는 바람에 마을에서 2리 떨어진 곳에 개펄이 있었다.

저녁을 먹은 후, 아홉째 삼촌이 나를 데리고 마을을 나섰다. 출발하기 전 엄마는 삼촌 말을 잘 듣고, 함부로 뛰어다니거나 행동하지 말라고 신신당부했다. 또한 삼촌에게 날 잘 돌봐 달라고 부탁했다. 삼촌은 형수, 안심해요, 날 잃어버리지 않는 한 조카도 별일 없어요, 하고 말했다. 엄마는 내게 대파밀전병 두 개를 주며 배고플 때 먹으라고 했다. 우리는 도롱이를 걸치고 갓을 들었다. 나는 마대 두 개를 들었다. 삼촌이 바람막이 등잔을 들고 삽을 메고 마을을 나선 지 얼마 되지 않아 길이 사라져 버렸다. 어디를 둘러봐도 모두 흙탕물에 여기저기 쓰러진 수수밭에 보이지 않았다. 다행히 우리는 맨발에 웃통을 벗고 있었기 때문에 물이나 진흙 따위는 전혀 신경이 쓰이지 않았다.

밤에 달이 커다랬으니 8월 14일 아니면 8월 16일이었을 것이다. 추석 즈음이라 밤바람이 무척 서늘했다. 달빛이 맑았다. 수수 들판 사이 물 위에 비친 달빛이 물컹해진 은처럼 빛을 냈다. 여름 내내 시끄럽게 울던 개구리과 동물들이 동면에 들어가는 시기라 무척 조용했다. 진흙탕을 걷는 소리가 요란했다. 한참을 걸었다고 생각한 다음에야 수수 들판을 빠져나왔다. 방죽을 타고 나오자 삼촌은 그곳이 바로 울타리를 치고 게를 잡는 장소라고 했다.

아홉째 삼촌은 도롱이와 갓을 벗고 허리에 걸치고 있던 잠방이를 벗어 던졌다. 삼촌은 그렇게 실오라기 하나 걸치지 않은 몸으로 삽을 메고 10여 미터 폭의 하천을 향해 뛰어 들어가 풀뿌리가 얽혀 있는 진흙 더미를 삽으로 파냈다. 하천의 물은 대략 반 미터 정도로, 흐름이 완만했다. 잠시 후, 삼촌이 하천에 까만 물 막음 둑을 세우고 방죽 쪽 가까이 2미터 정도 입구를 터 두 겹으로 수숫대 울타리를 쳤다. 삼촌은 등잔을 울타리 쪽에 걸어 놓고 나를 등잔 그림자 바깥쪽으로 끌어당긴 다음 게가 잡히길 기다렸다. 내가 삼촌에게 물었다. 게를 이렇게 간단하게 잡아요?

삼촌은 기다려 보라며 말했다. 오늘 밤 서북풍이 살짝 불어. 서풍이 불면, 게 다리가 근질근질, 움푹한 습지의 게들이 서둘러 모수이허 강으로 가서 회의를 하지. 여기 하구는 그 게들이 반드시 지나가야 하는 길목이야. 날이 밝을 때까지 잡으면 이 두 마대로 부족할지도 몰라. 둔덕 위도 축축했기 때문에 삼촌은 도롱이를 깔고 나를 그 위에 앉혔다. 벌거벗은 삼촌의 살집이 은빛으로 번쩍거렸다. 삼촌이 위풍당당하게 느껴진 나는 삼촌이 정말 멋있다고 말했다. 삼촌이 자랑스럽게 일어나 두 팔을 벌리고 힘껏 발길질을 했다. 몸집이 큰 멍청한 어린아이 같았다.

아홉째 삼촌은 그해 열여덟 살이 조금 넘은 나이로, 아직 결혼을 하지 않은 상태였다. 삼촌은 놀기 좋아했고, 잘 놀았다. 물고기랑 새도 잡고, 수박이나 대추 서리도 하고, 하는 것마다 능수능란했다. 우리는 이런 삼촌이랑 노는 것이 즐거웠다.

한참 동안 법석을 떨더니 삼촌이 잠방이를 입고 도롱이 위에 앉아 말했다. 가만히 있어. 게라는 놈들 귀신들이거든. 낌새가 수상하면 올라오지 않을 거야. 우리는 숨을 죽였다. 따뜻한 노란색 전등 불빛을 바라봤다. 그러다 다시 잠시 수숫대 울타리로 엮은 죽음의 성곽을 바라봤다. 삼촌은 게가 울타리까지 기어오는 한 이곳을 다시 벗어날 수 없고 우리는 내려가서 잡으면 그뿐이라고 했다.

반짝이는 강물은 흐름이라고는 거의 느낄 수가 없었다. 그저 울타리에 막혀 조그맣게 일어나는 물보라만이 물이 움직이고 있다는 사실을 말해 주고 있었다. 게는 아직 모습을 내밀지 않았다. 조금 초조해진 나는 삼촌에게 물었다. 삼촌은 조급하게 생각하면 안 된다고, 성질 급한 사람이 뜨거운 죽을 얻어먹을 수 있겠냐고 말했다.

축축한 안개가 바닥에서 피어오르기 시작하고 달이 제법 높은 하늘까지 올라갔다. 크기는 조금 작아 보였지만 노란 빛은 더욱 맑게 빛나고, 푸르스름한 수수 들판 여기저기를 겹겹이 에워싼 푸르스름한 안개가 때로 짙게, 때로 어슴푸레 피어나는 모습이 언뜻 매우 아름답게 느껴졌다. 가을 풀벌레 소리가 요란했다. 귀뚤귀뚤, 찌르르, 찌르찌르 등 여러 가지 소리가 어우러져 하나의 곡조를 만들어 내고 있었다. 벌레 소리에 밤이 더욱 고요하게 느껴졌다. 수수 들판에서는 시시때때로 콸콸 소리도 들려왔다. 마치 누군가 성큼성큼 걸어가는 소리 같기도 했다. 물가의 안개도 들쑥날쑥 변화무쌍이었다. 은빛 찬란한 강물이 때로 안개에 덮여 사라졌다가 다시 안개 사이로 모습을 드러내기도 했다.

그래도 게는 나타나지 않았다. 나는 다시 마음이 달기 시작했다. 삼촌도 나지막이 중얼거리더니 자리에서 일어나 울타리 쪽으로 다가가 살펴본 후 돌아와 이렇게 말했다. 이상해, 이상해, 정말 이상해. 오늘 밤 분명히 게가 엄청나게 몰려올 날인데, 서풍이 불면 게 다리가 근질거린다고도 했고. 그런데 게 모습이 보이지 않다니, 귀신이 곡할 노릇이네. 삼촌이 강가 관목 더미에서 반짝이는 나뭇잎 하나를 떼 내 두 입술 사이에 끼우고 삐리리 이상한 소리를 냈다. 나는 온몸이 오싹해졌다. 삼촌, 불지 마. 우리 엄마가 그러는데 밤에 휘파람 불면 귀신 나온대. 삼촌은 나뭇잎을 불다 말고 고개를 돌려 힐끗 나를 바라봤다. 삼촌의 눈에서 푸르스름한 빛이 났다. 정말 괴이했다. 나는 심장이 요란하게 콩닥거리며 문득 삼촌이 너무 낯설게 느껴졌다. 나는 도롱이 속에 잔뜩 몸을 웅크렸다. 온몸이 부들부들 떨릴 정도로 오한이 느껴졌다.

아홉째 삼촌은 나뭇잎 피리 불기에 열중했다. 점점 더 밝아지는 달빛에 비친 삼촌의 모습이 마치 얼음으로 만든 조각상 같았다. 나는 가슴이 답답했다. 조금 전만 해도 게가 놀란다고 꼼짝 못하게 하더니 왜 갑자기 자기가 나뭇잎 피리는 불고 난리야? 설마 게를 부르는 신호라도 보내는 걸까?

나는 목소리를 잔뜩 깔아 삼촌을 불렀다.

"아홉째 삼촌, 아홉째 삼촌."

삼촌은 내가 부르는 소리에도 전혀 반응을 하지 않은 채 나뭇잎만 불었다. 필릴리지지지즈즈 소리가 갈수록 괴이해졌다. 재빨리 손가락을 깨물었다. 아픈 걸 보니 꿈은 아니었다. 손가락으로 삼촌의 등을 쿡 찔렀다. 뼛속까지 오싹할 정도로 서늘했다. 그 순간 나는 정말 두려웠다. 도망갈 생각을 했다. 그러나 밤길이 으슥한 데다 진흙탕에 수수가 온 천지에 가득한데 어떻게 집에 돌아간단 말인가? 삼촌이랑 게를 잡으러 온 일이 후회스러웠다. 나뭇잎을 불고 있는 저 차가운 남자는 이제 아홉째 삼촌이 아니라 자라 도깨비나 물고기 요괴 같은 뭐 그딴 것일지도 모른다. 그런 생각이 들자 나는 머리카락이 주뼛 서는 것 같았다. 오늘 밤 절대 살아 돌아가지 못할 것 같았다.

언제 나온 것일까, 하늘에 외로이 노란 구름 한 점이 나타났고, 때마침 달이 구름 안으로 들어갔다. 그 모습이 괴이하게 느껴졌다. 이렇게 넓은 하늘은 어디로 간들 막힘이 없는 공간이건만 왜 하필이면 저 구름을 뚫고 들어갔을까? 서늘하고 맑은 기운이 가려져 버렸다. 하구와 들판의 모습이 모두 희미해지고, 바람막이 잔등의 빛만 한껏 강렬해졌다. 이때 갑자기 은은한 향기가 풍겨 오기 시작했다. 하구에서 전해지는 향기였다. 향기를 따라가 보니 수면에 순백의 연꽃 한 송이가 피어 있었다. 연꽃이 바람막이 전등 빛 속에 생생하고 성스러울 정도로 순결한 모습을 하고 있었다. 우리 집 문 앞 연못에도 수없이 많은 연꽃이 피었지만 눈앞에 보이는 저 연꽃에 비할 만한 것은 없었다.

연꽃 모습에 나는 두려움이 사라지면서 이제껏 한 번도 느껴 보지 못한 순백의 청아하고 맑은 기분에 휩싸였다. 나는 절로 자리에서 일어나 도롱이를 벗고 연꽃을 향해 걸어갔다. 따뜻한 물에 발을 넣었다. 서서히 흐르는 물줄기가 내 허벅지를 부드럽게 쓰다듬었다. 마음이 그처럼 편안할 수가 없었다. 연꽃까지 불과 몇 보 거리인데도 정작 걷기 시작하니 한없이 길게 느껴졌다. 나와 연꽃의 거리가 영원히 좁혀지지 않을 것 같았다. 내가 한 걸음 내딛을 때마다 연꽃이 한 걸음 뒤로 물러나는 것 같았다. 나는 행복에 취했다. 연꽃을 따고 싶지 않았다. 영원히 흘러가는 연꽃을 따라 앞으로 나아가고 싶었다. 이처럼 나릿하게 아름다운 목표물을 향해 나아가는 동안, 나를 보듬는 따스한 강물의 느낌이 얼마나 황홀한지 그 행복한 기분은 평생 잊을 수가 없다.

잠시 후 갑자기 달빛이 물길에 가득 퍼지는 순간, 연꽃이 부르르 몸을 떨며 번개보다 더 눈부신 섬광을 번뜩이더니 옥패

(玉貝)[29) 조각 같은 꽃잎이 후드득 떨어졌다. 꽃잎이 수면을 치면서 동글동글한 작은 낱 잎으로 흩어져 맴돌다 반짝이는 강물 속으로 사라져 갔다. 꽃잎을 받치고 늘씬하게 뻗어 있던 줄기도 꽃잎이 떨어지자 맥없이 기울어 수면 위에서 몇 번 하늘거리다 파문이 되어 버렸다…….

나도 모르게 뜨거운 눈물이 주르륵 흘러내리며 가슴속에 달짝지근한 애잔함이 한가득 피어올랐다. 슬픔과 고통이 아닌, 그저 우울한 기분이 들었을 뿐이다. 눈앞에서 일어난 모든 것들이 마치 아름다운 꿈 같았다. 그러나 그렇게 벌거벗은 채 강물에 서 있으려니 물이 내 심장까지 올라왔다. 매순간 심장의 박동에 강물이 출렁이며 수면에 잔잔한 물결이 일었다. 연꽃은 사라졌지만 맑고 은은한 향기는 수면 위를 맴돌며 서늘하고 맑은 달빛, 처연하도록 아름다운 풀벌레 소리와 어우러져 하나가 되었다…….

커다란 손 하나가 우악스럽게 내 목덜미를 잡더니 수면 위로 끌어 올렸다. 줄줄이 물방울이 작은 진주처럼 내 가슴과 배, 번데기만 한 고추에서 또르르 수면 위로 떨어졌다. 튼실한 두 허벅지에 요란한 소리와 함께 강물이 갈라졌다. 이어 허공에 내팽개쳐진 내 몸뚱이가 공중에서 재주를 돈 후 도롱이 위로 떨어졌다.

분명히 아홉째 삼촌이 나를 물속에서 잡아끌어 낸 것이라고 생각했다. 그러나 가만히 보니 삼촌은 방죽에 앉아 여전히

---

29) 옥으로 만든 고대 화폐의 일종.

멍하니 나뭇잎을 불고 있었다. 전혀 움직인 흔적이 없었다.

나는 큰 소리로 외쳤다. 아홉째 삼촌!

아홉째 삼촌이 나뭇잎을 입에 문 채 나를 돌아봤다. 눈빛도 완전히 낯선 데다 분노도 담겨 있는 것 같았다. 연주를 방해한 내가 못마땅한 것 같았다. 물속으로 연꽃을 쫓아 들어가면서 두려움이 사라져 버린 나는 더 이상 삼촌이 사람인지, 귀신인지 따위에 신경이 쓰이지 않았다. 그저 삼촌은 나를 이처럼 기이한 경관으로 길 안내를 한 사람일 뿐이므로 목적지에 도달했으니 삼촌의 존재 역시 의미를 잃은 상태였다. 이렇게 생각하니 귀신 소리 같던 나뭇잎 연주 소리도 아름답고 감동적이었다.

바람막이 등잔의 어두침침한 누런 불빛에, 우리가 게를 잡으러 왔지, 하는 생각이 들었다. 고개를 숙였다 들어 올리자 게들이 떼를 지어 수숫대 울타리로 기어오르는 모습이 보였다. 게들은 말발굽 정도 크기로 일정했다. 푸른 등껍질이 반짝거리고, 긴 눈에 초록빛 털이 잔뜩 난 커다란 집게발을 높이 들어 올린 모습이 위풍당당하고 사나워 보였다. 나는 이렇게 크고 이렇게 많은 게들이 한꺼번에 모여 있는 것을 태어나서 처음 봤기 때문에 마구 흥분이 되면서도 겁이 났다. 삼촌을 쿡 찔렀지만 삼촌은 움직이지 않았다. 나는 화가 났다. 게가 안 나타나서 조급해하더니 게가 몰려드는데도 나뭇잎만 불고 있다니! 나뭇잎이나 불 거면 뭣하러 오밤중에 이런 곳까지 왔지? 나는 다시 한 번 아홉째 삼촌이 이미 아홉째 삼촌이 아니란 생각이 들었다.

부드러운 손길 하나가 내 머리를 쓰다듬었다. 고개를 들어 보니 뜻밖에도 얼굴이 은으로 만든 대야같이 생긴 젊은 여자가 보였다. 머리가 길고 숱이 많았다. 귀밑머리에 계란 크기만 한 하얀 꽃 한 송이를 꼽고 있었다. 향기가 코를 찔렀다. 나는 그 꽃이 연꽃인지 가늠할 수가 없었다. 그녀는 얼굴 가득 미소를 띠고 있었고, 이마 정중앙에는 까만색 사마귀가 있었다. 통이 넓고 커다란 흰색의 중국식 긴 두루마기를 입고 달빛 아래서 있는 모습이 무척 늘씬하고 아름다웠다. 전설 속 선인과 같은 모습이었다.

그녀는 달콤한 목소리로 나지막하게 물었다.

"꼬마야, 여기서 뭐 하니?"

내가 대답했다.

"여기서 게 잡고 있어요."

그녀가 킥킥 웃었다.

"너처럼 조그만 애도 게 잡는 걸 알아?"

내가 말했다.

"아홉째 삼촌과 같이 왔어요. 우리 마을에서 삼촌이 게를 제일 잘 잡아요."

그녀가 웃으며 말했다.

"흥, 너희 아홉째 삼촌은 이 세상에서 제일가는 바보 멍청이인데."

내가 말했다.

"당신이야말로 바보 멍청이에요."

그녀가 말했다.

"꼬마야, 내가 바보가 아니란 걸 보여 주지."

그녀가 뒤로 손을 돌려 이삭이 달려 있는 수숫대를 끌어당기더니 하구 양쪽 울타리 사이에 휙 내던지자 커다란 청색 게들이 수숫대를 타고 재빨리 기어오르기 시작했다. 그녀가 수숫대 아랫부분을 마대에 꽂자 게들은 하나씩 줄지어 마대 속으로 들어갔다. 홀쭉했던 마대가 금세 불룩해졌다. 안에서 수만 마리 게가 서로 할퀴고 거품을 토해 내는 소리가 들렸다. 마대 하나가 가득 찬 것 같아 보이자 그녀는 발 앞에 놓인 풀 줄기 하나를 잡아 뜯어 빙빙 돌리더니 마대 주둥이를 막았다. 또 다른 마대 하나도 거의 다 채워지자 그녀는 다시 풀 줄기로 주둥이를 막았다.

"어때?"

그녀가 자신만만하게 내게 물었다.

내가 말했다.

"당신 분명히 선인이죠?"

그녀가 고개를 젓더니 말했다.

"난 선인이 아니야."

"그럼 여우가 분명하네요."

내가 확신하듯 말했다.

그녀가 큰 소리로 웃었다.

"여우는 더더욱 아니지. 여우가 얼마나 추악한 동물인데. 비쩍 마른 얼굴에 긴 꼬리, 온몸에 더러운 털이 나 있지. 여우 지린내도 진동하고."

그녀가 바짝 다가와 말했다.

"맡아 봐, 내 몸에서 지린내가 나, 안 나?"

진하게 풍기는 그녀의 향기에 머리가 조금 어쩔했다. 그녀의 옷이 내 얼굴을 스쳤다. 서늘하고 매끄럽고, 매우 편안했다.

나는 어른들이 했던 말이 생각났다. 여우는 미녀로 변신할 수 있지만 꼬리는 숨길 수 없다고 했었는데.

"당신 엉덩이 좀 만져 봐도 돼요? 꼬리가 없는 것을 봐야 여우가 아니란 걸 믿겠어요." 내가 말했다.

"어? 요 쪼그만 게 어디서 수작이야?"

그녀가 호되게 꾸짖었다.

"여우가 아닌가 알아보려고 그러죠."

나는 전혀 꿀리지 않고 이렇게 말했다.

"좋아."

그녀가 말했다.

"만져 봐. 하지만 얌전하게 살살 만져야 돼. 아프게만 해 봐. 강가에 쑤셔 넣어 죽여 버릴 테니."

그녀는 내가 손을 집어넣을 수 있도록 치마를 걷어 올렸다. 피부가 어찌나 매끄러운지 손이 미끄러졌다. 엉덩이는 크고 둥글었다. 꼬리가 어디 있단 말인가? 그녀가 고개를 돌리며 물었다.

"꼬리 있어, 없어?"

나는 겸연쩍은 모습으로 말했다.

"없어요."

"그래도 내가 여우라고 말할 거야?"

"아니요."

그녀가 손가락으로 내 이마를 쿡 찔렀다.

"쪼그만 것이 교활해 가지고!"

내가 물었다.

"여우도 아니고 선인도 아니면 대체 정체가 뭐예요?"

그녀가 말했다.

"사람이야."

내가 말했다.

"어떻게 사람일 수가 있어요? 세상에 이처럼 깨끗하고, 향기가 나는 데다, 이런 능력을 가진 사람이 있어요?"

그녀가 말했다.

"꼬마야, 넌 말해 줘도 몰라. 이십오 년 후에 동남 방향에 있는 커다란 섬에서 너랑 나랑 다시 만나게 되면 자연히 알게 될 거야."

그녀는 귀밑머리의 하얀 꽃을 빼내 내게 냄새를 맡게 한 후 다시 내 정수리를 도닥거렸다.

"영특한 애야, 말해 줄 것이 있어. 잘 기억해 두면 나중에 쓸 일이 있을 거야. 낫과 도끼 그리고 총. 파와 마늘, 무와 생강. 애간장을 끓여야 할 때는 애간장을 끓이네. 두리안 나무에 빈랑이 맺혔네."

그녀의 말이 채 끝나기도 전에 나는 몽롱하게 잠이 들었다.

내가 깨어났을 때는 이미 붉은 태양이 떠오르기 시작할 때였다. 강물과 들판이 찬란한 붉은 빛에 감싸여 한없이 펼쳐진 수수가 마치 움직임이라고는 전혀 느껴지지 않는 피의 바다 같았다. 그때 여기저기서 사람들이 내 이름을 부르는 소리가 들렸다. 나는 목청을 높여 대답했다. 잠시 후 아빠와 엄마, 삼촌과 숙모, 형과 형수가 수수 들판을 빠져나왔다. 그 가운데 나의 아홉째 삼촌도 있었다. 삼촌이 나를 잡아채 씩씩거리며 물었다.

"어디 있었어?"

삼촌 말에 의하면 나를 데리고 마을을 나와 수수밭에 들어 갔는데, 잠깐 넘어졌다 일어나는 사이, 나도 보이지 않고 바람 막이 등잔도 사라져 버렸다는 것이다. 삼촌은 큰 소리로 날 불 렀지만 대답이 없었고, 그래서 집에 있는지 찾아보러 갔지만 집에서도 나를 찾을 수 없었다. 가족 모두 깜짝 놀라 등불을 들고 밤새 나를 찾아다녔다고 한다. 내가 말했다.

"난 계속 삼촌이랑 같이 있었는데."

"헛소리!"

삼촌이 말했다.

"여기 마대 두 개에 뭐 있어?"

형이 물었다.

"게야."

내가 말했다.

삼촌이 주둥이를 동여맸던 풀 줄기를 풀자 거대한 게들이 후다닥 기어나왔다.

"이걸 네가 잡은 거야?"

삼촌이 깜짝 놀라며 물었다.

나는 대답을 하지 않았다.

올해 여름 싱가포르의 한 상가에서 친구를 따라 딸아이의 옷을 사러 이곳저곳 살펴보며 걸어가고 있는데 갑자기 어디서 향긋한 냄새가 코를 찔렀다. 고개를 들어 보니 탈의실 커튼을 열며 한 젊은 여자가 걸어 나왔다. 가을 달 같은 얼굴, 초승달 같은 눈썹, 밝은 별 같은 두 눈을 가진 아가씨가 어느 순간 사뿐히 내 앞에 다가와 있었다. 나는 멍하니 그녀를 바라봤다. 그녀가 내게 아름답게 미소를 짓더니 몸을 돌려 날듯이 왁자지껄 번잡한 사람들 사이로 사라져 버렸다. 그녀의 웃는 모습이 화살이 되어 내 가슴 한복판을 뚫어 버린 것 같았다. 기둥에 기댔다. 심장이 미친 듯이 뛰고 현기증이 일며 눈이 핑핑 돌았다. 그렇게 한참이 지난 후에야 안정을 찾을 수 있었다. 친구가 무슨 일인지 물어봤다. 나는 아무 일도 아니라는 듯 고개를 젓고서 대답하지 않았다. 여관으로 돌아온 나는 문득 게 잡는 것을 도와주었던 그 여인이 생각났다. 손을 꼽아 보니 꼭 이십오 년 전 일이었고, 그리고 보니 싱가포르가 바로 '동남 방향의 커다란 섬'이었다.

창안대로 위의 나귀 타는 미인

4월 1일 오후 시단 지하철역을 빠져나온 허우치는 고개를 들었다. 태양이 눈에 들어왔다. 평소보다 좀 더 크고, 좀 더 붉은 태양, 고층 건물들 틈 사이로 햇살이 떨어지고 있었다. 허우치는 여러 해 동안 창안대로를 걸어 본 적이 없었다. 출근할 때마다 언제나 지하철을 타고 지하를 오갔기 때문에 태양이 내리쬐는 고층 건물들의 이름을 알지 못했다. 허우치는 자전거 대열에서 자기 자전거를 찾아냈다. 그의 자전거는 무척 낡았는데, 온종일 지하철역에 내팽개쳐 둔 자전거들은 거의 성한 것을 찾아볼 수 없었다. 자전거 자물쇠도 망가졌기 때문에 삼 분 정도 쑤셔 대고 나서야 겨우 자물쇠를 딸 수 있었다. 자전거를 꺼내 십여 보를 밀고 가다 공간에 여유가 생기자 굼뜬 동작으로 자전거에 올라탔다. 이제 막 자전거 물결에 합류하여 창안대로를 따라 집으로 가고 있을 때 서쪽에서 시끄러운 소리가 들려왔다. 허우치가 곁눈으로 서쪽을 바라본 순간…….

여기서 일단 허우치가 출근하던 상황으로 이야기를 돌려보자. 그날은 사실 반드시 해야 할 공식적인 일이 있었던 것은 아니다. 오전에 사무실에 도착한 그는 동료들이 개기 일식과 헤일 봅 혜성[30]에 대해 이야기하는 소리를 들었다. 허우치가 개기 일식이나 헤일 봅 혜성은 이미 작년에 있었던 일이 아니냐고 말하자 동료들은 멍청이라고 말하면서 도무지 세상 돌아가는 일에 대해 관심이 없다고 비난했다. 작년에 일어난 일이라고 올해 생기지 말라는 법이 어디 있어? 그들의 비난이 이어지자 허우치는 연신 고개를 끄덕이며 자신이 멍청하고 둔하며, 근본적으로 날로 비약하는 사회에 도태될 수밖에 없다는 것을 인정하고 말았다. 허우치가 진심으로 반성하는 모습을 보이자 멜빵바지 차림에 상반신이 유별나게 길지만 다리는 오히려 유난히 짧은 여자가 그에게 먹으로 까맣게 칠한 유리를 건네면서 다른 동료들에게 말했다.

"허우 동지는 그래도 근본은 올바른 동지야. 당신들이 욕하면 안 되지!"

청년들이 말했다.

"우리가 욕하는 것도 그를 사랑하기 때문이지. 그렇지 않소, 허우 동지?"

허우치는 연신 그들의 말이 맞다고 했다. 사람들이 이어서 외계인에 대해 큰 소리로 토론을 벌였다. 허우치는 그들의 이

---

30) Hale-Bopp Comet. 앨런 헤일과 토머스 봅이 발견한 장주기 혜성.

야기를 듣다 정신을 차릴 수 없어 마치 술에 취하거나 바보가 된 것만 같았다. 9시 정각이 되자 청년들이 말했다.

"시간이 됐어요!"

허우치는 까만 유리 조각을 들고 청년들 뒤로 구불구불한 계단을 따라 옥상으로 올라갔다. 하늘에서 벌어지는 기상천외하고 휘황찬란한 모습을 볼 수 있을 것이라 기대했지만 맥빠진 햇살과 그보다 더더욱 맥 빠진 낡은 연 이외에 아무것도 볼 수가 없었다. 허우치뿐만 아니라 다른 이들도 모두 크게 실망하고 말았다. 다음 헤일 봅 혜성은 2300년 후에나 볼 수 있을 것이라 했으니, 위로 거슬러 올라가 2300년 전이라고 하면 진시황 할배도 태어나지 않았을 때가 아닌가? 모두 풀이 죽은 것도 당연한 일이었다. 혜성을 관찰한 글을 쓰려고 했는데, 그것도 집어치우기로 했다. 점심 때 한 사발을 먹었는데도 허우치를 열렬히 사랑하는 청년들은 다시 그의 코를 잡고 맥주 한 사발을 더 들이부었다. 오후에도 개기 일식과 혜성에 관한 이야기가 계속되었고, 그렇게 이야기는 5시까지 이어졌다. 퇴근하고 1리쯤 걸어 지하철역에 도착한 허우치는 마치 쥐새끼처럼 지하로 파고들었다. 인간이 귀한 것은 자신을 잘 알기 때문이라고 했던가? 허우치는 문득 이런 의문이 들었다. 사실 내가 어딜 봐서 쥐새끼보다 낫단 말인가? 지하철 전동차 안에는 앉은 사람도, 선 사람도 있었는데 선 사람이 앉은 사람보다 많았다. 푸싱먼에 도착하자 사람들이 와르르 내리고, 다시 몇 사람이 전동차 안으로 들어왔다. 앉은 사람과 선 사람이 거의 비슷해졌다. 허우치는 자리에 앉았다. 그렇게 대략 몇 분 정도

앉아 있었을 때 열차의 종점을 알리는 안내 방송이 흘러나왔다. 허우치는 사람들을 따라 100미터를 전진했다. 삼 분 정도 에스컬레이터를 타고, 계단 쉰네 개를 올라 비로소 고개를 들자 태양이 눈에 들어왔다. 태양을 본 허우치는 절로 작년에 잠시 달의 위로를 받던 태양이 떠올랐다. 이어 벌어진 일은 조금 전 말했던…….

허우치는 서쪽으로 곁눈질을 했다. 그 순간 갑자기 빨간 치마를 입고 윤기가 좔좔 흐르는 나귀를 탄 젊은 여자가 보였다. 검은 나귀, 작고 검은 나귀를 타고 마치 옆에 아무도 없는 것처럼 빨간 신호등마저 무시한 채 줄줄이 이어져 있는 차량 사이로 건널목을 건너고 있었다. 나귀를 탄 그녀 뒤로 말을 탄 남자가 바짝 따라가고 있었다. 은회색 갑옷을 걸친 남자의 가슴팍에 달린 호심경[31]이 눈이 부시도록 빛났다. 둥근 투구 위에 뾰족한 창 모양의 장신구가 세워져 있고, 그 창끝에는 빨간 술이 매달려 있었다. 그는 왼손으로 말고삐를 잡고, 오른손으로 나무로 만든 긴 창을 들고 있었다. 창끝 역시 반짝반짝 빛이 났다. 그가 탄 말은 온통 하얗고 아름다운 백마, 위풍당당한 백마였다. 너무나 아름다워 진짜 말이 맞는지 의심이 들 정도여서 뜬금없이 "백마는 말이 아니다."[32]라는 말이 떠올랐다. 백자처럼 생긴 고개를 치켜들고 있으니 당연히 목도 꼿

31) 갑옷의 가슴 쪽에 호신용으로 붙이던 구리 조각.
32) 白馬非馬. 춘추 전국 시대 철학자 공손룡이 국경을 지날 때 말의 출입을 금하자 백마는 말의 형체가 아닌 색을 한정하는 것이기에 말이 아니라는 궤변을 늘어놓았다.

꽂할 수밖에 없었다. 그 모습을 보면서 허우치는 백조를 떠올렸다. 백마는 우아하게 종종걸음을 치면서 침착하게 검은 나귀를 바짝 뒤쫓아 길을 건넜다. 퇴근 시간이라 차들이 마치 양 떼처럼 꼬물꼬물 모여 있었기 때문에 차량들은 속도를 낼 수 없었다. 속도가 빠르지 않으니 브레이크 소리도 그리 귀에 거슬리지 않았다. 남자 한 명, 여자 한 명, 말 한 마리, 나귀 한 마리가 빨간 신호등에 건널목을 건너고 있었지만 차량들의 꼬리 물기는 일어나지 않았다. 더구나 거칠기가 둘째가라면 서럽다고 할 택시 기사들도 지극히 교양 있는 태도로, 욕하는 이도 하나 없고, 당장이라도 칼을 들고 죽일 듯이 달려드는 이도 전혀 없었다. 심지어 경적을 울리는 사람조차 없었다. 그들은 브레이크를 밟아 엔진이 천천히 돌아가도록 했다. 그들은 창문을 내리고 고개를 내민 채 길을 건너는 동물과 사람을 쳐다보았다. 안색이 평온했으며, 심지어 미소를 띤 사람도 있었다. 사거리 중앙 초소에 선 젊은 경찰은 멍하니 그 모습을 바라볼 뿐 입도 열지 않고 수신호도 하지 않았다. 모두 이처럼 평온하고도 엄숙하게 나귀 한 마리, 말 한 마리가 남자 하나, 여자 하나를 태우고 길을 건너는 모습을 바라보았다.

차량 대열은 흐트러지지 않았지만 자전거 대열은 뒤죽박죽이 되었다. 모두 고개를 삐딱하게 내밀고 구경하다가 한 대가 넘어지면서 수십 대의 자전거가 모두 쓰러지고 말았다. 그러나 그날 자전거를 탄 사람들 역시 상당히 양호한 모습을 보였다. 극도의 자제력을 발휘하면서 관용을 베풀어 욕을 하는 이도 없었고, 말다툼을 하는 이도 없었다. 물론 칼을 흔드는 이도 없었다. 곱상하게 생긴 젊은 순경이 땅에 쓰러진 자전거를 향해 손을 휘둘렀다. 허우치는 선의 가득한 부드러운 그의 동작에 감동을 받아 가슴이 다 훈훈해졌다. 사람들은 자전거를 밀며 계속 길을 건너기도 하고, 방향을 바꿔 되돌아가기도 했다. 되돌아가는 사람의 의도는 분명했다. 한 남자와 한 여자, 한 마리 말과 한 마리 나귀를 따라가려는 것이었다. 허우치는 잠시 망설이며 뒤를 돌아봤다. 베이징 사람들은 구경을 좋아한다. 허우치 역시 이런 결점, 아니 취미라고 해도 좋을 이런 특징을 닮아 가고 있었다. 자전거가 무척 많았다. 자전거를 타고 가는 사람들은 거의 서로 어깨가 부딪칠 정도였다. 모두 최선을 다해 몸의 균형을 유지하고 있었다. 마치 한 덩어리가 된 것 같았다. 허우치는 운 좋게도 가장 앞줄에 끼어 있었기 때문에 백마의 풍만한 둔부와 겨우 1미터 정도 떨어진 상태였다. 한 번만 힘껏 페달을 밟으면 자전거 앞바퀴가 말 다리에 닿을 수 있었다.

그렇게 되면 어떤 일이 벌어질지 허우치는 알지 못했다. 물론 허우치의 자전거 타는 솜씨라면 절대 그런 불행은 일어나지 않을 것이다. 허우치는 자기 옆에서 자전거를 타는 사람들을 둘러볼 여유가 없었다. 다른 사람들 역시 마찬가지였다. 말이 아무리 완전무결하게 아름답다 해도 사람들, 적어도 허우치는 그다지 관심이 없었다. 사람들, 적어도 허우치가 보고 싶었던 것은 나귀를 타고 있는 여자였다. 나귀를 타고 있는 여자가 늙었다거나 못생겼다면 사람들, 적어도 허우치는 분명 그다지 관심을 보이지 않았을 것이다. 바로 조금 전 그 짧은 순간에 사람들, 적어도 허우치는 분명 눈앞에서 반짝이는 붉은 빛, 암흑과 같은 마음 깊은 곳에서 눈부시게 밝은 빛이 솟아오르는 것을 느꼈다. 그것은 마치 개기 일식 중 제일 해가 많이 가려지는 단계 이후에 보이는 베일리의 목걸이[33]와 같았다.

유감스럽게도 여자는 고개를 돌리지 않았다. 여자는 마치 허우치와 사람들이 자신을 뒤따르고 있다는 사실을 모르거나 아예 허우치와 사람들이 안중에 없는 것 같았다. 허우치는 여자의 등과 옆모습, 검고 작은 나귀의 엉덩이와 측면을 봤을 뿐이었다. 붉은 담장 밖으로 옥란화 꽃봉오리가 한 가득이고, 이미 봉오리를 터뜨린 꽃도 있었지만 날씨는 여전히 서늘했다. 허우치는 스웨터와 울로 된 바지를 입었는데, 여전히 오리털 파카를 입고 있는 이들도 있었다. 그러나 나귀를 타고 있는 여자는 붉은색 얇은 치마 하나만 입고 있었다. 붉은색 치마는 실크, 그것도 상당히 좋은 실크로 어렴풋이 속이 비쳤는데, 사람들, 적어도 허우치는 몽롱하게 투명한 그런 느낌이 좋았다. 햇살에 비치는 모습에서 허우치는 그녀의 피부가 분홍빛이며 어깨는 매끄럽고, 허리는 가늘지만 엄밀히 말해 물뱀 허리는 아니라는 것을 알았다. 무엇보다 물뱀은 뼈가 없지만 그녀의 허리는 곧고 반듯했기 때문이다.

그녀의 목은 가늘고 길었다. 그녀의 뒤통수는 둥글고 머리카락 또한 풍성했다. 머리카락은 까만색이었는데, 가운데 한

---

33) 일식의 개기 바로 전후에 달 가장자리의 요철을 따라 가늘어진 태양이 구슬을 꿴 고리 모양으로 보이는 것.

가닥 붉은색이 보였다. 아니 그냥 붉은색은 아니고 차라리 황금색이라고 하는 것이 좋을 듯했다. 뽀얀 그녀의 귀를 보면서 허우치는 문득 이런 말이 떠올랐다. "귀가 얼굴보다 희면 천하에 이름을 날린다." 여자의 귓불에는 구멍 자국이 있었지만 귀걸이 같은 것은 하지 않았다. 왼쪽 귀 뒤편에 녹두 크기만 한 검은 점이 보였는데, 관상학 책에서 뭐라고 했는지 기억이 나지 않았다. 여자는 나귀의 맨 등에 타고 있었다. 다시 말해 안장도 얹지 않고, 그렇다고 이불이나 담요 등도 얹지 않은 나귀를 타고 있다는 뜻이다. 이렇게 맨 등에 타고 가면 과연 편안한지 여부는 아마도 그 여자만 알 수 있을 것이다. 여자는 허리에 갈색 혁대를 차고 있었지만 허우치는 그것이 양가죽인지 아니면 소가죽인지 구분할 수 없었다. 그러나 허우치는 그것이 진짜 가죽이지 인조 가죽은 아닐 것이라는 점만은 확신할 수 있었다. 혁대에 단검 하나가 꽂혀 있었다. 칼끝은 볼 수 없고 그저 칼자루와 칼집만 눈에 들어왔다. 칼자루는 분명 상아였으며, 위로 보석 몇 점이 박혀 있었다. 허우치는 이런 여자가 보석 대신 유리를 박은 칼을 들고 있을 것이라고 생각할 수 없었다. 칼집은 갈색이었는데, 분명 짐승의 가죽일 것이고, 그 위에 있는 것도 다이아몬드가 분명할 것이다. 여자는 두 다리로 나귀의 배를 옹골차게 죄고 있었다. 나귀에 안장과 말다래를 했다면 그렇게까지 단단히 죄고 있을 필요는 없을 것이다.

나귀 몸집이 작은 데다 여자는 키가 컸기 때문에 두 다리가 거의 지면까지 늘어져 있었다. 나귀에서 내리기 무척 쉬울 것이다. 그녀는 팔이 길었고 통이 넓은 빨간 소매 끝으로 희고 고운 손목이 보였다. 그녀는 손목에 초록빛 옥팔찌를 차고 있었다. 아니 비취 팔찌일지도 모른다. 나귀는 살집이 많지도, 그렇다고 비쩍 마르지도 않았으며, 그리 크진 않았지만 걸음은 무척 빨랐고, 여자를 태우고도 전혀 힘겨워하지 않았다. 허우치는 대충 나귀가 한 시간에 15킬로미터 정도는 거뜬하게 갈 것이라는 생각이 들었다. 오후 6시 창안대로는 전혀 막힘없이 시원하게 뚫렸다. 순식간에 허우치와 사람들은 여자를 따라 류부커우에 이르렀고 때마침 빨간 신호등에 걸렸다. 허우치는 본능적으로 브레이크를 잡았다. 자전거가 휘청하며 하마터면 엎어질 뻔했다. 그 순간 기회를 놓칠세라 기수를 태운 백마가 앞으로 몇 걸음을 내달렸다. 커다란 말 대가리가 검은 나귀 엉덩이 위쪽에서 흔들거렸다. 말이 혀를 내빼며 나귀 엉덩이를 핥았지만 나귀는 전혀 반응이 없었다. 말 위의 기사는 마치 나무 인형처럼 빳빳한 자세를 유지했다. 그의 투구는 얼굴까지 가려지는 것이었다. 마치 명절에 쓰는 다터우와와[34] 마스크 같았다. 정면에서든 측면에서든 그의 얼굴을 볼 수 없었다. 그러나 그의 시커먼 구멍 같은 눈두덩이와 그의 콧구멍으로 삐져나온 두 가닥 코털만 보일 뿐이었다. 석양이 그의 갑옷을 비추는 바람에 따스한 주홍빛을 쏟아 내고 있었다. 하늘에서 새똥 한 줌이 그의 투구 위로 툭 하고 떨어졌다. 허우치는 머리에 새똥을 맞으면 운이 좋지 않다는 이야기가 떠올랐

---

34) 대두(大頭) 인형.

지만 기사는 별로 개의치 않는 눈치였고, 자전거를 타고 그를 뒤따르는 많은 시민들 역시 별 느낌이 없는 듯했다.

빨간 신호등을 무시하고 건널 것이라고 생각했는데, 뜻밖에도 그녀는 빨간 등이 켜지자 나귀 고삐를 잡았다. 나귀가 멈춰 서자 말도 따라 멈췄다. 말이 고개를 숙이고 분홍빛 혀를 날름거리며 나귀 엉덩이 냄새를 맡았다. 화가 난 듯 고개를 쳐들고 숨을 멈추더니 흐린 하늘을 향해 마치 무언가 꿈꾸는 듯했다. 검은 나귀의 꼬리가 살짝 움찔거렸다. 나귀 위의 여자가 고개를 돌려 말에 타고 있던 남자에게 나지막한 소리로 무언가 말을 했다. 여자의 말은 사투리가 심해 거의 외국어나 다름없었다. 어쩌면 누군가 알아듣는 이가 있을 수도 있겠지만 여하간 허우치는 알아들을 수 없었다. 여자가 고개를 돌리자 뒤를 따르던 허우치와 사람들이 한껏 고조되었다. 여자는 확실히 정말 아름다웠다. 허우치는 여자 얼굴을 이모저모 자세히 뜯어볼 겨를이 없었으니 당연히 코나 눈을 묘사할 방법은 없었다. 그녀의 미모는 마치 찬란한 태양 같았다. 시쳇말로 '분위기 있는 멋진 풍경'과 같아 사람들, 적어도 허우치의 마음만은 철저하게 사로잡았다. 안타깝게도 아름다운 순간은 길지 않았다. 여자가 말을 끝내고 고개를 돌렸다. 자전거를 타고 있는 사람들이 서로 마주 봤다. 사람들이 허우치를 보고, 허우치도 사람들을 바라봤다. 모두 무슨 말인가를 하고 싶은 것처럼 보였지만 아무도 입을 열지 않았다. 사실 사람들 모두 각자의 마음을 알고 있었다. 분명 사람들은 여자의 미모에 감탄을 하고 싶었던 것이다. 허우치와 사람들은 창안대로에서 여자와 여자를 따르는 무리를 발견하고 놀라움을 금할 수 없었지만 여자는 매우 태연했다. 허우치와 사람들이 안중에 없는 것 같았다. 그때 안전섬[35]에 서 있던 경찰이 흰색 장갑을 낀 손가락으로 허우치와 사람들을 가리켰다. 그가 가리키고 싶은 것은 사실 말을 탄 사람이었을 것이다. 경찰 역시 말과 나귀가 이곳에 나타나서는 안 된다고 생각했을 것이다. 아래 서 있던 나이가 든 경찰이 종종 걸음으로 나귀 앞으로 다가와 거수경례를 할 때 노란 등이 반짝이더니 파란 등이 켜졌다. 여자의 나귀가 앞장서고 그 뒤를 말이 따라가고, 말 뒤를 자전거가 따라갔다. 마치 넘실대는 물결처럼 횡단보도를 건넜다. 경찰이 크게 고함을 내지르며 마치 나사처럼 몸이 핑글 도는 것이 확실히 낭패를 당한 모습이 분명했다.

허우치와 사람들이 나귀와 말을 따라 앞으로 전진했다. 등 뒤로 경찰의 고함 소리가 들렸지만 고개를 돌려 그를 바라보는 사람은 없었다. 사람이 많으면 힘도 세지기 마련이니 너나 할 것 없이 불법을 저질러 처벌하기도 마땅치 않을 것이다. 자전거가 많으면 빨간 신호등도 무시하고 길을 건널 수 있으며, 자동차도 압박할 수 있고, 심지어 경찰들도 두려워하지 않게 된다. 게다가 허우치와 사람들 앞에 나귀와 말이 있지 않은가! 하늘이 무너져도 떠받칠 커다란 지붕이 있으니 어쨌거나 허우치와 사람들 머리 위로 무너지지는 않을 것이다. 다시 한 블록을 가자 사람들은 조금씩 따분해지기 시작했다. 누군가 큰

---

35) 보행자 대피 장소.

소리로 물었다.

"이보게, 당신들 뭐 하는 사람들이오?"

아무도 대답하는 이가 없었다. 나귀를 탄 여자나 말을 탄 남자 역시 아무 일도 없다는 듯 그저 앞으로 나아가고 있었다. 나귀 발굽과 말발굽 소리가 땅 위에 울려 퍼졌다. 편자가 번쩍 번쩍 눈이 부셨다. 나귀와 말의 걸음이 멋들어졌다. 잰걸음이 마치 물 흐르듯, 무대 위에서 청의[36]와 화단[37]이 걷는 모습 같았다.

"어이! 거기 언니랑 형씨! 당신들 곡예단 사람들이쇼?"

그의 목소리가 해 질 녘 노을 진 허공으로 흩어졌다. 그러자 질문을 했던 이가 상스러운 욕설을 나지막하게 지껄이며 침을 내뱉었다. 허우치는 자전거 페달을 밟으며 좀 더 앞으로 나아가 여자의 얼굴을 보고 싶었다. 허우치의 자전거가 앞으로 튀어 나가자 말을 타고 있던 남자가 의도적인 것인지 아니면 무의식적인 것인지 알 수는 없지만 여하간 손에 들고 있던 긴 창으로 허우치의 가슴을 가로막았다. 마치 말을 가로막는 것 같았다. 허우치는 창 자루에서 풍기는 향기를 맡았다. 향목의 일종인 백식목(白植木) 향기 같기도 하고, 망고 향기 같기도 했다. 옆에 있는 이도 앞으로 비집고 나가려고 했는데, 그 역시 나귀를 탄 여자의 얼굴을 보고 싶었기 때문인지는 알 수 없지만 어쨌거나 나와 마찬가지로 말 탄 남자의 창에 가로막히

---

36) 靑衣. 중국 전통극에서 단아하고 강한 중년 여성 역할의 배역.
37) 花旦. 중국 전통극에서 천진난만하고 명랑한 묘령의 여자 배역.

고 말았다. 그 남자는 창을 옆으로 눕히는가 싶더니 어느새 허리춤에 차고 있던 장검을 뽑았다. 칼날이 마치 푸른 고드름처럼 번뜩였다. 허우치는 본능적으로 몸을 구부렸다. 차가운 바람이 머리 꼭대기를 휑 하고 지나갔다. 이어 공중에서 장검이 춤을 추듯 허공을 가르며 다른 쪽으로 날아들었다. 허우치는 누군가의 머리카락이 잘려 나가는 것을 보았다. 마치 검은 모자가 공중에 날아가듯 머리카락이 가닥가닥 사방으로 흩어져 허우치의 어깨 위로 떨어졌다. 허우치는 그제야 말 탄 남자가 얼마나 무시무시한 인물인지 절감하고 더 이상 경거망동하지 않았다. 그의 장검은 둔탁해 보이고, 푸른 녹이 잔뜩 슬어 있었지만 뜻밖에도 상당히 날카로웠다. 마치 바람에 모자를 날리듯 머리카락을 벨 수 있다면 마치 진흙을 자르듯 머리를 잘라 버릴 수도 있을 것이다. 허우치와 사람들은 말 타는 사람의 위력에 놀라 한층 조신하게 행동하며 천천히 자전거를 몰아 뒤를 따를 뿐 감히 추월할 엄두를 내지 않았다. 그때 뒤에서 오토바이 한 대가 경적을 울리며 달려왔다.

"경찰이 떴다."

정말 경찰이었다. 게다가 조금 전 굴욕을 당한 바로 그 경찰이었다. 그는 인도와 자전거 도로를 가르는 철책에 바짝 붙어 따라왔다. 그 옆에 있던 자전거가 얌전히 그에게 길을 양보했다. 말을 탄 사람이 말을 앞으로 몰았고, 말은 철책에 바짝 붙었다. 오토바이와 말이 나란히 서자 경찰이 고개를 옆으로 돌리며 큰 소리로 고함을 질렀다.

"정지! 안 들리나? 정지하라고 하잖아!"

말 탄 사내는 마치 목석처럼 경찰의 고함에도 아무런 반응을 하지 않았다. 태산처럼 꼼짝하지 않는 모습이 모르는 척하는 것 같진 않았다. 경찰은 왼손으로 오토바이 손잡이를 잡고 오른손을 뻗어 허리에 차고 있던 경봉을 빼내 말 탄 남자의 투구를 톡톡 건드렸다. 투구에서 공명이 울렸다. 마치 안에 아무것도 없는 것 같았다. 그런데 그 순간 낭패스럽게도 도로 분리대에 걸려 경찰이 쓰고 있던 커다란 모자가 떨어졌다. 바닥에 쓰러진 오토바이가 땅을 스치며 도로 중앙으로 밀려가면서 상당히 심각한 사고가 나고 말았다. 차량 수십 대가 우당탕 쾅쾅 한데 엉키고 말았는데, 다행히 사망한 사람은 없었지만 이마에 피를 흘리는 사람이 여럿 있었다. 하지만 교통사고에도, 부상이 심각한 조금 전 그 경찰에게도 신경을 쓰는 사람은 없었다. 거리에 온통 경적 소리가 울려 퍼지고, 사고를 낸 차량에 막혀 차들은 옴짝달싹하지 못했다. 마치 강물이 둑에 가로막힌 것 같았다.

허우치와 사람들은 나귀와 말을 따라 거침없이 푸요우 거리를 뚫고 지나갔다. 붉은 담 밖으로 고개를 내민 백목련이 뿜어내는 향기가 길 너머까지 전해졌다. 코를 찌르는 자동차 배기가스에 섞이긴 했지만 후각 세포를 자극시키기에 충분했다. 허우치는 자기도 모르게 재채기를 했다. 자전거가 이리저리 비틀거리는 바람에 하마터면 거꾸러질 뻔했다. 저 백마도 재채기를 할까? 백마를 탄 기수도 재채기를 했다. 이어서 검은 나귀도 재채기를 했다. 그 순간 가슴 설레는 기대가 꿈틀거렸다. 사람들, 적어도 허우치는 나귀 탄 미인이 재채기를 하기를 기대했다. 그녀가 재채기를 한다는 것은 그녀 역시 평범한 사람이라는 것, 허우치나 다른 사람들과 마찬가지로 아버지의 정자와 어머니의 피가 결합하여 탄생했다는 것을 설명해 주는 것이었다. 그러나 재채기를 하지 않는다면 내력이 족히 의심스러웠다. 허우치는 그녀가 재채기를 하고 나면 자신이 어떤 기분을 느낄지도 정확히 알 수가 없었다. 허우치는 미인이 평범한 사람이길 원했지만 또한 미인이 정말 자기처럼 재채기를 한다면 실망을 느낄 것 같기도 했다. 그렇기에 조설근[38]은 임대옥[39]이 피를 토했다고 했을 뿐 가래를 뱉었다는 말은 쓰지 않은 것이다. 그녀가 재채기를 하지 않는다면 허우치의 기대는 물거품이 될 것이다. 그녀가 허벅지로 나귀 배를 조이자 검은 나귀가 발걸음을 빨리했다.

신화문을 지나자 큰길이 훨씬 넓어졌다는 느낌이 들었다. 마치 커다란 강이 바다 입구에 이른 것 같았다. 뒤쪽에서 조금 전 차 사고가 일어나는 바람에 통행 차량이 없어 동쪽 도로 절반이 텅 빈 것처럼 느껴지면서 마음이 깊은 우물처럼 바닥을 알 수 없었다. 허우치가 고개를 돌려 보니 자전거 수백 대가 빽빽하게 꼬리를 물고 뒤따르고 있었다. 물론 허우치를 뒤따르는 것은 아니고, 당연히 나귀 탄 미인과 말 탄 공격자를 따르고 있는 것이었다. 나귀 탄 미인이 갑자기 소리를 질렀다. 마치 봄날 꾀꼬리 같았다. 허우치는 깜짝 놀랐지만 왜 그녀가

---

38) 曹雪芹. 중국 청나라의 소설가로 「홍루몽」의 저자.
39) 林黛玉. 중국 고전 소설 「홍루몽」의 여주인공.

소리를 질렀는지 이유를 알 수 없었다. 그러나 잠시 후 허우치는 곧바로 그 이유를 알 수 있었다. 그녀가 나귀를 몰고 길가를 향해 달려갔다. 길가에 두껍고 까만 담벼락이 길 맞은편 붉은 담과 희한하게 대조를 이루고 있었다. 검은 벽돌에는 꽃 화분 여러 개가 걸려 있었다. 유럽의 예술적 풍격을 듬뿍 담고 있었다. 꽃은 빨간색, 노란색, 흰색, 파란색 등이 있었지만 초록색은 찾아볼 수 없었다. 다만 잎과 넝쿨이 초록빛이었다. 그녀가 나귀를 몰아 담벼락 가까이 가서 파란 꽃 화분 앞에 멈췄다. 그녀는 먼저 가녀리고 흰 손가락을 뻗어 꽃의 솜털을 매만졌다. 꽃들이 마치 나비처럼 파르르 몸을 떨었다. 파란 꽃잎이 파란 날개가 되었다. 그녀가 고개를 내밀었다. 그녀가 머리를 약간 뒤로 젖히며 코를 꽃술에 가져다 댔다. 허우치는 자기도 모르게 코는 남성의 상징이며, 꽃술은 여성의 상징이란 생각이 떠올랐다……. 허우치는 이런 자신을 혹독하게 비판하면서, 깡패 건달이나 하는 그런 생각을 접고 그녀가 꽃향기를 맡고 있다거나 꽃과 마음을 주고받고 있다는 식으로 생각을 돌렸다. 그녀가 나귀 등에서 몸을 기울이자 다리와 목이 더 길게 느껴졌다. 푸른 꽃 앞에서 멈춰 선 그녀는 마치 코가 달라붙어 뗄 수가 없는 것처럼 느껴졌다. 허우치는 마음이 좀 번잡했다, 아니, 그렇다고 정말 번잡한 것은 아니었다. 사실 허우치는 신기하고 괴이한 일을 보고 싶었다. 어떤 사람은 아마도 그녀의 몸을 보고 싶어 했을 수도 있다. 그때 푸른 물건 하나가 하늘에서 떨어졌다.

하늘에서 떨어진 물건이 그녀의 머리 위로 떨어지더니 툭 튀어 그녀의 어깨 위로, 다시 튀어 검은 나귀 엉덩이로 떨어졌다가 또다시 튀어 바닥으로 떨어졌으며, 그것이 다시 튀어 오르다가 떨어진 후 더 이상 움직이지 않았다. 그때야 허우치는 하늘에서 떨어진 것이 독일 맥주병이라는 사실을 알았다. 미인은 물론이고 나귀도 깜짝 놀랐다. 미인이 고개를 쳐들었다. 마치 하늘에 날아가는 새라도 찾으려는 것 같았다. 그 순간 허우치의 눈이 호사를 누릴 기회를 얻었다. 마침내 미인의 얼굴을 비교적 오랫동안 쳐다볼 수 있었기 때문이다. 한참을 따라온 보람이 있었다. 미인의 이목구비를 구체적으로 묘사하는 것은 사실 쉬운 일이 아니었다. 중요한 것은 그녀의 이목구비가 함께 어우러져 빚어내는 전체적인 효과였다. 그 효과는 대단했다. 고전적인 듯하면서 또한 현대적이기도 했다. 동양적인 미모인 듯하면서도 또한 서양적인 미모를 갖추고 있는 것 같았다. 모나리자가 그녀의 할머니이고, 다이애나 황태자비가 그녀의 이모이며, 쑹메이링이 그녀의 외할머니, 궁리가 그녀의 언니다. 누가 그녀의 엄마이고, 아빠인지, 허우치는 말하기가 쉽지 않았다. 더 골치 아픈 문제가 이어졌다. 누가 그녀의 남편이거나 아니면 그녀의 남편이 될까? 누가 그녀의 연인이거나 혹은 연인이 될 것인가? 그러나 허우치는 자신의 마음이 어떻다는 것을 잘 알고 있었다. 설사 그녀가 자신에게 달려와 당신의 아내나 연인이 되고 싶다고 말한다면 걸음아 날 살려라 하며 도망갈 것이 분명했기 때문이다. 이런 여자 앞에서라면 조금이라도 자존심이 있는 남자는 모두 무능한 사람이 되고 말 것이다. 진정한 미인이란 그저 감상의 대상이지 껴안고 노는 대상이 아니기 때문이다. 그렇기 때문에 세상의 진정한 미인은 언제나 깡패나 건달, 못난이들의 차지가 될 수밖에 없다. 속담에 이르길, 훌륭한 사내대장부는 좋은 아내를 얻기 힘들고, 게으른 사내가 미녀를 얻는다고 하지 않았던가! 돼지 목에 진주 목걸이! 그렇다! 진주 목걸이는 모두 돼지 목에 걸려 있다. 믿을 수 있겠는가? 당신들은 못 믿을지 몰라도 어쨌거나 허우치는 그렇게 믿었다.

허우치가 이렇게 망상에 빠져 있는 사이 사람들은 공중도덕을 무시하고 함부로 술병을 버리는 이들을 비난하고 있었다. 누군가 치를 떨며 말했다.

"내가 황제가 된다면 반드시 성지를 내려 제멋대로 맥주병을 버리는 사람의 손가락을 잘라 버릴 거야!"

"너무 약한데!"

또 다른 사람이 말했다.

"내가 황제가 된다면 반드시 성지를 내려 아무렇게나 맥주병을 버리는 사람을 맥주병으로 만들어 버리겠소."

"지당한 말입니다. 난세에는 법이 엄격해야 합니다."

학식이 높은 사람이 말했다.

"요즘은 악인들에게 너무 관대합니다. 그렇지 않다면 어찌 이처럼 탐관오리들이 많겠습니까? 어찌 이렇게 질 낮은 가짜 상품이 판을 치겠습니까? 또한 어찌 이렇게 불량배들이 지천에 깔리고, 비겁한 소인배들이 많단 말입니까? 그러니 반드시 죽여 버려야 합니다. 공정하지 않은 자들을 모두 죽여 없애야 세상이 태평해집니다. 손을 봐야 할 때는 손을 봐야지요."

성숙한 사람이 앞에 나서며 말했다.

"가난뱅이들이 괜히 이만 악무는 꼴입니다. 그런 말 지껄여 봤자 아무짝에도 쓸모없어요. 중요한 건 그렇게 말하는 당신들이 관리가 되면 화살보다 더 빨리 부패한다는 거요."

"아이, 따분해, 그만들 하쇼!"

누군가 말했다.

"이따위는 정말 아무짝에도 쓸모없는 말이오."

사람들 모두 마찬가지였다. 절세 미인 앞에서 그렇고 그런 따분한 이야기나 지껄이고 있다니, 분위기에 찬물을 끼얹고 있는 것이 아닌가. 물론 허우치는 이해할 수 있었다. 그 맥주병이 넝마를 줍는 노파 머리 위로 떨어졌다면 봐도 못 본 척, 심지어 잘 떨어졌다고 생각하는 사람도 있었을 것이다.

어느새 사람들이 나귀 탄 미인과 말 탄 남자를 에워쌌다. 사람들은 검은 벽 가장자리에서 그들을 에워싸고 출로를 막았다. 검은 나귀와 흰말은 조금 당황한 듯 검은 나귀는 큰 귀를 움찔거리고 흰말은 콧방귀를 뿜어 댔다. 미인이 파란 꽃 한 송이를 집더니 입에 물었다. 도도하고 세련된 모습이 마치 여자 협객이나 비적 같은 느낌이 들었다. 그녀가 허우치와 여러 사람들 쪽으로 눈을 돌렸다. 허우치와 사람들은 그녀의 그윽한 두 눈동자가 마치 오로지 자신을 마음에 두고 있는 것처럼 느꼈다. 아름다운 여인들은 대부분 이런 능력을 가지고 있기 마련이다. 말 위의 남자는 무표정한 모습이었지만 가슴 앞으로 가로 맨 장검에서 허우치와 사람들은 그가 살벌한 경비 태세에 들어갔음을 알 수 있었다. 이런 남자가 이처럼 예리한 칼을 지니고 있으니 그 어떤 포위망도 마치 종이 장벽에 불과할 것이다. 그가 검을 한 번 휘두르면 허우치와 사람들의 머리통은 그대로 바닥에 떨어지고, 이 창안대로 일대는 사람들의 수박밭[40])이 될 것이다. 그러나 입에 꽃 한 송이를 문 여인은 너무도 매혹적이었다. 이미 테두리 안에 들어온 허우치와 사람들은 더 이상 앞으로 나아갈 생각은 없었다. 그러나 바깥쪽에 있는 사람들이 필사적으로 안으로 밀려들었다. 가장 안쪽에 자리한 허우치와 사람들은 가장 행복하고도 가장 위험한 상황에 몰렸다. 행복은 당연히 나귀 탄 미인으로 인한 것이었다. 허우치의 머리는 그녀의 머리에서 1미터밖에 떨어져 있지 않았다. 이제 허우치는 그녀 얼굴의 모공까지도 똑똑히 볼 수 있는 거리에 있었다. 만약 모공이 있다면 말이다. 그녀의 얼굴에 모공이란 존재하지 않았다. 그녀의 얼굴은 광채가 난다는 말밖에, 나긋나긋하다는 말밖에 달리 표현할 말이 없었다. 무엇보다 허우치의 마음을 빼앗은 것은 그녀의 향기였다. 그녀의 몸에서 풍기는 내음은 어린아이 냄새에 파란 꽃향기가 어우러져 큰 사랑의 촉매제가 되었다. 미인에 대한 사랑뿐만이 아니라 지상의 모든 것들을 사랑하게 되었다.

이때 인민대회당 서쪽 골목에서 갑자기 오토바이 두 대와 경찰차 한 대가 튀어나왔다. 오토바이가 길을 열고, 경찰차가 사이렌을 울리며 넓은 인도를 역주행하기 시작했다. 당황한 허우치는 그 자리를 빠져나오려 했지만 뒤에 자리한 수많은

---

40) 잘려 나간 사람들의 머리통을 비유한 말.

자전거에 막혀 꼼짝없이 기다릴 수밖에 없었다. 바깥쪽에 둘러 있는 사람들이 여전히 안쪽으로 밀려들고 있었지만 경찰이 왔다고 하여 두려워하는 사람은 없는 것 같았다. 어쩌면 안으로 밀고 들어오는 것이 바깥쪽에 있는 것보다 안전하다고 느꼈기 때문인지도 몰랐다. 그렇게 해서 가장 안쪽에 있는 사람들은 절로 나귀와 말, 그리고 기수 쪽으로 한 걸음 더 가까이 다가갔다. 허우치와 사람들의 몸이 자전거에서 떨어졌다. 허우치의 한쪽 발이 자전거 바퀴살에 걸쳐 있었다. 바퀴살이 부러지는 소리가 들렸다. 허우치는 노고를 마다하지 않고 자신을 십수 년이나 앉히고 다닌 자전거를 생각하니 마음이 아팠다. 심지어 그는 사람들을 따라 구경에 나선 일이 후회되기 시작했다. 처음 베이징에 왔을 때 부모님이 주셨던 가르침을 잊고 있었던 것이다. 부모님은 허우치에게 구경꾼들과 섞이지 말 것이며, 반드시 번화한 곳을 피해 다니라고 신신당부했었다. 그러나 이미 일이 터졌으니 후회막급이라 해도 돌이킬 길이 없었다. 그저 자신을 보호할 방법을 생각하는 수밖에 없었다. 허우치는 곁에 있는 사람의 비명 소리를 들었다. 누군가 고함을 질렀다.

"세상에! 내 다리……."

경찰이 바깥쪽에서 호되게 소리쳤다.

"비켜! 비켜!"

경찰 말을 따르는 사람은 없었다. 불가사의한 일이었다.

허우치의 코가 하마터면 나귀 탄 미인의 얼굴에 부딪칠 뻔했을 때, 백마 탄 기사가 긴 창을 들어 올렸다. 그는 사람들을 향해 창을 수차례 휘둘러 통로를 만들었다. 허우치는 자신이 어쩌다 다른 사람 몸 위에 누워 있는지 알 수 없었다. 허우치의 엉덩이 아래 어떤 남자의 단단한 머리가 있었다. 허우치는 다른 사람 머리통에 앉아 있을 생각이 전혀 없었지만 그자가 다짜고짜 허우치의 엉덩이를 깨무는 바람에 아파서 비명을 질렀다. 허우치가 그 자리에서 튀어 올라 보니 그를 물었던 자의 헤벌린 입에 피가 가득했다. 허우치는 손을 뻗어 엉덩이를 만져 봤다. 손에 온통 피가 묻어났다. 허우치는 정말 더럽게 재수가 없다는 생각이 들었다. 그러나 허우치를 물어뜯은 자는 더더욱 재수가 없었다. 허우치의 엉덩이가 튀어 오르는 순간, 더 큰 엉덩이가 주저앉았기 때문이다. 허우치는 피가 묻은 입을 볼 수는 없었지만 그 자의 머리통이 깨지지는 않더라도 왕창 찌그러졌을 것이고, 그자의 이빨이 전부는 아니라 하더라도 적어도 절반은 부러졌을 것이 분명했기 때문이다.

수염 자국이 푸릇푸릇한 경찰 한 사람이 기세등등하게 걸어오더니 말했다.

"당신들, 여기 모여 뭐 하는 거요?"

허우치는 아무런 말도 하지 않았다. 대답을 하고 싶지 않아서가 아니라 뭐라고 대답을 해야 할지 알 수 없었기 때문이다.

경찰이 눈을 가늘게 뜨고 괴이한 두 사람을 훑어봤다. 그의 얼굴이 발그레했다. 허우치는 석양 때문이라는 것을 알면서도 그냥 부끄러움 때문에 홍조를 띤 거라 생각해 버렸다.

백마 탄 기사는 경찰 앞에서도 전혀 반응이 없었다. 그가 경찰 가슴 쪽으로 긴 창을 휘두르자 경찰이 몸을 피하느라 허우치에게 기댔다. 허우치는 경찰의 근력이 마치 강철처럼 단단한 데다 각이 세워져 있다는 생각이 들었다. 허우치는 그의 근육과 뼈에 눌려 견디기 힘들 정도로 아팠다. 또 다른 경찰 몇 명이 앞으로 다가가려 했지만 말 위의 남자가 휘두르는 긴 창에 한쪽 옆으로 밀려나고 말았다. 이렇게 해서 남자는 또다시 맨 앞에 서고, 미인은 나귀를 타고 그 뒤를 따라 도도하게 걸어 나갔다. 그와 그녀는 넓고 평평한 대로를 따라 계속 전진했다.

일대 혼란이 벌어지고 난 후, 허우치와 사람들은 각자 자기 자전거를 밀고 인도 위에 흩어졌다. 허우치의 자전거는 뒷바퀴가 찌그러져 타고 가지 못하고 그냥 밀고 갈 수밖에 없었다. 바닥에 누워 있는 사람들도 있었다. 마치 잠이 든 것처럼. 경찰들이 다가가 상냥하게 그들을 부축했다. 수염이 난 경찰이 말했다.

"모두 돌아가고 있어요. 날이 어두워졌는데 집에 안 갑니까? 가족들이 걱정하지 않겠어요?"

경찰의 말에 십여 명이 자전거를 밀고 서쪽으로 사라졌다. 그러나 대부분은 그 자리에 서서 전방에 말과 나귀를 탄 사람을 바라보고 있었다. 경찰이 다시 말했다.

"아직도 마음에 걸리는 일이 있습니까? 말이랑 나귀 본 적 없어요? 뭐 볼 것이 있다고 그럽니까? 정말 말이지!"

다시 수십 명이 서쪽으로 사라졌다.

경찰이 오토바이와 경찰차에 올랐다. 나이 많은 경찰이 차창 밖으로 머리를 내밀며 큰 소리로 말했다.

"해산, 해산하세요! 집에 가서 할 일 해야지요. 여기서 괜히 소란 피우지 말고!"

또다시 수십 명의 사람이 자전거를 밀고 자리를 떠났다.

경찰도 차를 몰고 떠났다.

아직도 수십 명이 그 자리에 남아 있었다. 사람들이 서로를 마주 보며 갑자기 웃었다. 허우치도 덩달아 따라 웃었다. 머리를 빡빡 민 중년이 말했다.

"난 오늘 집에 돌아가지 않을 거야. 끝까지 따라가서 도대체 뭔지 알아봐야겠어."

그는 자전거에 올라 타 나귀와 말을 쫓아갔다. 그의 자전거 바퀴가 체인 통을 스치며 철커덕철커덕 소리를 냈다.

아무래도 허우치는 호기심이 강한 사람이거나 아니면 호색한인 것 같다. 그는 자전거가 너덜너덜 거의 중상을 입은 정도가 되었는데도 억지로 자전거에 올라타고 철커덕철커덕, 흔들흔들하면서 나귀 탄 미인을 쫓아갔다.

허우치와 사람들은 천안문 앞에서 겨우 나귀와 말을 쫓아갈 수 있었다. 오성홍기 호위대의 하강식이 아니었다면 허우치와 사람들은 그렇게 빨리 그들을 쫓아갈 수 없었을 것이다. 하나같이 장엄한 호위대 병사들 모습에 사람들은 절로 경건한 마음이 우러나와 숙연해졌다. 허우치는 나귀 탄 미인의 반듯한 모습이 마치 옥으로 만든 조각품 같다는 생각이 들었다. 긴 창을 거머쥔 말 탄 기사는 고풍스러운 자세로 홍기 게양대에 경의를 표했을 것이 분명하다.

대열이 지나갔다. 천안문 앞에 어둠이 깔렸다. 광장의 화려

한 등불이 켜지면서 점차 환한 빛을 발하기 시작했다. 허우치와 사람들은 나귀와 말을 따라 천안문 앞을 지나갔다. 말 탄 기사는 행진하면서 다시 검은 나귀를 앞에 세웠다. 그는 뒤에서 창을 비껴들고 호위를 맡았다. 모든 것은 그대로였다. 난츠즈 대로를 지나면서도 아무런 변화가 없었다. 왕푸징을 지나면서도 여전했다. 둥단 길목에서도 마찬가지였다……. 궈마오 빌딩에 도착할 즈음 뒤를 따르는 사람들은 겨우 십여 명뿐이었다. 때는 완연한 밤, 대로 양편으로 일제히 휘황찬란한 가로등이 켜지고 길가 양옆 높다란 빌딩의 불빛에 대로를 오가는 차량의 불빛까지 더해져 불빛 강물을 이루었다. 허우치와 사람들은 나귀와 말을 따라 가로수의 얼룩진 빛과 그림자 사이를 지나가고 있었다. 길가에서 양 꼬치구이를 파는 노점상들이 그들을 향해 큰 소리로 외쳤다.

"양꼬치요, 양꼬치!"

나귀와 말 뒤에 허우치 한 사람만 남았을 때 흰말이 발걸음을 멈추더니 검은 나귀도 그 자리에 가만히 섰다. 허우치는 가슴이 쿵쾅쿵쾅 뛰기 시작했다. 오랫동안 기대했던 순간이 눈앞에 닥쳤으니 어찌 심장이 뛰지 않겠는가!

흰말이 꼬리를 들더니 열댓 개의 똥 덩어리가 떨어졌다.

검은 나귀가 꼬리를 들더니 열댓 개의 똥 덩어리가 떨어졌다.

후미족[41]

아빠가 실눈을 뜨고 나를 잠시 바라보더니 비아냥거리며 말했다.

"어이, 대장부, 이리 와 봐!"

나는 어린아이를 무시하는 듯한 이런 말투가 싫었지만 손가락으로 동그란 내 뱃가죽을 쓰다듬으며 첫 걸음은 반 치, 두 번째 걸음은 한 치, 세 번째 걸음은 한 치 반 그리고 네 번째 걸음은 두 치 이렇게 반 치씩 식탁 앞으로 이동하면서 아빠의 공격을 기다렸다. 아빠는 잠시 아무런 행동도 취하지 않았는데, 아마도 이는 나를 공격하기에 아직 적당한 위치가 아니라고 생각했기 때문일 것이다. 아빠는 식탁 정중앙에 앉아 있었고, 그 옆으로 기러기 날개가 펼쳐진 것처럼 내 형제자매들이 자

---

41) 嗅味族. 냄새로 음식을 먹는 족속이라는 뜻.

리하고 있었는데, 어쩌면 나에게 호되게 일격을 날려야 할지 여부를 아직까지 결정하지 못했을지도 모른다. 그러나 나의 과거 경험과 눈앞의 상황으로 볼 때 조만간에 한바탕 호된 타격이 예상되었기 때문에 나는 어쩔 수 없이 이에 대한 방어 준비를 했다. 나와 같은 악동들에게 매와 욕은 밥 먹듯이 늘 일어나는 일이었다. 우리 엄마 말을 빌리면 나 같은 아이들은 낡아 빠진 자전거나 마찬가지라 언제나 두들겨 줘야 한다는 것이다. 사흘 동안 두들겨 패지 않으면 기왓장이 남아나는 것이 없고, 이틀 동안 패지 않고 내버려 두면 소란이 끊이질 않는다고 했던가. 우리 아빠가 야채 국을 한 모금 후루룩 넘기더니 물었다.

"말해 봐. 어디 갔다 왔어?"

사실 거짓말을 할 수도 있었다. 예를 들어 짚 더미 안으로 파고들었다가 실수로 잠이 들어 버렸다고 할 수도 있고, 좀 심하면 반달가슴곰이나 다리가 세 개 달린 수탉을 데리고 다니는 곡예단 사람의 마취제에 취해 끌려갔다가 용감하게 기지를 발휘하여 요행히 마수에서 벗어났다고 말할 수도 있었다. 그 시절만 해도 항간에 곡예단이 마취제로 어린아이를 유괴한다는 이른바 유언비어 같은 것도 떠돌았는데, 곡예단 사람이 그냥 손바닥으로 아이의 뒤통수를 치기만 해도 아이가 고분고분하게 그들을 따라간다는 말도 있었다. 일단 곡예단에 데리고 가서 작고 날카로운 칼로 아이 몸에 수없이 많은 상처를 낸 다음 곧바로 개 한 마리를 죽여 가죽을 벗긴 후 아직 뜨끈뜨끈할 때 아이 몸에 붙이면 그때부터 아이 몸에 개가죽이

자라나기 시작하여 평생 벗을 수 없게 된다는 것이었다. 아이가 이런 비밀을 폭로하지 않도록 아이 몸에 개가죽을 씌우기 전에 혀를 잘라 버려 말을 할 수 없게 만든다는 말도 있었다. 또 이런 이야기도 떠돌았다. 한 아이가 곡예단에 잡혀간 후 심한 학대를 당해 개인간[狗人]이 되었다. 어느 날 곡예단이 그 아이의 삼촌이 살고 있는 마을에 공연을 하러 갔다. 곡예단 단장이 낡은 징을 치면서 아이를 가리키며 말했다. 마을 주민 여러분, 이 불쌍한 아이를 보십시오. 이 아이의 아버지가 암캐와 정분이 나 개인간을 낳았습니다. 마을 주민 여러분, 개가 된 이 아이를 불쌍히 생각해 주십시오……. 사람들이 한 겹, 한 겹 그들을 에워싸며 개가 된 불쌍한 아이를 구경했다. 아이는 사람들 틈에서 한눈에 삼촌을 알아봤다. 어찌 생각하니 아버지를 본 것보다 더욱 살갑게 느껴져 아이는 금방 눈물이 주르르 흘러내렸다. 이상한 생각이 든 아이의 삼촌은 개가죽을 둘러쓴 아이가 도대체 왜 저럴까 생각했다. 왜 저렇게 뚫어져라 나를 바라보며, 왜 저렇게 서글프게 눈물을 흘리는 것일까. 순간 그는 수년 전 잃어버린 누나의 아들이 생각났다. 아이의 두 눈을 자세히 들여다보던 삼촌은 그 아이가 바로 자신의 조카라는 사실을 깨달았다. 당장이라도 구해 주고 싶었지만 그는 신중하고 침착한 사람이었다. 그는 그 자리에서 아무 말도 하지 않고 있다가 곡예단 단원들이 쉬는 시간에 그저 일없는 사람처럼 다가가 나지막이 아이의 어릴 적 이름을 들먹이며 이렇게 물었다. 샤오×가 네 이름이지? 개아이가 고개를 끄덕였다. 확인을 끝낸 삼촌은 곧바로 현 정부로 달려가 곡예단을 고발했다. 사건이 밝혀진 후 곡예단의 악당들은 모두 처형되고, 아이는 현의 한 의원으로 보내져 박피 수술을 받은 후 가까스로 인간의 모습을 회복했다. 그러나 말은 더 이상 할 수 없었다. 이 이야기는 아주 생동감 넘치는 묘사가 곁들여져 널리 퍼졌다. 사람들은 마을의 수의사 왕 영감이 그 개아이의 공연을 직접 보았다고 말했다. 그래서 우리는 왕 영감에게 달려가 그 이야기를 해 달라고 했다. 그러나 왕 영감은 심란하다는 표정으로 우리를 쫓아낼 뿐이었다. 꺼져, 이 개자식들아!

여하간 거짓말을 할 수도 없었고 그렇다고 없는 이야기를 날조할 만한 용기도 없었기에 나는 있었던 일을 있는 그대로 털어놓았다.

"진바오를 따라 우물에 들어갔어요."

"뭐라고?"

아빠는 깜짝 놀라 눈이 휘둥그레졌다.

식탁을 둘러싸고 야채 국을 먹던 형제자매들 역시 조롱 섞인 눈초리로 나를 바라봤다. 나는 그들이 모두 나를 바보로 생각하고 있다는 것을 잘 알고 있었다. 그들은 내가 우물에서 가서 뭘 했는지 꿈에도 생각할 수 없을 것이다. 물론 그들을 원망할 수는 없다. 이 일은 확실히 너무도 기이한 일이기 때문이다. 내가 직접 겪지 않았다면 누가 나를 때려죽인다 해도 대명천지에 이런 일이 있을 것이라고 믿을 수가 없었을 것이다.

"진바오를 따라 걔네 집 뒤뜰의 우물에 들어갔어요."

나는 되도록 상세하게 그들에게 이야기를 해 주었다.

"어제 오후, 진바오네에 놀러 갔었어요. 잠깐 놀다 보니 목

이 너무 말랐는데, 진바오 집에 물이 없다는 거예요. 진바오가
날 데리고 자기 집 뒤뜰로 마실 물을 구하러 갔어요. 뒤뜰에
보니 꽤나 깊은 우물이 있더라고요…….”

엄마가 내 말을 끊고 이렇게 물었는데, 마치 혼잣말을 중얼
거리는 것 같기도 했다.

“아이고, 이 잡놈의 새끼, 밤새 돌아오지도 않고! 도대체 어
디서 잤단 말이야?”

“잠은 아예 안 잤어요. 코가 긴 사람들하고 놀았어요. 노래
도 부르고, 춤도 추고, 술래잡기도 하고요. 전혀 졸리지 않더
라고요…….”

그들이 내게 묻지는 않았지만 나는 반짝이는 눈빛과 야채
국을 떠먹던 손길을 멈춘 그들의 모습을 보면서 그들이 내 이
야기에 흠뻑 빠져들고 있다는 것을 느낄 수 있었다. 내가 하룻
밤 동안 겪었던 일에 잔뜩 흥미를 느끼고 있다고 말할 수도 있
을 것이다. 그들은 다음 이야기가 이어지길 기다리고 있었다.
물론 나도 이야기를 들려주고 싶었다. 진바오와 코가 긴 사람
들이 내게 비밀을 지키라고 단단히 일렀지만 도무지 입이 방
정이라 속에 이야기를 담고 있지 못하던 나는 이처럼 기이한
일을 털어놓지 않으면 답답해서 미쳐 죽을 것만 같았다. 내가
말했다.

“그 사람들은 코가 약간 길어요. 그렇다고 아주 긴 건 아니
고요. 우리 코보다 약간 길어요. 우리와 다른 점이 있다면 콧
구멍이 하나뿐인 데다 그것도 콧대 끝에 달려 있다는 거예요.
밥은 안 먹어요. 냄새를 맡는데, 그냥 그렇게 냄새만 맡아도

배가 불러요. 그렇지만 밥은 할 줄 알아요. 그 사람들이 지은 밥은 밥맛이 기가 막혀요. 닭이랑 오리, 토끼도 모두 완전히 꿀맛이에요……."

내가 밤새 겪은 기이한 일을 모두 들려주려 막 서두를 시작했을 때 아빠가 그릇을 탁자에 내던지며 젓가락으로 식탁을 탕탕 두드리기 시작했다. 그 모습이 마치 산언덕이 땅에서 솟구치는 듯했다. 아빠가 장애물을 넘어 그대로 나에게 달려와 따귀를 날렸고, 나는 그대로 바닥에 나뒹굴었다. 아빠는 씩씩거리며 집 문을 나갔다. 아빠는 물론 위진바오를 찾아가 이야기의 진위 여부를 따지거나 위 씨네 뒤뜰로 가서 우물을 살펴보려 하지도 않을 것이다. 아빠의 마음속에 내 말은 모두 귀신 씻나락 까먹는 소리로, 진실이 조금도 담기지 않은 얼토당토않은 이야기에 불과했기 때문이다.

아빠가 나가 버리자 엄마가 바닥에서 나를 잡아 일으키더니 내 귀를 잡아당기며 따지고 들었다.

"잡놈의 새끼, 사실대로 말해! 어젯밤에 어디 갔어?"

"위진바오를 따라 코가 긴 사람들에게 갔어요……."

나는 고개를 삐딱하게 기울이고 입을 헤벌린 채 고통스러운 표정으로 말했다.

"그래도 헛소리야?"

엄마는 화가 나서 씩씩거리며 내 귀를 비튼 손에 힘을 더했다. 그 바람에 내 귀는 완전히 찌그러지고 말았다.

"사실대로 말해. 대체 어디 가서 뭘 한 거야?"

나는 눈물이 핑 돌았다. 귀가 아픈 것도 뜨거운 눈물이 핑 돈 이유 중의 하나였지만 그게 주된 원인은 아니었다. 주된 원인은 억울하다는 생각이 들었기 때문이었다. 분명히 사실을 말했는데 그들은 내가 거짓말을 한다고 욕하고 있었다. 코가 긴 사람들의 처벌도 각오하고 멋진 비밀을 그들에게 들려주었는데도 그들은 내가 제멋대로 이야기를 날조하고 있다고 생각하는 것이다. 가증스러운 내 형제자매들은 내가 이렇게 당하는데도 동정은커녕 오히려 나에게 닥친 재앙을 즐기고 있었다. 그들은 흡족해서 실눈을 뜨고 나를 쳐다보았다. 그들의 얼굴에 웃음기가 가득했다. 나보다 어린 네 명은 후환이 두려워서인지 어정쩡한 얼굴이었지만 나보다 나이가 많은 네 명은 완전히 대놓고 득의양양한 속마음을 그대로 드러냈다. 심지어 그들은 한술 더 떠 엄마 화를 더 돋울 소리를 덧붙였다. 예를 들면 뻐드렁니가 두 개 난 큰누나는 매우 엄숙하게 이렇게 말했다.

"최근에 누군가 생산대의 송아지 주둥이를 철사로 매어 죽였대. 그런데 우리 집에도 이런 가는 철사가 있지, 아마⋯⋯."

"죽고 싶어 환장했구나!"

엄마가 걱정스럽게 말했다.

"소는 생산대의 보배야. 생산대의 소를 해치는 것이야말로 반혁명적인 행동이야."

"우리 아예 외부에 선포를 하죠."

우리 둘째 형이 말했다.

"쟤랑 관계를 끊어요. 괜히 우리까지 말려들지 말자고요."

그래도 어쨌거나 엄마는 엄마였다. 엄마가 두 눈을 부릅뜨며 말했다. 아마도 내 둘째 형을 겨냥했을 가능성이 높았다.

"형제라는 것들이 말하는 것 하곤! 모두 내가 낳아 기른 자식인데 관계를 끊어?"

엄마는 내 귀를 비틀고 있던 손을 풀었다. 귀가 얼얼했다. 아마도 적잖게 귀의 크기가 늘어났을 것이다. 내 귀는 보통 사람들보다 크기가 컸다. 원래는 그렇게 크지 않았는데 사람들이 하도 잡아 비틀다 보니 점점 더 커졌다.

"말해 봐!"

엄마가 지친 모습으로 말했다.

"밤새도록 어딜 갔던 거야? 말 안 하면 밥은 꿈도 꾸지 마!"

나는 솥 가득 거무죽죽한 야채 국과 반찬으로 식탁에 올라와 있는 곰팡이 핀 무말랭이를 보며 속으로 뿌듯한 생각이 들었다. 처음 집 문을 들어섰을 때는 사실 좀 창피한 생각이 들었다. 나 혼자만 진수성찬을 먹고 돌아오는 길인데 부모는 개밥, 돼지죽 같은 음식을 먹고 있었기 때문이다. 그러나 이제 이런 죄책감은 말끔히 사라져 버리고 말았다. 한바탕 신나게 배를 불린 탓에 위 속에서 냄새가 올라왔다. 나는 향긋한 냄새에 도취되어 행복한 기분에 젖어들었다. 우리 형제자매들이 코를 킁킁거리며 두리번두리번 향긋한 냄새의 출처를 찾고 있었다. 배고픔에 허덕이던 시절인지라 사람들의 후각이 특히 예민했다. 누군가 고기를 삶으면 10리 밖일지라도 그 냄새를 맡을 수 있었다. 물론 이는 그 당시 공기가 깨끗해서 오염이란 게 전혀 없었다는 사실을 방증하는 것이기도 하다. 내 형제자매들은 그들 입안에 군침이 돌게 만드는 냄새의 출처가 바로 내 위라는 사실을 꿈에도 알 수 없었다. 고의가 아니라고 하지만 사실 나는 매우 의도적으로 요란하게 트림을 한 후 입을 크게 벌렸다. 그 순간 나는 내 형제자매들의 시선이 모두 내 입으로 집중되는 것을 발견했다. 가능하기만 하다면 그들은 모든 것을 불사하고 내 위 속을 비집고 들어가 대체 내 위에서 무슨 일이 벌어진 것인지 살펴봤을 것이다.

엄마의 후각은 내 형제자매들처럼 민감하진 않았지만 엄마 역시 확실히 내 입에서 풍기는 성찬의 냄새를 맡았다. 엄마의 눈동자에 경이롭고 놀라운 빛이 흘러넘쳤다. 나는 엄마가 감히 자신의 코를 믿지 못한 채 자신이 꿈을 꾸고 있다고 생각한다는 것을 알았다. 나는 완벽하게 엄마의 심정을 이해할 수 있었다. 나라도 그랬을 것이다. 그 시절 나처럼 가난한 아이 입에서 그런 냄새가 나는 것은 개의 머리에 뿔이 나는 것보다 더 신기한 일이었기 때문이다. 그러나 무엇보다 확실한 증거가 엄마와 형제자매들 앞에 자리하고 있었다. 그들은 믿고 싶지 않아도 믿을 수밖에 없었다. 향긋한 냄새는 의심의 여지없이 내 입에서 나오는 것이었고, 냄새를 맡은 그들은 만감이 교차하듯 그렁그렁 눈물이 맺혔다. 나는 형제자매들 마음에 나에 대한 질투와 증오가 가득하다는 것을 알 수 있었다. 그들은 당장이라도 내 뱃가죽을 벌려 대체 내가 뭘 먹었는지 살피지 못해 유감일 터였다. 엄마는 날 질투하지도 증오하지도 않는다는 것을 알고 있었다. 그러나 엄마 역시 내가 대체 어디에서 그런 좋은 음식을 먹었는지 알고 싶었을 것이다. 그리고 나를 앞세워 온 가족을 데리고 가 한바탕 성찬을 즐기고 싶었을 것이다. 덧니가 난 누나가 더 이상 참을 수 없다는 듯 내게 튀어와 까칠까칠한 손으로 내 입을 벌리더니 흉악한 모습으로 물었다.

"나쁜 자식, 정말 맛있는 걸 먹었잖아! 빨리 말해. 어디 가서 맛난 걸 먹었어? 어서 말해. 대체 맛있는 것 뭘 먹은 거야?"

형제자매들은 덧니 누나를 따라 비난을 퍼부으며 나를 에워쌌다. 그리고 너도나도 한 마디씩 내게 물었다. 그 순간 한껏 자신만만해진 나는 조금 전 아빠가 철판 같은 손바닥으로 내 따귀를 후려칠 때 불쌍한 내 처지를 보며 희희낙락해하던 그들의 표정과 평소 나를 괴롭히고 짓누르던 그들의 행태를 떠올리며 그 어느 때보다 강한 희열을 느꼈다. 인과응보는 순식간에 이루어지기 마련이고, 사람은 겉모습으로 알 수 없으며, 바닷물은 되로 잴 수가 없다고 했다. 못된 형제자매들은 아마 감자 더미에서 가장 못난 감자에게 이런 행운이 다가오리라고, 게다가 이렇게 내 앞에서 애원을 하게 될 줄은 꿈에도 몰랐을 것이다. 조금 전만 해도 나는 신기한 이야기를 해 주지 못해 안달이었지만 이제 더 이상 비밀을 알려 주고 싶지 않았다. 내가 왜 말해 줘야 하는데? 내가 왜? 내가 바보 멍청이가 아닌 다음에야 그들에게 이야기를 해 줄 리가 없었다. 엄마 역시 간절한 눈빛으로 나를 바라봤다. 내가 비밀을 털어놓길 원하고 있는 것이 분명했다. 그러나 귀에서 느껴지는 아픔이 이런 나에게 경고를 보내고 있었다. 불과 몇 분 전만 해도 내 귀를 잡아 뜯지 못해 안달하던 그 비참한 광경이 생각났다. 이에 나의 의지는 강철처럼 단단해졌다. 나는 이 비밀을 끝까지 간직하기로 결심했다. 나와 위진바오의 약속을 지킬 것이며, 더더욱 우리와 코가 긴 사람들 사이에 맺은 약속 역시 지킬 것이다. 조금 전 하마터면 비밀을 폭로할 뻔했던 일이 후회스러웠다. 그나마 그들이 내 말을 진실로 여기지 않아 다행이었다. 그러나 이제 내 입에서 냄새를 맡은 그들은 그것이 사실이라고 생각할 터였다. 나는 그제야 상황을 제대로 파악하고 순간적으로 가슴이 뜨끔했다. 사실 나는 이미 비밀을 폭로한 상태였다. 나는 위진바오 집의 우물에 대해 이야기했고, 코가 긴 사람들과 그들이 만든 향긋한 음식에 대해서도 이야기했다. 굶주림에 미쳐 버린 내 형제자매들은 당장이라도 위진바오 집의 우물로 달려가 자초지종을 살펴보려 할 것이다. 이때 엄마가 내 형제자매를 양편으로 가르며 내 앞으로 다가왔다. 내 머리를 쓰다듬고 있는 엄마의 따뜻한 손길이 느껴지는 순간, 나는 끊임없이 나를 일깨웠다. 절대 넘어가선 안 돼. 조금 전 하마터면 엄마는 내 귀를 뜯어 버릴 뻔했어. 지금 엄마가 나를 쓰다듬는 건 내가 비밀을 털어놓게 만들기 위해서야. 일단 비밀을 털어놓는 순간, 엄마의 손은 다시 내 귀를 비틀게 될 거야. 엄마의 목소리가 들렸다.

"착하지? 엄마에게 말해 봐. 어젯밤에 대체 어딜 간 거지? 어딜 가서 그렇게 좋은 음식을 먹은 거야?"

나는 순간 기지를 발휘해 덧니 누나가 했던 이야기를 떠올렸다. 똥이 든 요강을 들어 내 머리에 쏟는다 해도 비밀을 털어놓지 않을 것이다. 나는 심각한 잘못을 저지른 아이처럼 더듬더듬 입을 열었다.

"엄마, 잘못했어요……. 어젯밤에 건달패를 따라 생산대 송아지 주둥이를 철사로 묶어 죽여서…… 그런 다음에…… 그 애들이 불을 지펴 송아지를 익혀…… 나더러 먹으라기에, 너무 먹고 싶어서 그만 송아지 고기를 먹었어요……."

내 머리를 쓰다듬던 손이 갑자기 주먹으로 변하더니 북을 내리치듯 내 머리를 두들겨 팼다. 엄마가 증오와 함께 두려움이 가득 담긴 음성으로 목소리를 잔뜩 내리깔며 말했다.

"빌어먹을 새끼, 나가 죽어. 공안국에서 잡으러 올 거다!"

형제자매들은 발로 나를 짓이기기도 하고, 손바닥으로 치기도 하고, 손톱으로 꼬집기도 하고, 침을 뱉기도 했다. 순식간에 나는 그들의 공적이 되었다. 그들은 나를 만신창이가 되도록 두들겨 패고 풀이 죽어 흩어졌다.

그러나 어젯밤에는 확실히 꿈보다 더 행복한 일이 있었다. 내 입안 가득 남아 있는 향기가 그 증거이며, 힘들기는 했지만 즐겁게 움직였던 위장이 그 증거이며, 야채 국 냄새에 구역질이 났던 생리 반응이 그 증거이며, 또한 생생하기 그지없는 기억이 그 증거이다. 엄마는 광주리 하나와 낫 하나를 내게 던져 주며 누나와 형들을 따라 나물을 캐 오라고 시켰다. 들판으로 향하는 흙길에 들어서자 동네 아이들이 유행가를 부르고 있었다.

1964년은 정말 이상한 해라네
마광더우[42]는 굶어 죽고, 원자 폭탄이 터졌다네

---

42) 馬光斗. 1899~1964. 1939년에 혁명에 참가하여 용감한 정신으로 많은

호루쇼프[43]가 물러나니, 우리들 마음은 흥겨워라

비록 굶주림에 허덕이는 아이들이었지만 신바람이 나서 서로 앞서거니 뒤서거니 시끌벅적하게 떠들고 있었다. 아이들 틈에 위진바오의 막내 형도 있었다. 걷다 보니 우리 두 사람이 서로 나란히 걷는 꼴이 되고 말았다. 그가 목소리를 내리깔며 물었다.

"비밀을 말한 건 아니겠지?"

"네⋯⋯."

이렇게 대답하는 나는 마음이 켕겼다.

"반드시 비밀 지켜야 돼. 그러지 않으면 더 이상 좋은 음식은 먹을 수가 없어."

그때 큰누나가 눈을 부라리며 나에게 말했다.

"빨리 가!"

나는 누나들을 따라 들판으로 향했지만 마음은 벌써 어제로 돌아가 있었다.

당시 나랑 위진바오는 완전치 않은 카드로 포커 놀이를 하면서 놀고 있었다. 갑자기 목이 말랐던 내가 물었다.

"진바오 형, 형 집에 물 있어?"

위진바오가 말했다.

"물 먹고 싶어? 집 안에는 없고, 물을 마시고 싶으면 날 따

전공을 세웠다.

43) 니키타 흐루쇼프(Nikita Khrushchyov). 1894~1971. 소련의 정치가. 스탈린 사망 후 1958년 수상이 되었으며 개인숭배 사상을 비판했다.

라와. 우리 집 뒤뜰로 가서 마시자."

나는 위진바오를 따라 그 집 뒤뜰로 갔다. 뒤뜰에 우물이 하나 있었다. 평범하기 그지없는 우물이었다. 물이 별로 깨끗하지 않아 주로 밭에 물을 대는 데 사용했다. 우물에 도르래가 하나 달려 있고, 가대에는 버섯이 자라고 있으며, 두레박줄에 푸른곰팡이가 피어 있는 것으로 보아 오랫동안 사용하지 않은 것처럼 보였다. 나는 우물둔덕에 서서 고개를 쑥 내밀고 우물 안을 들여다보았다. 처음에는 아무것도 보이지 않더니 차츰 적응이 되었는지 우물 안의 맑은 물과 물 위에 떠 있는 우리 얼굴이 보였다. 헝클어진 머리, 작은 두 눈, 납작한 코, 커다란 두 귀, 내 모습이 정말 이렇구나! 누나가 늘 "화공(畵工)을 화딱지 나게 만드는 얼굴"이라고 말하곤 했는데, 과연 그렇네! 위진바오 역시 봉두난발에 눈이 작고 코가 납작하며 귀가 컸다. 우리 두 사람은 마치 틀 하나로 찍어 낸 것 같았다. 엄마는 항상 우리 형제자매에게 맥이 빠진다는 듯 말했다.

"쟤 좀 봐! 어떻게 된 애가 점점 더 동쪽 집 바오 녀석을 닮아 가지?"

누나 중 하나가 말했다.

"너무 닮았어. 한 엄마가 낳은 애도 저렇게까지 닮진 않을 거야."

이렇게 말하며 누나는 까만 눈으로 마치 원수라도 대하듯 엄마를 노려봤다. 마치 엄마가 누나에게 해묵은 빚이라도 지고 있는 것처럼. 바오 녀석이 바로 내가 가장 좋아하는 위진바오 형이다. 형은 우리 마을에서 악명이 높았지만 형이 도대체 무슨 나쁜 일을 저질렀는지 정확하게 말할 수 있는 사람이 있는 것은 아니었다.

우리는 우물 안에 비친 붕어빵처럼 똑 닮은 두 얼굴을 들여다봤다. 잠시 그렇게 쳐다본 후 우리는 자기 얼굴에 침을 뱉기 시작했다. 내 얼굴에 침을 뱉는 것이 마치 형 얼굴에 뱉는 것 같았다. 형 역시 형 얼굴에 침을 뱉으면서 내 얼굴에 뱉는 것처럼 느꼈다. 우리는 우리 얼굴을 향해 침을 뱉어 우리 얼굴을 흩어뜨렸다. 우리 코와 눈이 흩어지는 것을 보면서 신나게 웃기 시작했다.

갑자기 이상한 냄새가 났다. 고개를 들고 사방을 둘러봤다. 주위에 무너진 담과 미친 듯이 헝클어진 잡초, 잡초 더미를 후다닥 뛰어가는 도마뱀, 반짝이는 도마뱀 비늘…… 굴뚝에서 연기가 피어오르는 집이 보이지 않으니 누군가 고기를 굽고 있는 것은 아니었다. 그렇다면 이 맛있는 냄새는…… 그 냄새는 바로 우물에서 올라오는 것이었다. 우리는 바짝 긴장하여 코를 벌름거렸다. 꿈에서도 볼 수 없었던 황홀한 먹거리가 눈앞에 보이는 것 같았다. 벽돌처럼 두터운 고기가 한 점, 한 점, 노르스름하게 구워져 모락모락 김이 나고 있었다. ……닭대가리를 배 쪽으로 밀어 넣은 통닭구이가 노리끼리하게 익으면서 김이 몰씬 올라왔다. 새끼 양이 통째로 익어 가면서 노르스름한 살갗에서 김이 나고 있었다. ……우리는 도르래 밧줄을 잡고 우물 안으로 미끄러져 들어갔다. 형이 먼저 아래로 내려가고 그다음으로 내가 내려갔다. 우물은 바닥을 알 수 없을 정도로 깊었다. 귓가에 윙윙 소리가 울려 퍼졌다. 마치 거친 바람이 부는 것 같았다. 눈앞이 밝아지나 싶었는데 아래로 조금 내려가자 천천히 앞이 어두워지기 시작했다. 나는 누군가 내 다리를 잡아당기는 것을 느꼈다. 몸이 안으로 기우는가 싶더니 발이 바닥에 닿았다. 위진바오 형이 내 손을 잡고 어두컴컴한 길을 조심스럽게 더듬어 가며 전진했다. 우리는 두려웠지만 점점 더 강렬해지는 향긋한 냄새에 이끌려 발걸음을 멈출 수 없었다. 언제부터일까, 눈앞이 점차 밝아지면서 길도 넓어지기 시작했다. 여러 갈래의 빛줄기가 동그란 구멍으로 비쳐 들고 있었다. 구멍의 크기에 따라 빛줄기의 굵기도 달랐다. 나는 바짝 긴장하여 고개를 돌려 형의 얼굴을 쳐다보았다. 형의 얼굴을 보니 내 얼굴을 보는 것 같았다. 우리는 손을 꼭 잡았다. 마치 쌍둥이 형제처럼. 진한 냄새가 뜨거운 바람이 되어 우리 얼굴을 덮쳤다. 향기로운 바람을 따라 쉬쉬거리는 소리가 들려왔다.

우리는 숨을 죽이고 벽에 바짝 붙은 채 다리를 한껏 높이 들어 올렸다 내려놓으며 살금살금 천천히 앞으로 향했다. 마침내 우리는 앞쪽 넓은 동굴에 흙으로 만든 평평한 단이 있고, 그 단 위에 커다란 검은색 접시 세 개가 놓여 있는 것을 발견했다. 접시 하나에는 벽돌처럼 두껍고 김이 모락모락 피어오르는 황금색 고기가 한 점, 한 점 놓여 있고 그 위에 잘게 자른 고수[44]가 뿌려져 있었다. 또한 다른 접시에는 대가리가 배속에 처박힌 닭 십여 마리에서 모락모락 황금색 김이 피어오르고 있었다. 닭 위에 산초나무 잎이 장식되어 있었다. 마지

---

44) 향채의 일종.

막 한 접시에는 새끼 양 한 마리가 놓여 있었다. 황금색에 김이 모락모락 나는 양에 초록빛 파가 몇 개 꽂혀 있었다. 대략 스무 명 정도의 사람들이 접시를 빙 둘러싸고 모두 무릎을 꿇고 앉아 있는데, 엉덩이 뒤로 두꺼운 꼬리가 바닥을 받치고 있었다. 그들은 나뭇잎으로 엮어 만든 옷을 입고, 머리에 박 껍질로 만든 작은 모자를 쓰고 있었다. 모두 눈이 작고, 귀가 크다는 점에서 우리와 비슷했다. 우리와 다른 점은 코였다. 우리는 코가 납작하지만 그들은 코가 긴 데다 우리보다 콧구멍 하나가 적었다. 그들이 접시 주위에 무릎을 꿇고 앉아 목을 길게 빼자 음식물이 거의 코에 닿을 듯 말 듯했다. 그들의 콧구멍은 열었다 닫기를 반복했다. 조금 전 우리가 들었던 소리는 그들의 코에서 나는 소리였다. 몸을 동굴 벽에 바짝 기댄 우리 두 사람의 모습이 마치 도마뱀붙이 같았다. 나는 몇 번이나 그들이 우리 두 사람을 발견했다는 느낌이 들었지만 그들은 우리 존재에 대해 아무런 반응도 보이지 않았다. 매우 작아 보이는 코쟁이 하나가 갑자기 벌떡 일어났다. 그는 코를 벌름거리며 고개를 좌우로 돌렸다. 그의 눈이 우리와 마주친 것이 분명했다. 그래도 그는 여전히 우리에게 아무런 반응을 보이지 않았다. 나는 그들이 일부러 우리를 못 본 척한다는 생각이 들었다.

그들은 한바탕 음식 냄새를 맡은 후 접시 곁을 떠났다. 자리에서 일어나는 그들의 모습에 만족한 표정이 역력했다. 그들은 지하 동굴 깊숙한 곳을 향해 걸어갔다. 조금 전 그 작은 코쟁이가 다시 고개를 돌려 우리 쪽을 향해 괴상한 표정을 지었다. 젖을 드러낸 머리 큰 코쟁이, 분명히 그의 엄마로 보이는 사람이 손을 내밀어 그를 잡아끌며 자리를 떴다. 지하 동굴에 정적이 감돌았다. 커다란 접시 세 개에 담긴 음식물에서 향긋한 냄새만 흘러나올 뿐이었다. 우리는 결국 먹음직스러운 음식의 유혹을 뿌리치지 못하고 살금살금 접시 앞으로 다가갔다. 위험을 불사한 채 우리는 그 멋진 음식들을 집어 허겁지겁 먹기 시작했다. 먹기 시작한 지 얼마 되지 않았다고 생각했는데 사실 이미 많이 먹은 상태였던 것 같다. 그렇기 때문에 코쟁이들이 우리를 에워쌌을 때 도망치고 싶었지만 배가 너무 불러 꼼짝할 수 없었던 것이다. 우리는 바닥에 주저앉았는데, 그 모습이 마치 두 마리 큰 거미 같았다.

코쟁이들의 언어는 참으로 이상했다. 뭐라고 꽥꽥거리는데, 우리는 단 한 마디도 알아들을 수가 없었다. 그러나 그들의 얼굴 표정으로 볼 때 악의가 있는 것 같진 않았다. 잠시 후 그들이 흙으로 만든 단 위에서 춤을 추기 시작했다. 마치 이런 식으로 자신들의 지하 동굴을 방문한 우리를 환영하는 것 같았다. 그들이 추는 춤은 우리 마을에서 당시 유행하고 있던 춤과 비슷하게 매우 단순하고 기계적이라 마치 나무인형들이 추는 춤 같았다. 그중 어머니로 보이는 코쟁이 두 사람이 우리를 잡아 일으키더니 함께 춤을 추자고 했다. 우리는 너무 많이 먹은지라 몸을 움직이기가 매우 고역스러웠지만 그들이 우리를 끼워 주었기에 춤을 추지 않을 수 없었다. 잠시 춤을 추고 나니 배가 꺼져 약간 편안하다는 생각이 들었다. 점차 우리는 그들이 우리와 다른 사람이라는 것을 잊었고, 그들의 말도 알아들을 수 있게 되었다. 춤을 다 추고 난 후, 우리는 함께 앉아 마치 좌담회를 하듯 이야기를 나누었다. 위진바오 형은 우리는 굶주린 아이들로, 오늘 운이 좋게도 그들 지하 동굴을 방문하여 따뜻하고 친절한 대접을 받으며 생전 먹어 보지 못한 가장 향긋하고 맛난 음식을 먹었으니 전 세계에서 가장 복이 많은 아이들이라고 말했다. 또한 그는 우리가 우물 위로 돌아가는 순간 당장 죽는다 해도 억울하지 않을 것 같다고 했다.

아래턱에 십여 가닥의 흰 수염이 난 코쟁이가 여러 코쟁이들을 대표하여 발언했다. 그는 그렇게 예의를 차릴 필요가 없다고 하면서, 사실 우리 둘의 존재를 벌써부터 알고 있었다고 말했다. 우리 둘은 원래 그들 쪽 사람이었는데 흰 털 강풍이 부는 바람에 우리가 날아가 버렸다는 것이다. 그들은 몇 년 전부터 우리 둘이 위에서 생활하고 있다는 것, 게다가 무척 고달픈 생활을 하고 있다는 것을 알았다고 했다. 그들은 일찌감치 우리를 청해 한바탕 놀고 싶었지만 기회가 없었는데 오늘, 드디어 그 기회가 왔으니 집에 온 것처럼, 아니면 친척을 방문한 것처럼 편하게 있다 가라고 말했다. 그에 따르면 자신들은 음식 냄새만 맡을 뿐 직접 먹진 않는다고 했다. 매일 이렇게 한 번씩 냄새만 맡으면 된다는 것이다. 그들은 자신들이 냄새를 맡은 음식이 싫지 않다면 언제든지 먹으러 와도 좋다고 말했다. 우리가 먹지 않으면 음식물을 비밀 통로에 버려 푸른 바다로 흘러가게 해서 눈이 넷 달린 물고기[45]가 먹도록 한다는 것이었다. 잠시 후 그들은 우리를 우물 입구까지 바래다주며 언

---

45) 스푸크피시(spookfish).

제든지 환영한다고 말하면서, 간절하게 절대로 외부 사람들에게 이곳 이야기를 발설해서는 안 된다고 당부했다. 우리는 그들에게 이렇게 맹세했다. 만약 우리가 말한다면 까마귀가 우리 머리를 쪼아 먹을 거예요.

백구와 그네

가오미 둥베이 향이 원산지인 온순하고 색이 흰 커다란 개가 있다. 그러나 여러 대를 거치는 동안 이제 순종을 찾아보기가 힘들어졌다. 현재 집집마다 기르고 있는 개는 대부분 잡종들로, 이따금 하얀색 개가 보이긴 하지만 대부분 몸의 한 부분에 다른 색 털이 섞여 있어 혼혈임을 알 수 있다. 그러나 이처럼 잡색 털이 섞여 있는 부분이 많지 않은 데다 그리 눈에 띄는 부분이 아니라면 사람들은 그냥 습관적으로 '백구'라고 부르고, 또한 이름을 들먹이며 실제 모습과 대조하면서 과도하게 결점을 잡아내려 하지 않는다. 온몸이 하얗고, 앞발 두 개만 새카만 백구가 잔뜩 풀이 죽어 고향의 작은 냇가 위 허름한 돌다리를 지나가고 있을 때였다. 나는 마침 다리 초입의 돌계단에서 맑은 강물로 얼굴을 씻고 있었다. 음력 7월 말, 낮은 저지대의 가오미 둥베이 향은 무더위를 견디기에 힘든 조건이었다. 나는 현성에서 향진으로 가는 버스를 비집고 내렸다. 옷은 이미 땀에 절어 있고, 목과 얼굴에 누런 흙먼지가 가득 묻어 있었다. 목과 얼굴은 다 씻어 냈지만 홀딱 벗고 강물로 뛰어들고 싶었다. 그러나 돌다리와 맞닿아 있는 갈색 전답 사잇길 쪽을 바라보니 멀리서 누군가 걸어오는 모습에 조금 전 생각을 떨치며 자리에서 일어났다. 나는 약혼녀가 준 손수건으로 얼굴과 목을 닦았다. 시간은 이미 정오를 지나 태양이 약간 서쪽으로 기울고 있었고, 남동풍이 조금씩 불고 있었다. 상큼하고 부드러운 남동풍에 마음이 한결 편해졌다. 수숫대 끝이 살랑살랑 흔들거렸다. 사락사락 소리에 다가갈수록 점점 더 크게 보이는 백구가 털을 쫑긋 세우고 꼬리를 살랑살랑 흔들었다. 백구에게 가까이 다가간 나는 백구의 두 발이 새카만 것을 발견했다.

발이 까만 백구는 다리 끝까지 오더니 걸음을 멈추고 고개를 돌려 흙길을 되돌아본 후 다시 꼬리를 치켜들고 혼탁한 두 눈으로 나를 바라봤다. 쓸쓸하고 아득하게 느껴지는 백구의 눈빛에는 모종의 암시가 담겨 있는 것 같았다. 쓸쓸하고 아련하게 느껴지는 이런 암시로 인해 내 마음 깊은 곳에 희미하게 자리하고 있던 어떤 느낌이 솟구쳐 올라왔다.

내가 공부를 하겠다고 고향을 떠나자, 부모님도 다른 성에 살고 있는 형의 거처로 이사를 했다. 이렇게 친척이라고는 아무도 살지 않는 고향에 나는 발길을 끊었다. 그렇게 순식간에 십 년이 흘렀다. 거리는 짧지도 길지도 않았다. 여름 방학이 시작하기 전에 아버지는 내가 교편을 잡고 있는 학교로 날 만나러 왔다. 고향 이야기가 나오자 나도 모르게 고향 생각이 났다. 아버지는 내가 고향에 한번 돌아가 보길 희망했다. 내가 일이 바빠 짬을 낼 수가 없다고 하자 아버지는 마땅치 않은 듯 고개를 절레절레 흔들었다. 아버지가 떠나고 계속 마음이 불편했던 나는 마침내 모든 일을 내려놓고 짧게 시간을 내어 고향에 가 보기로 결심했다.

백구가 고개를 돌려 갈색 흙길을 돌아보더니 나를 올려다봤다. 백구의 눈이 여전히 탁했다. 내가 백구의 새카만 두 앞발을 보고 깜짝 놀라 무언가 옛일을 떠올렸을 때, 백구는 선홍빛 혀를 집어넣고 나를 향해 두세 번 짖었다. 이어 다리 끝에 자리한 표석에 웅크리고 앉아 뒷발을 치켜들고 습관적으로 오줌을 갈겼다. 백구는 볼일을 다 본 후 나를 따라 다리 어귀 길로 내려오더니 천천히 내 옆으로 다가와 섰다. 개가 꼬리를 다리 사이에 넣고 혀를 쭉 내민 채 자꾸만 물을 핥았다.

백구는 물을 마시고 있었다. 마치 누군가를 기다리고 있는 것 같았다. 목이 말라 허겁지겁 물을 마시는 모습이 아니었다. 냇물에 비친 백구의 표정이 무심해 보였다. 물속을 헤엄치는 물고기들이 물에 비친 백구의 얼굴 위를 쉴 새 없이 지나고 있었다. 백구랑 물고기는 나를 무서워하지 않았다. 개 비린내, 물고기 비린내가 강하게 풍겼다. 심지어 발길질 한 방에 백구를 물속으로 처넣어 물고기를 잡아 오게 하는 비열한 방법도 떠올렸다. 그러다가 다시 그건 '개가 하는 짓'이란 생각이 들었다. 바로 그때 백구가 꼬리를 말고 고개를 쳐들어 냉랭한 시선으로 나를 힐끗 쳐다보더니 한 걸음, 한 걸음 다리 위로 올라갔다. 백구는 목의 털을 움찔거리며 세우더니 무척 불안해 보이는 몸짓으로 오던 길을 향해 되돌아 달려갔다. 흙길 양쪽에 녹회색 이삭이 맺힌 수수밭이 널리 펼쳐져 있었다. 순백의 하얀 구름이 떠가는 작고 파란 하늘이 멀리 이어진 들판 위에 드리워져 있었다. 나는 다리 어귀로 걸어가 여행 가방을 집어 올리며 급히 다리를 건너려 했다. 우리 마을까지는 12리를 더 가야 했다. 오기 전 마을 사람들에게 소식을 알리지 않고 이렇게 일찌감치 마을로 향하는 것은 다른 이에게 나의 숙식에 대해 신경을 쓰지 않게 하기 위해서였다. 이런 생각에 빠져 있을 때 백구가 종종 걸음으로 길을 열자 커다란 수수 다발 하나를 등에 진 사람이 길가 수수밭을 빠져나왔다.

농촌에서 거의 이십 년을 산 나는 수숫잎이 소나 말의 좋은 사료라는 것을 잘 알고 있었고, 쌀을 말리는 시기에 수수 묵은 잎을 따 내도 수수 생산량에는 그다지 영향을 미치지 않는다는 사실도 알았다. 멀찌감치 커다란 수숫대 잎 한 다발이 비틀비틀 다가오고 있었다. 마음이 무거웠다. 나는 여름날 바람도 통하지 않는 수수밭에서 잎을 따는 일이 얼마나 죽을 맛인지 잘 알고 있었다. 온몸에 땀이 흐르고, 가슴이 콱 막히는 것은 말할 필요도 없다. 가장 고통스러울 때는 역시 잎에 난 미세한 털이 땀에 절어 있는 피부에 맞닿을 때다. 나는 나 자신을 위해 가볍게 한숨을 내쉬었다. 점차 등짐으로 수숫잎을 지고 허리가 잔뜩 굽어 다가오는 사람이 더욱 선명하게 눈에 들어왔다. 푸른 저고리에 검은색 바지, 새카만 발목, 누런 고무신 차림. 비록 그 사람은 내 바로 가까운 자리에 있었지만 늘어진 머리가 아니었더라면 그녀가 여자라는 사실을 알아차리지 못했을 것이다. 그녀는 바닥과 평행으로 머리를 굽힌 채 목을 길게 내빼고 있었다. 어깨의 고통을 줄이기 위해서겠지? 그녀는 한 손으로 어깨 위 장대의 아랫부분을 누르고, 다른 한 손은 목 뒤로 돌려 장대 위를 잡고 있었다. 햇살에 비친 그녀의 목과 두피에 땀방울이 맺혀 반짝거렸다. 수숫잎은 푸르고 신선했다. 여자는 한 걸음, 한 걸음 내딛어 드디어 다리에 올라섰다. 다리 너비는 여자가 멘 짐과 비슷했다. 나는 백구가 방금 전 오줌으로 영역 표시를 해 둔 다리 입석까지 물러나 다리를 건너는 여자와 개의 모습을 지켜봤다.

나는 문득 백구와 여자 사이에 보이지 않는 선이 있다는 느낌이 들었다. 백구가 속도를 더하거나 늦추는 사이 그 선도 따라서 헐거워졌다가 다시 팽팽해지기도 했다. 내 앞을 걸어갈 때 백구가 다시 나를 힐끗거렸다. 개의 아득한 눈빛 속에 담긴 어렴풋한 암시가 순간 이상하리만치 분명해졌다. 백구의 까만 두 발이 대번에 내 마음속 희뿌연 안개를 흩어 놓는 순간 나는 그녀를 생각했다. 축 늘어뜨린 머리가 내 곁을 미끄러지듯 스쳐 지나칠 때 전해진 헐떡이는 숨소리, 코를 찌르는 시큼한 땀내를 영원히 잊을 수가 없다. 그녀가 갑자기 등에 진 육중한 수숫잎 더미를 내동댕이치더니 천천히 몸을 폈다. 그녀 뒤에 놓인 거대한 수숫잎 더미는 거의 그녀의 가슴 높이였다. 수숫잎 더미에서 여자 몸에 닿았던 부분은 확실히 움푹 들어가 있었다. 특히 힘을 많이 주었던 부분은 축축한 잎이 짓눌려 있었다. 수숫잎에 짓눌렸던 여자의 몸은 이제 무척 편안해졌을 것이다. 여자는 맑은 수증기가 피어오르는 다리 위에 서서 들판의 바람에 몸을 맡긴 채 분명히 매우 홀가분하고 흡족한 기분을 만끽했을 것이다. 지나가 버린 세월 속에 나도 이와 같은 경험이 있었다.

허리를 꼿꼿이 편 그녀는 잠시 잠깐 지각을 잃은 것 같았다. 얼굴을 뒤덮은 흙먼지 위로 땀을 흘린 자국이 줄줄이 나 있었다. 콧대가 마치 파 줄기처럼 곧다. 얼굴은 까무잡잡하다. 치아는 하얗다.

역대로 고향의 아름다운 여인들은 모두 선발되어 궁중으로 보내졌다. 현재 베이징에서 영화배우로 활약하는 고향 사람 몇 명을 만난 적이 있지만 그냥 대충 그렇게 생겼을 뿐 궁중에 보내진 여자들보다 훨씬 예쁘진 않았다. 그 여자의 모습이 그렇게 망가지지 않았다면 일찌감치 유명한 연기자가 되었을지도 모른다. 십여 년 전 그녀는 한 송이 꽃처럼 아리땁고 두 눈은 별처럼 영롱했다.

"놘!"

나는 큰 소리로 말했다.

그녀가 왼쪽 눈으로 나를 뚫어져라 바라봤다. 핏발이 잔뜩 선 흰자위가 섬뜩했다.

"놘! 고모!"

나는 분명히 의사를 전달하기 위해 다시 한 번 소리쳤다.

나는 올해 스물아홉, 그녀는 나보다 두 살이 어리다. 헤어져 있는 십 년 동안 많은 변화가 있었다. 그네 사고로 생긴 장애가 아니었다면 나는 그녀를 알아보지 못했을 것이다. 백구 역시 나를 눈여겨봤다. 계산해 보니 백구는 현재 열두 살, 늙을 대로 늙은 개다. 아직도 살아 있을 거라고 생각지 않았는데, 그대로 아직 제법 건강한 것 같다. 그해 단옷날 겨우 농구공만 한 백구를 아버지가 현성에 있는 할머니의 삼촌 집에서 데리고 왔다. 십이 년 전, 백구 순종은 이미 거의 사라지고 존재하지 않았을 때였다. 이 정도 작은 결함이라면 대충 백구라고 불러도 될 정도로 귀한 존재였다. 할머니의 삼촌은 개 사육으로 돈을 버는 분이었으니, 아마 삼촌과 외조카라는 관계를 들먹이며 무례하게 개를 안고 왔을 것이다. 마을에 온통 얼룩덜룩한 잡종 개가 판을 치고 있을 때, 백구를 안고 돌아온 아버지는 뭇사람들의 부러움의 대상이 되었고, 이에 30위안의 고가를 주고 사겠다는 사람도 있었다. 물론 아버지는 완곡하게 이를 거절했다. 당시 농촌, 외지고 궁핍한 우리 가오미 둥베이 마을에도 즐거움은 적지 않았으니, 개를 기르는 것도 이런 즐거움 중 하나였기 때문이다. 천재지변이 몰려오지 않는 한 일반적으로 먹고살기 족하니 이런 개들은 번식을 할 수 있는 것이었다.

나는 열아홉, 난은 열일곱, 백구는 사 개월이 되었을 때 해방군 부대들, 군용차들이 북쪽에서 끊임없이 다리를 건너왔다. 우리 고등학교는 다리 입구 옆에 장막을 치고 해방군에게 찻물을 끓여 주었다. 학생 선전대는 막사 옆에서 징과 북을 두드리며 노래와 춤판을 벌였다. 다리가 좁아서 첫 번째 트럭이 지나다 바퀴 반절이 걸리는 바람에 조심스럽게 운전해 넘어갔다. 두 번째 트럭은 뒷바퀴에 다리 모퉁이가 부딪쳐 바스러지면서 개천으로 뒤집히는 바람에 트럭에 싣고 있던 솥단지며 그릇 같은 용기들이 적잖이 박살났다. 개천에 기름 거품이 한가득 떠다녔다. 병사 한 무리가 개천으로 뛰어들어 물에 흠뻑 젖은 채 운전석에서 운전기사를 빼내 둔덕으로 끌어 올렸다. 흰 가운을 입은 군인 몇 명이 그를 에워쌌다. 흰 장갑을 낀 사람이 청진기를 들어 올리며 큰 소리로 고함을 질렀다. 나와 난은 학생 선전대의 핵심이었다. 우리는 노래도, 북치는 일도 잊은 채 눈을 동그랗게 뜨고 구경했다. 이후 제법 지위가 높은 대장들 몇명이 와서 우리 학교의 빈하중농46) 대표인 궈마즈 영감, 우리 학교 혁명 위원회 류 주임과 악수를 했고, 장갑을 끼고 다시 우리에게 손을 흔들더니 일렬로 서서 천천히 개천을 건너는 대오를 바라봤다. 궈마즈 영감이 내게 피리를 불게 했고, 류 주임은 난에게 노래를 시켰다. 난이 물었다.

"뭘 부를까요?"

류 주임이 말했다.

"「유난히 정겨운 그대들」로 하지."

이에 피리 연주와 노래가 시작되었다. 전사들이 줄줄이 다리를 통해 개천을 건너고, 차량도 줄줄이 물을 건넜다.

(작은 개천의 맑은 물결, 개울을 가득 덮은 농작물)

차량 앞에 하얀 포말이 일고, 차량 뒤로는 누런 탁류가 흘

---

46) 貧下中農. 토지 개혁 운동 당시 구분된 계급 성분에 따라 약간의 토지를 소유하나 대부분 타인의 토지를 임대해 경작하고 토지세를 내는 '빈농'과 일반 중농 이하의 생활을 하며 자기 노동 수입에 의존해 생활하는 '하중농'을 일컫는 말.

렀다.

(해방군이 산으로 들어와 우리의 가을 추수를 돕네.)

대형 트럭이 지나간 후, 작은 지프차 두 대도 어설픈 모습으로 물을 건넜다. 차량 한 대가 쏜살같이 물속을 달려가는 바람에 물보라가 5~6미터나 높게 일어났다. 또 다른 한 대가 물속으로 돌진하더니 웡웡 괴이한 소리를 내다가 물에 잠겨 꼼짝하지 않았다. 물에서 푸른 연기가 올랐다.

(일상 이야기에 흘러간 지난 일들이 가슴에 뭉클 용솟음치고)

"큰일이다!"

수장 하나가 말했다. 다른 수장이 말을 이었다.

"빌어먹을 고물! 왕허우즈에게 병사들 동원해서 끌어내라고 해."

(한솥밥 먹으며, 한 등잔불 아래서)

순식간에 수십 명의 해방군이 개천에 박혀 바람이 다 빠져버린 지프차를 밀었다. 해방군은 모두 군장을 한 채 개천으로 입수했다. 개천은 겨우 무릎 높이였지만 그들은 모두 가슴까지 물이 젖었다. 물에 젖어 색이 짙어진 군복이 몸에 착 달라붙자 다리와 엉덩이의 살이 있는 그대로 드러났다.

(그대는 우리의 혈육, 그대는 우리의 마음)

흰 가운을 입은 사람 몇 명이 물에 흠뻑 젖은 기사를 적십자 모양이 그려진 차량에 태웠다.

(당의 은혜와 사랑은 말로 다 할 수 없으니, 그대 모습 정겨워라.)

상급자들이 몸을 돌렸다. 보아하니 다리를 건너려 하는 것 같았다. 나는 피리를 들고, 놘은 입을 벌린 채 멍하니 상급자를 바라봤다. 검은 테 안경을 쓴 수장이 우리들을 향해 고개를 끄덕이며 말했다.

"노래도 잘하고, 피리 부는 솜씨도 괜찮군."

궈마즈 영감이 말했다.

"지도자들 모두 수고하셨습니다. 아이들이 시끄럽게 굴어도 나무라지 마십시오."

그가 담배 한 갑을 꺼내 뜯은 후 예의바르게 담배를 건넸다. 지도자들이 공손하게 이를 거절했다. 바퀴가 많이 달린 차량 한 대가 개천 맞은편 언덕에 정차했다. 전사 몇 명이 뛰어올라가더니 굵은 철사 몇 꾸러미와 흰색 나무 막대기들을 던졌다. 검은 테 안경을 낀 수장이 곁에 있는 젊고 잘생긴 군관에게 말했다.

"차이 대장, 당신네 선전대에서 악기 같은 것들을 저들에게 보내지."

대오는 개천을 건너 각 마을로 흩어졌다. 사단 사령부는 우리 마을에 머물렀다. 마치 설 명절 같은 날들이 흘러갔다. 마을 사람들은 모두 감격에 겨워했다. 우리 집 곁채에서 전화선 수십 가닥을 빼내 사방팔방으로 연결했다. 잘생긴 차이 대장은 악기 연주와 노래를 하는 문예병[47]을 이끌고 난의 집에 머물렀다. 나는 날마다 놀러 가서 차이 대장과 매우 친해졌다. 차이 대장은 난에게 노래를 들려 달라고 했다. 그는 키가 크고, 머리는 헝클어지고, 눈썹은 높이 치켜 올라가 있었다. 난

---

47) 연예 사병.

이 노래를 부를 때 그는 고개를 숙인 채 전투적으로 담배를 빨았다. 나는 그의 귀가 살짝 움찔거리는 것을 봤다. 그는 난이 매우 좋은 조건을 갖춘 훌륭한 솜씨를 지녔다고 말하면서 유명한 스승에게 지도를 받지 못해 애석하다고 했다. 그는 나 역시 발전 가능성이 많다고 말했다. 그는 발만 까만 우리 집 백구를 정말 좋아했다. 아버지가 그 사실을 안 후 바로 백구를 그에게 주겠다고 했지만 그는 받지 않았다. 대오가 이동하려는 날 우리 아버지와 난의 아버지가 함께 와서 차이 대장에게 나와 난을 데리고 가 달라고 부탁했다. 차이 대장은 돌아가 수장에게 보고하고, 연말에 병사를 모집할 때 우리를 데려가겠다고 말했다. 헤어질 때, 차이 대장이 내게는『피리 연주법』을, 난에게는『혁명 가곡 가창법』이란 책을 선사했다.

"작은 고모."

나는 난감해하며 말했다.

"나 모르겠어요?"

우리 마을에는 온갖 성씨들이 모여 살았다. 장, 왕, 리, 두 등 여기저기서 모여든 각양각색의 성씨들이 함께 살면서 촌수가 뒤죽박죽이 되었다. 고모가 조카에게 시집을 가는가 하면 때로 조카가 숙모를 꿰차고 도망가기도 한다. 나이만 엇비슷하면 이런 일을 비웃는 사람은 없었다. 내가 난을 작은 고모라 부르는 것은 어릴 적부터의 습관이지 혈연관계가 있기 때문은 아니다. 십여 년 전, 당시 '난'이란 이름과 '작은 고모'란 말을 섞어 불렀을 때는 마음 한구석에 뭔가 다른 기분이 들었다. 헤어진 지 십 년, 모두 나이가 들고 보니 그렇게 불러도 별다른 느낌이 들지 않은 지 오래였다.

"작은 고모, 설마 정말 나 몰라요?"

이 말을 하고 난 후 나는 아둔한 나 자신을 비난했다. 냔은 진작부터 처량한 표정을 짓고 있었다. 여전히 땀에 절어 있는 데다 말라비틀어진 머리카락 한 줌이 뺨에 붙어 있었다. 시커먼 얼굴에 흙빛이 어른거렸다. 좌측 눈에 눈물이 번뜩였다. 오른쪽은 눈도, 눈물도 없었다. 움푹 들어간 눈언저리에 난분분하게 까만 속눈썹이 박혀 있었다. 마음이 옥죄는 듯했다. 움푹 패어 있는 그 모습을 차마 바라볼 수가 없었다. 나는 일부러 시선을 피해 아름다운 겉눈썹과 반나절 햇볕 아래 있느라 땀에 젖어 반짝이는 머리카락을 바라봤다. 그녀의 왼쪽 뺨 근육이 실룩거리자 눈언저리 눈썹과 눈자위 위의 겉눈썹이 덩달아 살짝 움찔거리며 이상하리만큼 처량한 표정이 되었다. 다른 사람들은 그녀를 보면 마음이 아무렇지 않을지 몰라도 나는 그녀를 보면 마음을 가라앉힐 수가 없다…….

십여 년 전 그날 밤, 나는 너의 집으로 달려가 말했다.

"작은 고모, 그네 타던 사람들이 모두 갔어, 가자. 우리 신나게 그네 타자."

네가 말했다.

"난 졸린데."

내가 말했다.

"그러지 말고! 한식날이 여드레나 지났어. 생산대에서 내일 그네 만들어 놓은 목재를 다 철거하겠대. 오늘 아침 대형 차량 기사 아저씨가 생산대 대장에게 투덜거리던데. 트럭 줄을 그네 줄로 사용하는 바람에 다 닳아 끊어지게 생겼다고."

넌 하품을 하더니 말했다.

"그럼 가 보자."

백구는 거의 성견이 될 정도로 자랐건만 근육도 없고 뼈대도 가늘어서 어릴 적보다 볼썽사나웠다. 백구가 우리 뒤를 따라왔다. 달빛 아래 백구 털이 은빛으로 반짝거렸다. 그네는 탈곡장 가장자리에 세워져 있었다. 세로로 나무 기둥 두 개, 가로 막대 하나가 놓여 있고 철로 된 고리 두 개에 굵은 밧줄 두 가닥 그리고 나무로 된 발판이 보였다. 달빛 아래 묵묵히 서 있는 그네 틀의 음산한 모습이 마치 저승 문 같았다. 그네 틀 뒤 멀지 않은 곳에 도랑이 있었다. 도랑에 헝클어진 아카시아 나무 덤불이 연속으로 이어져 있었다. 뾰족하면서도 단단해 보이는 가시 위로 청회색 달빛이 번뜩였다.

"내가 앉을게, 밀어 줘."

네가 말했다.

"널 하늘까지 밀어 줄 거야."

"백구 데리고 갈 거야."

"요상한 생각 좀 그만하고."

넌 백구를 부르더니 말했다.

"백구야, 너도 흔들흔들해 줄게."

넌 한 손으로 줄을 잡고, 다른 한 손으로는 백구를 안았다. 백구가 답답한 듯 낑낑거렸다. 나는 발판에 서서 두 다리 사이에 너와 백구를 끼고 계속해서 힘을 실었다. 그네에 점차 탄력이 붙기 시작했다. 우리는 점점 높이 올라갔다. 달빛이 물결처럼 흔들거리고, 귓가에 바람 소리가 윙윙거렸다. 나는 머리가 조금 어지러웠다. 너는 키득거리며 웃고, 백구는 우우 짖어 대는 사이 마침내 그네의 높이가 가로목까지 솟구쳤다. 눈앞에 들판과 개천, 집과 무덤이 번갈아 나타났다. 서늘한 바람이 얼굴을 스치고 지나갔다. 나는 고개를 숙인 채 네 눈을 바라보며 물었다.

"작은 고모, 좋아?"

네가 말했다.

"응, 하늘에 올라왔잖아."

줄이 끊어졌다. 나는 그네 밑으로 떨어지고, 너랑 백구는 아카시아 나무 덤불 쪽으로 날아갔다. 아카시아 나무 가시 하나가 네 오른쪽 눈을 찔렀다. 백구는 나무 덤불을 비집고 나와 술에 취한 것처럼 그네 아래를 빙글빙글 돌았다. 흔들거리는 그네에 백구는 어지러웠다…….

"몇 년 동안…… 잘 지내고 있었지?"

내가 우물거렸다.

한껏 치받쳐 있던 그녀의 어깨 힘이 풀리면서 긴장했던 얼굴 근육도 풀어졌다. 생리적인 보완 탓인지 아니면 노동의 대가로 그렇게 되었는지 최대한 커진 왼쪽 눈에서 갑자기 차디찬 시선이 번뜩였다. 나는 그녀의 시선에 몸 둘 바를 몰랐다.

"잘 못 지낼 리가 있어? 입을 옷도 있고, 남자도 있고, 아이도 있는데. 한쪽 눈만 빼면 모자란 건 아무것도 없어. 이 정도면 '잘' 지내는 것 아닌가?"

그녀의 말투가 매우 도발적이었다.

순간 말문이 막힌 나는 한참 동안 생각하다 입을 열었다.

"난 모교에 남게 됐어. 나를 강사로 발탁한다는 말이 나왔어……. 집 생각이 간절했어. 고향 사람들뿐만 아니라 고향의 개천이랑 돌다리, 들판, 들판의 붉은 수수, 청아한 공기, 아름다운 새들의 노랫소리……. 여름 방학이라 다니러 왔어."

"그리울 게 뭐가 있어, 이런 후진 동네들! 저 다 낡아 빠진 다리가 그리웠다고? 빌어먹을 수수밭은 찜통 같아서 숨 막혀 죽을 것 같아."

그녀는 이렇게 말하며 완만한 언덕길을 따라 다리를 내려가더니 자리에 서서 허옇게 소금기가 앉은 푸른색 남자 제복 윗옷을 벗어 옆에 있는 돌 위에 내던진 후 허리를 굽혀 얼굴과 목을 씻었다. 상의는 어찌나 낡았는지 작은 구멍이 송송 뚫린 헐렁한 라운드 셔츠 하나만을 걸치고 있었다. 원래 흰색이었던 옷이 회색빛으로 바래 있었다. 셔츠를 바지춤에 넣고, 돌돌 만 흰 붕대로 바지를 매고 있었다. 그녀는 더 이상 내게 시선을 두지 않고 물을 퍼서 얼굴과 팔을 씻었다. 마지막으로 그녀는 마치 옆에 아무도 없는 것처럼 셔츠를 바지춤에서 끌어올리더니 양손으로 물을 떠서 가슴을 씻었다. 셔츠가 금방 축축하게 젖어들며 축 늘어진 커다란 유방에 찰싹 달라붙었다. 그 두 부분을 보고 있으려니 그저, 모두 다 똑같지, 하는 생각이 들었다. 시골 아이들의 노랫말처럼, 처녀 젖은 금 젖, 결혼한 여자 젖은 은 젖, 아이를 낳은 여자 젖은 개 젖이라는 말 그대로였다. 내가 물었다.

"아이는 몇 명이야?"

"셋!"

그녀가 머리카락을 한데 모으고 셔츠를 잡아 털더니 다시 바지춤으로 집어넣었다.

"원래 하나만 낳아야 하잖아?"

"계속 낳은 게 아니야."

이해 못하는 나를 보고, 그녀가 쌀쌀맞게 설명을 덧붙였다.

"한 번에 셋을 낳았어. 주룩주룩, 개 새끼 낳는 것처럼."

나는 그냥 헛웃음을 지었다. 그녀는 푸른 상의를 집어 들어 무릎에 몇 번 내리친 후 옷을 걸치고 아래부터 위로 단추를 채웠다. 덤불 옆에 엎드려 있던 백구도 자리에서 일어나 몸을 털고 기지개를 켰다.

내가 말했다.

"정말 능력 있는데?"

"능력이 없으면 별도리 있어? 받아야 하는 벌들은 정해져 있어. 숨고 싶어도 숨을 수가 없지."

"남자 애랑, 여자 애랑 모두 있겠지?"

"전부 수컷이야."

"정말 복이 많네. 아들은 많으면 많을수록 복이 많다고 하잖아."

"어휴!"

"이거 그 개지?"

"며칠 안 남았어."

"눈 깜짝할 사이에 십여 년이 흘렀네."

"다시 그렇게 눈 깜짝하면 죽을 때가 되겠지."

"누가 아니래."

나는 점점 머리가 복잡해지며, 덤불 옆에 앉아 있는 백구에게 말했다.

"이 개는 목숨도 질기네."

"너희 인생이 잘나간다고 우리 인생은 찌그러졌는 줄 알아? 쌀 먹는 사람도 살지만 쌀겨 먹는 사람도 살고, 고급한 인간도 살아가겠지만 저급한 인간도 살게 되어 있어."

"너 어쩌다 이렇게 됐어?"

내가 말했다.

"고급한 인간은 누구고, 저급한 인간은 또 누군데?"

"네가 바로 고급한 인간 아냐? 대학 강사님!"

나는 귓불까지 온통 얼굴이 벌겋게 달아올라 더듬더듬 말을 잇지 못했다. 순간 어이없는 이런 분위기를 견딜 수가 없었다. 뭔가 상대를 비웃어 줄 야박한 말이 필요했다. 그러나 나는 생각을 바꿔 먹었다. 그냥 아무 말도 하지 않기로 했다. 나는 여행 가방을 들고 무미건조하게 웃으며 말했다.

"아마 나는 우리 여덟 번째 삼촌 집에 머물 거야. 시간 있을 때 와."

"난 왕자추즈로 시집갔어. 거기 알아?"

"네가 말 안 했으니 모르지."

"알고 모르고는 중요한 일이 아니고."

그녀가 담담하게 말했다.

"이런 모양새로 비뚤어진 내가 싫지 않다면 시간 날 때 놀러 와. 마을 들어서서 '외눈이 반'네 집 물어보면 모르는 사람이 없을 거야."

"작은 고모, 정말 이렇게 살고 있는 줄 몰랐어……."

"이런 걸 운명이라고 하는 거야. 사람의 운명. 하늘이 정하는 거지. 혼자 제멋대로 생각해 봤자 아무런 소용 없어."

그녀가 느긋하게 다리로 올라가 수숫잎 더미 앞에 서서 말했다.

"좀 도와줄래? 이것 좀 어깨에 들어 올려 줘."

나는 순간 마음이 뜨겁게 달아오르며 용감하게 말했다.

"내가 지고 가 줄게."

"감히 그럴 수 있나!"

이렇게 말하며 그녀는 더미 앞에 무릎을 꿇고 앉아 등에 지는 막대를 어깨에 올려놓고 말했다.

"올려 줘."

나는 그녀의 등 뒤로 가서 묶음 줄을 잡고 힘껏 끌어 올렸다. 그 힘에 기운을 실어 그녀가 자리에서 일어났다.

그녀의 몸이 다시 구부러졌다. 좀 더 편하게 지기 위해 그녀는 힘껏 등에 진 더미를 몇 번 들까불렀다. 수숫잎에서 사락사락 소리가 났다. 나지막한 곳에서 웅얼거리는 그녀의 목소리가 들려왔다.

"놀러 와!"

백구가 나를 향해 몇 번 짖어 대더니 앞을 향해 달려가 버렸다. 나는 오랫동안 다리 어귀에 서서 커다란 수숫잎 더미가 서서히 북쪽으로 멀어지다가 백구가 하얀 점이 되고, 사람과 수숫잎 더미가 하얀 점보다 약간 더 큰 검은 점이 될 때까지 그들을 바라보다가 그제야 뒤돌아 남쪽으로 향했다.

다리에서 왕자추즈까지는 7리 길이다.

다리에서 우리 마을까지는 12리 길이다.

우리 마을에서 왕자추즈까지는 19리, 여덟 번째 삼촌이 내게 자전거를 타고 가라고 했다. 나는 삼촌의 제안을 거절했다. 10여 리 정도면 걸어가도 돼요. 여덟 번째 삼촌이 말했다. 이제 돈들도 많아져서 집집마다 자전거가 있잖아. 몇 년 전 같지 않아. 그땐 마을 통틀어 자전거 한 대도 있을까 말까 했지. 빌리는 것도 쉽지 않았어. 귀한 물건은 누구도 빌려주고 싶어 하지 않았으니까. 나는 마을이 부유해졌다는 것도 알고, 거리에도 온통 자전거 물결이지만 자전거를 타고 싶지 않다고 했다. 지식인으로 몇 년을 살다 보니 몇 번이나 치질이 걸려 걷는 것이 좋다고 했다. 여덟 번째 삼촌이 말했다. 그러고 보니 공부하는 것도 그리 좋은 일만은 아니군. 온갖 병에 시달리고 재난을 당하고 사람까지 약간 맛이 가니. 그 여자네 집에는 뭐하러 가려고 그래? 눈도 멀고 벙어리도 있는 그 집에. 마을 사람들이 비웃는 건 걱정도 안 돼? 물고기는 물고기끼리, 새우는 새우끼리 모여 사는 거야. 자기 신분을 낮춰 가며 살 필요야 없지. 이 여덟째 삼촌은 너랑 입씨름하긴 싫다. 난 스무 살 지나 이제 삼십 대야, 다 생각이 있어서 하는 말이야. 삼촌은 씩씩거리며 나를 내버려 두고 자기 일을 하러 갔다.

나는 또다시 다리 어귀에서 그녀와 백구를 만날 수 있길 간절히 고대했다. 다시 커다란 수숫잎 더미가 나타난다면 나는 최선을 다해 그녀 대신 집까지 등짐을 지어 줄 것이다. 백구와 그녀가 길잡이가 되어 나를 집으로 데리고 가겠지. 도시 사람들은 한결같이 모두 옷차림에 신경을 쓰고 유행을 좇는 시대가 되었다. 그러나 내 청바지를 향한 고향 사람들의 멸시에 가까운 눈빛에 나는 당황하고 말았다. 나는 처리 품목이라 한 벌에 3.6위안을 줬다고 설명했다. 실은 25위안이나 주고 산 청바지였다. 싸다고 하니 마을 사람들도 나를 용서해 주었다. 왕자추즈 마을 사람들은 내 청바지가 싸다는 것을 알 리가 없다. 그녀랑 백구를 만나지 못하면 그냥 마을에 들어가 길을 물어 볼 수밖에 없고, 그렇게 되면 사람들의 주의를 끌 수밖에 없다. 그런 생각이 들자 더더욱 그녀나 백구가 나타났으면 하는 바람이 간절했다. 그러나 그건 그냥 내 희망 사항이었다. 돌다리를 지나자 붉은 태양이 수숫대 위로 솟아오르며 개천에 굵직한 붉은 빛기둥이 가로놓이면서 수면을 온통 아름답게 물들였다. 태양의 붉은빛이 정말 괴이하게 느껴졌다. 주위에 마치 검은 기운이 감돌고 있는 듯했다. 비가 쏟아질 것 같았다.

나는 접이 우산을 받쳐 들고 간간이 사선으로 치고 드는 빗줄기 속에 마을로 들어섰다. 어깨가 비스듬히 기울어진 나이든 여자 한 분이 길을 가로지르고 있었다. 바람에 긴 옷자락이 나풀거리고 그녀의 몸까지 흔들거렸다. 나는 우산을 접어 들고 앞으로 다가가 길을 물었다.

"아주머님, 반네 집이 어디예요?"

아주머니는 비스듬히 서서 곤란한 듯 흐린 눈을 이리저리 굴렸다. 바람은 하얗게 센 머리카락, 나풀거리는 옷자락, 부드러운 나무를 통해 자신의 존재를 알리고 있었다. 듬성듬성 떨어지는 동전 크기만 한 빗방울이 아주머니 얼굴 위에도 떨어졌다.

"넌네 집이 어디예요?"

다시 물었다.

아주머니는 침울한 표정으로 나를 힐끗 쳐다보더니 팔을 들어 거리 옆에 늘어선 푸른 기와집들을 가리켰다.

통로에 선 나는 고함을 질렀다.

"난 고모, 집에 있어요?"

가장 먼저 내 고함 소리에 반응을 보인 것은 발이 까만 늙은 백구였다. 백구는 상대를 에워싸고 미친 듯이 으르렁거리며 자기 구역에서 주인을 등에 업고 상대를 물어뜯어 죽이지 않으면 겁이라도 줄 요량으로 달려드는 못된 개들과는 달랐다. 백구는 얌전히 처마 밑, 건초가 깔린 개집에 엎드려 게슴츠레 눈을 뜬 채 형식적으로 짖어 대는 모습을 통해 순종 백구의 온화하고 너그러운 품성을 한껏 드러냈다.

나는 다시 소리를 질렀다. 난이 집 안에서 목청을 높여 대답했다. 그러나 나를 맞이한 것은 누런 수염으로 뒤덮인 뺨에, 두 눈동자도 누런 매서운 사내였다. 황톳빛 눈알로 매섭게 나를 훑어보던 그의 시선이 내 청바지에 멈췄다. 그가 삐딱하게 입을 삐죽거렸다. 그의 얼굴이 사납게 일그러졌다. 그가 앞으로 성큼 한 걸음을 다가왔고(당황한 나는 한 걸음을 물러섰다.) 오른손 새끼손가락을 치켜들어 내 눈앞에 잽싸게 흔들면서 끊어질 듯 말 듯 계속해서 끄억끄억 한참 동안 소리를 질렀다. 여덟째 삼촌으로부터 난 고모의 남편이 벙어리라는 이야기를 들었지만 난폭한 그의 실물을 마주하니 마음이 무거웠다. 외눈박이가 벙어리에게 시집을 간 것은 마치 구부러진 칼로 휘어진 표주박을 자르는 격이니, 누구 한쪽 억울할 것이 없는 것처럼 보이지만 나는 어쨌거나 그 순간 마음이 무거웠다.

봔 고모, 그때 우리는 정말 야무진 꿈을 꿨었지. 차이 대장은 떠나면서 우리에게 커다란 희망을 남겨 주었다. 그가 떠나던 날 그를 똑바로 바라보며 네가 흘렸던 눈물은 그를 향한 것이었다. 차이 대장은 희끗희끗한 얼굴로 주머니에서 소뿔로 된 작은 빗을 꺼내 네게 건넸다. 나도 울었다.

"차이 대장, 기다릴게요. 우리를 데리러 오세요."

차이 대장이 말했다.

"기다려 줘."

수수가 온통 붉게 물든 늦가을, 현성에 군사를 모집하는 해방군이 있다는 말을 듣고 우리 둘은 흥분으로 잠을 이룰 수가 없었다. 학교 선생님 한 분이 현성에 일을 보러 간다는 말에 우리는 그에게 인민무력부에 가서 차이 대장이 왔는지 좀 알아봐 달라고 부탁했다. 선생님이 떠났다. 선생님이 돌아왔다. 선생님이 우리에게 말했다. 올해 군사 모집을 나온 해방군은 모두 노란 상의에 파란 바지를 입은 공군 지상 근무자로, 차이 대장 쪽 사람들이 아니야. 나는 실망했다. 너는 확신에 가득 찬 어조로 내게 말했다.

"차이 대장이 우리를 속일 리가 없어!"

내가 말했다.

"벌써 이 일은 잊었을 거야."

네 아빠도 말했다.

"홍두깨를 줬는데 너흰 바늘로 생각한 거지. 그냥 너희들을 애들 취급해서 어르고 달래려고 그런 거야. 좋은 사람은 병사가 되지 않고, 좋은 강철은 못을 만들지 않아. 그럭저럭 졸업하고 집에 와서 쇠 작업이나 해. 그저 꿈같은 일만 생각하지 말고!"

네가 말했다.

"어린애로 생각하지 마요. 절대 대장이 날 어린애로 생각했을 리 없어요."

이렇게 말하는 너의 얼굴이 발갛게 물들었다. 네 아빠가 말했다.

"웃기고 있네."

나는 의아한 눈초리로 너의 낯빛이 바뀌는 모습을, 어렴풋이 떠오르는 기이한 표정으로 밑도 끝도 없이 이렇게 말하는 널 바라봤다.

"대장은 아마도, 올해 안 오면 내년, 내년이 아니면 후년에 올 거야."

차이 대장이야말로 얼마나 당당하고 멋진 미남인가! 멀쑥하게 쭉 뻗은 신체와 날렵한 얼굴 선, 언제나 푸릇푸릇 깔끔하게 면도한 얼굴. 후에 넌 솔직하게 내게 이야기를 했어. 그가 떠나기 하루 전날 밤, 네 머리를 껴안고 가볍게 입맞춤을 했다고. 그가 입맞춤을 한 후 이렇게 신음하듯 중얼거렸다고 했어.

"누이! 정말 넌 순결하고……."

나는 알 수 없는 분노가 치밀었다. 네가 말했다.

"군인이 되면 그에게 시집갈 거야."

내가 말했다.

"꿈도 야무지네. 돼지고기 200근을 준다 해도 차이 대장이 널 데려가지 않을걸?"

"그 사람이 싫다고 그러면 네게 시집갈게."

"싫어!"

나는 큰 소리로 고함을 질렀다. 그리고 너는 날 힐끗 흘겨보며 말했다.

"완전히 돌았어!"

지금 돌이켜 생각해 보니 당시 넌 제법이었어. 꽃망울 같은 가슴이 항상 내 가슴을 뛰게 했지.

벙어리는 나를 얕잡아 본 것이 확실했다. 그는 새끼손가락을 치켜들어 나에 대한 멸시와 증오를 표현하고 있었다. 나는 만면에 웃음을 머금고 호감을 사려 했다. 하지만 그는 두 손의 손가락을 엮어 이상한 모양을 만들더니 내 면전에 대고 들어 올렸다. 소년 시절 못된 장난을 하는 동안 얻게 된 지식에서 나는 이런 상스럽고 저속한 손짓에 대한 답을 찾아냈고, 순간 마치 손에 두꺼비를 받쳐 들고 있는 것 같은 기분이 들었다. 심지어 나는 그 자리를 피해 줄행랑을 놓고 싶다는 생각을 했다. 그러나 그럼에도 불구하고 나는 똑같은 모습에 똑같은 차림을 한 까까머리 꼬마 남자아이 셋이 방에서 또르르 굴러 나와 입구에 선 채 아비와 똑같은 작은 황톳빛 눈동자로 나를 힐끗거리고 있는 모습을 바라볼 뿐이었다. 똑같이 머리를 오른쪽으로 삐딱하게 기울인 모습이 마치 이제야 털이 나기 시작한 난폭한 수평아리 세 마리를 보고 있는 것 같았다. 겉늙은 얼굴에 이마에는 한결같이 주름이 지고, 하악골이 넓적하고 튼실해 보이는 아이 셋은 모두 경미하게 몸을 부르르 떨고 있었다. 나는 재빨리 사탕을 꺼내며 아이들에게 말했다.

"사탕 먹으렴."

벙어리는 바로 아이들에게 손을 휘둘렀다. 그의 입에서 단순한 소리 몇 마디가 터져 나왔다. 사내아이들은 멀뚱멀뚱 내 손에 들린 알록달록한 사탕을 바라만 볼 뿐 감히 꼼짝도 하지 못했다. 나는 다가가고 싶었지만 벙어리가 내 앞을 가로막은 채 난폭하게 팔을 휘두르며 괴상한 소리를 지르는 바람에 소름이 오싹 끼쳤다.

놘이 두 손을 배 위에 포갠 채 조금 비틀거리며 방에서 나왔다. 나는 그녀가 미적거리며 밖으로 나오지 않은 이유를 금세 알아차렸다. 깨끗한 푸른빛 인단트론[48]으로 염색한 상의에 주름이 반듯하게 선 회색 데이크론 바지를 보니 방금 갈아입은 것이 분명했다. 인단트론으로 만든, 리톄메이[49]가 입을 법한 상의였다. 오랜만에 보는 차림이었다. 그녀의 차림을 보는 순간 옛 시절에 대한 그리움이 솟아올랐다. 가슴이 풍성한 젊은 여인이 이런 상의를 입고 있으면 색다른 자태를 엿볼 수 있었다. 놘은 목이 반듯하고, 얼굴형도 매우 청아하다. 오른쪽 눈에 의안을 끼워 넣어 얼굴도 균형이 맞았다. 고심을 했을 그녀

---

48) 화학 염료의 일종.
49) 현대 경극 『홍등기(紅燈記)』에 나오는 인물.

생각에 나는 마음이 울적해졌다. 나는 겸허한 자세로 인생을 관찰하고 있었다. 마음이 실낱처럼 섬세하니 무엇 하나 놓치는 것이 없고 자연스레 몸은 전율을 느꼈다. 그녀의 눈을 자세히 들여다볼 수가 없었다. 생명이 없는 것, 그저 혼탁하게 자기광을 번뜩였다. 그녀는 내 눈길을 의식하고 고개를 숙이더니 벙어리를 빙 돌아 내 앞으로 다가와서 내 어깨에 메고 있던 가방을 내리며 말했다.

"안으로 들어가자."

벙어리가 잔뜩 화가 나 씩씩거리며 우악스럽게 그녀를 잡아끌었다. 눈에서 불이 번쩍이는 것 같았다. 그는 내 바지를 가리키더니 다시 새끼손가락을 치켜 올려 흔들면서 왝왝 소리를 질렀다. 오관이 모두 꿈틀거렸다. 갑자기 한데 오그라뜨렸다가 다시 한껏 얼굴을 펴는데 그 모습이 오싹할 정도로 생동적이었다. 마지막으로 그는 바닥에 침을 뱉고 뱉은 다음 뼈마디가 굵직한 발로 침을 밟아 뭉개 버렸다. 나에 대한 벙어리의 증오는 아마도 청바지와 직접적인 관련이 있는 것 같았다. 고향에 청바지를 입고 오지 말았어야 했는데. 마을로 돌아가면 여덟째 삼촌에게 품이 좀 넉넉한 바지를 구해 달라고 해야겠다.

"작은 고모, 봐, 형이 날 기억 못 하잖아."

그녀가 벙어리를 밀치고 날 가리키며 엄지손가락을 치켜 올리더니 다시 우리 마을 방향을 가리킨 다음 내 손이랑 내 주머니의 만년필이랑 내 가슴팍의 배지를 번갈아 가리키며 글씨를 쓰는 시늉도 하고, 네모난 책 모양도 그려 보고, 다시 엄지손가락을 펼치며 하늘을 가리켰다. 그녀의 얼굴 표정은 정말 풍부하고 다채로웠다. 벙어리는 잠시 어리벙벙해하더니 금세 온몸을 곧추세우게 했던 긴장을 내려놓았다. 그의 눈빛이 마치 다 큰 아이처럼 온순해졌다. 그는 큰 입을 벌리고 누런 앞니를 드러내며 개가 짖듯이 웃었다. 그는 손바닥으로 내 명치를 툭툭 치더니 발을 구르며 소리를 질렀다. 얼굴이 온통 벌겋게 달아올랐다. 나는 그의 마음을 모두 이해하고 무척 감동했다. 벙어리 형제의 믿음을 얻었다는 생각에 온몸이 홀가분해졌다. 남자아이 셋이 얼쩡거리며 다가와 내 손에 쥐고 있는 사탕을 빤히 바라봤다.

내가 말했다.

"자!"

아이들이 고개를 들어 아빠를 바라봤다. 벙어리가 헤헤 웃자 아이들은 금세 깡충깡충 달려들어 내가 쥐고 있던 사탕을 낚아챘다. 바닥에 떨어진 사탕 한 알을 차지하기 위해 까까머리 세 개가 한데 시글시글 모여들었다. 벙어리가 아이들을 보며 웃었다. 난이 가볍게 한숨을 내리쉬며 말했다.

"이제 다 봤지, 내 꼴이 정말 우습지."

"작은 고모…… 내가 어떻게…… 그나저나 아이들 정말 귀여워……."

벙어리가 나를 빤히 바라보더니 웃으며 뒤로 돌아 커다란 발바닥으로 한데 뒤엉켜 있는 남자아이 셋을 몇 차례 발로 차 흩어 놓았다. 아이들이 씩씩 숨을 몰아쉬며 사납게 서로 노려봤다. 나는 사탕을 죄다 끄집어내 똑같이 세 몫으로 나누어 아이들에게 주었다. 벙어리가 우우 하며 아이들에게 손짓했다. 아이들이 손을 등 뒤로 숨기고 한 발짝씩 뒤로 물러섰다. 벙어리가 더 큰 소리로 외치자 아이들이 얼굴을 실룩거리며 각자 사탕 하나씩을 뼈마디가 큼직한 아빠 손에 올려놓더니 목놓아 울며 금세 어디론가 사라져 버렸다. 벙어리는 사탕 세 개를 손에 받쳐 들고 잠시 멍하니 바라보더니 내게 시선을 돌려 뭔지 모를 소리를 왝왝대면서 손짓을 했다. 무슨 뜻인지 알아들을 수가 없었던 나는 도움을 요청하듯 롼을 바라봤다. 롼이 말했다.

"명성은 익히 들어 알고 있었대. 베이징에서 가져온 이런 고급 사탕은 맛을 봐야겠다고 하네."

나는 입안에 사탕을 집어넣는 시늉을 했다. 그가 웃었다. 그리고 찬찬히 사탕 껍질을 벗겨 입안에 밀어 넣고 고개를 갸우뚱 기울인 채 사탕을 씹었다. 마치 뭔가를 귀 기울여 듣고 있는 것 같았다. 그는 다시 한 번 엄지손가락을 펼쳤다. 사탕 맛이 정말 최고라고 찬사를 보내는 뜻이라는 것을 알 수 있었다. 그는 재빨리 두 번째 사탕을 먹었다. 나는 롼에게 다음에 올 때는 형을 위해 정말 고급 사탕을 가져 오겠다고 말했다. 롼이 말했다.

"또 올 수 있어?"

나는 반드시 다시 오겠다고 했다.

벙어리는 두 번째 사탕을 먹은 후 잠시 생각하더니 들고 있던 사탕을 롼에게 내밀었다. 롼이 눈을 감자 "어……." 하고 벙어리가 소리를 질렀다. 나는 가슴이 떨렸다. 그가 다시 롼

앞으로 손을 내밀었지만 놘은 눈을 감은 채 고개를 저었다.

"어…… 어……."

벙어리가 화가 나 고함을 지르면서 놘의 머리카락을 잡아채 뒤로 당겨 놘의 얼굴을 쳐들게 했다. 그는 오른손에 든 사탕을 자기 입가로 가져다 이로 껍질을 벗긴 후 두 손가락으로 자기 침이 묻어 있는 사탕을 잡고 억지로 그녀의 입에 밀어 넣었다. 그녀의 입이 작은 편은 아니었지만 작은 오이 정도 크기의 벙어리 손가락 두 개보다는 훨씬 더 작았다. 그의 굵고 시커먼 손가락에 비하니 그녀의 입술이 너무 작고 여려 보였다. 그의 큼지막한 손 때문에 그녀의 얼굴 역시 연약하고 가냘프게 느껴졌다.

그녀는 사탕을 문 채 뱉지도, 깨물지도 않았다. 얼굴 표정이 마치 죽은 물처럼 고요하기만 했다. 벙어리는 자신이 승리했다는 듯 나를 향해 득의양양하게 웃었다.

그녀가 얼버무렸다.

"안으로 들어가요. 바보같이 우리가 왜 이 바람을 맞고 밖에 서 있지?"

내가 마당을 빙 둘러보자 그녀가 말했다.

"뭘 봐? 저건 암당나귀야. 발로 차고, 물기도 하고, 낯선 사람은 감히 근처에도 못 가. 저 사람 앞에서만 고분고분하지. 봄이 되면 저이가 또 소를 사러 갈 거야. 송아지를 낳은 지 겨우 한 달 됐어."

그녀의 집 마당에는 큰 막사가 있었다. 그 안에 나귀와 소를 키우고 있었다. 소는 비쩍 말랐고, 다리 아래 피둥피둥한 송아지 한 마리가 젖을 먹고 있었다. 뒷다리를 뻗은 채 꼬리를 흔들고 때로 머리로 어미 소의 가슴을 치받으면, 어미 소가 고통스러운 듯 두 눈에 시퍼런 불을 번뜩이며 등을 구부렸다.

벙어리는 술고래였다. 독한 '주청 배갈'을 그가 십분의 구 내가 십분의 일만큼 마셨다. 그는 낯빛 하나 변하지 않았지만 나는 머리가 빙글빙글 돌았다. 그가 다시 술병을 열어 내게 술잔 가득 술을 따라 주더니 두 손으로 잔을 들고 내게 술을 청했다. 나는 친구의 기분을 상하게 하지나 않을까, 죽기 아니면 까무러치기로 작정하고 술을 받아 잔을 비웠다. 그리고 다시 그가 술을 권할까 봐 걱정이 되어 더 이상 못 이기는 척 이불 위에 쓰러졌다. 잔뜩 흥분한 그가 얼굴이 벌겋게 달아올라 난에게 손짓을 하자 난이 다시 한참 동안 그에게 손짓을 했다. 그녀가 가만히 내게 말했다.

"저이와 대작하려고 하지 마. 너 같은 사람 열 명이 와도 저이 하나 못 이겨. 절대 취하면 안 돼!"

그가 뚫어져라 날 바라봤다. 나는 엄지손가락을 치켜 올리며 그를 가리키고, 다시 새끼손가락으로 나 자신을 가리켰다. 술이 치워지고 만두가 올라왔다. 내가 말했다.

"작은 고모, 같이 먹어."

난이 벙어리의 동의를 구하자 아이 셋이 구들장으로 올라와 옹기종기 모여 허겁지겁 음식을 해치웠다. 난은 구들장 아래 서서 밥을 내오고, 물을 따라 주며 우리 시중을 들었다. 그녀도 들라고 하자 속이 거북해서 먹고 싶지 않다고 했다.

식사 후 바람도 멈추고 구름도 흩어졌다. 강렬한 햇살이 정남향에 걸려 있었다. 놘이 장에서 노란 천을 꺼내 세 아이들을 가리키며 벙어리에게 동북 방향을 손짓했다. 벙어리가 고개를 끄덕였다. 놘이 내게 말했다.

"잠시 쉬어. 향진에 가서 아이들 옷 몇 벌 재단해 올게. 나 기다리지 말고 정오가 지나면 떠나."

그녀가 모지락스레 나를 보더니 보따리를 끼고 잽싸게 마당을 빠져나갔다. 백구는 혀를 내뺀 채 그녀 뒤를 따랐다.

벙어리는 나랑 마주앉아 나와 시선만 부딪치면 입을 헤벌리며 웃었다. 아이들 셋은 한동안 법석을 피우다 구들장 옆에 쓰러져 거의 동시에 잠이 들었다. 해가 나오자 금세 공기가 후끈 달아올랐다. 밖의 나무에 매달린 매미들이 시끄럽게 울어 댔다. 벙어리는 상의를 벗고 건장한 근육을 그대로 드러냈다. 그의 몸에서 야수 같은 냄새가 느껴졌다. 나는 두렵고, 따분했다. 벙어리는 눈을 재빠르게 깜빡거리며 두 손으로 가슴을 문질렀다. 쥐똥 같은 시커먼 때가 밀려나왔다. 때로 도마뱀 같은 날렵한 혀를 내밀어 두툼한 입술을 핥기도 했다. 속이 뒤집어질 것 같고, 속이 바짝바짝 타들어 갔다. 다리 밑을 흐르는 반짝이는 푸른 물 생각이 났다. 햇살이 창문을 통해 청바지를 입은 내 다리를 비쳤다. 나는 손목을 들어 시계를 봤다.

"어버버!"

벙어리가 고함을 지르더니 구들장을 뛰어 내려와 서랍에서 전자 손목시계 하나를 찾아서 내게 보여 주었다. 나는 기대로 가득한 그의 표정에 시큰둥하게 새끼손가락으로 내 손목에 찬 시계를 가리킨 다음 엄지손가락으로 그의 전자시계를 가리켰다. 과연 그는 한껏 기뻐하며 전자시계를 오른쪽 손목에 찼다. 내가 그의 왼쪽 손목을 가리키자 그는 곤혹스러워하며 고개를 저었다. 나는 그냥 웃었다.

"정말 더운 날이에요. 올해 농작물이 정말 잘 자랐어요. 가을에 늦가을 작물을 수확하겠어요. 형이 키우는 그 나귀, 멋있던데요. 3중 전회[50] 후에, 농민의 생활이 대거 향상됐어요. 형도 부자 되면 텔레비전 사야지요. '주청 배갈'은 확실히 오래된 명성답습니다. 정말 센데요."

"어어, 어버."

그의 얼굴에 행복한 표정이 가득 번지며 한데 모은 손으로 머리를 긁적이더니 목을 그어 보였다. 나는 경악했다. 누구 목을 치려는 거지? 그는 내가 이해를 하지 못하는 것 같자 조급해하며 손을 떨었다.

"어어어, 어버버!"

그는 손으로 자기 오른쪽 눈을 가리키며 다시 두피를 만지작거리더니 두피를 따라 목덜미까지 흘러내린 후 멈췄다. 나는 그제야 그가 눈에 대한 일을 내게 알려 주려고 한다는 것을 깨달았다. 나는 고개를 끄덕였다. 그가 자기의 까만 유두 두 개를 가리키고, 아이를 가리키더니 다시 배를 매만졌다. 나는 이해가 갈 듯 말 듯 고개를 저었다. 그는 초조한 듯 무릎을 꿇고 거의 모든 몸짓을 동원해 가며 내게 의사를 전달하려 했다. 나는 힘껏 고개를 끄덕였다. 수화를 배워야겠다고 생각했다.

---

50) 중국 공산당 중앙위원회 3차 전체 회의.

결국 나는 얼굴이 땀으로 범벅이 되어 그에게 작별 인사를 했으니, 이해하기 어려운 일은 아닐 것이다. 그의 얼굴에서 아이 같은 순수한 마음이 엿보였다. 그는 내 가슴을, 그리고 다시 자기 가슴을 쳤다. 나는 시원스레 큰 소리로 말했다.

"형, 우린 좋은 형제예요."

그는 툭툭 쳐서 세 아이를 일으켜 세운 다음 눈곱도 채 안 뗀 아이들에게 내 배웅을 시켰다. 입구에 이르러 나는 가방에서 자동 접이 우산을 꺼내 그에게 주며 사용 방법을 가르쳐 주었다. 그는 보물이라도 되는 양 우산을 펼쳤다 접었다, 접었다 펼치기를 반복해서 연습했다. 세 아이들은 고개를 쳐들고 혹 펼쳐졌다가 다시 혹 접혀지는 우산을 구경했다. 턱이 부들부들 떨리기 시작했다. 나는 그를 툭 건드리며 남쪽으로 가는 길을 가리켰다.

"오오."

그가 소리를 지르며 손을 내젓더니 잽싼 걸음으로 집으로 돌아갔다. 그는 한 뼘 정도 길이의 칼을 쇠뿔 칼집에서 뽑아 내 앞에 들어 올렸다. 칼날에서 섬광이 번뜩였다. 얼마나 예리한지 알 수 있었다. 그는 발돋움을 해 문 앞 미루나무의 엄지손가락 굵기만 한 나뭇가지를 잡아당겨 칼로 베었다. 나뭇가지가 마디마디 바닥에 떨어졌다.

그는 칼을 내 짐에 쑤셔 넣었다.

길을 걸으며 생각했다. 그는 벙어리이긴 하지만 한성격 하는 대장부였다. 난이 그와 결혼했다고 해서 꼭 지독스럽게 고달픈 생활을 한다고 생각할 필요는 없었다. 말을 못 하는 것은 오랫동안 습관이 되다 보면 손짓이나 눈빛만으로도 생리적 결함이 빚어내는 소통의 어려움을 극복할 수 있다. 연약한 내 사고방식은 아마도 쓸데없는 걱정이 많은 내 결점일지도 모른다. 다리 어귀에 이르렀을 때 나는 이미 그런 생각에서 벗어나 있었다. 그저 개천으로 뛰어 들어가 목욕을 하고 싶은 생각뿐이었다. 길에는 사람도 없고 조용했다. 오전에 조금 내린 비는 증발해 버린 지 오래로 바닥에는 누리끼리한 먼지가 쌓여 있었다. 길옆으로 반질반질 윤기 나는 수숫잎이 바스락거리고, 민망초 덤불 사이를 뛰어다니는 메뚜기 날개가 반짝거렸다. 날갯짓이 공기를 가르며 찌칙 하는 울림을 만들어 냈다. 다리 아래로 철써덕철써덕 물이 흐르고 백구가 다리 어귀에 앉아 있었다.

백구가 나를 보자 하얀 이를 드러내고 짖기 시작했다. 나는 일이 묘하게 돌아가고 있다는 것을 깨달았다. 백구가 일어나 수수밭 안으로 걸어가면서 자꾸만 고개를 돌려 나를 향해 짖었다. 마치 나를 부르고 있는 것 같았다. 머릿속에 탐정 소설에서 읽었던 장면을 떠올랐다. 나는 마음을 단단히 먹은 채 개를 따라 걸어가며 가방 속에 손을 들이밀어 벙어리가 선물로 준 예리한 칼을 꼭 거머쥐었다. 빽빽한 수숫대를 가르며 안으로 들어가자 그녀가 그곳에 앉아 있었다. 조그만 보따리가 옆에 놓여 있었다. 그녀는 한쪽 수숫대를 찌그러뜨려 공간을 만들었다. 사방에 서 있는 수숫대가 마치 병풍 같았다. 내가 들어오는 것을 보고 그녀는 보따리에서 노란 천을 꺼내 찌그러진 수수 위에 폈다. 얼룩덜룩 어두운 그림자가 그녀의 얼굴에 어른거렸다. 백구가 한옆에 엎드려 쭉 뻗은 앞발 위에 머리를 올려놓은 채 헉헉 숨을 몰아쉬었다.

나는 온몸이 빳빳해지며 오한과 함께 이가 덜덜 떨리고 아래턱이 경직되어 입술이 잘 벌려지지 않았다.

"너…… 향진에 간 것 아니었어? 왜 여기 와 있어……."

"난 운명을 믿어."

영롱한 눈물 한 줄기가 그녀의 뺨을 타고 주르르 흘러내렸다. 그녀가 말했다.

"백구에게 말했어. '백구야, 백구야. 내 마음을 안다면 다리 어귀에 가서 그를 데려오렴. 그가 온다면 우리 인연은 아직 끝나지 않은 거야.' 그런데 백구가 널 이리로 데려왔어."

"어서 집에 가."

나는 가방에서 칼을 꺼내며 말했다.

"그 사람이 내게 이 칼을 줬어."

"네가 떠난 지 십 년이야. 평생 널 못 볼 줄 알았어. 아직 결혼 안 했지? 아직 결혼…… 너도 그이를 봤지. 항상 그래. 키스를 해도 키스하다 죽을 것 같고, 때리기 시작하면 맞아 죽을 수도 있어……. 내가 남자랑 말 한 마디만 해도 의심을 해서 밧줄로 꽁꽁 묶어 두지 못해 안달이야. 어찌나 답답한지 난 하루 종일 백구랑 이야기를 해. 백구야, 내가 눈이 먼 뒤로 언제나 나랑 같이했지. 네가 나보다 빨리 늙어. 그이에게 시집간 지 다음 해에 임신을 했어. 배가 마치 풍선처럼 부풀어 올라서 산달이 가까웠을 때는 걷지도 못했어. 서 있어도 내 발가락 끝이 보이질 않았어. 한 번에 아들 셋을 낳았어. 아이들 몸무게가 네 근이 조금 넘더라. 마치 고양이 새끼들 마냥 말라비틀어진 모습이었어. 울어도 같이 울고, 먹어도 같이 먹었어. 젖이 두 개밖에 없으니 돌아가며 먹였지. 먹지 못하는 아이는 울고 있었고. 이듬해 나는 하마터면 기절하는 줄 알았어. 아이들이 태어나면서 줄곧 마음을 졸였어. 하느님, 제발 아이들이 아빠를 닮지 않게 해 주세요. 모두 말을 할 수 있게 해 주세요……. 아이들이 칠팔 개월 되었을 때 나는 가슴이 철렁 내려앉았어. 이건 아닌데. 모두 하나같이 멍하니 말을 하지 않고 죽어라 하고 울기만 하는 거야. 나는 기도했어. 하늘이여! 제발 우리 집 모두 벙어리가 되지 않게 해 주세요. 단 하나만이라도 나랑 이야기를 할 수 있게 해 주세요……. 그런데도 결국 모두 벙어리였어……."

나는 깊이 고개를 숙이고 중얼거렸다.

"고모…… 작은 고모…… 모두 내 탓이야. 그해에 내가 너랑 그네를 타러 가자고 하지만 않았다면……."

"네 탓이라니! 생각해 보면 결국 나 자신이 잘못한 거지. 그해에 네게 말했지. 차이 대장이 내 머리에 입맞춤을 했다고……. 내가 용기가 있었다면 어떻게 해서든지 부대로 그를 찾아가 날 거두어 달라고 했을 거야. 그는 진심으로 날 좋아했어. 그 후에 그네를 타다가 일이 생겼지. 넌 학교에 간 후에 내게 편지를 썼지만 난 일부러 답장을 하지 않았어. 이미 얼굴이 망가졌으니 네 짝이 될 수 없다고 생각했어. 쓸쓸하지만 혼자 살고 말지, 너까지 힘들게 할 필요는 없잖아. 생각해 보면 내가 정말 어리석었어. 내가 당시 네게 시집을 간다고 했으면 넌 날 받아들였을까?"

나는 거침없이 이렇게 말하는 그녀의 얼굴을 바라보며 감동했다.

"분명히! 분명히 받아들였을 거야!"

"그래, 너…… 너도 알아야 해……. 네가 싫어할까 봐 의안을 만들어 넣었어. 난 지금 배란기야…… 말을 할 줄 아는 아이를 원해……. 네가 내 뜻을 받아 주면 그게 날 살리는 거야. 거부하면 그건 날 죽이는 일이고. 천 가지, 만 가지 핑계가 있다 해도 절대 말하면 안 돼."

……

큰바람

　학교가 여름 방학에 들어가자 나는 후다닥 짐을 챙겨 기차를 타고 고향으로 향했다. 고향으로 가는 내내 마음이 무거웠다. 며칠 전 집에서 올해 여든셋 되신 할아버지가 돌아가셨다는 편지를 받았다. 겨울 방학에 집에 있을 때만 해도 말귀도 어둡지 않고, 노안도 없이 정정하시기만 했는데, 불과 반년을 넘기기가 무섭게 세상을 떠나시고 만 것이다.

　할아버지는 작고 마른 체구로 피부가 까무잡잡하고 눈의 흰자위가 회색이었다. 자상한 분으로 나를 무척 아껴 주셨다. 내가 어릴 때 아버지가 병으로 돌아가시는 바람에 일찌감치 '권한 대행'을 자임하신 할아버지는 또다시 가장의 무거운 짐을 떠안고 엄마와 나를 돌보며 힘든 나날을 보내야만 했다. 할아버지는 마을에서 알아주는 농사꾼이었다. 수레로 짐을 부리거나 낫과 호미를 놀리는 솜씨가 대단했다. 할아버지 손을 거치면 어떤 일이든 다른 사람들이 한 것과 완전히 딴판이었다. 초여름 5월, 밀이 누렇게 익으면 생산대 남자들은 너 나 할 것 없이 모두 낫을 들고 들판으로 나갔다. 할아버지가 밀을 베고 나면 그루터기가 아주 짧고 가지런했다. 중간 부분을 묶은 밀 다발은 양쪽으로 벌어진 모습이 질서정연했으며, 이삭 부분이 아래쪽으로 뒤섞이지 않았다. 주로 말이 끄는 생산대 수레가 밀을 뜰로 운반했는데, 작두질을 위해 모여든 여자들은 수십 명이 수확해 작은 산처럼 쌓은 밀단에서도 할아버지가 자른 밀단을 골라 낼 수 있었다.

"이것 봐, 이것도 '붕붕' 할아버지 작품이야!"

선전화에 자주 등장하는 두건을 쓴 젊은 여자들이 품에 안고 있는 밀 다발처럼 허리를 잘록하게 매고는 위가 가지런한 멋진 밀 다발을 봤을 때만 비로소 이렇게 소리를 질렀다.

"'붕붕' 할아버지가 아니면 아무도 이렇게 작업할 수 없지."

한 여자가 밀단을 작두 밑에 밀어 넣으면 한 손을 허리춤에 올린 채 다른 한 손으로 작두 자루를 잡은 또 다른 여자가 손목에 힘을 실어 힘껏 눌렀다. 여자의 엉덩이가 들쳐 올라감과 동시에 젖가슴이 마치 흰 토끼처럼 깡충 뛰어오르며 척 하고 밀단의 허리가 잘려 나가면서 밀대와 이삭이 분리되었다. 너저분하게 묶인 밀단을 보면 여자들은 아주 실감나고 살벌한 욕설을 퍼부었다. 이런 경우 여자들이 두 손으로 작두를 힘껏 잡고 젖통이 날개가 달린 듯 들까불릴 정도로 내리눌러야 겨우 밀단을 자를 수 있었다. 게다가 밀단 아래에 밀 이삭이 섞여 있기 일쑤였다.

무슨 일이든 하려면 잘해야 하고 정성을 다해야지, 일을 하면서 잡생각에 빠져서는 안 된다는 것이 바로 할아버지의 철학이었다. 할아버지가 쓰는 도구는 마을을 통틀어 가장 손에 잘 감겼다. 할아버지의 호미, 낫, 괭이, 가래는 모두 반짝반짝하게 닦여 있어 녹슨 곳이라고는 한군데도 찾아볼 수가 없었다. 담배도 피우지 않고, 일하다 지치면 그냥 쪼그리고 앉거나 부서진 기와 조각이나 마른 풀들을 모아 반짝이는 도구들을 손질했다…….

나는 우울한 심정으로 집 문을 들어섰다. 어머니가 집에 계셨다. 어머니 역시 예순이 넘었고, 오랫동안 노심초사하며 사시느라 실제 나이보다 훨씬 더 늙어 보였다. 어머니는 할아버지가 무슨 병환이 있었던 것은 아니라고 하면서 돌아가시기 전날에도 작은 수레를 밀고 둥베이와[51]를 한 바퀴 돌다가 무슨 풀을 하나 꺾어 오셨다고 했다. 어머니는 이전에 내가 집에다 두고 온 잡지에 그 풀을 끼워 놓았다고 하며 조심스럽게 꺼내 나에게 보여 주었다.

"두 손으로 이 풀을 받쳐 들고 오시더니 글쎄 나에게 이렇게 말씀하시잖니. '싱얼 엄마야, 이것 좀 봐라. 이게 무슨 풀이지?' 알 수 없었다만 몹시 좋아하시더라. 한밤중에 할아버지 방에서 무슨 소리가 나기에 일어나 가 봤더니 상태가 많이 안 좋으셨어. ……하지만 임종하실 때까지 전혀 힘들어하시지는 않았단다. 전생에 복을 많이 쌓으신 게지."

---

51) 마을 이름.

어머니가 천천히 말했다.

"다만 잘 챙겨 드리지 못해 마음에 걸린단다. 평생 일만 하시느라 힘드셨을 텐데……."

어머니의 말을 듣고 있자니 콧등이 시큰해지며 여러 가지 지난 일들이 떠올랐다.

우리 집 뒤쪽에는 구불구불 자오허 강이 흐른다. 높은 강둑을 따라 동북 방향으로 7리쯤 가면 사방 몇십만 평에 달하는 잡초 우거진 습지가 나온다. 매년 여름 할아버지는 나를 데리고 그곳으로 풀을 베러 갔다. 우리 마을에서 20리 정도 떨어진 곳에 군대 말 사육장이 있어 매년 겨울 말에게 먹일 건초를 구매했는데, 가격은 건초 상태를 봐서 결정했다. 우리 할아버지는 낫질이 매우 빠르고, 풀 베는 솜씨가 뛰어났기 때문에 할아버지가 벤 풀은 물이나 흙도 묻지 않고 아주 깔끔했다. 풀을 건조시킬 때면 풀을 얇게 펴서 재빨리 뒤집기 때문에 건초들이 마치 식물 표본처럼 모두 엷은 풀색을 띠고 있었다. 그래서 할아버지 건초는 언제나 최고가를 받을 수 있었다. 나는 지금도 건초 더미에서 뒹굴던 행복한 기억을 가지고 있다. 특히 시원한 가을 밤, 하늘빛은 검푸르고, 별은 마치 보석처럼 빛나고, 푹신푹신하고 따뜻한 건초 더미에 누우면 마음을 촉촉이 적셔주는 달콤한 향내가…….

할아버지랑 처음 습지로 풀을 베러 간 것은 내가 일곱 살이 되고 얼마 되지 않은 때였다. 우리는 이른 아침에 집에서 출발했기 때문에 강둑에는 다른 이들이 보이지 않았다. 강둑 위로 회백색의 작은 길이 나 있었는데, 길옆으로 잡초가 가득 자라고 있었다. 행인들의 발길에 밟혀 찌부러진 상태였지만 그 래도 생기를 잃은 것은 아니었다. 강에 안개가 짙게 껴 있었지 만 고르게 퍼진 것은 아니어서 어디는 하얀색이고 또 어디는 회색이었으며, 밥 짓는 연기 같기도 하고, 때로 낮게 가라앉은 구름 같기도 했다. 강물은 보이지 않았지만 안개 속에 소리 없이 흘러가는 강물에서 팔딱거리는 소리가 들려올 때도 있었다. 아마도 물고기가 수면으로 튀어 오르는 소리였을 것이다. 할아버지와 나는 아무도 입을 열지 않았다. 빠르지도 그렇다고 느리지도 않은 할아버지의 발걸음은 사뿐사뿐 거의 소리를 들을 수 없었다. 수레바퀴 굴러가는 소리가 들렸다. 때로 수레에 남아 있던 풀 줄기 하나가 바큇살에 끼어 걸리적거리는 바람에 삐릭삐릭 하는 소리가 작게 울려 퍼졌다. 나는 얼굴을 정면으로 향해 강둑 양쪽의 경치를 구경하기도 했다. 주로 고량(高粱)밭과 옥수수밭, 그리고 조밭이었다. 안개가 옅어지기는 했지만, 여전히 높고 낮은 들판과 들판에 가득한 농작물을 휘감고 있었다. 비단술처럼 생긴 옥수수수염과 칼처럼 생긴 옥수수 잎, 이제 막 패기 시작한 고량 이삭, 제법 견실해진 조의 축 늘어진 낟알이 안개 속에서 나타났다가 숨기를 반복했다. 강둑 푸른 풀잎에 맺힌 맑은 이슬방울이 파르르 몸을 떨며 내게 인사했다. 수레가 지나가면 이슬방울이 떨어지며 강둑에 또렷하게 흔적을 남겼고, 풀색도 짙어졌다.

안개가 점점 옅어졌다. 강물이 얼굴을 드러내자 은백색의 강물이 마치 정지되어 있는 것 같았다. 남회색 하늘 역시 천천히 환해지면서 동쪽이 점점 붉게 물들었다. 구름 옆에 분홍빛 태양이 이슬을 가득 실은 들판 가장자리로부터 조금씩 떠오르기 시작했다. 처음에는 핏빛처럼 붉기만 할 뿐 햇살이 없어 눈이 부시지 않았다. 구름도 닭 벼슬처럼 붉은 빛이었다.

하늘이 마치 무색의 물처럼 투명해졌다. 그 후 태양이 한순간 튕겨 올라왔지만 빛줄기도 없고, 눈이 부시지도 않았다. 커다란 타원형의 태양, 그때는 태양을 눈으로 볼 수 있었다. 태양이 위로 자꾸만 재빨리 올라갔다. 마치 스위치를 켠 것처럼. 수없이 많은 붉은 빛줄기가 갑자기 비치기 시작하더니 하늘을 밝게 비추고 땅을 밝게 비추었다. 하늘과 땅 사이가 갑자기 휘황찬란해지고, 풀잎 위의 이슬방울이 마치 진주처럼 반짝였다. 강물 위에 금색 빛줄기가, 길게 늘어진 태양이 가로놓여 있었다. 우리가 가는 곳으로 빛줄기가 물러났다. 들판에는 여전히 정적이 감돌았다. 할아버지는 아랑곳없이 노래를 흥얼거리기 시작했다.

말 한 마리 철갑 고리를 밟아 뭉개고
총 한 자루 천하 사내를 죽여 버렸네.

매우 오래된 곡이었다. 박자가 정말 느렸다. 노랫소리가 처량하고 슬펐다. 거침없이 탁 트인 들판에 서서히 할아버지의 노랫소리가 울려 퍼졌다. 노랫소리를 따라 공기는 오르락내리락, 채 흩어지지 않은 안개도 꿈틀거렸다.

술 한 사발에 삼대의 원한이 풀렸소.

동전 한 닢이 세상 영웅을 힘들게 하네.

할아버지가 첫 음절을 노래했을 때 나는 할아버지 쪽으로 고개를 비틀어 할아버지를 빤히 바라봤다. 할아버지 머리가 다 빠져 정수리가 반들반들 빛이 났다. 주름 하나 없었다. 뺨도 없을 정도로 말라 버린 얼굴은 목석처럼 표정이 없었다. 망연한 눈 그러나 그 망연한 눈동자에 두 줄기 밝은 빛점이 있었다. 나는 그 두 줄기 빛점을 빤히 들여다봤다. 따뜻한 온기가 느껴지는 것 같았다. 나는 할아버지가 나와 할아버지 자신, 수레, 아직 덜 깨어난 들판을 모두 잊은 건 아닐까라는 생각이 들었다. 할아버지가 걷고, 수레를 밀고, 노래를 부르는 것 모두 할아버지와는 상관이 없는 거겠지? 나는 내 심장 뛰는 소리를 들었다. 둥둥둥둥 마치 아주 멀찌감치 떨어진 나무에서 딱따구리가 구멍을 뚫고 있는 것 같았다…….

웃음소리 한 번에 조정 문무가 다 뒤집히고
말 한 마디에 강산 반 토막을 잃어버렸네.

할아버지가 뭘 부르는지 알지 못했다. 그러나 할아버지 노래에서 기이하고 당혹스러우며 행복하면서도 고통스러운 느낌이 전해졌다. 나는 내가 갑자기 불쑥 큰 것처럼 느껴졌다. 내 어린 시절이 잡초가 박힌 회백색의 강둑에서 사라져 버린 것만 같았다. 할아버지는 팔뚝으로 내 몸을 밀고, 할아버지 노랫소리로 내 영혼을 밀며 계속 앞으로 전진했다.

"할아버지, 무슨 노래 부르는 거예요?"

나는 할아버지가 부르는 마지막 음을 붙잡아 그 음이 하나의 느낌이 되어 푸른 풀잎 끝으로 사라질 때까지 기다렸다가 그제야 멍하니 물었다.

"그냥 나오는 대로 부르는 거야. 이게 무슨 노래인지 알게 뭐냐……."

할아버지가 말했다.

밤잠을 잔 새가 풀숲에서 허공으로 날아올라 낭랑한 목청으로 지저귀기 시작했다. 순식간에 들판에 생기가 넘쳤다. 십여 마리의 종달새가 습지 상공을 빙빙 돌며 노래를 불렀다. 깃털 빠진 메추라기가 풀숲에서 책치르르 하고 울어 댔다. 할아버지가 수레를 멈추고 말했다.

"내려라!"

"다 왔어요? 할아버지?"

"응."

할아버지가 수레를 풀밭까지 밀고 간 다음 수레를 곧추세우고 웃옷을 벗어 수레바퀴를 덮었다. 그리고 나를 데리고 습지 깊숙한 곳으로 걸어가 띠를 찾아 나섰다. 띠는 수분 함량이 낮아 빨리 마르고 가축들도 즐겨 먹는다.

할아버지는 큰 낫을 들고 나는 작은 낫을 들고 띠 앞에 쪼그려 앉았다.

"내가 어떻게 하는지 보렴!"

할아버지가 내게 시범을 보여 주었다. 그렇다고 할아버지가 열심히 가르쳐 주신 것은 아니었다. 그저 몇 번 동작만 취해 보여 주고는 고개를 숙인 채 풀을 베러 갔다. 할아버지가 풀 베는 모습은 정말 아름답고 몸짓마다 리듬이 살아 있는 것 같았다. 낫질 몇 번에 피곤하고 따분해진 나는 낫을 내던지고 새랑 메뚜기를 잡으러 쫓아갔다. 습지에는 메뚜기가 정말 많았다. 나는 풀은 별로 베지 못했지만 메뚜기 잡는 성적은 훌륭했다. 점심이 되자 할아버지는 불을 지펴 말린 음식을 다시 익히고 내가 잡은 메뚜기도 구웠다. 메뚜기는 배에 알이 가득 들어 있어 정말 맛있었다.

어렴풋이 할아버지가 나를 밀고 있다는 느낌이 들어 눈을 떠 일어나 보니 이미 오후도 다 지난 시간이었다. 메뚜기를 다 먹고 난 후 할아버지가 천막을 치고 나에게 그 안에 들어가서 쉬라고 했는데, 그때부터 계속 낮잠을 잔 것이었다. 들꽃 향기 머금은 후텁지근한 바람이 습지로부터 불어오자 나는 온몸이 땀으로 범벅이 되었다. 할아버지는 이미 풀을 다 베고 큼지막하게 다발로 묶어 등에 지고 강둑까지 날라 놓은 상태였다. 수레도 이미 강둑에 올라가 있었다.

"싱얼, 어서 일어나. 날씨가 영 좋지 않구나. 빨리 돌아가야겠다."

할아버지가 내게 말했다.

언제부터였을까? 내가 꿈속을 헤매고 있을 때 푸른 하늘에 돌연 커다란 먹구름이 가득 몰려오기 시작했고, 태양은 이미 서쪽으로 반쯤 기울어 짧은 주황색 빛줄기가 습지에 닿기도 전에 사라진 상태였다.

"비가 올까요? 할아버지?"

"회색 구름은 비가 온다는 것이고, 검은 구름은 큰바람이 분다는 것이지."

나는 할아버지를 도와 풀을 수레에 실었다. 작은 수레가 마치 작은 언덕 같았다. 할아버지는 수레 앞 횡목에 가는 줄을 하나 매고 말했다.

"나귀야, 이제 몸 좀 풀어야겠구나. 자, 끌고 가자꾸나!"

할아버지가 허리를 반쯤 구부려 수레를 받치고, 내가 줄을 잡아당기자 수레가 흔들흔들 앞으로 나갔다. 강둑은 높고 언덕은 가팔라서 나는 조금 현기증이 났다.

"할아버지, 강으로 떨어지지 않게 수레 잘 밀어요."

"힘껏 당겨. 평생 할아버지가 수레를 밀었지만 한 번도 뒤집어진 적은 없어."

나는 할아버지 말이 사실이라고 믿었다. 할아버지는 다리가 얼마나 튼튼한지 마을 사람들은 모두 할아버지를 '붕붕'이라고 불렀다.

구불구불한 강둑은 마치 커다란 뱀 한 마리가 땅에 누워 있는 것 같았다. 우리는 뱀 등을 밟으며 걸었다. 녹색 빛줄기가 나를 비췄다. 고개를 숙이고 내 무릎을 봤다. 내 배꼽도 볼 수 있었다. 나는 이따금 고개를 돌려 풀단 틈새로 할아버지를 바라봤다. 할아버지가 눈물이 그렁그렁한 채 날 보고 있었다. 나는 얼른 고개를 돌려 있는 힘을 다해 수레를 끌었다.

강둑 아래 작물들이 갑자기 흔들리기 시작했지만 소리는 그리 크지 않았다. 강에서도 서서히 파도가 일기 시작했지만 아직 소리가 들리는 것은 아니었다. 그런데 아주 높은 곳, 아주 먼 곳에서 세상에는 없는 소리가 들려오는 것 같았다. 그 소리와 함께 하늘과 땅이 자줏빛으로 변하고 코를 찌르는 건초 냄새, 쏙쏙한 개망초 냄새, 그리고 은은한 들국화 향기가 전해졌다.

나는 할아버지 쪽으로 고개를 돌렸다. 할아버지는 여전히 무표정한 모습이었다.

나는 숨을 죽이고 감히 아무 말도 하지 못한 채 몸을 웅크리고는 조용히 기다렸다. 긴 메뚜기 한 마리가 내 배 위로 뛰어올라와 오색의 겹눈 두 개로 나를 원수 대하듯 노려봤다. 주먹만 한 산토끼 한 마리가 둑 아래 경작지에 나타났다.

"할아버지!"

내가 놀라서 소리를 질렀다.

우리 앞에 하늘을 찌를 듯한 검은 원기둥이 엄청난 속도로 소용돌이치며 우리를 향해 다가오고 있었다. 바로 이어 크르릉 천둥처럼 육중한 소리가 들렸다.

"할아버지, 저게 뭐예요?"

"바람이야!"

할아버지가 담담하게 말했다.

"힘껏 수레를 당겨!"

이렇게 말하며 할아버지는 허리를 구부렸다.

나는 몸을 앞으로 기울이고, 두 발은 땅을 디딘 채 가는 밧줄을 꽉 잡았다. 우리는 바람 속으로 뚫고 들어갔다. 나는 아무런 소리도 듣지 못했다. 그저 커다란 손바닥 두 개가 사정없이 따귀를 때리듯 고막에서 윙윙 소리가 들릴 뿐이었다. 바람이 날 내다 버리려는 듯 내 배를 받아 쳤다. 강둑 아래 경작물이 명령을 받은 병사들처럼 일제히 엎드렸다. 강물이 튀어 오르고 빨간 지느러미를 가진 잉어들이 마치 번개처럼 공중에 날아다녔다.

"할아버지!"

나는 힘껏 할아버지를 외쳤지만 나조차 그 소리가 들리지 않았다. 어깨의 밧줄이 그래도 팽팽하게 당겨져 있다는 것으로 할아버지의 존재를 의식할 수 있었다. 할아버지가 있으면 두렵지 않았다. 나는 가능한 한 몸을 최대로 구부렸다. 팔 하나를 내려 죽을힘을 다해 길가의 풀 줄기를 움켜쥐었다. 나는 내가 체중이 없는 것처럼 느껴졌다. 손의 힘을 푸는 순간 바람이 되어 사라져 버릴 것만 같았다.

할아버지가 내게 수레를 끌게 하는 것은 상징적인 것에 불과했다. 수레를 끄는 밧줄은 매우 가늘어서 단번에 끊어져 버렸다. 나는 제방에 엎어졌다. 바람에 곤두박질쳤다. 강둑 허리 부분까지 굴러가 두 손으로 풀 줄기를 잡아 간신히 내 몸을 지탱했다. 고개를 들어 할아버지와 수레를 찾았다. 수레는 강둑에 서 있었고, 수레 뒤에 할아버지가 보였다. 할아버지는 두 손으로 수레 손잡이를 잡고 있었는데, 할아버지 등이 마치 활처럼 팽팽하게 당겨져 있었다. 할아버지 두 다리가 마치 못처럼 강둑에 박혀 있었다. 다리 근육이 마치 나무뿌리처럼 가닥가닥 불거져 있었다. 수레 위의 반쯤 건조된 띠들이 바람에 실려 공중에 나풀거렸다. 수레가 부들부들 떨렸다.

나는 잡초를 틀어쥐고 할아버지를 향해 앞으로 향했다. 할아버지의 두 다리가 떨리기 시작하고, 등으로 땀방울이 흘러 내렸다.

"할아버지, 수레를 버리세요!"

나는 바닥을 기어가며 소리쳤다.

할아버지가 한 발 뒷걸음을 치는 바람에 갑자기 수레가 뒤로 튕기면서 할아버지의 발이 꼬이기 시작했고, 이어 계속 뒷걸음질을 쳤다.

"할아버지!"

나는 놀라서 소리를 지르며 허둥지둥 앞으로 기어갔다. 수레가 거꾸로 밀리면서 할아버지가 내 앞으로 미끄러져 지나쳤다. 나는 순간적으로 기지를 발휘해 몸을 세워 수레를 덮쳤다. 그 힘으로 할아버지가 다시 허리에 힘을 실었고, 두 다리는 다시 뿌리가 자란 듯 바닥에 고정되었다. 나는 수레에 기대 흥분된 얼굴로 할아버지를 바라봤다. 할아버지의 얼굴은 여전히 목석처럼 무표정이었다.

강풍이 휩쓸고 지나갔다. 강풍이 지난 후 천지는 다시 잠잠해졌다. 석양이 소리 없이 세상 밖으로 나와 강물을 붉게 물들였다. 마치 차가운 쇳물이 흐르고 있는 것 같았다. 농작물도 천천히 허리를 폈다. 할아버지는 마치 청동 조각상처럼 힘 있는 자세를 유지하고 있었다.

나는 수레에서 뛰어내리며 고함을 질렀다.

"할아버지, 바람이 지나갔어요."

할아버지, 눈에서 갑자기 눈물이 핑 돌았다. 할아버지는 천천히 수레를 내려놓고 힘겹게 허리를 폈다. 나는 할아버지 손가락이 구부러진 채 펴지지 않는 것을 봤다.

"할아버지, 피곤하시죠?"

"아니다, 얘야."

"바람이 정말 세요."

"응."

바람은 우리 수레에 싣고 있던 풀을 모두 실어 가 버렸다. 아니, 수레의 사개에 풀 한 줄기가 끼어 있었다. 나는 할아버지에게 풀을 들어 보였다. 평범한 띠 한 줄기였는데 붉은색인지 초록색인지 알 수가 없었다.

"할아버지, 풀 한 줄기만 남았어요."

나는 조금 울상이 돼서 말했다.

"날이 어두워졌어. 가자."

할아버지가 이렇게 말하며 허리를 구부리고 수레를 밀기 시작했다.

나는 풀 한 줄기를 들고 할아버지를 따라 조금 걷다가 풀 줄기를 강둑 아래 담황색 노을 속으로 던져 버렸다.

"사람이 늙으면 어린애가 된다니까."

어머니가 말했다.

"그 먼 둥베이와까지 가서 이런 풀 한 포기를 가져오시더니, 글쎄, 이렇게 말씀하시지 않겠니. '싱얼 돌아오면 보여 줘. 이게 무슨 풀인지, 그 애는 배운 게 많으니……' 그래 너는 알겠니?"

어머니는 이렇게 말하며 내게 풀을 건넸다.

나는 풀을 받아 소중하게 사진첩에 끼워 넣었다. 풀을 끼워 놓은 쪽에는 나보다 여섯 살 많은 약혼녀의 사진이 끼워져 있었다.

짚신 토굴

열댓 그루 버드나무와 홰나무 줄기, 굵직한 옥수숫대와 두 터운 황토 사이로 섣달 스무날 까마귀처럼 시커먼 밤하늘이 우리 머리 위에 펼쳐지고 있었다. 얼어붙은 눈길을 밟으며 집 에서 이곳까지 오는 동안 하늘은 완전히 암흑으로 변했고, 땅 에 쌓인 눈이 위로 1~2미터 정도 밝게 비추고 있었다. 나무 아래마다 어김없이 나뭇가지들이 떨어져 마치 기이한 꽃문양 처럼 눈 위에 볼록 튀어나와 있었다. 내가 말하는 '이곳'이란 짚신장이들의 작업장이다. 우리는 이곳을 '짚신 토굴'이라 불 렀다. 우리의 짚신 토굴은 나랑 아버지, 위안 집 다섯째와 여 섯째 삼촌이 함께 파서 만든 '철(凸)' 자 형태로, 볼록 나온 부 분이 토굴로 들어가는 통로였다. 삼각형으로 엮은 수숫대로 차양을 만들어 토굴 입구를 가린 후 토굴 입구에 부들 줄기로 엮은 두터운 자리를 깔았다. 토굴 꼭대기에 하늘로 난 창을 만들고, 천창을 어두침침한 비닐로 가렸다. 우리 토굴은 제법 커서 한가한 이들 몇몇이 추위를 피해 몸을 덥히러 오기도 했다. 그들 가운데 위다선이란 사람이 있었는데, 왕년에 칭다오에서 인력거를 끌었던 경력이 있는지라 발걸음이 어찌나 날쌘지 잽싸게 달아나는 송아지를 따라잡을 정도였다. 또 장추라는 사람도 있었다. 그는 솥이나 양푼을 거멀못으로 때우는 땜장이로 일명 '구루'[52]라고 불렸다. 우리 동네에서는 솥이나 양푼을 때우는 땜장이들을 모두 '구루'라고 불렀는데 앞에 성씨를 덧붙이곤 했다. 하지만 장추는 키가 작았기에 그냥 '샤오구루'[53]라고 불렀다. 사실 '구루'라는 글자가 맞는 말인지 나는 잘 모른다. 4학년이 되기가 무섭게 선생님에게 쫓겨났기 때문이다. 그 선생님은 건달이었는데, 사람들은 그를 '큰 수탉'이라고 불렀다. 나는 선생님 침대 시트 아래에 가시가 잔뜩 난 남가새를 한 움큼 흩뿌려 놓았을 뿐인데, 선생님은 그깟 일로 나를 학교에서 내쫓고 말았다. 나중에 만화책을 보고 나서야 선생님이 마시는 찻주전자에 오줌을 갈겼어야 한다는 것을 알았지만 안타깝게도 그럴 기회는 오지 않았다. 나는 집에서 뽀드득뽀드득 눈을 밟으며 토굴로 향하고 있었다.

나는 토굴 뒤에서 졸졸거리며 오줌을 쌌다. 누런 오줌 줄기가 눈밭에 떨어져 생긴 크고 작은 까만 구멍이 흐릿하게 보였다. 허리띠를 묶으면서 고개를 들어 하늘을 바라보았다. 하늘

---

52) 바퀴 등 돌아가는 원형의 물체를 가리키는 말.
53) '작은 구루'라는 뜻.

의 별이 귀신불처럼 시퍼렇다. 나는 귀신불을 본 적이 없지만 샤오구루는 본 적이 있다고 말했다. 그는 길거리를 헤매다가 늦게 돌아오는 길에 들판을 지날 때면 귀신불들이 그를 에워싸고 빙빙 돌았다고 한다. 그들을 쫓아가려고 했어? 내가 묻자 샤오구루가 대답했다. 반드시 신발을 벗고 신발 뒤축이 앞으로 오게 거꾸로 신은 다음 발끝으로 죽어라고 달려야 되는 거야. 귀신불이 속아 넘어가 너를 향해 날아들면 그때 하나씩 밟아 버리는 거지. 그게 뭔 줄 알아? 헤진 천 나부랭이나 낡아 빠진 면화, 죽은 사람 뼈다귀 같은 거라고! 샤오구루는 오랫동안 이곳저곳을 다니며 보고 들은 것이 많았다. 그는 화피자[54]도 본 적이 있는데, 그 모습이 족제비보다 약간 작고, 까만 입에 흰 꼬리를 가지고 있으며, 사람 말을 할 줄 아는데 소리가 작아서 조그만 나팔 정도 소리밖에 나지 않는다고 했다. 후에 나는 그에게 화피자에 대해 자세하게 이야기해 달라고 말했다. 그는 다시 말을 바꿔 자신은 직접 본 적이 없으며, 자기 아버지가 직접 봤다고 했다. 어느 해인가 그의 아버지가 시장에 갔다가 아는 사람을 만나 주점에 들러 술에 잔뜩 취해서 비틀거리며 집으로 돌아오고 있었다. 마을 입구에 이르자 이미 해가 뉘엿뉘엿 저물어 등불을 켤 때가 되었는데, 멀리 금방이라도 무너질 것 같은 흙담에 작은 화피자가 앉아 있는 것이 보였다. 화피자는 작고 붉은 솜옷을 입고 담장 꼭대기에 마치 사람처럼 서서 이리저리 왔다 갔다 하며 고함을 질렀다.

---

54) 話皮子. 여우나 들고양이가 요괴로 둔갑한 것.

장라오싼, 장라오싼, 나 갈 거야. 나 갈 거라고!

장라오싼은 샤오구루의 아버지 이름이었다. 장라오싼은 취하긴 했지만 그렇다고 정신이 나간 것은 아니었다. 그는 이것이 화피자가 접수하려는 것(사람이 판정을 해 준다는 뜻이다. 사람이 '너 가!'라고 말하면 화피자가 정말 갈 수 있다.)임을 알고, 허리를 굽혀 반 토막짜리 벽돌을 주워 잽싸게 던지며 욕을 해 댔다. "제기랄!" 그러자 벽돌 세례에 벽이 무너지고 말았다. 화피자가 '엄마'라고 단말마 소리를 내며 걸음아 나 살려라 도망쳤다. 이후 매일 저녁 무렵이 되면 그 화피자가 다른 화피자 무리를 이끌고 나타나 무너진 담에서 고함을 질렀다.

"아이고, 아이고, 세상에! 서쪽에서 장라오싼이 왔네, 아이고, 아버지! 아이고, 어머니! 벽돌에 담이 무너졌어!"

위안 씨네 다섯째 삼촌도 자신이 어렸을 때 이런 노래를 부른 적이 있었다고 말했다.

내가 토굴로 내려가자 위안 씨네 다섯째, 여섯째 삼촌도 모두 들어와 있었다. 다섯째 삼촌은 짚신 밑바닥을 삼고 있었는데, 솜저고리는 벗어 던지고 겹저고리만 입은 채 허리에 새끼를 매고, 두 발로 나무 막대기를 밟으며 풀을 엮고 있었다. 여섯째 삼촌은 귀가 먹어 사람들과 이야기를 할 때마다 소리를 높였다. 때로 사람들이 그를 놀리느라 면전에서 입술을 몇 번 벌리면 그는 연신 이렇게 말하곤 했다.

"먹었어, 먹었어!"

밥을 먹었느냐는 뜻으로 알아듣고 그 답을 하는 것이었다.

여섯째 삼촌은 부들 다발을 가늘게 갈라 짚신코를 만들 준비를 했다.

위안 씨네 다섯째, 여섯째 삼촌은 마을에서 유명한 짚신 장인이기 때문에 당연히 짚신 삼는 솜씨가 남들보다 뛰어나고 재빨랐다. 두 사람은 여러 가지 다양한 신발을 만들었는데, 신발 밑바닥에 '강산천고수(江山千古秀)'라는 글자를 넣었다. 그들은 짚신을 삼아 돈을 벌자 몇 년 전 한 여자와 결혼했다. 처음에는 여섯째 삼촌에게 시집을 온 줄 알았는데, 나중에 들어 보니 다섯째 삼촌도 그 여자 구들장에서 잠을 자다가 딸을 하나 낳았다고 한다. 딸은 젊은 남자만 보면 아빠라고 부르며 쫓아다녔다. 나는 그 여자를 여섯째 형수라 부르기도 하고, 때로 다섯째 형수라고 부르기도 했다. 땜장이 샤오구루는 오 곱하기 육이니 싼스[55]라고 말했다.[56] 마을 사람들은 말버릇이 나빠 그 여자의 성인 '녠(年)'을 붙여 '녠싼스'라고 불렀다. 싼스 형수는 덩치가 크고 데면데면한 데다 얼굴이 넙대대하고 엉덩이도 펑퍼짐했는데, 마을 청년들은 형수가 마음씨가 좋다고 했다. 형수네 구들에는 아래위 할 것 없이 젊은 애들로 가득 찼다. 싼스 형수는 방 한가운데 놓인 화로처럼 젊은 애들 중앙에 앉았는데, 젊은 애들이 형수를 에워싸고 불을 쬐는 것 같았다. 다섯째, 여섯째 삼촌도 그것이 습관이 되었는지 저녁을 먹고 나면 토굴로 내려와 짚신을 삼다가 닭이 우는 소리를

---

55) 삼십(三十).
56) 형수가 다섯째 삼촌과 여섯째 삼촌, 두 명과 함께 사는 것을 놀리기 위해 빗대어 이르는 말.

듣고서야 집으로 돌아갔다. 다섯째 삼촌이 집으로 돌아가면 여섯째 삼촌은 토굴에서 잠을 잤고, 여섯째 삼촌이 집으로 돌아가면 다섯째가 토굴에서 잠을 잤다. 두 형제는 거의 한 마디 말도 나누지 않았다.

우리 아버지는 짚신을 삼는 솜씨가 별로였기에 나보고 다섯째, 여섯째 삼촌에게 배우도록 했다. 나는 다섯째, 여섯째 삼촌 맞은편에 앉았다. 고개만 들면 그들의 선한 얼굴이 보였고, 조금만 고개를 숙이면 잽싸게 돌아가는 그들의 손가락을 볼 수 있었다. 나는 학교를 다녔어도 글자를 익히지 못했지만 짚신 삼는 일은 쉽게 배웠다. 한겨울을 나는 사이에 이미 속도나 솜씨 면에서 모두 아버지를 능가했다. 아버지는 탕후루[57]나 찰흙 인형이나 호랑이 만드는 일로 직업을 바꾸려 했다. 아마도 아들에게 지는 것이 싫었던 모양이다. 당시 나는 열한 살이었다.

차가운 빛줄기가 토굴 꼭대기 비닐 막을 통해 들어오고 있었다. 방울방울 영롱한 물방울이 흰 곰팡이가 얼룩덜룩한 옥수숫대에 걸려 영 떨어지지 않았다. 아버지는 낮에 시장에 가서 상황을 둘러본 결과, 탕후루와 찰흙 인형 모두 짚신을 삼는 일보다 더 쉽게 돈을 벌 수 있다는 것을 알았다. 아버지는 할아버지와 함께 업종을 바꿔 더 이상 짚신을 삼지 않기로 했다. 나는 따뜻한 땅속 토굴을 떠나기가 아쉬웠고, 토굴 속 시끌벅적한 분위기가 아쉬웠다. 그러나 아버지가 이미 결정을 했으

---

57) 명자나무 또는 산사나무 열매를 꼬치에 꿴 후 물엿을 묻혀 굳힌 중국 과자.

니 나는 더 이상 말 할 권리가 없었다. 아버지는 시장에 다녀오느라 한기가 들었는지 머리가 아프고 열이 났다. 할머니가 밀가루와 생강, 대파를 넣고 수제비를 끓여 아버지에게 먹여 땀을 내도록 했다. 국물 위에 푸른 대파 잎과 동전 크기만 한 기름이 동동 떠다녔다. 나는 아버지가 입맛이 좋지 않아 국물까지 다 마셔 버리지 않았으면 했다. 하지만 아버지는 입맛이 당겼는지 아예 후루룩 소리를 내며 요란하게 마셔 댔다. 아버지는 탕을 다 마시고도 아쉬움이 남았는지 혀끝으로 그릇을 깨끗하게 핥아먹었다. 얼굴이 온통 벌겋게 달아오른 아버지는 내게 토굴에 가서 코끝이 뾰족한 짚신을 수선하라고, 내일 마뎬에서 장이 열리니 이미 만들어 놓은 짚신 서른 켤레를 내다 팔라고 했다. 나는 아무 말도 못 하고 집을 나섰다.

나는 항상 앉던 자리에 앉았다. 축축한 흙벽을 등지고 앉아, 등잔에서 치솟는 검은 매연 때문에 다섯째, 여섯째 삼촌의 꾀죄죄한 얼굴이 더욱 누리끼리해지는 것을 바라보았다. 나는 반쯤 삼다 만 짚신을 집어 들었다. 손이 영 서툴다는 느낌이 들었다. 그나저나 오늘이 토굴에서 짚신을 삼는 마지막 밤이다. 내일이면 나는 빨간 탕후루나 알록달록한 찰흙 인형을 메고 아버지를 따라 골목골목을 다니며 소리를 지르면서 물건을 팔고 있을 것이다. 나는 새로운 직업이 왠지 천하다는 생각이 들었다. 짚신 장인처럼 기능으로 먹고사는 것이 아니라 눈치로 먹고살아야 하기 때문이다. 아버지가 무능해서 업종을 바꿨기 때문에, 나는 원래 누구보다 뛰어난 짚신 장인이 되고 싶었지만 결국 아버지의 절대적인 권위로 인해 내 희망이 무너지고 만 것이다.

토굴 입구의 거적이 사각거렸다. 샤오구루가 온 것이 틀림없다. 조금 이따가 다시 거적이 흔들리는 소리가 들렸다. 위다선이 왔을 것이다.

샤오구루는 총각인데, 그가 마흔이 다 되어 간다고 말하는 이도 있었지만 그 자신은 스물여덟밖에 되지 않았다고 했다. 그가 버는 돈의 절반을 서촌 과부에게 쓴다고 말하는 이도 있었는데, 그에 대해서는 그도 반박하지 않았다. 누군가 그에게 아예 과부를 데려오지 않고 뭐 하냐고 말하자 그는 과일은 훔쳐 먹어야 제맛이라고 했다. 겨울이 오면 그는 멀리 나가지 않았다. 낮에는 가재도구를 짊어지고 주변 마을을 돌아다니다 밤이면 토굴로 왔다. 그는 정말 토굴이 없으면 살 수 없었고, 그가 없는 토굴도 생각할 수 없었다. 나는 낮이 정말 두려웠다. 낮에는 토굴에 엄숙하기만 한 아버지와 소심하고 수줍음 많은 다섯째 삼촌, 귀머거리 여섯째 삼촌밖에 없었기 때문이다. 때로 몇몇 하는 일 없이 노닥거리기 좋아하는 한량들이 오긴 했지만 샤오구루나 위다선만 못했다. 나는 언제나 날이 어두워지기만을 고대했다.

위다선은 새우젓을 팔았기 때문에 그의 몸에서는 언제나 비릿한 냄새가 났다. 그는 검붉은 멜대를 가지고 있었는데, 길고 널찍한 것이 사람을 비출 정도로 반들반들 광택이 났다. 위다선은 이처럼 좋은 멜대와 인력거를 끌면서 단련된 튼튼하고 빠른 다리 덕분에 새우젓 장수를 할 수 있었다. 사실 그는 키도 그리 크지 않고 몸도 별로 튼실하지 않았다. 하지만 그는

200근이나 나가는 새우젓을 메고 하룻밤에 150리를 다닐 수 있다고 했다. 아무리 잘나도 멜대를 매고 그를 쫓아갈 수는 없었다. 위다선의 멜대는 반동이 좋아 마치 날개처럼 흔들렸기 때문에 멜대만 매면 굼뜬 사람도 빨리 달릴 수 있었다. 위다선은 샤오구루처럼 자주 토굴에 오는 것은 아니었다. 새우젓 한 통을 다 팔고 나면 밤새워 다시 베이하이로 가서 새우젓을 가져와야 했기 때문이다. 그는 자신이 사는 마을 사람들에게는 새우젓을 팔지 않았다. 새우젓을 사려고 하는 사람이 있으면 그는 이렇게 말했다. "이거 더러운 거야, 먹지 마. 똥이며 오줌이며 죄다 들어 있다구!" 누군가는 그가 새우젓 100근을 가져다가 200근을 만들어 팔 수 있다고 하면서 물도 타고 소금도 탄다고 했다. 마을 사람들에게 새우젓을 팔지 않은 것은 아마도 그가 마을 사람들까지 속이고 싶지는 않았기 때문 아니었을까? 하지만 사실 그래 봤자 마찬가지였다. 마을 사람들이 그가 만든 새우젓은 먹지 않는다고 해도 외지 사람에게 산 새우젓도 마찬가지로 물도 타고 소금도 탄 것이기 때문이다.

위다선은 쉰 살이 훌쩍 넘었는데, 젊은 시절 칭다오 부두를 떠돌며 별별 신기한 일을 다 겪었다고 한다. 그는 때로 토굴에 오면 사창가에 드나들던 이야기를 흥미진진하게 풀어 놓았다. 샤오구루는 그의 이야기에 완전히 빠져들어 침을 줄줄 흘릴 정도였다. 나는 고개를 푹 숙이고 그의 말을 들었는데 행여 한 자라도 빼먹을까, 혹시라도 다른 사람이 내가 듣고 있다는 것을, 그것도 아주 잘 듣고 있다는 사실을 알까 두려웠기 때문이다. 때로 아버지도 남녀 간의 정사에 관한 이야기에 끼어들어 상스럽고 음탕한 말을 마다하지 않았는데, 나는 내심 부끄럽기도 하고 역겹기도 해서 마치 심각한 병에 걸려 당장이라도 죽을 것만 같았다. 그것은 분명 엄연한 사실이지만 나는 인정할 수 없었다. 다른 집 여자를 상상하면 때로 미묘하다는 느낌이 들기도 했지만 문득 우리 집 여자들도 다른 사람들과 마찬가지로 똑같은 과정을 통해 아이를 만들고 낳는다는 생각을 하면 신성함과 존엄이 모두 거짓에 불과하다는 느낌이 들었다. 내가 생각에 빠져 넋을 잃고 있을 때면 곁에 있는 아버지가 소리를 질렀다.

"무슨 생각을 하고 있는 거야? 어서 짚신이나 짜!"

위다선은 또 다른 재미난 이야기를 해 준 적이 있다. 어느 핸가 새우젓을 팔러 샤챵 진에 갔는데, 무허우 시 남쪽 쑹자 골목에서 눈꼬리가 치켜 올라가고 큰 키에 적당한 크기의 발을 가진 여자를 만났다. 연지와 분을 덕지덕지 바르고 옷에 먼지 하나 없는 것으로 보아 한눈에 그렇고 그런 여자라는 것을 알 수 있었다. 그녀가 새우젓을 사겠다고 하자 위다선이 멜대를 매고 그녀에게 다가갔다. 여자가 통을 열고 새우젓을 떠서 냄새를 맡더니 이렇게 말하는 것이었다.

"어이, 새우젓 아저씨, 통에 오줌을 쌌어? 왜 이렇게 지린내가 나!"

옆에 있던 사람들이 키득거렸다. 위다선은 그녀가 보통내기가 아니라는 것도 모르고 욕을 내뱉었다.

"썩을 년! 네년 아가리에 오줌을 싸 버릴까 보다!"

허옇게 분을 처바른 여자의 얼굴이 벌겋게 달아오르며 눈

에서 퍼런 불이 번쩍이더니 냅다 욕을 퍼부었다. 골목에서 구
경꾼들이 떼를 지어 몰려나왔지만 아무도 감히 여자를 말리
지 못했다. 위다선은 문득 곤경에 빠졌다는 것을 깨닫고 화를
풀려고 했지만 체면을 잃을까 두려워 여자와 맞붙어 밀고 당
기며 욕을 해 대기 시작했다. 구경꾼들이 많아질수록 여자는
더욱 기세가 등등해졌다. 한껏 열기가 고조되어 있을 때, 위다
선이 다시 말을 이었다. 정말 난리도 아니었지! 아, 그년이 글
쎄 두 손으로 허리춤을 움켜쥐더니 허리띠를 뽑아 어깨에 걸
치고 바지를 아래로 내리지 뭐야! 사람들이 놀라 눈도 제대로
뜰 수 없었다니까. 그런데 그게 다가 아니야. 그년이 엉덩이를
치켜 올리더니 글쎄 새우젓을 담은 통 두 군데에 오줌을 반씩
갈겨 대는 거야. 이윽고 여자가 떠나고, 위다선은 하도 기가
막혀 잠시 멍하니 있었다. 그러자 누군가 그에게 다가와 어깨
를 두드리며 말했다.

"이보쇼, 형씨. 아주 대형 사고를 치셨네. 당신 저 여자가 누
군지 아쇼? 그 유명한 '다바이어'[58]야. 우리 마을에서 행세깨
나 한다는 사람들이 모두 거쳐 간 여자라고. 저 여자가 당신을
해코지할 생각이라면 입만 씰룩거려도 그냥 끝장이야."

위다선이 허옇게 질려 아무 말도 하지 못하자 그가 다시 입
을 열었다.

"이보게, 형씨. 그렇다고 당황할 것 없어. 나한테 좋은 수가
있지. 자네가 기꺼이 체면만 내려놓는다면 아무 일 없이 지나

---

58) 大白鵝. 거위의 한 종류. 여기서는 여인의 별명으로 사용되었다.

갈 수 있다니까. 혹시 알아? 그러다가 대박이 터질지!"

그 사람이 위다선의 귀에 대고 이렇게 말했다.

그때 신나게 이야기하던 위다선이 갑자기 뭔가 생각이 났다는 듯이 정색을 하며 말했다.

"아이고, 이야기에 정신이 팔려 시간이 이렇게 된 줄도 몰랐네. 오늘 밤에 다시 베이하이에 가서 새우젓을 가져와야 하는데."

사람들이 그를 붙잡고 가지 못하게 했다.

샤오구루가 말했다.

"위 씨, 괜히 뜸 들이지 말고, 어서 말해 봐."

다섯째 삼촌도 느긋한 목소리로 물었다.

"위 씨, 말을 끝내야지. 무슨 계책이었는데?"

위다선은 그의 옷을 붙들고 늘어지는 샤오구루의 손을 뿌리치며 애원했다.

"샤오구루, 제발 부탁이야, 나 좀 놔줘. 보통 복잡한 일이 아니라 밤사이 이야기를 다 끝낼 수가 없다고. 이러다가 늦게 가면 시간에 댈 수가 없어. 베이하이 그쪽 규칙이 어떤지 자네는 모르잖아. 새우젓 사는 사람이 많거든. 해가 뜰 때 들어가지 못하면 베이하이에서 사흘을 머물러야 해. 거긴 오래 있을 곳이 못 된단 말이네."

여섯째 삼촌이 하던 일을 놓고 엄청나게 큰 소리로 물었다.

"모두 뭘 가지고 다투는 거야? 말해 봐."

모두 깜짝 놀랐다. 그가 화를 내는 줄 알았기 때문이다. 그러나 여섯째 삼촌의 표정을 살핀 사람들은 모두 여유롭게 손을 움직이며 웃었다. 여섯째 삼촌은 달갑지 않은 표정으로 내 입가에 귀를 대며 큰 소리로 물었다.

"뭣 때문에 다투는 거야?"

나는 큰 소리로 말했다.

"새우젓에 오줌을 눈 것 때문에요!"

똑똑히 알아들었을까, 아마 잘 알아들었을 것이다. 내가 그의 귀에서 입을 떼자 삼촌은 연신 고개를 끄덕이며 만면에 웃음을 지었다. 황토색 눈동자가 등불 아래 금처럼 온화한 빛으로 반짝거렸다. 그가 말했다.

"위 씨도 참! 생각하는 거라곤 온통 못된 짓거리뿐이라니까. 참 내……."

샤오구루가 말했다.

"위 씨, 보내 줄 테니 다음에 돌아오면 그다음 이야기 해 줘야 돼."

위 씨가 말했다.

"그럼, 꼭 해 줄게."

위 씨는 허리를 굽히고 토굴 입구를 빠져나가 몇 걸음 걷더니 고개를 돌려 말했다.

"샤오구루, 서촌 젊은 과부랑 놀아난 이야기나 다섯째랑 사람들에게 들려줘. 이 긴 겨울밤에 말이지."

샤오구루가 말했다.

"늙은 바람둥이! 베이하이나 가서 애인이나 찾아보시지."

아버지가 기침하며 말했다.

"구루, 그 젊은 과부 돈이 꽤 많다고. 바짝 붙어, 다른 사람

채 가지 않게."

샤오구루가 한숨을 길게 내쉬었다.

"아저씨, 아저씨 조카가 하관이 뾰족하고 눈매가 매서워 복이 붙을 상이 아닙니다요. 벌써 개가했대요."

"누구에게 시집을 갔대?"

아버지가 물었다.

"라오차이, 그 개잡놈 아니랍디까?"

"라오차이가 쉰이 훨씬 넘었는데, 스물다섯 살 젊은 과부를 얻었대?"

아버지가 믿기지 않는다는 듯 말했다.

"그게 뭐 대수로운 일이에요? 그 여자도 하도 이런저런 잡놈한테 시달리니 두려웠겠죠. 그래도 라오차이에게 시집가면 감히 건드리는 놈이 없을 테니까. 라오차이 아들이 현장[59]이 됐잖아요."

샤오구루가 대답했다.

아버지가 말했다.

"그 여자도 나름 생각이 있었겠지. 아들이 현장이면, 라오차이가 현장 아비가 되는 것이고, 그런 라오차이에게 시집을 갔으니 아들이 현장 아닌가. 친아들이든 아니든 어쨌거나 관계가 그렇게 되지."

다섯째 삼촌이 말했다.

"그러게요. 그래서 여자는 개나 다름없다고 하는 거죠. 잘

---

59) 현의 행정 장관.

만 먹여 준다면 무조건 쫓아가니!"

아버지가 말했다.

"구루, 노인네들이 말하잖아. '도박은 권해도 계집질은 권하지 않는다.'라고 말이야. 그래도 걱정이 되어서 하는 말인데, 그 여자랑 나는 정도 있고 함께 이불에서 뒹굴다가 헤어졌으니 마음이 편치 않을 거야. 그냥 평범한 사람에게 시집을 갔다면야 몰래 가서 따먹을 수도 있겠지만 현장 아버지에게 갔으니 어쩌겠나? 신분이 있는 자인데. 괜히 현장 엄마가 된 사람하고 몰래 정을 통하다가 현장이 알기라도 하면……. 각별히 조심하게!"

샤오구루가 고개를 숙였다.

다섯째 삼촌이 그런 그를 위로했다.

"이제 겨우 스물여덟이야. 맞는 여자는 언제나 있어. 이런 일은 서두르면 안 돼. 그냥 짚신이나 삼는 일과는 다르다고. 짚신이면 손을 좀 빨리 놀려 밤 한 번 새면 다 삼겠지만 말이야."

샤오구루가 말했다.

"여자야, 뭐, 없어도 좋죠! 걸리적거릴 것도 없고 혼자서 배부르면 그뿐, 식구들이 배곯지 않아도 되니 말이에요!"

아버지가 말했다.

"세상이 모두 자네 같으면 끝장 아닌가!"

샤오구루가 말했다.

"끝장나도 좋은 거 아니에요? 하늘하고 땅하고 딱 맞붙어서 다 갈아 버리면 모든 게 다 사라지는걸요."

다섯째 삼촌이 말했다.

"그럼 우리는 토굴에 있으니 살아남겠네."

샤오구루가 말했다.

"살아남는다고요? 꿈 깨요! 하늘이 툭 튀어나온 이 토굴을 겨냥해 장부를 들이밀걸요. 가만히 살게 내버려 두겠어요?"

다섯째 삼촌이 말했다.

"그것도 그래. 하늘이 정말 자네를 죽이려 한다면 어딘들 도망을 갈 수 있겠나."

아버지가 웃었다. 여섯째 삼촌은 사람들이 웃는 것을 보고 따라 웃었다.

후에 다시 한껏 기분이 달아오른 샤오구루는 우리에게 괴이한 이야기를 들려주었다. 가오미 남쪽 마을에 사십 대 아낙이 하나 있었는데, 작년 복날 열일곱 된 딸 둘을 데리고 강둑으로 바람을 쐬러 나갔다. 두 딸은 일란성 쌍둥이로 큰 눈에 쌍꺼풀이 졌고, 입은 또 얼마나 작은지 잘게 썬 파도 들어가지 못할 정도였다. 하루 종일 피곤했던 두 딸은 강둑에 초석을 깔고 누워 있었다. 살랑살랑 바람이 불자 어머니가 부채로 모기를 쫓아 주는 사이에 모두 쌕쌕거리며 잠이 들었다. 아낙 역시 부채를 부치던 손이 점점 풀어지며 어느새 잠이 들었다. 그때 허공에서 남자 두 사람이 이야기를 나누는 소리가 들렸다. 그 가운데 한 사람이 말했다.

"예쁜 꽃이 두 송이 있네."

다른 한 사람이 말했다.

"꺾어 갈까?"

다시 다른 사람이 말했다.

"일부터 보고, 돌아오는 길에 따 가지."

아낙은 두 갈래 광풍이 북쪽으로 지나가는 소리를 들었다. 놀라 정신을 차린 아낙은 황급히 두 딸을 흔들어 깨워 집으로 돌아갔다. 아낙은 눈치가 빨랐다. 그녀는 빗자루 두 개를 찾아 초석에 놓고 이불을 덮어 놓은 다음 멀찌감치 숨어 몰래 살펴 봤다. 두 시간쯤 지났을 때 허공에서 "쉬익, 쉬익" 바람 소리가 들리더니 돌연 아무런 움직임도 느껴지지 않았다. 다음 날 아침 강둑에 나가 보니 세상에! 그 이불에 쌀알만 한 새끼 거미 두 무더기가 붙어 있었다. 만약 아낙네가 재빨리 기지를 발휘하지 않았다면 두 딸은 하마터면 봉변을 당할 뻔했다.

샤오구루와 위다선이 토굴에 들어오자 나는 기분이 한껏 달아올랐다. 다섯째 삼촌도 손길을 멈추고 종이와 담배쌈지를 꺼내 담배를 말기 시작했다. 그는 한 대를 말아 여섯째 삼촌에게 주었다. 여섯째 삼촌이 멍하니 고개를 들더니 고맙다는 듯이 형에게 고개를 끄덕인 후 담배를 받아 입에 물고는 등불에 대고 힘껏 빨았다. 여섯째 삼촌은 차례대로 위다선과 샤오구루에게도 고개를 끄덕였다. 다섯째 삼촌은 자기도 담배를 한 대 말아 불을 붙여 피우기 시작했다. 샤오구루와 위다선도 각자 담배를 말았다. 내가 다섯째 삼촌에게 담배를 달라고 하자 다섯째 삼촌이 말했다.

"네 아버지 눈에 벗어나는 일은 배우지 않는 것이 좋아."

내가 말했다.

"담배 태우는 걸 안 배우는 게 좋다고요? 그럼 아저씨들한

테도 모두 안 좋은 거네요?"

다섯째 삼촌이 말했다.

"어린애가 담배를 피우면 숨이 막혀서 키가 안 커."

샤오구루가 말했다.

"헛소리는! 그럴수록 더 크지. 피워!"

다섯째 삼촌이 종이와 담배쌈지를 내게 건네주었다. 나는 담배를 말 줄 몰라 담뱃잎을 바닥에 떨어뜨렸다.

다섯째 삼촌이 말했다.

"담배 몇 개비 말아 줄까?"

그는 담배와 종이를 낚아채 내게 담배를 말아 주었다. 등잔에 대고 빠는 순간, 기침과 함께 등불이 꺼지고 말았다. 다섯째 삼촌이 등불을 밝혔다.

여섯째 삼촌이 말했다.

"힘껏 배로 들이마시면 기침 안 해."

담배를 힘껏 배 안으로 들이마시자 과연 기침은 나오지 않았지만 머리가 어지러웠다. 등잔이 연기 속에 흔들거리고 사람들 얼굴이 커다랗게 보였다.

아버지가 없자 긴장이 풀어진 나는 큰 소리로 외쳤다.

"다선 아저씨, 그 묘책이란 것에 대해 아직 이야기하지 않았잖아요."

위다선이 말했다.

"이 자식, 아버지가 없으니 큰소리 치기는! 아버지가 있을 땐 게으른 고양이처럼 얌전하더니. 아버지는?"

다섯째 삼촌이 말했다.

"얘네 아버지 돈 많이 벌러 갔대."

위다선이 말했다.

"허! 무슨 돈?"

내가 말했다.

"아버지는 탕후루 팔러 갔어요. 짚신은 이제 안 삼겠대요."

나는 창피하기도 하고 아버지 꼴이 우습게 되었다는 생각
이 들기도 했다.

위다선이 말했다.

"그것도 좋지. 사람이 평생 한 가지 일만 죽어라 하고 살 수
는 없지. 종종 바꿔 주어야지. 나무는 옮기면 죽지만 사람은
옮겨 다녀야 살아."

내가 말했다.

"어서 묘책이라는 것 말해 줘요. 그 여자가 통에 오줌을 싼
후에 어떻게 되었는데요? 그 여자가 새우젓에 오줌을 눌 때
새우젓이 엉덩이에 안 튀었어요?"

위다선이 말했다.

"에이, 잡놈 같으니라구! 구들장에서 재우면 안 되겠구만!"

샤오구루가 말했다.

"쟤가 물어보는 것도 일리가 있네. 여자 오줌발은 다르잖
아. 정말로 거시기에 튀는 것이 이상하지."

"이상하기도 하겠다! 좆같은 놈!"

위다선이 욕을 퍼부었다.

"정말로 그 이상한 일이 벌어졌다니까!"

샤오구루가 눈알을 뱅글뱅글 굴리며 말했다.

다섯째 삼촌이 말했다.

"애 앞에서 너무 상스럽게 이야기하지 말고! 어서 그날 그때 이야기부터 해 봐!"

위다선이 말했다.

"그날 어떤 놈이 내게 묘책을 말해 주겠다고 한 것까지 말했지? 실은 아주 간단한 거였어. 그자가 그러더라고. '이봐, 새우젓을 일단 놔두고 가게에 가서 주전부리 두 근 사다가 그 여자 집에 가서 무릎 꿇고 머리 숙인 채로 수양어머니라고 부르게. 그럼 그 여자가 수양아들로 삼겠다고 할 거야!' 이런 생각이 들더만. 수양어미라고 부르면 고기 한 점은 얻어 먹겠구나라고 말이야. 그래서 곧 바로 가게에 가서 간식거리 두 근을 사들고 '다바이어'의 집을 물어서 찾아갔어. 문을 들어서기가 무섭게 간식거리를 탁자에 올려놓고 털썩 무릎을 꿇고 앉아 낭랑한 목소리로 말했지. '수양 어머니!' 그런데 그 여자가 물 담배를 피우고 있다가 내가 무릎을 꿇고 수양어머니라 부르자 키득거리며 웃는 거야. 잠시 후 물 담배를 내던지고 두 손으로 나를 부축해 일으키더니 내 턱을 쓰다듬지 않겠어! '아들, 어서 일어나렴! 조금 이따가 어미가 만두 빚어 줄게.' 만두를 다 먹고 나자 그 여자가 나보고 새우젓 통 두 개를 모두 가지고 오라는 거야. 그러더니 이렇게 말하더군. '아들, 걱정할 것 없어. 이 어미가 네 대신 팔아 줄게.' 여자가 날 데리고 마을에 나가 행세깨나 한다는 집을 돌다가 한 집에 이르러 소리를 질렀어. '어서 그릇이나 가지고 와! 우리 수양아들이 베이하이에서 신선한 새우젓을 가져왔으니 한번 맛보라구!' 감히 누가 안 사겠어? 커다란 새우젓 두 통이 순식간에 다 팔려 나갔지. 새우젓을 다 팔자 그 여자가 말했어. '아들, 무슨 일 있으면 언제든지 어미를 찾아와!' 그날 돈 좀 벌었지."

"그게 끝이야?"

샤오구루가 물었다.

"아니지. 후에 그 여자가 새우젓 산 사람들을 만나서 물었대. '새우젓 맛이 어땠어?' 그러자 사람들이 모두 아주 좋다고, 신선하다고 했다는 거야. 여자가 웃으며 말했지. '모두 내 오줌을 들이켜셨군!'"

모두 얼굴이 일그러지며 웃었다.

샤오구루가 말했다.

"만두 먹고 새우젓만 팔러 간 거야? 아니지, 아니지. 중간에 요지경이 있었겠지. 위 씨, 말해 봐, 수양어미가 위로 올라오라고 하지 않습디까?"

위다선이 말했다.

"그거야 불 보듯 뻔한 일 아닌가!"

다섯째 삼촌이 말했다.

"위 씨, 이번에 베이하이 갔을 때는 뭐 새로운 일 없었소?"

다섯째 삼촌이 말했다.

"있었지. 보하이에서 큰 배가 한 척 뒤집혀서 사람이 엄청나게 죽었어. 해변에 커다란 고래가 한 마리가 밀려오고 말이야. 작은 해산물을 줍는 여자아이가 처음 발견했다나 봐. 그 애가 집에 돌아가 사람들을 부르자 모두 칼, 도끼, 톱 같은 것들을 가지고 와서 고래를 해체하고 나니 거대한 뼈만 남았는데, 다섯 칸짜리 집처럼 크고 길었다는 거야."

다섯째 삼촌이 놀란 얼굴로 혀를 쭉 내밀었다.

"정말 크네!"

샤오구루가 말했다.

"고래 뼈라도 하나 뽑아 가져오지 그랬어요?"

위 씨가 말했다.

"그러려고 했지. 그런데 가 보니 고래 뼈 옆에 이미 초소가 설치되고 군인들이 네 명씩이나 보초를 서고 있는데, 총에 실탄까지 장착했다는 거야."

"군대에서 고래 뼈를 가져다 뭘 하려고?"

그러자 다섯째 삼촌이 말했다.

"쓸 데야 많지."

위다선이 말했다.

"비행기 부속품 가운데 반드시 고래 뼈로 만들어야 하는 것이 있는데, 금으로 바꿔도 안 된다는군. 그래서 전 세계에서 모두 차지하지 못해 난리라는 거야."

"허, 그럼 당연히 서로 가져가려고 안달이겠군."

다섯째 삼촌이 그제야 알겠다는 듯 말했다.

"됐네요. 허풍은!"

샤오구루가 일어서며 말했다.

다섯째 삼촌이 물었다.

"아직 일도 별로 안 했는데, 지금 가려고?"

샤오구루가 말했다.

"아뇨, 오줌 싸러 가려고요."

샤오구루가 토굴을 나갈 때 토굴 입구에서 한 줄기 차가운 바람이 불어와 등불이 흔들거렸다. 나는 짚신을 반쯤 만든 상태였다. 아버지 자리 뒤쪽으로 할아버지랑 둘이 보름 동안 만든 노동의 대가, 크고 작은 삼십여 켤레 짚신이 놓여 있었다. 아버지는 나에게 내일 마뎬 시장으로 가지고 가라고 했다. 다섯째 삼촌이 갈지 안 갈지 모르겠지만 사실 나는 다섯째 삼촌과 같이 가고 싶지 않았다. 나 혼자 가서 짚신을 판 돈 중에서 몇 푼이라도 슬쩍하고 싶었기 때문이다. 금년 새해 명절에는 반드시 커다란 '대포 폭죽'을 살 생각이었다. '대포 폭죽'은 던지거나 당겨도 소리가 나고, 누르거나 내리쳐도 소리가 난다. 잘 익힌 고구마에 폭죽을 꽂아 개에게 던져 주면 픽 하고 터지는데, 당연히 '개 이빨'이 몽땅 나가고 만다. 리 선생님네 아들 리둥은 집에 돈이 많아서 언제나 주머니 가득 이런 폭죽을 넣고 다닌다. 작년 겨울, 아직 학교에서 잘리지 않았을 때였다. 쉬는 시간을 알리는 종이 울리자 우리 남자아이들은 모두 일어나 벽 쪽으로 달려가서 일렬로 늘어서 '큰놈 밀어내기' 놀이를 시작했다. 줄 양쪽 끝에서 가운데를 향해 온힘을 다해 밀치면서 소리쳤다. "밀어, 밀어, 밀어! 큰놈을 밀어붙여 밥 빌어 먹게 하자." 이렇게 아이들은 서로 밀치락달치락하느라 온몸이 땀으로 범벅이 되었다. 가운데 있다가 밀려 나온 아이는 재빨리 양쪽 끝으로 가서 다시 가운데를 향해 밀기 시작했다. 낡은 솜저고리가 벽돌에 스쳐 치익칙 소리를 내며 찢어지기도 했다. 그래서 어른들은 이 놀이를 제일 싫어했다. 아이들끼리 악착같이 밀고 또 미는데, 갑자기 가운데에서 퍽 하는 소리가 들리더니 리둥의 주머니에서 연기가 피어오르기가 무섭게 불길이 솟았다. 폭죽이 터진 것인데, 놀란 리둥이 바닥에 나뒹굴었다. 이윽고 놀이가 끝나고 우리는 다시 수업을 시작했다. 교실은 얼음처럼 차가워서 우리 솜저고리에 금방이라도 서리가 맺힐 정도였다.

다시 차가운 바람이 몰아치고 등불이 또다시 흔들거렸다. 샤오구루가 허리춤을 매만지며 토굴 안으로 들어오면서 연신 중얼거렸다.

"추워, 아이고 정말 추워!"

토굴을 덮어 둔 거적에서 다시 소리가 나면서 또다시 냉기가 토굴로 몰아쳤다. 위 씨가 소리쳤다.

"누구야? 빨리 거적 내려. 알량한 온기마저 다 달아나 버리기 전에!"

허리를 구부리고 한 사람이 들어왔다. 검은콩처럼 작은 눈에 누리끼리한 수염 열댓 가닥이 턱 아래 듬성듬성 나 있었다.

"쉐, 또 뭘 빼앗아 가려고?"

다섯째 삼촌이 말했다.

땅콩과 담배를 팔고 있는 쉐부산은 대나무 광주리를 들고 있었다. 광주리 속에는 튀긴 땅콩 반 광주리와 네다섯 갑의 쪼글쪼글한 담배 그리고 조그만 저울 하나가 들어 있었다. 그가 말했다.

"간식거리 좀 주려고. 돈을 벌기만 하고 쓰지 않으면 살아도 무슨 재미가 있어? 다섯째, 여섯째 삼촌, 샤오구루, 위다선까지 사람들 모두 반 근씩 달고…… 하루 있으면 새해야. 뭐라도 좀 먹어야지."

그는 째지는 듯한 목소리를 내서 꼭 여자 같았다.

쉐부산은 땅콩을 손으로 집은 다음 다시 천천히 광주리에 떨어뜨렸다. 땅콩이 떨어지며 화르르 소리가 났다.

"한 근에 얼마야?"

다섯째 삼촌이 말했다.

"예전 그대로야. 50전이지."

쉐부산이 말했다.

"오늘 밤에 류 씨네랑 얼마네 토굴에서도 적잖게 팔았어. 왕다좌즈, 그 구두쇠도 땅콩 반 근에 담배 한 근을 산걸. 팔리는 대로 놔두었으면 벌써 다 팔았다고. 특별히 내가 자네들을 위해 땅콩 반 광주리하고 담배 몇 갑을 남겨 놓은 거야. 마을에 있는 어떤 토굴도 이곳에 비할 수 없지. 돈도 가장 많고, 게다가 다섯째하고 여섯째 형의 손이 좀 빨라? 한 명이 한 사람 반 몫은 하잖아. 위 씨도 돈 좀 벌잖아! 샤오구루야 말할 것도 없고!"

위다선이 말했다.

"고눔의 주둥이 그만 까고, 값이나 좀 깎아 봐. 그럼 살게."

쉐부산은 한참 동안 지껄이다가 결국 땅콩 한 근에 45전에 팔기로 했다. 위 씨가 45전을 꺼내자 쉐부산이 땅콩 한 근을 달아 위 씨 모자에 쏟아부었다. 쉐부산은 거슬러 줄 잔돈이 없다고 하면서 담배 다섯 개비를 꺼내 나를 포함한 다섯 사람들에게 하나씩 건넸다. 처음으로 이런 대우를 받은 나는 잔뜩 흥분해서 담배를 열심히 빨았다. 담배를 피우면서 중간에 기침이 나오지 않도록 억지로 참고 또 참았다. 위 씨가 모자를 들더니 속에 든 땅콩을 사람들에게 나누어 주었다. 사람들은 그저 아껴 먹을 뿐 무슨 말을 해야 좋을지 몰랐다.

위 씨가 말했다.

"쉐부산, 자네 마누라 야맹증은 아직 치료가 안 됐지?"

쉐 씨가 말했다.

"마흔 살이나 먹어 가지고 뭘 고쳐!"

샤오구루가 물었다.

"쉐 씨, 야맹증인 사람은 저녁에 아무것도 볼 수 없어요?"

쉐 씨가 대답했다.

"사람 그림자 정도는 정확하게 볼 수 있지만 누군지는 가늠할 수가 없어."

다섯째 삼촌이 말했다.

"그럼 밤에 바느질도 할 수 없겠네?"

쉐 씨가 말했다.

"무슨 바느질을 해!"

위 씨가 말했다.

"쉐부산, 이렇게 밤에 돌아다녀도 괜찮아? 누가 몰래 들어가서 여자 같은 네 목소리를 흉내 내면서 네 마누라를 가지고 놀면 어떡하려고?"

쉐 씨가 말했다.

"가지고 놀아? 우리 마누라는 10리 밖에서도 내 냄새를 안다고."

다섯째 삼촌이 말했다.

"양의 간을 두세 개 사다 먹여 봐, 눈에 좋다고 그러던데."

쉐 씨가 말했다.

"그거야 농사꾼들이나 먹는 거 아냐?"

다섯째 삼촌이 말했다.

"무시하지 말고! 민간 처방이 큰 병을 고치는 법이야. 우리 아버지가 말했는데 말이야. 예전에 귀씨 집성촌 장주(莊主) 귀가 말이야. 발등에 종기가 생겼는데, 아무리 해도 낫질 않더래. 그래서 결국 떠돌이 한의사에게 갔는데 그 한의사가 하는 말이, 메뚜기 열 마리를 잡아다 빻아서 장을 만들어 상처에 붙이고 잘 싸매라고 했다는 거야. 귀 장주는 반신반의하며 풀밭에 가서 메뚜기 열 마리를 잡아다 돌로 으깨 종기에 붙였대. 그런데 다음 날 붓기가 빠지더니 그다음 날이 되자 상처가 다 아물었다는군. 넷째 날 그 한의사가 다시 오자 귀 장주가 그를 집으로 초대해 술을 마셨대. 술을 마시는데 그 한의사가 말하길, 발등에 난 종기는 백초창(百草瘡)이라고 하는데, 메뚜기가 온갖 풀을 죄다 먹으니 메뚜기 장을 바르면 풀끼리 서로 견제 작용을 해서 영험하다는 거지."

나도 이전에 다섯째 삼촌이 비슷한 이야기를 하는 것을 들은 적이 있었다. 어떤 사람이 목에 종기가 생겼는데 이상하게 가렵기만 하고 잘 낫지 않고, 어떤 처방을 해도 소용이 없었다. 나중에 떠돌이 한의사가 와서 김이 모락모락 나는 소똥을 가져다 그 사람 목에 바르자 종기에서 수도 없이 많은 '쇠똥구리'가 나오기 시작했다. 그게 바로 '쇠똥구리 종기'였다는 것이다. 다섯째 삼촌은 사실 이런 이야기를 잘 해 주지 않는데,

그날따라 웬일인지 굉장히 신이 났기 때문에 그런 이야기를 들을 수 있었다.

사람들은 땅콩을 아직 다 먹지 않아서 허겁지겁 먹느라 바빴다. 잠시 후 다 먹고 나자 사람들은 손으로 땅콩 껍질을 짓이기며 쳐다볼 뿐 한참 동안 자리를 뜨지 않았다. 땅콩 냄새가 입안 가득했다. 등불이 곧게 타올라 유난히 밝은 빛으로 축축한 토굴 벽을 비췄다. 수숫대에 맺힌 물방울이 마치 눈물처럼 매달려 있었으나 영 떨어지지 않았다. 머리 위로 겨울밤의 정적을 가로지르는 바람 소리가 커졌다 줄어들기를 반복하고 있었다. 강가에서는 '쩍, 쩍' 하며 얼음 깨지는 소리가 들려왔다.

샤오구루가 말했다.

"방금 오줌 누러 갔을 때 흰 너구리를 봤는데……."

흰 너구리를 봤다는 사람이 우리 마을에 참 많았는데, 아마도 그건 작은 면양이나 토끼 같은 동물이 신출귀몰하게 움직이면, 깜깜한 밤이라 때로 눈이 부실 정도로 하얗게 보였기 때문일 것이다. 쫓아가려면 쫓아갈 수도 있다. 하지만 당신이 빨리 달리면 그 녀석도 빨리 달리고, 당신이 천천히 달려가면 그 녀석 또한 느리게 달릴 것이니 영원히 따라잡지 못할 것이다.

샤오구루가 운을 떼자 다섯째 삼촌도 뜻밖에 재미난 이야기를 꺼내기 시작했다. 내 생각에, 평소 말이 없는 다섯째 삼촌이 이야기를 꺼낸 것은 자신들을 위해 땅콩을 사 준 위다선을 위한 것이 틀림없었다. 다섯째 삼촌이 입을 열었다. 얼마 전에 죽은 우리 마을 노총각 먼성우 알지? 그 친구는 정말 겁이 없어. 글쎄 음택(陰宅)[60]에 살았거든. 매일 밤 술에 취해 집에 돌아올 때마다 빨간 비단옷을 입은 여자가 문 앞에서 그를 기다리고 있는데, 그 여자 숨소리까지 들렸다는 거야. 그래서 먼성우가 그녀를 안으려고 달려들었는데, 그만 퍽 하고 문에 부딪치고 말았어. 그 여자는 등 뒤에서 낄낄거리며 웃어 대고 말이지. 먼성우가 잠이 들면 시커먼 아이 하나가 작은 나귀를 타고 털털거리며 방안을 돌아다닌다는 거야. 그것도 똑똑히 보았다는 거지. 다섯째 삼촌은 계속해서 몇 년 전만 해도 우리 마을에 못된 짓을 하는 악귀가 많았는데, 마을 뒤편 강둑에 젖가슴이 커다란 귀신이 한밤중에 나타나 흐흐거리며 차가운 웃음을 짓기도 했다고 말했다.

그러자 이번에는 위다선이 입을 열었다.

"난 직접 겪은 일도 있어. 어느 해인가, 나무를 하러 갔을 때 가운데 손가락을 다쳐서 피가 흘렀거든. 그래서 몽당빗자루에 피를 쓱쓱 닦고 나서 그냥 버렸지, 뭐! 몇 달이 지났을까, 한번은 밤에 오줌을 싸러 나갔는데 달이 엄청 밝아 마치 땅에 서리가 내린 것 같더라고. 그런데 갑자기 뭔가 작은 물체 하나가 담벼락 밑에 뛰어다니는 거야. 나는 누런 쥐라고 생각하고 다가가 발로 밟았는데, 그게 뭐였을 것 같아? 바로 내 중지에 난 피를 묻힌 몽당빗자루더라고! 불을 지펴 그걸 태우는데 지지직 하며 피거품이 솟아나는 거야. 잘 기억해 둬. 가운데 손가락에 난 피는 아무 곳에나 함부로 발라선 안 돼. 그 물건이

---

60) 묘지.

달빛이나 햇빛을 받으면 사십구 일이 지난 뒤에 요괴가 된다는 거야."

위다선은 계속해서 자신이 직접 겪은 일이라고 하면서 몇 가지 이야기를 더 풀어 놓았다. 그의 이야기가 거지반 끝나 가는데 샤오구루가 보이지 않았다. 내가 말했다.

"구루 아저씨, 귀신이 붙잡아 간 거죠?"

위다선이 말했다.

"이 자식, 언제 슬그머니 나간 거야?"

다섯째 삼촌이 말했다.

"그 자식이 재수가 없는 거지. 과부를 데려올 수 있을 거라고 생각했는데 라오차이가 말뚝을 박았으니!"

위다선이 말했다.

"갑시다. 내일 마뎬 시장에 가야지 않소? 형님!"

다섯째 삼촌이 말했다.

"가 봐. 내일 마수걸이라도 해야지. 이렇게 추운 날!"

"안 가요?"

위다선이 물었다.

다섯째 삼촌이 여섯째 삼촌을 힐끗 보더니 주변 물건을 정리하고, 일어나면서 몸의 먼지를 털었다. 여섯째 삼촌은 그저 열심히 일을 하며 아무런 말도 하지 않았다. 나는 오늘 밤에는 여섯째 삼촌이 토굴에서 잘 거라는 생각이 들었다.

내가 말했다.

"다섯째 삼촌, 나 여기서 여섯째 삼촌이랑 잘게요. 내일 아침 일찍 시장에 갈 때 불러 줘요. 우리 아버지가 신발 팔러 가라고 했으니까요."

다섯째 삼촌이 그러마 하고 말하면서 위다선과 함께 토굴 밖으로 나갔다.

토굴 안이 갑자기 커졌다는 느낌이 들었다. 나는 여섯째 삼촌과 마주 앉았다. 불빛이 여섯째 삼촌 눈을 비쳤다. 여섯째 삼촌의 눈이 또다시 황금처럼 노래졌다.

여섯째 삼촌이 큰 소리로 말했다.

"졸립네! 이런 젠장⋯⋯."

여섯째 삼촌이 이렇게 말하더니 일어나 큰 소리로 노래를 불렀다.

"류바오, 이놈 큰 대가리, 네 애비 열다섯, 네 에미 열여섯에 하룻밤 등잔불 아래 너처럼 가난뱅이 못난 새끼를 낳았네."

오줌을 참다 보니 오줌보가 금방이라도 터질 듯 아팠다. 그러나 감히 오줌을 싸러 밖으로 나갈 수가 없었다. 여섯째 삼촌이 노래를 다 부른 후 이불 속으로 파고들었다. 나는 마음을 단단히 먹고 머리가 지끈거리는 것을 느끼며 출구 쪽으로 걸어갔다. 이를 악물고 거적을 들어 올려 토굴 밖으로 나갔다. 마치 엉덩이를 벌거벗고 얼음물 속에 뛰어드는 것 같았다. 두피가 바짝 조여드는 가운데 감히 사방으로 눈길을 돌릴 수가 없었지만 귓가에 나귀 발굽 소리, 가슴이 큰 여자의 차가운 웃음소리, 작은 빗자루가 튀어 오르는 소리, '화피자'의 말소리 등이 들려왔다. 오줌을 누는데 목덜미 뒤로 차가운 바람이 스쳐 지나갔다. 나는 힘껏 오줌을 눴다. 커다란 까만 그림자가 굴러오며 눈 쌓인 들판에서 발소리가 울려 퍼졌다. 나는 놀라서 소리를 지르며 재빨리 뒤돌아 뛰기 시작했다. 어떻게 토굴로 곤두박질쳐 들어왔는지 알 수가 없다. 내 몸짓에 요란하게 흔들리던 등잔불이 가까스로 불길을 지탱했다. 나는 큰 소리로 여섯째 삼촌을 불렀다. 여섯째 삼촌은 마치 죽은 것 같았다. 나는 사력을 다해 외쳤다.

"여섯째 삼촌, 귀신이에요."

정말 귀신이었다. 어두운 출구 쪽에서 거대한 물체가 돌진하듯이 덮쳐 들어왔다. 머리고 얼굴이고 온통 피범벅이 된 채로 토굴에 들어서자마자 그대로 엎어졌다. 내 비명 소리에 여섯째 삼촌도 잠에서 깨어났다. 여섯째 삼촌이 일어나 등잔불을 들고 토굴 안에 넘어진 물체를 비춰 보니 얼굴이 피범벅이었지만 그래도 금방 샤오구루라는 것을 알 수 있었다.

나중에 들은 이야기인데, 샤오구루가 쉐부산인 척하면서 야맹증이 걸린 부인의 이불로 들어가 꼼지락거리다 결국 들키고 말았다. 그 여자가 손을 뻗어 자리 밑에 있던 가위를 꺼내 앞뒤 가릴 것 없이 다짜고짜 샤오구루의 이마를 찔렀다는 것이다.

투명한 빨간 무

1

습기를 잔뜩 머금은 어느 가을 새벽녘, 잡초 이파리며 기와 곳곳에 투명한 이슬이 맺혀 있었다. 홰나무 잎이 이미 노랗게 물들기 시작했고, 홰나무 위에 걸린 붉게 녹이 슨 쇠 종 역시 이슬에 촉촉하게 젖어 있었다. 대장이 겹저고리를 걸쳐 입고 한 손에 수수로 만든 빵 한 조각을, 그리고 다른 한 손에 껍질을 벗긴 대파를 든 채 천천히 종 아래쪽으로 향해 갔다. 종 아래에 이르렀을 때 그의 손에 들려 있던 빵과 대파가 자취를 감춘 대신 그의 양 볼이 마치 가을날 들녘에 식량을 나르는 두 마리 들쥐처럼 잔뜩 볼록해져 있었다. 그가 줄을 잡아당기자 종의 추가 종 벽을 때리며 땅, 땅, 땅 소리가 울려 퍼지기 시작했다. 남녀노소 할 것 없이 사람들이 골목에서 몰려나와 종 아래로 모여들더니 마치 나무 인형처럼 눈을 빠끔거리며 대장을 바라봤다. 대장이 꿀꺽 음식을 삼키고 소매를 들어 구레나룻에 둘러싸인 입을 닦았다. 사람들이 일제히 대장의 입을 바라보고 있는데, 그의 입이 열리자마자 욕설이 터져 나왔다.

"왜 이리 느려 터진 거야? 공사(公社), 이 개자식들! 오늘은 기와공 몇 명 빼내 가고 내일은 또 목공 몇 명을 차출하는 식으로 인부들을 찔끔찔끔 다 빼 가고 있잖아! 석공은 또 어떻고! 한데 어쩌겠어! 공사에서 마을 뒤편 홍수 예방 지구 댐을 넓히겠다고 생산대마다 석공 한 명, 잡역부 한 명을 차출하라고 하니 자네가 갈 수밖에 없네!"

대장이 키가 크고 어깨가 넓은 한 청년에게 말했다.

젊고 잘생긴 석공이었다. 까만 눈썹, 하얀 이, 흑백이 조화를 이룬 얼굴이 매우 깔끔하고 준수해 보였다. 그가 고개를 살짝 흔들며 이마에 흘러내린 머리카락을 뒤로 젖혔다. 그리고 조금 머뭇거리듯 대장에게 잡역부는 누가 가는지 물어봤다. 대장이 추운 사람처럼 어깨를 감싸 안은 채 두 눈을 풍차처럼 돌리며 중얼거렸다.

"여자가 좋다고는 하는데. 여자는 면화 정리가 가능하니까. 남자는 노동력이 아깝기도 하고."

마지막으로 그의 시선이 벽 모서리에 멈췄다. 모서리에 열 살 정도의 남자아이가 서 있었다. 남자아이는 맨발에 등을 다 내놓은 채 흰 바탕에 초록 줄 무늬가 쳐진 통 넓은 아랫도리만 입고 있었다. 바지처럼 생긴 아랫도리에는 여기저기 얼룩이며 때가 묻어 있었다. 풀 즙 같은 것이 묻어 있기도 했고, 말라비틀어진 코피 같은 것이 묻어 있기도 했다. 아랫도리는 길어서 무릎까지 내려왔다. 아이 종아리에 반질반질한 작은 상처가 가득했다.

"헤이하이! 요놈 새끼 아직도 살아 있네?"

대장이 아이의 비쩍 말라 튀어나온 가슴을 바라보며 말했다.

"벌써 염라대왕에게 갔을 거라고 생각했는데, 학질은 다 나았냐?"

아이는 아무 말이 없었다. 그저 반짝이는 까만 두 눈동자로 대장을 빤히 바라볼 뿐이었다. 아이는 머리는 큰 데 비해 목은 가늘고 길다 보니 이처럼 커다란 머리를 이고 있다가는 목이 금방이라도 끊어져 버릴 것만 같았다.

"일해서 몇 푼이라도 벌려고? 그 꼴로 뭘 하겠다고? 방귀만 뀌어도 쓰러질 것 같은데! 석공 삼촌 따라 홍수 방지 댐에 가서 잡역부라도 할래? 어때? 집에 가서 쇠메 찾아다가 댐으로 가서 주저앉아 자갈 깨는 일이나 하렴. 원하면 돌 몇 덩이 더 깨고, 그렇지 않으면 조금만 깨도 좋아. 역사 경험에 따르면, 공사 잡역이라는 것이 죄다 양코배기들 눈가림용 일이라."

아이는 뭉그적거리며 젊은 석공 옆으로 다가가 붙더니 석공의 옷자락을 잡아당겼다. 젊은 석공이 조롱박처럼 생긴 그의 까까머리를 따듯하게 도닥거렸다.

"집에 가서 새엄마에게 쇠메 달라고 해. 다리 어귀에서 기다릴게."

아이가 앞으로 달려갔다. 뛴다고 뛰었지만 속도로 보면 뛰는 것과 거리가 멀었다. 가는 두 팔을 힘껏 휘두르는 모습이 마치 들판에 서 있는 허수아비가 바람에 흔들리는 것 같았다.

아이의 뒷모습으로 시선을 보내며 벌거벗은 그의 등을 바라보던 사람들은 갑자기 몸이 오싹해지는 것 같았다. 대장이 겹저고리를 힘껏 끌어당기며 아이에게 고함을 질렀다.

"집에 가면 새엄마에게 저고리 달라고 해서 입어. 으이그, 불쌍한 자식!"

아이는 다리를 높이 들어 올리며 살금살금 집으로 들어섰다. 맑은 콧물을 흘리는 꼬마 남자아이 하나가 마당에서 쪼그리고 앉아 오줌이 범벅된 흙을 가지고 놀고 있었다. 꼬마는 아이가 들어오는 것을 보더니 납작한 얼굴을 쳐들고 손을 벌리며 소리를 질렀다.

"어…… 어…… 안아……."

헤이하이는 허리를 구부려 바닥에서 담홍색 살구나무 잎을 집어 새엄마가 낳은 동생 콧물을 닦아 주고, 콧물이 묻은 나뭇잎을 마치 전단지를 붙이듯 벽에 대고 쳤다. 동생에게 손을 흔들며 아이는 집 안으로 들어가 벽 구석 자리에서 쇠 손잡이로 된 끝이 양의 뿔처럼 생긴 쇠메를 찾아 다시 살그머니 방을 빠져나왔다. 꼬마가 다시 아이를 향해 소리를 질렀다. 아이는 나뭇가지 하나를 찾아 동생 주위에 커다란 원을 그린 후 가지를 내던지고 황급히 마을 뒤로 달려갔다. 마을 뒤에는 그리 크지도 작지도 않은 개천이 하나 있고, 그 개천 위로 구멍 아홉 개가 나 있는 돌로 된 무지개다리[61]가 있었다. 강둑에는 수양버

---

61) 다리 밑부분이 무지개같이 반원형이 되도록 쌓은 다리. 홍교(虹橋)라고도 한다.

들이 가득 자라 있었다. 여름 장맛비로 인해 나무가 잠기는 바람에 나뭇가지에 자라났던 붉은빛 잔뿌리가 지금은 말라비틀어져 있었다. 버들잎도 쇠잔해져 엷은 갈색빛 낙엽이 물결 따라 서서히 앞으로 떠내려가고 있었다. 오리 몇 마리가 개천에서 헤엄을 치고 때로 빨간 주둥이를 수초에 박은 채 꽥꽥 소리를 내며 수초를 뒤지는 모습이 뭔가를 먹고 있는지도 모를 일이었다.

강둑으로 뛰어 올라간 아이는 그새 지쳤는지 숨을 헐떡거렸다. 튀어나온 가슴이 마치 병아리처럼 팔딱거렸다.

"헤이하이!"

젊은 석공이 다리 어귀에 서서 큰 소리로 아이를 불렀다.

"빨리 좀 뛰어!"

'헤이하이'라 불린 아이가 뛰는 자세로 젊은 석공 앞에 이르렀다. 그가 아이를 보더니 물었다.

"안 추워?"

아이는 멍하니 젊은 석공을 바라봤다. 그는 작업용 천바지와 재킷 모양 상의, 상의 안에 붉은색 작업 셔츠를 입고 있었다. 뒤집혀 있는 작업 셔츠 깃이 눈부셨다. 아이가 마치 불길을 바라보듯 셔츠 목깃을 뚫어져라 바라봤다.

"왜 그렇게 날 쳐다봐?"

젊은 석공이 아이의 머리를 살짝 밀자 아이의 머리가 마치 황아 장수가 매고 다니는 북처럼 흔들거렸다.

"너."

석공이 말했다.

"계모에게 맞아서 바보가 됐나 보구나!"

석공이 휘파람을 불며 손가락으로 박자를 맞추면서 아이의 머리를 두드렸다. 두 사람은 함께 무지개다리로 올라갔다. 아이는 조심조심 걸었다. 되도록 가장 좋은 위치에서 석공이 자기 머리를 칠 수 있도록 위치를 잡고 조심조심 걸었다. 젊은 석공의 손가락은 마디가 굵어 마치 작은 방망이처럼 단단한 데다 까까머리를 두드리니 꽤나 아팠지만 아이는 꾹 참은 채 아무런 소리도 내지 않았다. 그저 입 꼬리가 살짝 들릴 정도였다. 불그스름 윤기가 흐르는 젊은 석공의 입술이 자유자재로 순식간에 오므라들었다 벌어졌다 하기를 반복하고 있었다. 그의 두 입술 사이로 종달새 같은 부드럽고 상큼한 음성이 흘러나와 그대로 구름을 향해 날아갔다.

다리를 지나 맞은편 강둑으로 올라가 서쪽으로 반 리 정도 가니 홍수 방지용 수문이 나왔다. 홍수 방지 수문은 사실 다리나 마찬가지다. 다만 다리와 다른 점은 수문이 있어 물을 막기도 하고, 문을 열면 물길을 내보낼 수도 있다는 것이다. 길게 뻗은 강둑 경사지에 덥수룩한 족제비싸리 덤불이 보였다. 강둑 안쪽은 수십 미터 너비의 간척지이다. 간척지의 가는 모래 들판은 물이 빠지자 어느새 잡초가 무성하게 자라났다. 강둑 바깥쪽은 광활한 들판으로, 해마다 터지는 홍수에 물길에 섞여 든 모래흙이 퇴적되면서 딱딱한 흑토가 비옥한 옥토로 바뀌었다. 금년 홍수는 그나마 덜해 강둑까지 위험이 미치지 않았기 때문에 홍수 방지 수문을 열 일이 없었다. 홍수 방지 구역에 방글라데시산 황마를 곳곳에 심었다. 황마가 원시림처럼 빽빽하게 들어차 있었다. 마침 이른 새벽이라 황마 줄기 끝을 엷은 안개가 감싸 안은 모습을 보니 멀리 황마밭이 마치 깊은 바다를 보는 듯했다.

젊은 석공과 아이가 느긋하게 홍수 방지 수문에 이르렀을 때 수문 앞 모래땅 위에는 두 무리의 사람들이 모여 있었다. 여자 한 무리, 남자 한 무리의 모습이 마치 대치해 있는 두 진영 같았다. 공사 간부 한 사람이 작은 공책 하나를 들고 남자와 여자 사이에 서서 무슨 말을 지껄이고 있었다. 그가 갑자기 팔을 들었다가 내렸다. 석공이 아이를 데리고 수문 어귀 시멘트 계단을 따라 공사 간부 앞으로 다가갔다. 석공이 말했다.

"류 부주임, 우리 마을도 왔습니다."

젊은 석공은 늘 공사에 출장을 나갔고, 류 부주임은 언제나 사람들을 이끌어 각종 공사를 마무리하기 때문에 서로 잘 아는 사이였다. 아이는 류 부주임의 넓적하고 큰 입술을 바라봤다. 자줏빛 두 입술이 마주치면서 연속해서 음절을 쏟아 냈다.

"이봐, 석공! 또 껄렁한 자네가 왔나? 자네 마을은 정말 빌어먹을! 사람을 찾아도 원, 조리로도 건져 올리지 못할 유들유들한 뺀질이를 보내고 말이야. 속 좀 썩겠군. 그래, 잡역부는?"

아이는 석공이 손가락으로 자기 머리를 치는 것을 느꼈다.

"그걸 사람이라고 데려왔어?"

류 부주임이 아이의 목을 잡고 몇 차례 흔들었다. 아이 발꿈치가 거의 땅에서 들릴 것만 같았다.

"이렇게 빼빼 마른 원숭이를 보내다니! 너 쇠메 들 기운은 있냐?"

류 부주임이 험악한 표정으로 헤이하이에게 물었다.

"그만하시죠, 류타이양 부주임님, 사회주의가 훌륭하다는 것이 뭡니까? 모두 밥을 먹을 수 있다는 것 아닙니까. 헤이하이 집은 3대째 빈농이에요. 사회주의가 신경을 써 주지 않으면 누가 신경을 써 줍니까? 하물며 친엄마도 없이 계모랑 생활을 하는 데다 친아빠는 눈에 뭐가 씌었는지 관둥 지역에 가서 삼 년째 코빼기도 안 보여요. 곰에게 먹혔는지, 이리에게 당했는지 모를 일이라고요. 부 주임님, 계급 의식은 어디다 팔아먹었습니까?"

젊은 석공은 류타이양 부주임이 잡고 있는 헤이하이를 잡아끌며 농담 반 진담 반으로 말했다.

헤이하이는 석공이 힘껏 끌어당기는 바람에 머리가 조금 어찔했다. 조금 전 부주임 가까이에 갔을 때 그 커다란 입에서 술 냄새가 풍겼다. 그 냄새에 아이는 구역질이 날 뻔했다. 계모 입에서 나는 냄새하고 똑같았다. 아버지가 떠난 후, 계모는 늘 아이를 시켜 말린 고구마를 가게에 내다주고 술과 바꿔 오라고 했다. 계모는 술만 입에 댔다 하면 취해서 아이를 때리고 꼬집고 물어뜯었다.

"삐쩍 마른 원숭이 새끼!"

부주임이 헤이하이에게 욕설을 몇 마디 내뱉더니 더 이상 신경 쓰지 않고 계속 훈화를 하기 시작했다.

헤이하이는 양 뿔 모양의 쇠메를 들고 매가리가 하나도 없이 홍수 방지 댐으로 걸어갔다. 홍수 방지 댐은 길이 100미터에 높이가 10여 미터로, 댐의 북쪽에는 댐과 길이가 같은 네모

난 수조가 있고, 수조 안에 여름에 내린 빗물이 고여 있었다. 아이는 댐에 서서 돌난간을 잡고 물속의 돌을 바라봤다. 비쩍 마른 까만 물고기 몇 마리가 돌 틈에서 굼뜨게 유영하고 있었다. 홍수 방지 댐 양끝은 높은 강둑으로 이어졌고, 강둑은 바로 현성으로 향하는 길에 연결되었다. 댐은 너비 5미터이며, 양끝에 각기 0.5미터 높이의 돌난간이 있었다. 몇 년 전 몇 사람이 자전거를 타다가 마차에 받쳐 댐 아래로 추락하는 일이 있었는데, 당시 사고로 다리가 부러진 사람이 있는가 하면 허리가 부러진 사람, 떨어져 죽은 사람도 있었다. 물론 그때 아이는 지금보다 작았지만 몸에 살집도 많았고, 아버지는 아직 관둥에 가기 전이었으며, 계모도 술을 먹지 않았을 때였다. 아이는 댐으로 달려 올라가 구경을 했다. 아이가 좀 늦게 도착하는 바람에 댐 아래 떨어졌던 사람은 이미 실려 간 후였고, 댐 아래 수조에 불그레하고 희끄무레한 자국들만 남아 있었다. 후각이 민감한 아이는 물에 실려 오는 피비린내를 느낄 수 있었다.

아이는 손을 차가운 돌난간에 받친 채 양 뿔 모양의 쇠메로 난간 위를 한 차례 내리쳤다. 난간과 쇠메에서 일제히 윙 하는 소리가 들렸다. 아이는 쇠메와 돌난간이 부딪치는 소리에 귀를 기울였다. 지난 일들이 눈앞에서 흩어져 버렸다. 태양은 밝게 댐 밖 너른 황마밭을 비추고 있었다. 엷은 안개가 황마밭을 이리저리 잽싸게 뚫고 지나갔다. 황마를 너무 빽빽하게 심어 아랫부분은 틈이 있는 것 같았으나 위쪽은 잎이 서로 엉켜 축축하고 기름져 보였다. 아이는 계속 서쪽을 바라봤다. 황마밭 서쪽에 고구마밭이 있었다. 자줏빛 고구마 잎에 윤기가 흘렀다. 헤이하이는 그 고구마가 신품종임을 알고 있었다. 줄기가 짧고, 고구마가 많이 열리고, 폭삭하니 맛이 달았다. 흰 껍질에 속이 붉은 고구마는 삶으면 터져 버렸다. 고구마밭 북쪽은 채소밭이다. 인민공사 사원들의 자류지[62]가 모두 국유화되면서 생산대에서는 채소밭만 가꿀 수 있었다. 헤이하이는 이 채소밭과 고구마밭이 모두 5리 밖에 위치한 한 마을의 것임을 알고 있었다. 그 마을은 매우 부유했다. 채소밭에는 배추도 있고, 무도 있는 것 같았다. 푸르다 못해 검은빛이 도는 무청이 왕성하게 자라나고 있었다. 채소밭 한가운데 외떨어진 두 칸짜리 집이 있는데 그곳에 노인네 한 사람이 쓸쓸히 살고 있다는 것도 알고 있었다. 채소밭 북쪽은 한도 끝도 없이 펼쳐진 황마밭이었다. 채소밭 서쪽에도 다시 황마가 아득하게 펼쳐져 있었다. 아이는 자꾸만 생각이 꼬리를 물었다. 삼면이 황마, 한 면이 강둑으로, 고구마밭과 황마밭이 커다란 네모 모양의 우물이 되는 거야. 자줏빛 잎, 초록빛 잎은 순식간에 우물 속의 물이 되어 다시 황마를 따라 물이 되고, 황마 가지 끝을 비행하는 참새는 초록빛 물총새가 되어 수면 위에서 물고기를 잡아먹고…….

류 부주임은 아직도 훈화 중이었다. 장황한 그의 말을 요약하면 다음과 같다. 농업을 위해 다자이[63]를 배워야 하며, 수리

---

62) 自留地. 개인 경영이 가능한 토지.
63) 大寨. 중국 산시 성 시양 현에 있는 마을로, 집단 농업에 의한 정비를 통해 농업 생산량이 높아졌다. 이에 1964년 마오쩌둥은 "농업은 다자이에서 배우

는 농업의 생명줄이고, 팔자헌법[64]에서의 물도 그중에 하나다. 물이 없는 농업은 마치 어미가 없는 아이와 같으며, 어미가 있다 해도 이 어미에게 가슴이 없고, 가슴이 있다 해도 젖이 나오지 않으면 아이는 살 수 없으니 살아도 마치 저 비쩍 마른 원숭이 같다.(류 부주임은 손가락으로 댐 위에 있는 헤이하이를 가리켰다. 헤이하이는 사람들을 등지고 있었고, 그의 등줄기에 커다란 흉터 두 개가 햇살에 비쳐 번쩍였다.) 게다가 이곳은 댐이 좁아 안전하지 않아 해마다 사람들이 떨어져 죽기 때문에 공사혁명위원회는 이에 특별한 주의를 기울여 진지하게 검토한 결과 이곳 댐을 넓히기로 했다. 그래서 공사 전체 각 대대에서 모두 이백여 명의 민공을 모은 것이다.

그의 훈시가 계속 이어졌다. 제1단계 임무는 다음과 같다. 젊은 처자와 중늙은이 그리고 저 비쩍 마른 원숭이(그는 다시 댐 위의 아이를 가리켰다. 아이는 사람들을 등지고 있었는데, 햇살이 커다란 흉터를 비추자 그 모습이 마치 작은 거울 두 개를 비추는 것 같았다.) 녀석까지 모두 합쳐 저기 있는 500개의 네모진 돌을 백자양심환[65]이나 계란 노른자 크기 정도로 만들어야 한다. 석공들은 모든 돌을 길이에 따라 가지런하게 연마한다. 이 두 사람이(그가 피부가 구릿빛으로 그을린 두 사람을 가리켰다. 한 명은 키가 작은 젊은이고 다른 한 명은 키가 큰 늙은이였다.) 우리 공

자."라는 구호를 내걸었다.

64) 정식 명칭은 농업팔자헌법(農業八字憲法). 마오쩌둥이 농민의 실천 경험과 과학 기술 성과를 근거로 1958년에 내놓은 여덟 가지 농업 증산 기술 조치.
65) 栢子養心丸. 신경 안정에 쓰이는 중국의 생약.

사의 철공들이다. 이들은 석공들이 쓰다가 끝이 무뎌진 송곳 등의 수리를 책임진다. 식사의 경우, 마을에서 가까운 사람은 집에 돌아가 먹고, 마을에서 멀리 떠나온 사람은 앞마을에 가서 먹는다. 취사장을 하나 만들어 놓았다. 잠은 마을에서 가까운 사람의 경우 집에 돌아가서 자고, 마을에서 멀리 떨어진 사람은 다리 구멍에서 잔다.(그는 홍수 방지 댐 아래에 난 수십 개의 구멍을 가리켰다.) 여자는 동쪽에서 서쪽으로, 남자는 반대로 서쪽에서 동쪽으로 자리를 잡고 잔다. 다리 구멍에 짚을 깔아 놓아 마치 스프링 침대처럼 탄력이 좋다. 개자식들! 얼마나 편한지 아마 죽여줄 거다!

"류 주임님, 주임님도 다리 구멍에서 잡니까?

"나는 지도자고 자전거가 있다. 여기서 자든 안 자든 그건 내가 알아서 한다. 괜히 신경 쓰느라 속 썩어 문드러지지 말고! 장교가 말을 탄다고 사병도 말을 탈 수 있겠어? 개자식들! 잘해. 매일 임금도 꼬박꼬박 주고 수리 식량 한 근에다 수리 공금 2마오도 줄 테니!⁶⁶⁾ 하기 싫은 놈들은 꺼져. 비쩍 마른 원숭이 새끼도 돈과 식량을 받으면 아마 댐 수리가 끝날 즈음이면 살이 피둥피둥 찔걸……."

류 부주임의 말을 헤이하이는 단 한 마디도 듣지 않았다. 그는 가녀린 두 팔로 돌난간을 부여잡고 두 손으로 양 뿔 모양 쇠메를 잡고 있었다. 그는 황마밭에서 들려오는 새들의 지저

66) 수리 공사를 위해 징수한 식량과 돈을 노동에 투입되는 사람들에게 지급한다. '마오(毛)'는 중국의 화폐 단위로, 1마오는 1위안의 10분의 1이다.

권 같은 음악과 음악 같은 가을 풀벌레 소리를 들었다. 도망치듯 내빼는 안개가 황마 잎과 심홍빛, 담록빛의 줄기에 부딪쳐 귀가 멀 것같이 요란한 소리를 냈다. 메뚜기가 날개를 자르는 소리가 마치 기차가 철교를 지나가는 소리 같았다. 그는 꿈속에서 기차를 본 적이 있다. 외눈박이 괴물이 엎어져 달리는데 말보다 빨랐다. 그러면 서서 달리면 어찌될까? 꿈에서 기차가 막 몸을 일으키려는 순간, 계모가 구들 청소용 빗자루로 그를 갈기는 바람에 헤이하이는 잠에서 깨어났다. 계모는 그에게 개천에 나가 물을 길어 오라고 했다. 빗자루로 볼기를 맞았는데도 아프지 않았다. 그냥 얼얼할 뿐이었다. 볼기를 맞는 소리가 마치 먼 곳에서 누군가 몽둥이로 면화 마대를 터는 소리 같았다. 그가 멜대 고리를 끌어 올리자 물통이 땅에서 떨어졌다. 두 통 가득 물을 길었다. 아이의 뼈가 삐꺼덕거렸다. 갈빗대와 볼기뼈가 하나가 되었다. 아이는 두 손으로 멜대에 몸을 실은 채 흔들흔들 가파른 강둑을 기어올랐다. 강둑으로 오르는 작은 길이 줄줄이 이어 선 버드나무에 고불탕고불탕 이어져 있었다.

버드나무 가지는 자석이 박힌 듯 철로 된 물통을 흔들어 댔다. 물통이 나무에 부딪치면서 물통에 담긴 물이 오솔길에 흩뿌려지는 바람에 길이 미끄러웠다. 발을 한 발 내딛을 때마다 마치 수박 껍질을 밟는 것 같았다. 어떤 자세로 내려와야 할지 난감했다. 물은 폭포처럼 아이를 적셨다. 얼굴을 바닥에 부딪치니 코끝이 납작해지고, 풀 줄기가 땅 위에 실도랑을 만들었다. 코피 몇 방울이 입으로 들어갔다. 아이가 한입, 다시 한입을 뱉었다. 물통이 혼자 노래를 흥얼거리며 강까지 굴러갔다. 아이도 몸을 일으켜 물통을 쫓아갔다. 통 두 개 가운데 하나는 강가 수초에 널브러져 있고, 하나는 강물에 실려 앞으로 떠내려가고 있었다. 아이는 물가를 따라 쫓아갔다. 발 아래 그와 반 아이들이 '개 불알'이라 부르던 잡초가 가득 자라고 있었다. 풀뿌리가 팰 정도로 발끝에 힘을 줬는데도 아이는 강물로 미끄러졌다. 강물은 따뜻했고, 그의 배꼽 정도 깊이였다. 바지가 젖어 둥둥 떠올라 아이의 허리를 맴돌았다. 마치 해파리 같았다.

아이는 뚝뚝 물을 흘리며 쫓아가 물통을 낚아채 다시 물길을 역류하여 돌아왔다. 두 팔을 활짝 벌려 한 팔로 물통을 끌며 다른 한 팔로 계속해서 물을 갈랐다. 거센 물길에 그의 몸이 비틀거렸다. 아이는 잔뜩 힘을 주어 몸체를 기울이고 활처럼 목을 휘어 앞을 향해 나아갔다. 물고기 떼가 아이를 에워싼 것 같았다. 허벅지 사이에 부드러운 물고기가 입을 맞추었다. 아이는 그 느낌을 생생하게 느끼기 위해 제자리에 멈췄다. 그러나 멈추는 순간, 그 느낌은 사라져 버렸다. 수면이 갑자기 어두워졌다. 마치 놀라고 당황한 고기 떼가 흩어져 버린 것 같았다. 걷기 시작하자 행복한 느낌이 다시 전해지기 시작했다. 물고기들이 다시 모여드는 것 같았다. 아이는 다시 멈추지 않은 채 눈을 반쯤 감고 앞으로 전진, 전진…….

"헤이하이!"

"헤이하이!"

아이는 깜짝 놀라 정신을 가다듬고 눈을 크게 떴다. 물고기들이 순식간에 사라져 버렸다. 아이의 손을 벗어난 양 뿔 모양의 쇠메가 그대로 수문 아래 푸른 물속으로 곤두박질치며 흰 국화꽃 같은 물거품을 일으켰다.

"저 비쩍 마른 원숭이 자식, 분명히 머리에 무슨 문제가 있을 거야."

류 부주임이 댐으로 올라와 헤이하이의 귀를 비틀며 큰 소리로 말했다.

"어서 가. 저 아줌마들이랑 같이 돌을 깨야지. 그 안에서 계모나 하나 만들 수 있는지 보자."

젊은 석공도 다가와 헤이하이의 선득한 두피를 매만지며 말했다.

"가자. 네 쇠메 찾으러. 몇 개라도 깨야지 푼돈이라도 벌지. 실컷 깨고 나면 요령도 좀 피우고!"

"농땡이 부리면 네 귀를 잘라 술 담글 테니 알아서 해."

류 부주임이 큼지막한 입을 벌리며 말했다.

헤이하이가 부들부들 몸을 떨었다. 난간 구멍으로 빠져나가려다 두 손이 맨 아래 돌난간에 걸렸다. 몸이 순간 난간 아래 매달렸다.

"죽고 싶어?"

젊은 석공이 놀라서 고함을 지르더니 몸을 굽혀 아이의 손을 잡아당겼다. 헤이하이가 아래로 몸을 움츠리자 몸이 교각의 마름모꼴로 튀어나온 돌 모서리에 붙어 날렵하게 미끄러져 내려갔다. 헤이하이가 흰 교각에 달라붙어 있는 모습이 마치 회벽에 도마뱀붙이 한 마리가 붙어 있는 것 같았다. 아이가 주르륵 수조로 미끄러지더니 양 뿔 모양 쇠메를 찾은 다음 다시 수조를 기어 나와 교각 구멍으로 들어가 보이지 않았다.

"이놈의 비실비실 원숭이 새끼!"

류 부주임이 아래턱을 문지르며 말했다.

"빌어먹을, 비실비실한 원숭이 새끼!"

헤이하이가 다리 구멍에서 빠져나와 몸을 잔뜩 움츠린 채 여자들이 있는 방향으로 걸어갔다. 여자들이 농지거리를 주고받았다. 음란한 농지거리가 오고가는 동안 몇몇 처녀들은 안 듣자니 궁금하고 그렇다고 듣기도 뭐한 듯 하나같이 얼굴이 닭 벼슬처럼 볼그레했다. 헤이하이가 여자들 앞에 나타나자 여자들은 갑자기 꿀 먹은 벙어리가 되었다. 잠시 멍하니 시간이 흐른 뒤, 여자들이 귓속말을 하기 시작했다. 헤이하이가 아무런 반응도 보이지 않자 여자들의 소리가 점점 커졌다.

"저것 좀 봐. 불쌍하기도 하지! 지금 때가 어느 때인데 아이를 저렇게 벌거벗겨서!"

"자기 배 아파서 낳은 아이가 아니면 저렇다니까!"

"소문에 쟤 계모 집에서 그 짓을……."

헤이하이는 뒤로 돌아 강물로 시선을 옮긴 채 더 이상 여자들 쪽을 바라보지 않았다. 물빛이 붉은 곳도, 푸른 곳도 보였다. 강의 남쪽 언덕 위 버드나무 잎이 마치 잠자리처럼 춤을 추고 있었다.

자홍빛 네모진 두건을 쓴 한 처녀가 헤이하이 등 뒤에서 가만히 물었다.

"얘, 꼬마야, 어느 마을에서 왔어?"

헤이하이가 고개를 삐딱하게 기울이며 그녀를 힐끗 바라봤다. 그녀의 윗입술 위로 가느다란 황금빛 솜털이 나 있는 것이 보였다. 두 눈은 커다랗지만 눈썹이 너무 많아 마치 졸음이 잔뜩 담긴 눈처럼 보였다.

"꼬마야, 이름이 뭐야?"

헤이하이는 모래땅에 난 남가새와 씨름을 하고 있었다. 발가락으로 가시가 여섯 개 또는 여덟 개 난 남가새를 뜯어 발로 비비댔다. 아이의 발은 마치 라마의 단단한 발굽처럼 가시를 하나씩 부러뜨리며 남가새를 모조리 짓이겨 버렸다.

그녀가 흥겹게 웃었다.

"대단한데? 헤이하이! 발에 편자를 달아 놓은 것 같아. 얘, 너 왜 아무 말도 안 해?"

그녀가 손가락 두 개로 아이의 어깨를 지르며 말했다.

"안 들려? 너한테 묻고 있잖아!"

헤이하이는 따뜻한 손가락 두 개가 자기 어깨를 따라 미끄러지듯 내려가더니 등에 난 상처에서 멈추는 것을 느꼈다.

"얘, 이, 이건 어쩌다 그런 거야?"

아이의 두 귀가 움찔거렸다. 처녀는 그제야 유별나게 큰 아이의 두 귀가 눈에 들어왔다.

"귀도 움직이네? 와! 아기 토끼 같아!"

헤이하이는 그녀의 손이 다시 자기 귀로 옮아가더니 손가락 두 개가 자신의 예쁜 귓불을 매만지고 있는 것을 느꼈다.

"말해 봐. 헤이하이, 이 상처 말이야."

그녀는 가만히 아이의 귀를 잡아당겨 자기 가슴과 나란하도록 몸을 돌려 세웠다. 아이는 고개를 들지 않고 그대로 시선을 고정했다. 빨간 체크무늬 옷 위로 끝이 노르스름한 땋은 머리가 보였다.

"개가 물었어? 종기가 난 거야? 나무에 올라갔다가 그런 거야? 불쌍하기도 하지…….'"

헤이하이는 울렁거리는 가슴으로 고개를 들어 그녀의 동그란 아래턱을 바라봤다. 코가 벌름거렸다.

"쥐즈, 양아들이라도 삼으려고?"

얼굴이 비대한 여인이 그녀에게 소리쳤다.

헤이하이가 두 눈동자를 빙글빙글 돌렸다. 흰자위가 마치 잿빛 나방이 날갯짓을 하는 것 같았다.

"참! 난 쥐즈라고 해. 첸툰 살아. 여기서 10리 떨어져 있어. 나랑 말하고 싶으면 쥐즈 누나 하고 부르면 돼."

그녀가 헤이하이에게 말했다.

"쥐즈, 너 그 애에게 반한 거야? 꼬마 신랑이라도 삼으려고? 고생깨나 하겠다. 이런 꼬마 오리라면 횃대에 올라가는 것만도 몇 년을 가르쳐야겠네…….'"

"썩을 놈의 여편네. 입만 열었다 하면 똥물 세례는!"

그녀는 뚱뚱한 여자에게 욕을 퍼부었다. 그녀는 헤이하이를 산봉우리 같은 막돌 더미 앞으로 데려가 평평한 돌 하나를 찾아 내려놓으며 말했다.

"여기 앉아. 내 옆에 앉아서 천천히 깨 봐!"

그녀는 자기도 매끈한 돌 하나를 방석 삼아 헤이하이 옆에 앉았다. 순식간에 홍수 방지 댐의 모래벌판 위에 픽, 쩍 하는 돌 깨는 소리가 한가득 울려 퍼졌다. 여자들은 헤이하이를 화제 삼아 험난하기만 한 인생살이와 이렇게 세상이 험난해진 여러 가지 이유에 대해 이야기를 나누었다. 이런 '여자들의 철학'에는 영구불변의 진리 이외에 헛소리들도 껴 있기 마련이다. 쥐즈는 여자들의 이야기를 전혀 귀담아듣지 않았다. 그녀는 주의 깊게 헤이하이를 살펴봤다. 헤이하이도 처음에는 이따금 그 커다란 눈을 힐끗거리는 식으로 여자의 관심에 반응을 보였지만 금세 마치 뭔가에 빠져든 듯, 눈을 크게 뜨고 있긴 해도 대체 뭘 보고 있는지 알 수가 없었다. 여자는 바짝 집중해 아이를 지켜봤다. 아이가 왼손으로 돌덩이를 만지며, 오른손으로 양 뿔 모양의 쇠메를 들어 올렸다. 매번 무척 힘이 들어 보였다. 쇠메를 내리칠 때는 마치 무거운 물건을 내팽개치듯 균형을 잃었다. 때로 그녀는 너무 놀라 비명을 지를 뻔했다. 그러나 아무 일도 일어나지 않았다. 양 뿔 모양의 쇠메는 허공에서 곡선을 그리며 휘청거리긴 해도 언제나 돌 위에 정확하게 떨어졌다.

헤이하이의 시선은 이제껏 돌에만 쏠려 있었다. 그때 강 쪽에서 기이한 소리가 들려왔다. 끊어질 듯 이어질 듯 미약하고 마치 물고기 떼들이 재잘거리는 것 같은 소리로, 때로 먼 곳에서 그러다 갑자기 가까운 곳에서 들려오는 것 같았다. 아이는 힘껏 눈과 귀를 모두 동원해 파악에 나섰다. 강 위로 반짝거리는 기체가 가물가물 솟아오르고 있었다. 소리는 그 안에서 나는 것 같았다. 그 신비한 기체를 보고만 있으면 기기묘묘한 소리가 들리는 듯했다. 아이의 얼굴이 점차 볼그족족해지고 입가에 사랑스러운 미소가 피어올랐다. 아이는 이미 자기가 어디 앉아서 무슨 일을 하고 있는지 까맣게 잊었다. 마치 위아래로 움직이는 팔이 자기 것이 아닌 것 같았다. 시간이 흐르자 아이는 오른쪽 집게 손가락에 감각을 느낄 수가 없었다. 오른쪽 팔도 쥐가 나서 말을 듣지 않았다. 입에서 갑자기 애절한 절규 같기도 하고 탄식 같기도 한 소리가 흘러나왔다. 고개를 숙여 보니 집게 손가락 손톱이 몇 조각으로 쪼개져 깨진 틈 사이로 피가 여기저기 배어 나오고 있었다.

"헤이하이, 손 찍은 거야?"

그녀가 몸을 일으켜 두서너 발 앞으로 다가오더니 쪼그려 앉았다.

"이런! 어쩌다 이렇게 찍어 버린 거야? 세상에 너처럼 일하는 사람이 어디 있다니? 사람만 여기 있지 마음은 대체 어느 나라로 날아가 있는지 모르겠네."

그녀가 아이를 꾸짖었다. 헤이하이가 오른손으로 흙을 한 줌 집어 다친 손가락 위에 대고 눌렀다.

"헤이하이, 너 미쳤어? 흙이 얼마나 더러운데!"

그녀는 헤이하이를 끌고 강변으로 향했다. 아이의 발바닥이 반질반질한 간척지를 요란하게 철썩거리며 걸어갔다. 물가에 쪼그리고 앉아 그녀가 아이의 손을 잡고 강물에 담갔다. 아이의 손가락 앞으로 혼탁한 누런 물길이 몰려들었다. 황토가 씻겨 나가자 핏물이 배어 나와 마치 물속에서 붉은 실이 흐느적거리는 것 같았다. 아이의 손톱이 깨진 옥 조각 같았다.

"아파?"

아이는 아무 소리도 내지 않았다. 아이의 시선이 다시 물속 민물 새우에 고정되었다. 투명한 민물 새우의 긴 수염 두 갈래가 한들거리는 모습이 무척 아름다웠다.

그녀는 월계화가 그려진 손수건을 꺼내 아이의 손가락을 감쌌다. 아이를 데리고 돌무더기 옆으로 돌아와 말했다.

"됐어. 앉아서 일해. 신경 안 쓸 테니까, 이 덜렁아!"

여자들 모두 쇠메질을 멈추고 촉촉이 젖은 눈길을 보냈다. 돌무더기 주변에 순간 정적이 흘렀다. 면양 같은 흰 구름들이 파란 하늘을 가로질러 내달리면서 순간, 순간 어두운 그림자를 드리우며 이따금 하얀 모래톱과 강물 위를 속절없이 떠갔다. 여자들의 표정이 씁쓸했다. 마치 풀 한 포기 자라지 않는 소금기 많은 벌판 같았다. 시간이 한참 흐른 후에야 여자들은 마치 꿈에서 깨어난 듯 다시 돌을 깨기 시작했다. 드문드문 단조롭게 울려 퍼지는 쇠메 소리에 체념 어린 마음이 묻어나고 있었다.

헤이하이가 묵묵히 앉아 손수건 위 빨간 꽃을 빤히 바라봤다. 빨간 꽃 옆에 다시 꽃 한 송이가 나타났다. 손톱에서 배어 나온 피였다. 여자들은 금세 아이를 잊은 채 깔깔거리며 웃기 시작했다. 헤이하이는 다친 손을 입가로 가져가 이로 손수건의 매듭을 풀고, 다시 오른손으로 흙 한 줌을 쥐어 다친 손가락 위에 올려놓고 눌렀다. 쥐즈가 입을 열어 무슨 말인가를 하려다가 헤이하이가 이와 오른손을 써 다시 손수건을 묶고 있는 것을 발견했다. 그녀는 길게 한숨을 내쉰 뒤 쇠메를 들어 적갈색 돌조각을 육중하게 내리쳤다. 단단한 돌조각은 모서리가 마치 칼날 같았다. 돌 모서리와 쇠메 끝이 만나 불꽃이 강하게 일었다. 환한 대낮인데도 불꽃이 선명했다.

점심때가 되자 류 부주임이 까만 자전거를 몰고 헤이하이와 젊은 석공이 있는 마을에서 나왔다. 그는 홍수 방지 댐에서 작업 종료를 알리는 호루라기를 불었다. 이어 그는 취사장에서는 벌써 식사가 시작되었으니 집이 5리 이상 떨어진 민공은 취사장에서 식사를 해도 된다고 알렸다. 사람들이 재빨리 도구를 정리했다. 쥐즈가 자리에서 일어나자 아이도 따라서 자리에서 일어났다.

"헤이하이, 너희 집은 얼마나 떨어져 있어?"

헤이하이는 그녀의 질문에 신경도 쓰지 않은 채 고개를 이리저리 돌렸다. 뭔가 찾고 있는 것 같았다. 그녀도 아이를 따라 고개를 돌렸다. 헤이하이가 고개를 멈추자 그녀도 고개를 멈췄다. 시선이 앞으로 향하자 젊은 석공의 생기 넘치는 눈과 마주쳤다. 두 사람은 그렇게 수십 초를 마주 봤다. 젊은 석공이 말했다.

"헤이하이, 가자. 집에 가서 밥 먹자. 그렇게 멀뚱멀뚱 바라볼 필요 없어. 우리 집은 여기서 2리도 안 떨어져 있잖아. 취사장에서 밥 먹을 복은 없는 것 같구나, 우리는!"

"두 사람이 한 마을이에요?"

쥐즈가 젊은 석공에게 물었다.

석공이 흥분해서 말을 더듬기 시작했다. 그는 손가락으로 마을을 가리키며 자기랑 헤이하이는 저 마을 사람으로, 다리만 건너면 바로 집이라고 했다. 쥐즈와 석공은 일상적인 내용이지만 매우 다정하게 이야기를 나누었다. 석공은 그녀의 집이 쳰둔이라는 것, 그래서 취사장에서 밥을 먹을 수 있고 교각 구멍에서 잠을 잘 수 있다는 사실을 알았다. 그녀는 취사장 밥은 좋지만 교각 아래 구멍에서 잠을 자는 것은 싫다고 했다. 가을바람에 교각 아래가 춥다는 것이다. 그녀는 석공에게 헤이하이가 벙어리가 아니냐는 이야기도 물어봤다. 석공은 절대 그렇지 않으며 무척 영리한 아이라고 말했다. 네댓 살 때 말을 하기 시작해서 마치 대나무 통 안에 완두콩을 넣고 흔들면 나는 소리처럼 톡톡 튀게 말을 잘했다고 했다. 그러던 아이가 말이 점점 줄어들면서 걸핏하면 마치 작은 석상처럼 멍하기 일쑤니 아무도 아이가 무슨 생각을 하는지 알 수가 없다고 말했다. 저 눈 좀 봐요. 저 새카만 눈동자는 도무지 깊이를 알 수 없다니까요. 그러자 그녀는, 자신은 아이가 얼마나 총기 있는지 느낄 수 있으며, 왜 그렇게 저 아이가 좋은지 모르겠지만 마치 친동생처럼 느껴진다고 했다. 석공이 말했다. 그건 당신이 착한 사람이기 때문이에요.

젊은 석공, 쥐즈, 헤이하이는 그렇게 이야기를 나누는 사이 제일 뒤로 처지게 되었다. 남녀가 한껏 정답게 이야기를 나누다 보니 발걸음도 진도가 나가지 않았다. 헤이하이는 다리를 높이 들었다 사뿐히 내려놓으며 두 사람 뒤를 따라갔다. 그 표정이나 동작이 마치 성벽을 따라 순찰을 도는 새끼 고양이 같았다. 무지개다리 족제비싸리 덤불에서 시간을 지체한 류 부주임이 끽끽 자전거를 몰며 쫓아오고 있었다. 다리가 좁은 탓에 그는 하는 수 없이 자전거에서 내렸다.

"아직도 여기서 뭘 꾸물거리고 있어? 헤이하이, 오늘 오전 일은 어땠어? 어? 손톱은 왜 그래?"

"쇠메에 손이 깨졌어요."

"제기랄! 석공, 자네 오늘 낮에 자네 생산대 대장에게 가서 일찌감치 사람 좀 교체해 달라고 그래. 그러다 죽으면 난 책임 못 져."

"일하다 다친 건데 어떻게 쫓아낼 수가 있어요?"

쥐즈가 큰 소리로 말했다.

"부주임님, 우리가 몇 년 된 관계예요? 이처럼 큰 공사장에 이런 아이 하나 더 있다고 뭐가 어떻게 됩니까? 손가락이 이래 가지고 생산대에 가서 뭘 하라고 그러십니까?"

젊은 석공이 말했다.

"비쩍 마른 원숭이 새끼, 빌어먹을!"

류 부주임이 끙끙대며 말했다.

"일을 바꿔 주지. 철공 쪽에 가서 풀무나 돌리는 건 어때? 할 수 있겠어?"

"할 수 있지요. 그렇지, 꼬마야?"

젊은 석공이 말했다.

2

헤이하이는 철물을 녹이는 난로 옆에서 다섯째 날까지 풀무질을 했다. 벌거벗은 몸이 마치 양질의 석탄처럼 까맣게 윤기가 흘렀다. 아이의 몸에서 하얀 부분은 이와 눈의 흰자위뿐이었다. 그렇다 보니 아이의 눈은 전보다 더욱 깊어졌다. 아이가 입을 꼭 다물고 누군가를 바라보면 뜨거운 쇠에 지진 것처럼 견딜 수가 없었다. 아이의 코 양쪽 골에 석탄 가루가 잔뜩 묻고, 머리는 손가락 마디만큼 자랐으며, 그렇게 자라난 머리카락에도 역시 석탄 가루가 잔뜩 묻어 있었다. 이제 현장에서 일하는 사람들은 남녀 모두 할 것 없이 아이를 '헤이하이'라고 불렀다. 아이는 전혀 신경을 쓰지 않았다. 누군가를 진지하게 바라보지도 않았다. 쥐즈, 젊은 석공과 이야기를 나눌 때만 그것도 오로지 눈으로만 대답을 할 뿐이었다. 어제 정오, 작업장 사람들이 모두 식사를 하러 간 사이에 철공 아저씨의 쇠메 하나와 담금질용 새 물통이 도난당했다. 류 부주임은 홍수 방지 댐에서 반 시간 동안 욕을 퍼부었다. 그는 헤이하이에게 새로운 임무를 맡겼다. 매일 점심시간 사람들이 모두 식사를 하러 갔을 때 현장에 남아 도구를 지키고, 대신 점심 식사는 철공 아저씨가 취사장에서 가져다준다는 조건이었다. 류 부주임은 헤이하이, 이 개새끼에게 점심 식사 편의를 제공하겠다라고 말했다.

사람들이 모두 떠나자 오전 내내 소란스럽던 현장에 적막이 감돌았다. 헤이하이는 교각 구멍을 나와 댐 앞 모래사장 위를 천천히 걸어갔다. 두 팔을 돌려 두 손으로 엉덩이를 가리고 눈썹을 찌푸렸다. 이마에 깊은 주름이 세 줄이나 잡혔다. 아이는 여러 번 되풀이해서 교각 구멍을 셌다. 두 입술 사이로 '뽀록, 뽀록' 작은 방울이 새어나왔다. 일곱 번째 교각 앞에서 아이는 걸음을 멈춘 후 돌로 된 교각의 마름모꼴 모서리를 두 다리 사이에 긴 채 쑥쑥 위로 올라갔다. 반쯤 올라갔을 때 아이가 아래로 미끄러졌다. 배의 피부가 벗겨지면서 핏방울이 배어 나왔다. 아이는 허리를 굽혀 흙을 한 줌 주워 배에 올려놓았다. 그리고 다시 몇 걸음 물러나 손바닥을 들어 햇살을 가린 다음 교각과 다리가 만나는 돌 틈새를 바라보며 안도의 한숨을 쉬었다.

아이는 재빨리 여자들이 돌을 깨는 곳으로 갔지만 예전에 자신이 앉았던 돌은 보이지 않았다. 아이는 쥐즈의 자리를 정확하게 찾았다. 그녀가 쓰는 석공용 육각 쇠메를 알고 있었다. 아이는 그녀의 자리에 앉아 계속 꼼지락꼼지락 자세를 바꾸며 눈이 일곱 번째 교각 위 돌 틈새와 일직선이 되도록 조정한 후에야 제대로 자리를 잡고 돌 틈새에 놓인 그 물건을 두 눈으로 뚫어져라 바라봤다…….

그날 점심, 아이는 일찌감치 홍수 방지 댐으로 달려가 교각의 서쪽 첫 번째 구멍에 쪼그리고 앉았다. 아이의 눈이 붉은 화로, 쇠 집게, 큰 쇠메, 작은 쇠메, 철통, 석탄 푸는 삽 심지어 석탄 하나하나까지 차례로 훑었다. 작업 시작 시간이 다가오고 있었다. 아이는 오른손으로 석탄 삽을 들고 불기를 죽여 뒀던 붉은 화로를 헤집으면서 왼손으로 힘껏 풀무질을 했다. 석탄 연기와 재가 날아오르는 바람에 시야가 흐릿해졌다. 아이는 힘껏 눈을 비볐다. 눈언저리 충혈된 부분이 벌겋게 달아올랐다. 풀무에 닭털을 새로 채워 넣어[67] 무척 무거웠다. 한 손으

---

67) 바람의 세기를 조절하기 위해 풀무에 닭털을 넣는다.

로 하기가 조금 힘이 들었다. 오른손 집게손가락이 부딪쳤다. 손가락을 보고 나서야 상처를 싸맸던 수건이 생각났다. 손수건은 이미 흰색이 아니었지만 월계화는 아직 선홍빛이었다. 아이는 생각을 바꿔 교각 구멍을 나와 사방을 살폈다. 일곱 번째 교각 앞에서 아이는 손수건을 풀어 입에 물고 힘껏 위로 기어 올라간 다음 손수건을 돌 틈새에 밀어 넣었다……. 서너 번 찔러 넣고 나니 불이 꺼졌다. 아이의 이마에 땀방울이 맺혔다. 그때 교각 구멍 밖에서 탁탁 발자국 소리가 들려왔다. 당황한 아이는 등이 차가운 돌벽에 닿을 때까지 뒤로 물러섰다. 아이는 다리가 짧은 청년이 허리를 구부리고 교각 구멍으로 걸어 들어가는 것을 봤다. 그 자세로 봐서 교각 구멍은 낮고, 그자는 키가 크다는 것을 알 수 있었다. 헤이하이의 입이 헤 벌어졌다. 짧은 다리 청년은 꺼진 화로와 반쯤 잡아당겨진 풀무를 보더니 돌벽에 달라붙어 서 있는 아이를 발견하고 욕을 퍼부었다.

"개새끼, 여기서 뭘 꾸물거리고 있어? 불도 꺼지고, 풀무도 비뚤어지고. 매를 벌어요, 벌어! 못난 새끼!"

헤이하이가 머리 위로 바람 소리와 함께 자기 머리통을 갈기는 모난 손길을 느끼는 순간 찰싹 소리가 들렸다. 마치 바닥에 청개구리 한 마리가 떨어져 죽는 소리 같았다.

"어서 꺼져. 가서 돌이나 깨. 빌어먹을!"

청년이 욕을 퍼부었다.

헤이하이는 그제야 상대가 젊은 철공이란 사실을 알았다. 젊은 철공은 얼굴에 뾰두라지와 여드름이 빽빽하고, 코는 마치 송아지 코처럼 납작하고 평평한데 그 위에는 땀방울이 가득 맺혀 있었다. 헤이하이는 젊은 철공이 잽싸게 화로를 정리하는 모습을 지켜봤다. 젊은 철공이 교각 구멍 모서리에서 황금빛 짚을 한 움큼 집어다 화로에 쑤셔 놓고 불을 지핀 후, 살짝 풀무질을 하자 짚에서 살랑살랑 휜 연기가 올라오더니 이어 불길이 솟아올랐다. 그는 축축한 탄을 한 삽씩 퍼서 불이 붙은 짚을 향해 얇게 흩뿌리는 동시에 한편으로는 부지런히 다른 한 손을 놀려 풀무질을 했다. 그가 탄 한 삽을 더 뿌렸다. 화로에서 누런 연기가 올라왔다. 연기와 함께 코를 찌르는 매캐한 냄새가 느껴졌다. 젊은 철공이 삽 끝으로 화로 속의 탄을 쑤시자 검붉은 불길이 거세게 튀어 오르며 탄이 피어올랐다.

헤이하이가 "오!" 하고 감탄했다.

"아직도 안 꺼지고 뭐 해? 이 개새끼가!"

그때, 키가 크고 비쩍 마른 노인 한 사람이 천천히 교각 구멍으로 들어와 젊은 철공에게 물었다.

"불 막아 둔 것 아니었어? 왜 다시 펴?"

노인의 목소리가 마치 가슴 저 밑바닥에서 나오는 것처럼 묵직했다.

"이 빌어먹을 쪼그만 새끼 때문에 불이 꺼졌잖아요."

젊은 철공이 삽을 들어 헤이하이를 가리켰다.

"아이한테 풀무질을 시키지그래!"

노인이 말했다. 그는 계란 노른자 색 방수포 하나를 허리에 두르고, 방수포 두 개는 발목에 묶어 발을 보호했다. 방수포에 불똥 때문에 생긴 구멍이 가득했다. 헤이하이는 이 자가 늙은 철공임을 알 수 있었다.

"얘한테 풀무질하라고 하고, 자네는 메질만 해. 그래야 자네 일이 좀 수월해지지."

늙은 철공이 말했다.

"이 애송이에게 풀무를 맡기라고요? 꼭 원숭이처럼 비쩍 마른 것 좀 보쇼. 화로 옆에 있다가는 마른 장작개비가 될 것 같은데!"

젊은 철공이 불만스럽다는 듯이 구시렁거렸다.

류 부주임이 단숨에 뛰어 들어오며 눈을 까뒤집고 말했다.

"뭐야? 풀무질할 사람이 필요하다고 했잖아?"

"저런 자식은 필요 없다고요, 부주임님! 저 비쩍 마른 꼴 좀 보세요. 제기랄! 삽도 못 들 것 같은 놈을 뭘 하라고 보낸 겁니까? 저런 자식도 일꾼이랍시고! 대가리만 채워 주면 된다는 식입니까?"

"누가 네 시키면 속을 모를 줄 알아? 풀무질하라고 아가씨라도 하나 붙여 줄까 봐? 제일 예쁜 년으로 골라, 자줏빛 두건이라도 두르고 오라고 해? 빌어먹을 놈, 꿈도 야무지기는! 헤이하이! 풀무질해!"

류 부주임이 젊은 철공에게 말했다.

"개놈의 자식! 잘 가르치기나 해!"

헤이하이는 잔뜩 움츠린 채 풀무 앞으로 다가가 섰지만 눈길은 뭔가 기대하듯 늙은 철공의 얼굴을 향하고 있었다. 아이는 늙은 철공의 낯빛이 마치 잘 구운 밀을 보는 것 같고, 코끝은 잘 익은 산사나무 열매 같다고 생각했다. 그가 앞으로 다가와 아이에게 불을 피우는 요령을 가르쳐 주었다. 아이는 귀를 움찔거리며 늙은 철공의 말을 모두 귀담아들었다.

막 풀무질을 시작한 아이는 허겁지겁 작업을 하느라 온몸이 땀으로 범벅이 되었다. 불길 때문에 피부가 마치 바늘로 찌르는 듯 심하게 따끔거렸다. 늙은 철공은 마치 기와처럼 단단히 굳은 채 무표정한 모습으로 눈길 한번 주지 않았다. 헤이하이는 아랫입술을 악물고 계속해서 까만 팔을 들어 올려 눈가에 흐르는 땀을 닦았다. 아이의 새가슴이 헐떡거리고, 입과 콧구멍에서 마치 풀무처럼 후후 숨이 터져 나왔다.

반질반질 닳아빠진 송곳을 수리하러 온 젊은 석공이 헤이하이의 모습을 보고 말했다.

"버틸 수 있겠어? 버티기 힘들면 말을 해. 차라리 돌을 깨러 가자고!"

헤이하이는 고개도 들지 않았다.

"저 고집불통!"

젊은 석공이 드릴을 바닥에 던져두고 나가더니 금세 다시 돌아왔다. 쥐즈와 함께였다. 쥐즈는 네모난 두건을 목에 매고 있었다. 얼굴이 더욱 단아해 보였다.

교각 구멍 속에 있던 젊은 철공은 갑자기 눈앞이 환해지는 것을 느끼고 힘껏 침을 뱉은 후 다시 두툼한 혓바닥으로 갈라진 입술에 침을 발랐다. 그의 두 눈은 헤이하이보다 작지는 않았지만 오른쪽 눈에 오리 알 껍질 같은 각막 백반이 동공을 가리고 있었다. 오랫동안 왼쪽 눈으로만 사물을 보다 보니 고개를 오른쪽으로 기울이는 습관이 생겼다. 그가 고개를 오른쪽 어깨 쪽으로 기울였다. 왼쪽 눈에서 벌건 빛을 반짝이며 볼그레한 쥐즈의 얼굴을 뚫어져라 바라봤다. 그의 두 다리 사이로 8~9킬로그램이나 되는 커다란 쇠메가 축 내려져 있었다. 손으로 쇠메 손잡이를 잡은 그의 모습이 마치 지팡이를 짚고 있는 것 같았다.

화로에 불길이 피어올랐다. 불꽃이 섞인 검은 연기가 그대로 다리까지 치솟더니 다시 분노를 터뜨리듯 곤두박질쳤다. 아이는 얼굴이 연기에 휩싸이면서 기침을 했다. 가슴에서 찌르륵찌르륵 소리가 났다. 늙은 철공이 차가운 눈초리로 헤이하이를 힐끗거리더니 반질반질하게 닳아빠진 가죽 주머니에서 담뱃대를 꺼내 천천히 담뱃잎을 넣고 화롯불로 불을 붙였다. 두 줄기 하얀 연기를 까만색 연기 속으로 내뿜자 콧구멍 속 새카만 코털이 움찔거렸다. 그는 연기 너머로 무심한 양 교각 구멍 입구에 있는 젊은 석공과 쥐즈를 바라보더니 헤이하이에게 말했다.

"탄을 조금씩 골고루 뿌려!"

아이는 급히 풀무질을 했다. 비쩍 마른 몸을 앞으로 기울였다 다시 뒤로 젖혔다. 화롯불이 땀으로 축축해진 아이의 가슴을 비췄다. 갈비뼈 하나하나가 선명하게 드러났다. 왼쪽 갈비뼈 사이로 아이의 심장이 한 마리 쥐새끼처럼 애처롭게 팔딱거렸다. 늙은 철공이 말했다.

"좀 길게 빼고, 박자를 차분히 맞추면서!"

쥐즈는 헤이하이의 아랫입술에 선홍빛 피가 흐르는 것을 보고 순간 눈물이 핑 돌았다. 쥐즈가 소리쳤다.

"헤이하이! 거기서 그 일 하지 말고! 가자, 나랑 돌아가 돌 깨는 일 하자."

쥐즈가 풀무 앞으로 다가가 아이의 마른 장작개비처럼 가녀린 팔을 잡았다. 아이가 필사적으로 몸부림을 쳤다. 목구멍에서 그르릉 하는 소리가 흘러나왔다. 사람을 물려고 벼르고 있는 강아지 같았다. 아이의 몸은 무척 가벼웠다. 쥐즈는 아이의 팔을 붙잡고 교각 구멍 밖으로 데리고 나왔다. 아이가 끌려가며 발가락에 힘을 주고 버티는 바람에 땅 위에 있던 막돌들이 떼구루루 굴러가 버렸다.

"헤이하이, 저 사람들 일 하지 마. 저 그을음이며 불길이 네가 버텨 낼 수 있는 게 아니야. 이렇게 비쩍 마른 애가 이렇게 땀까지 죄다 흘려 버리면 누룽지 되어 버리겠네! 누나랑 가서 돌 깨는 편이 쉬워."

이렇게 말하며 쥐즈가 아이의 손을 놓은 후, 한 손으로 아이를 돌무더기 쪽으로 밀었다. 그녀는 팔이 튼실하고 힘이 있었고, 손은 큼지막하면서도 부드러웠다. 아이의 손목을 잡고 있으려니 마치 어린 산양 다리를 잡고 있는 것 같았다. 아이가 뒷걸음질을 쳤다. 발뒤꿈치에 바닥의 막돌 부스러기들이 주르르 밀려났다.

"바보, 고집쟁이. 얌전히 나랑 가자."

그녀가 발걸음을 멈추고 아이를 향해 고개를 돌려 이렇게 말하며 힘껏 아이의 팔을 잡았다.

"이 강아지 같은 다리 좀 봐. 내가 한 번 힘만 줘도 그냥 부러질 것 같아. 그런데 저렇게 힘든 일을 어떻게 하려고 그래?"

헤이하이가 매섭게 그녀를 노려보더니 갑자기 고개를 숙여 통통한 쥐즈의 팔목을 세차게 물어뜯었다. 그녀가 "아야!" 소리를 지르며 손의 힘을 푼 사이, 헤이하이는 뒤돌아 교각 구멍으로 달아나 버렸다.

아이의 치아는 무척 날카로웠다. 쥐즈의 손목에 두 줄로 깊게 잇자국이 파였다. 아이의 송곳니는 말 그대로 송곳이었다. 아이의 송곳니가 박혔던 쥐즈의 손목 부분에 작은 구멍 두 개가 났고, 그 위에 피가 고였다. 젊은 석공이 걱정스러운 모습으로 앞으로 다가가 쪼글쪼글한 손수건을 꺼내 그녀의 손목을 감쌌다. 그녀는 아예 눈길도 주지 않은 채 그를 밀쳐 낸 후 허리를 굽히고 땅에서 흙 한 줌을 주워 상처에 붙였다.

"균이 옮으면 어쩌려고!"

젊은 석공이 놀라서 고함을 질렀다.

그녀는 아무렇게나 쌓여 있는 돌무더기 앞으로 돌아와 자기 자리를 찾아 앉더니 돌은 건드리지도 않은 채 얼빠진 표정으로 강물 위 끊임없이 번져 가는 물결을 물끄러미 바라봤다.

"이런, 얼빠진 인간이 또 하나 나왔군."

"헤이하이가 분명히 마법을 부린 거야."

여자들이 귓속말로 소곤거렸다.

"헤이하이, 저리 꺼져. 개자식! 착한 마음도 몰라 주고 사람을 물어?"

젊은 석공은 이렇게 욕을 퍼붓고 젊은 철공의 화로가 있는 교각 구멍 쪽으로 걸어갔다.

뜨겁고 더러운 물줄기가 젊은 석공에게 날아들었다. 그는 정면으로 물을 뒤집어썼다. 교각 구멍에서 정확하게 그를 조준하여 물 반통이 거의 한 방울도 남김없이 그에게 쏟아졌다. 부드러운 그의 노랑머리, 작업복 재킷, 빨간색 작업 셔츠 깃에 쇳가루와 석탄재가 가득 달라붙었다. 더러운 물이 마치 작은 냇물처럼 머리에서 발까지 흘러내렸다.

"눈이 멀었어? 이 개새끼가!"

젊은 석공이 욕을 퍼부으며 교각 구멍으로 들어섰다.

"누구 짓이야? 어서 말해, 누가 그랬어?"

아무도 대답을 하지 않았다. 교각 구멍에 자욱했던 검은 연기가 흩어지고 화로의 불길이 거세게 타오르고 있었다. 얼굴이 붉게 달아오른 늙은 철공이 불에 달궈져 하얗게 반짝거리는 쇠 송곳을 화로에서 끄집어냈다. 송곳 끝에서 퍼퍽 하며 불꽃이 일어났다. 눈이 부셨다. 늙은 철공은 송곳을 모루에 올려놓고 장도리로 모루 가장자리를 두드렸다. 모루 소리가 쟁쟁 울려 퍼졌다. 늙은 철공은 왼손에 긴 집게를 들고 있었다. 집게로 집어 올린 송곳이 그의 뜻에 따라 이리저리 뒤집혔다. 오른손의 장도리가 재빨리 모루를 내리쳤다. 장도리가 내리치는 곳을 외눈의 젊은 철공이 8~9킬로그램의 커다란 쇠망치로 내리쳤다. 늙은 철공의 장도리는 마치 닭이 쌀을 쪼아 대는 것처럼 잽싸게 움직였고, 젊은 철공의 커다란 망치 역시 단 한 치의 오차도 없었다. 교각 구멍에 솔솔 뜨거운 바람이 일었다. 영혼까지 뒤흔들어 놓을 것만 같은 메질 소리에 송곳의 불똥이 사방으로 튀었다. 늙은 철공과 젊은 철공이 허리와 발을 보호하느라 덧씌워 둔 방수포에 불꽃이 튈 때마다 치익 하는 소리와 함께 하얀 연기가 피어올랐다. 불꽃은 헤이하이의 맨 피부에도 튀었다. 아이는 입을 벌리고 눈처럼 희고 날카로운 이를 드러냈다. 불똥 때문에 아이의 배에는 물집이 몇 개나 부풀어 올랐지만 조금도 고통스러운 표정이 아니었다. 아이의 눈동자에 비친 아른거리는 불길이 위로 치솟고 있었다. 아이는 여윈 두 어깨를 으쓱하며 목을 잔뜩 움츠리면서 두 팔을 가슴 앞으로 모아 아래턱과 입술을 감싸 쥐었다. 그 바람에 코에 잔뜩 주름이 잡혔다.

뭉툭하게 닳았던 송곳이 뾰족해지고 색도 점차 어둡게 가라앉았다. 선홍빛이었던 송곳은 점차 은백색이 되었다. 바닥에 떨어진 회백색 쇳가루 때문에 풀 줄기 하나에 불이 붙었다. 풀 줄기에 사르르 뽀얀 연기가 피어올랐다.

"어떤 잡놈이 내게 물을 뿌렸어?"

젊은 석공이 젊은 철공을 쳐다보며 말했다.

"이 몸이 뿌렸다, 어쩔래?"

젊은 철공의 몸 전체에서 빛이 났다. 그는 두 손으로 망치 손잡이를 쥔 채 여유 있는 몸짓으로 고개를 삐딱하게 기울이며 말했다.

"눈이 멀었어?"

"하나는 멀었다! 어르신이 물을 뿌리는데 네가 지나갔으니, 네 운이 그런 거지."

"너 그 따위로 할래?"

"요즘은 주먹 센 것이 우선이지."

젊은 철공이 주먹을 쥐자 팔뚝의 근육이 불끈 솟아올랐다.

"덤벼, 외눈박이! 이 몸이 오늘 나머지 개 눈까지 멀게 해주지."

젊은 석공이 씩씩거리며 앞으로 나왔다. 늙은 철공이 무심한 양 앞으로 한 발을 내딛으며 그에게 부딪쳤다. 젊은 석공은 문득 무슨 암시라도 하듯 늙은 철공의 움푹한 눈자위에서 무언가가 쏟아져 나오고 있다는 느낌을 받았다. 그는 갑자기 온몸의 근육이 풀어지는 것 같았다. 늙은 철공이 가만히 얼굴을 들더니 정확하게 뭐라 말할 수 없는 애매한 느낌의 창 혹은 노랫말이라고도 할 수 있을 그런 가락을 흥얼거리기 시작했다.

무예에 뛰어나고 시서에 통달했던 소년 영웅, 당신을 그리워하네.
그대를 따라 풍찬노숙, 강호를 떠돌며 세상 온갖 고통을 다 겪었네.

늙은 철공은 이렇게 한 소절만 부른 후 노래를 멈췄다. 슬프고 처량한 끝 소절을 배 속 깊숙이 삼켜 버린 것이 분명했다. 늙은 철공은 다시 젊은 석공을 힐끗 쳐다보더니 고개를 숙여 방금 전 뾰족하게 다듬어 둔 송곳을 담금질했다. 담금질하기 전, 그는 오른손 옷소매를 걷어 올린 다음 손을 물통에 집어넣어 물 온도를 살폈다. 그의 팔뚝에 둥근 자줏빛 상처가 깊게 패여 있었다. 중간이 불룩하게 솟아 있는 모습이 비록 상처이지만 마치 괴이한 눈동자 하나가 석공 자신을 주시하고 있는 것 같았다. 그는 입을 삐쭉인 후 마치 마법에 걸린 사람처럼 멍하니 교각 구멍 밖으로 흘러나왔다. 붉은 화로 곁에 이제 그의 모습은 보이지 않았다.

……아이는 눈이 시큰거리고, 두피까지 뜨겁게 달아올랐다. 아이가 쥐즈 자리에서 일어나 성큼성큼 철공의 화로 옆으로 돌아왔다. 교각 구멍은 어두웠다. 아이가 더듬더듬 늙은 철공의 간이 의자에 앉았다. 다른 생각이 모두 사라지자 두 손이 마치 불에 타는 것 마냥 통증이 느껴지기 시작했다. 그는 손을 차가운 돌벽에 갖다 댄 채 재빨리 지난 일들을 생각했다.

사흘 전, 늙은 철공은 휴가를 신청한 후 집으로 돌아가 솜옷과 이불을 가져왔다. 그는 사람이 늙으면 다리가 재산이니 날마다 집에 달려가고 싶지 않다면서, 벌건 화로 옆에 솜이불을 깔면 몸이 얼지 않는다고 말했다. (헤이하이는 눈을 들어 늙은 철공의 이불을 바라봤다. 이미 교각 구멍 북쪽은 목판으로 막혀 있었다. 빛줄기 몇 가닥이 목판 틈으로 새어나와 늙은 철공의 닳아 빠진 솜저고리와 개털 빠진 개가죽 깔개를 비췄다.) 늙은 철공이 집에 돌아가자 젊은 철공이 교각 구멍의 주인이 되었다. 그날 오전 구멍으로 들어온 그는 가슴과 배를 힘껏 내민 채 기분 좋은 얼굴로 말했다.

"헤이하이! 불 피워. 노친네가 집에 갔으니 이제 우리 둘이 해야지."

"뭘 멀뚱하게 바라봐? 쌍놈의 새끼! 너 나 깔보는 거지? 늙은이를 쫓아다닌 지 꼬박 삼 년이야. 그 늙은이가 가진 기술, 나도 다 안다고."

젊은 철공이 말했다.

헤이하이는 맥없이 불을 지폈다. 젊은 철공은 기분이 달떠 흥얼거렸다. 그는 전날 미처 손을 보지 못한 송곳 몇 개를 화로 한가운데에 넣었다. 헤이하이가 풀무질로 한껏 불을 키우자 아이의 까만 얼굴이 벌겋게 달아올랐다. 젊은 철공이 갑자기 웃음을 터뜨렸다.

"헤이하이, 홍군[68]이라고 해도 믿겠는데? 온몸이 상처투성이군."

아이가 힘껏 풀무질을 했다.

"요즘 그 수양어미인가 뭔가 하는 년은 왜 너 보러 안 와? 네가 물어뜯는 바람에 미움을 샀구나? 개새끼! 그 여자 팔은 무슨 맛이든? 신맛이야, 단맛이야? 개새끼, 먹을 복은! 그 뽀얗고 부드러운 팔이 내게 걸렸으면 오이처럼 아삭아삭 깨물어 먹었을 텐데."

헤이하이가 긴 집게를 들어 올리며 벌겋게 달아오른 송곳을 모루 위에 던졌다.

"요 자식! 빠른데?"

젊은 철공이 큰 망치보다는 작고 작은 망치보다는 큰 중간 망치를 잡아 한 손에는 집게, 한 손에는 망치를 잡고 야무지게 메질을 시작했다. 헤이하이가 멍하니 그 모습을 지켜봤다. 기운 좋은 젊은 철공은 신출귀몰한 솜씨로 망치를 휘두르며 송곳 모서리를 마치 잘 깎은 연필처럼 확실하게 각을 잡아 손질했다. 헤이하이는 슬픈 표정으로 늙은 철공의 작은 망치를 바

---

68) 紅軍. 중국의 인민 해방군.

라봤다. 젊은 철공은 집게로 메질을 마친 송곳을 물통 옆으로 가져가 담금질을 했다. 그의 담금질 동작은 늙은 철공의 모습과 완전히 판박이였다. 헤이하이는 고개를 돌려 다시 모루 옆에 놓은 작은 망치를 봤다. 작은 망치의 나무 손잡이는 마치 소의 뿔처럼 매끈했다.

젊은 철공은 쏜살같이 순식간에 십여 개의 송곳을 손질했다. 그는 거만하게 스승의 간이 의자에 앉아 담배를 말아서 입에 물었다. 그가 헤이하이에게 벌겋게 달아오른 탄을 가져와 불을 붙이도록 했다.

"꼬마야! 봤지? 그 늙은이 없이도 똑같이 할 수 있다고!"

젊은 철공이 이렇게 득의양양해하고 있을 때 조금 전 송곳을 가져갔던 석공들이 그를 찾아왔다.

"이봐, 무슨 담금질을 이따위로 한 거야? 끝이 뭉개지지 않으면 구부러져 있고! 이게 무슨 두부 손질하는 도구인 줄 알아? 돌을 깨는 거라고! 능력이 없으면 손대지 마시지. 자네 사부 오면 해. 괜히 우리 송곳 가지고 연습하지 말고!"

석공들이 십여 개의 송곳을 바닥에 던지고 떠나 버렸다. 젊은 철공은 낯빛이 변하더니 헤이하이에게 송곳을 달구라고 소리를 질렀다. 잠시 후 그는 다시 송곳을 메질하고 담금질한 후, 직접 현장으로 가져갔다. 그가 교각 구멍으로 돌아오기 무섭게 석공들이 뒤를 쫓아왔다. 그들은 망가진 송곳을 바닥에 내던지며 젊은 철공에게 욕을 퍼부었다.

"썩할 놈, 너 우리 가지고 장난하냐? 네놈이 담금질한 것 좀 봐. 네놈 어미 뭣처럼 다 뭉그러진 것 안 보여!"

헤이하이는 젊은 철공을 바라봤다. 입가 주름 몇 가닥이 실룩거렸다. 즐거워서인지, 괴로워서인지 도무지 종잡을 수가 없었다. 젊은 철공은 도구를 우당탕 내려놓더니 바닥에 웅크리고 앉아 씩씩거렸다. 그가 담배를 한 대 물었다. 빙글빙글 돌아가는 그의 흐릿한 외눈에 조급함이 역력했다. 커다란 올챙이 같은 눈썹이 잽싸게 꿈틀거렸다. 그는 담배꽁초를 내던지고 자리에서 일어나며 말했다.

"지랄! 양이 쑥을 안 먹는다고 하면 그 말은 믿겠어? 헤이하이! 풀무질해서 다시 하자."

헤이하이는 기운이 축 처져 풀무질을 했다. 갈수록 동작이 느려졌다. 젊은 철공이 욕을 퍼부으며 재촉해도 아이는 고개도 들지 않았다. 송곳에 다시 열을 가했다. 젊은 철공은 대충 메질을 몇 번 한 뒤 성급하게 통 옆으로 가져가 담금질을 했다. 이번에 그는 방식을 바꿔 늙은 철공처럼 조금씩 담금질을 하지 않고 송곳을 단번에 물에 집어넣었다. 통 안의 물이 치익 소리를 냈다. 흰 연기가 꽈배기 모양으로 솟구쳐 올랐다. 젊은 철공이 송곳을 눈앞까지 들어 올리더니 고개를 삐딱하게 기울이고 모양과 색을 살폈다. 잠시 살펴본 그는 송곳을 모루에 넣고 망치로 살살 두드렸다. 송곳이 두 동강이 났다. 그는 울상이 되어 망치를 바닥에 내팽개치고 반 토막이 난 송곳을 힘껏 교각 구멍 바깥쪽으로 던져 버렸다. 망가진 송곳이 교각 구멍 앞 돌조각 위에 덩그러니 놓여 있었다. 아무리 생각해도 속이 상했다.

"가서 송곳 주워 와!"

젊은 철공이 부글부글 화가 끓어올라 헤이하이에게 명령했다. 헤이하이는 귀만 움찔거릴 뿐 발은 제자리 그대로였다. 철공이 헤이하이의 엉덩이를 걷어차고 어깨를 집게로 찌르면서 귓가에 대고 벼락같이 고함을 질렀다.

"가서 송곳 주워 오란 말이야!"

헤이하이가 고개를 숙이고 송곳 앞으로 걸어가 서서히 허리를 굽히며 손을 뻗어 송곳을 주웠다. 마치 매미를 손에 쥔 것처럼 손에서 찌르르 소리가 들렸다. 돼지고기를 볶을 때와 같은 냄새가 났다. 픽 하고 송곳이 땅에 떨어졌다.

젊은 철공이 잠시 넋이 나간 듯 멍하니 있다가 곧바로 껄껄거리며 웃기 시작했다.

"자식, 내가 송곳이 아직 뜨겁다는 생각을 못 했네. 돼지 족발 다 익었겠군, 뜯어 먹지그래!"

교각 구멍으로 돌아온 헤이하이는 젊은 철공에게는 눈길도 주지 않은 채 덴 손을 물통에 담근 후 다시 천천히 구멍을 빠져나왔다. 그는 허리를 굽혀 반 토막 난 송곳을 자세히 들여다봤다. 송곳은 은회색 빛에 표면이 거칠거칠하고 작은 알맹이들이 수없이 돋아 있었다. 바닥 흙이 축축한 탓에 송곳에서 흰 연기가 피어올랐다. 보일 듯 말 듯 가는 연기였다. 아이는 몸을 더 낮추고 엉덩이를 높이 치켜들었다. 커다란 속바지가 엉덩이까지 치켜 올라가 종아리보다는 허연 허벅지가 드러났다. 아이는 한 손으로 등을 가렸다. 어깨 앞으로 축 늘어진 다른 한 손이 송곳을 향해 천천히 다가갔다. 물방울이 손가락 끝을 따라 뚝 떨어지면서 송곳에서 치익 소리가 났다. 송곳에 닿은 물방울이 튀어 오르며 고함을 지르더니 그렇게 부피가 쪼 그라들면서 동그란 파문이 되었다. 처음엔 넓게 퍼지다 금세 쪼그라들어 이내 사라져 버렸다. 아이의 손가락 끝에서 송곳 의 뜨거운 열기가 느껴졌다. 송곳의 따갑고 후끈한 느낌이 아 이의 심장까지 전해졌다.

"자식, 너 거기서 뭐 하는 거야? 구부정한 허리에 엉덩이 치 켜들고 주자파 흉내라도 내겠다는 거야?"

젊은 철공이 교각 구멍에서 큰 소리로 그를 불렀다.

아이는 손에 송곳을 꼭 쥐고 덜덜 떨면서 왼손으로는 힘껏 엉덩이를 움켜쥔 채 침착하게 돌아왔다. 젊은 철공은 아이 손 에서 누런 연기가 올라오는 것을 보고 마치 중풍에 걸린 사람 처럼 눈을 옆으로 흘기며 소리를 질렀다.

"던져, 어서 던져 버리라니까!"

그가 마치 고양이 소리처럼 목소리를 높였다.

"던져 버리지, 바보 같은 놈!"

헤이하이가 젊은 철공 앞에 쪼그려 앉아 손의 힘을 풀자 부 르르 손이 떨리며 송곳이 또르르 젊은 철공 발 앞에 와서 멈췄 다. 아이는 그냥 그렇게 쪼그리고 앉아 젊은 철공의 얼굴을 올 려다봤다.

젊은 철공은 온몸을 부들부들 떨었다.

"쳐다보지 마. 개자식! 나 보지 말래도!"

젊은 철공은 고개를 돌렸다. 헤이하이가 일어나더니 교각 구 멍을 나갔다……. 아이는 교각 구멍을 나와 잠시 서쪽 하늘을 바라봤다. 하늘에는 구름 한 점 보이지 않았다. 그저 하얀 반쪽짜리 달이 마치 작은 구름처럼 어렴풋이 떠 있던 기억만이…….

헤이하이는 정말 피곤하다는 생각이 들었다. 귀에 벌 떼 소리가 들렸다. 간이 의자에서 일어나 늙은 철공의 침상 앞으로 다가가 누웠다. 솜저고리를 베자 저절로 눈이 스르르 감겼다. 누군가 아이의 얼굴과 손을 쓰다듬었다. 아팠다. 그렇지만 참았다. 두 줄기 묵직한 눈물방울이 떨어졌다. 한 방울이 두 입술 사이로 떨어졌다. 삼켰다. 한 방울은 코끝에 떨어졌다. 쓰라렸다.

"헤이하이, 헤이하이! 일어나, 밥 먹어야지."

아이는 코가 많이 쓰라리다고 생각하며 후다닥 자리에서 일어났다. 쥐즈가 보였다. 눈물이 주르르 흘러내릴 것만 같았다. 아이는 애써 울음을 참았다. 눈물이 목구멍 뒤로 흘러 넘어갔다.

"자, 여기!"

쥐즈는 자홍빛 두건을 풀었다. 두건에 잡곡으로 만든 찐빵 두 개가 들어 있었다. 하나는 오이짠지가, 다른 하나는 대파가 가운데 박혀 있었다. 끝이 노랗게 바랜 긴 머리카락이 찐빵에 묻어 있었다. 아가씨가 손가락 두 개로 머리카락을 집어 올려 가볍게 튕겨 버렸다. 머리카락이 요란한 소리를 내며 땅에 떨어졌다. 헤이하이도 그 소리를 들었다.

"먹어! 요놈의 강아지!"

쥐즈가 아이의 목을 어루만지며 말했다.

헤이하이는 대파, 오이, 찐빵을 입에 넣고 오물거리며 쥐즈를 바라봤다.

"손은 어쩌다 그랬어? 그 외눈박이가 못되게 군거지? 네 개
이빨이 얼마나 날카로운지 보여 주지 그랬어."

아이의 귀가 힘껏 팔랑거리더니 왼손에 있는 찐빵, 오른손
에 있던 대파와 오이짠지를 들어 얼굴을 가렸다.

3

밤에 예기치 않게 한바탕 소나기가 내렸다. 새벽에 일을 나
서며 사람들은 소나기 덕분에 깨끗하게 씻긴 작업장 돌이랑
반듯하게 정돈된 듯한 모래벌을 보았다. 수문 아래 수조의 물
도 두 뼘이나 늘어 푸른 수면 위에 채 물러가지 않은 먹구름
들을 드문드문 비추고 있었다. 날씨가 갑자기 추워진 것 같았
다. 가을바람이 교각 구멍을 관통하여 바다 같은 황마밭의 귀
뚜라미 소리와 어우러지면서 사람들은 마음이 스산하고 몸까
지 춥게 느껴졌다. 늙은 철공은 밝은 갑옷 같은 솜저고리를 입
었다. 솜저고리는 단추가 다 떨어져 앞자락을 교차해서 여미
고 허리를 빨간 고무 전선으로 묶었다. 헤이하이는 그래도 커
다란 팬티에 맨발이었지만 조금도 움츠러들지 않았다. 아이
는 원래 허리를 묶었던 천을 버렸는지 아니면 숨겨 두었는지
자기 역시 빨간 고무 전선으로 허리를 묶고 있었다. 아이의 머
리카락은 요 며칠 동안 미친듯이 벌써 6~7센티나 자라나 고
슴도치처럼 뻣뻣하게 곤두서 있었다. 민공들은 맨발로 빗물
이 찬 돌바닥 밟으며 작업장으로 향하는 헤이하이를 보고 연
민과 감탄의 표정을 지었다.

"추워, 안 추워?"

늙은 철공이 나지막한 소리로 물었다.

헤이하이는 그가 대체 무슨 말을 하는지 모르겠다는 듯 당혹스러운 눈길로 늙은 철공을 바라봤다.

"너한테 묻고 있잖아! 추워?"

늙은 철공이 소리를 높였다. 아이는 당혹스러운 눈빛을 거두고 고개를 숙이더니 불을 피우기 시작했다. 아이는 왼손으로 가볍게 풀무질을 하며, 오른손에 삽을 든 채 불타오르는 짚을 바라봤다. 늙은 철공은 짚자리에서 있던 반질반질한 저고리 하나를 들어 아이의 몸에 걸쳤다. 아이가 정말 싫다는 듯 몸을 비틀었다. 늙은 철공이 자리를 뜨자 아이는 저고리를 벗어 짚자리에 돌려 났다. 늙은 철공이 고개를 내저으며 쪼그려 앉아 담배를 피웠다.

"헤이하이. 네놈이 한사코 대장간을 떠나지 않으려는 이유를 이제야 알겠네. 화롯불이 따뜻해서였어! 자식! 꼼수를 이만저만 부리는 놈이 아니야!"

젊은 철공이 따분해 미치겠다는 듯 하품을 하며 말했다.

작업장에 호루라기 소리가 울려 퍼졌다. 류 부주임이 전체 집합을 외쳤다. 민공들이 수문 앞 양지바른 곳에 모였다. 남자들은 팔짱을 끼고, 여자들은 신발 밑창을 박고 있었다. 헤이하이가 일곱 번째 교각의 돌 틈새를 힐끗거렸다. 가슴이 두근거렸다. 류 부주임은 날이 추워지려 하니 작업 시간을 늘려 얼음이 얼기 전에 콘크리트 바닥 탱크 작업을 마무리해야 한다고 말했다.

"오늘부터 매일 밤 7시에서 10시까지 잔업을 한다. 각자 식량 반 근에 2마오를 더 지급하겠다. 아무도 반대 의견 없지."

이백여 명의 얼굴 표정이 제각각이었다. 헤이하이는 젊은 석공의 하얀 얼굴이 붉으락푸르락해지고, 쥐즈의 발그레한 낯빛에서 핏기가 사라지는 것을 보았다.

그날 저녁 홍수 방지 댐 작업 현장에 가스등 세 개가 불을 밝혔다. 가스등 불빛이 눈이 시리도록 하얗게 빛났다. 하나는 석공들 작업장, 하나는 여자들이 돌을 깨는 작업장을 비췄다. 여자들 대부분은 아이와 집안일이 있기 때문에 식량 반 근과 2마오를 포기할 수밖에 없었다. 가스등 아래 처녀들 십여 명이 모여 있었다. 그들은 사는 마을이 멀기 때문에 과감하게 모두 교각 구멍에 모여 잠을 자기로 결정한 후, 교각 구멍 양끝을 나무 판으로 막고 정면 하나만 구멍을 남겨 두어 그곳으로 드나들기로 했다. 쥐즈는 교각 구멍에서 자기도 하고 마을로 돌아가 자기도 했다.(마을에 사촌 언니가 사는데, 사촌 언니의 남편이 현성에서 일용직으로 일하느라 가끔 밤에 집에 돌아오지 않는 날도 있어 사촌언니가 함께 잠을 자 주기로 했다.) 세 번째 등은 대장간이 있는 교각 구멍에 배치되어 늙은 철공과 젊은 철공 그리고 헤이하이를 비추었다. 석공 작업장의 망치 소리가 울려 퍼졌다. 돌을 내리 쪼는 송곳에서 이따금 빨간 불꽃이 튀어 올랐다. 석공들은 제법 열심히 일을 했다. 재킷을 벗은 젊은 석공의 붉은색 작업 셔츠가 횃불처럼 타올랐다. 가스등 주위에 둘러앉은 처녀들은 수없이 많은 아름다운 생각을 떠올렸다. 때로 깔깔거리며 크게 웃음을 터뜨리기도 하고, 속닥거리며 귓속말을 나누는 사이사이 돌 깨는 소리가 울려 퍼졌다. 여자들이 만들어 내는 여러 가지 소리의 빈 공간을 강물 흐르는 소리가 메워 주었다. 쥐즈가 망치를 내려놓고 몰래 자리에서 일어나 강변을 향해 걸어갔다. 가로등에 비친 그녀의 그림자가 모래벌판 위에 길게 드리워졌다.

"총각에게 업혀 가지 않도록 조심해."

한 처녀가 쥐즈 등에 대고 말했다. 곧이어 쥐즈의 모습이 불빛 테두리를 벗어났다. 쥐즈의 눈에 들어온 불빛이 마치 하얀 선인장 같았다. 선인장 가시가 그녀 앞에 멈췄다. 붉고 여린 가시였다. 그녀는 다시 불빛을 받으며 걸어갔다. 갑자기 헤이하이가 뭘 하고 있는지 궁금해진 그녀는 불빛을 피해 첫 번째 교각 구멍 안의 어두운 그림자로 몸을 숨겼다.

헤이하이는 작은 요정처럼 움직이고 있었다. 눈처럼 하얀 불빛이 벌거벗은 아이의 몸을 비추고 있었다. 마치 유약을 발라 놓은 것 같았다. 피부가 청동색 도자기를 만드는 고무처럼 탄력과 끈기가 있어 찢어지지도, 찔러도 구멍이 날 것 같지도 않았다. 헤이하이는 살이 조금 오른 듯 갈비뼈가 그리 두드러지지 않았다. 하긴 당연한 일이다. 매일 점심때마다 그녀가 취사장에서 맛있는 음식을 가져다주었기 때문이다. 헤이하이는 집에 돌아가 식사를 하는 일이 거의 없었고, 밤에만 잠을 자러 갔으며 때로 아예 집에 가지 않는 날도 있는 것 같았다. 어느 날 아침, 쥐즈는 교각 구멍에서 나오는 헤이하이를 봤다. 머리에 지푸라기가 달려 있었다. 아이가 두 손으로 풀무질을 하는 동작이 매우 부드럽고 경쾌했다. 아이가 풀무를 당기는 것이 아니라 풀무가 아이를 잡아당기는 것 같았다. 아이가 몸을 앞으로 기울였다가 뒤로 젖혔다. 머리통이 마치 서서히 흐르는 강물 위를 떠가는 수박 같았다. 까만 두 눈동자의 밝은 두 점이 아래위로 오르락내리락했다. 반딧불이 우아하게 날아다니는 것 같았다.

젊은 철공이 쇠모루 옆에 평소와 똑같은 자세로 서 있었다. 두 손으로 망치 자루를 잡고 머리를 삐딱하게 기울인 채 눈이 멀뚱멀뚱한 모습이 깊은 생각에 빠진 어린 수탉 같았다.

늙은 철공이 화로에서 잘 달궈진 커다란 송곳을 빼내자 헤이하이가 또 다른 망가진 송곳을 큰 송곳 빼낸 자리에 넣었다. 하얗게 달궈진 송곳에서 초록빛이 번뜩였다. 늙은 철공은 커다란 송곳을 쇠모루에 놓고 작은 망치로 모루 가장자리를 두드렸다. 젊은 철공이 여유만만하게 큰 망치를 집어 올려 마치 마 줄기라도 되는 양 가뿐하게 휘두르기 시작했다. 망치가 가볍게 송곳 위에 떨어졌다. 사방팔방으로 튀는 쇠의 불꽃이 눈부셨다. 돌벽에 닿은 불꽃이 더 많은 작은 불꽃이 되어 땅에 떨어졌다. 불꽃이 살짝 볼록하게 올라온 헤이하이의 뱃가죽에 부딪쳤다가 가볍게 튕겨져 나가 공중에서 하나씩 아름다운 포선을 그리며 떨어졌다. 불꽃이 헤이하이의 뱃가죽에 부딪쳤다가 다시 튕겨져 나와 허공을 날아갈 때면 공기와 마찰하며 뜨거운 열기와 소리를 냈다. 첫 번째 망치질 후 젊은 철공은 마치 꿈에서 깨어난 사람처럼 근육을 바짝 당겨 점점 더 빨리 동작을 취했다. 쥐즈는 돌벽에 이상한 그림자 하나가 뛰어오르는 것을 봤다. 귓가에 꽝꽝 쇳소리가 울려 퍼졌다. 쇠를 다루어 형태를 잡아 가는 젊은 철공의 기술은 이미 높은 경지에 올라 있었다. 늙은 철공이 오른손에 쥐고 있는 작은 망치는 모루 가장자리를 두드리는 것 정도였다. 모루의 어떤 부분을 내리칠 것인지에 대해 젊은 철공은 훤히 알고 있었다. 늙은 철공이 송곳을 뒤집으며 단조가 필요한 송곳 위치를 계산해 눈길을 주자마자 젊은 철공의 육중한 망치가 그 자리를 내리쳤다. 심지어 늙은 철공의 계산보다 더 빠를 때도 있었다.

쥐즈는 휘둥그레진 눈으로 입을 벌린 채 젊은 철공의 뛰어난 솜씨를 감상하는 동시에 헤이하이와 늙은 철공을 바라보는 것도 잊지 않았다. 가장 멋지게 내려칠 때는 헤이하이가 최고의 무아지경으로 들어가는 순간이자(눈을 감은 채 아이의 호흡과 풀무는 하나가 되었다.) 늙은 철공의 슬픔이 극에 달하는 순간이었다. 마치 젊은 철공이 송곳이 아니라 늙은 철공의 존엄을 내리치는 것처럼 느껴졌다.

송곳이 단조를 통해 형태를 갖추어 가자 늙은 철공이 몸을 돌려 담금질을 했다. 의미심장한 눈길로 젊은 철공을 쩨려보는 늙은 철공의 양 입술 끝이 경멸하듯 아래쪽으로 실룩거렸다. 젊은 철공은 뚫어져라 사부의 동작을 지켜봤다. 쥐즈는 늙은 철공이 손을 뻗어 물통의 물을 가늠하고 송곳을 들어 살펴본 후, 마치 새우처럼 몸을 구부려 통 안의 물을 응시하며 송곳 끝을 가볍게 시험해 보듯 수면에 대는 모습을 지켜봤다. 물통의 물이 치치 하는 소리를 내며 가는 증기가 튀어 올라 늙은 철공의 붉은 코를 감쌌다. 잠시 후, 늙은 철공이 송곳을 눈앞으로 들어 올리더니 바늘에 실을 꿰는 것처럼 송곳 끝을 살폈다. 마치 그 위에 아름다운 그림이라도 있는 듯 노인의 얼굴에 생기가 돌며 주름마다 희열이 넘쳐흘렀다. 그는 만족할 만한 답을 얻은 것처럼 고개를 끄덕이더니 송곳을 물에 담갔다. 증기가 훅하고 올라와 교각 구멍에 작은 버섯구름을 만들었다. 가스등이 밝어지더니 모든 것이 몽롱하게 흔들리는 것 같았다. 안개가 흩어지고 교각 구멍도 평정을 되찾았다. 여전히 헤이하이는 꿈을 꾸듯 풀무를 당기고 있고, 여전히 젊은 철공은 수탉처럼 깊은 고민에 빠져 있었으며, 여전히 늙은 철공은 대추처럼 붉은 얼굴, 칠흑처럼 검은 눈동자 그리고 팔에 쇠똥구리처럼 생긴 흉터가 나 있는 모습이었다.

늙은 철공이 잘 달군 송곳을 꺼내 조금 전 과정을 되풀이한 후 다시 담금질을 하려고 할 때가 되어서야 송곳에 조금 변화가 생겼다. 늙은 철공은 손을 뻗어 물의 온도를 살폈다. 찬물을 더했다. 흡족한 표정이었다. 늙은 철공이 들고 있던 송곳을 불에 넣으려 할 때 젊은 철공이 불쑥 물통 가장자리로 다가오더니 잽싸게 오른손을 물통으로 디밀었다. 예기치 못한 돌발 상황에 늙은 철공이 내민 송곳에 젊은 철공의 오른쪽 손등이 찔리고 말았다. 살이 타는 악취, 비린내가 교각 구멍 밖까지 퍼졌고 쉬즈도 그 냄새를 맡았다.

젊은 철공이 "으악!" 비명을 질렀다. 그가 허리를 곧게 펴고 늙은 철공을 향해 비열하게 웃으며 소리를 버럭 질렀다.

"사부, 삼 년이오!"

늙은 철공이 송곳을 통에 던졌다. 물통에서 뜨거운 물결이 꿀렁거렸다. 증기가 다시 한 번 교각 구멍 안에 가득 번졌다.

쥐즈는 그들의 얼굴을 또렷이 볼 수 없었다. 그저 안개 너머로 늙은 철공의 말소리만 들려올 뿐이었다.

"기억해 둬!"

안개가 다 흩어지기도 전에 쥐즈가 입을 힘껏 틀어막고 달려갔다. 쓰디쓴 냄새에 쥐즈는 속이 뒤집어지는 것 같았다. 돌무더기 앞에 앉자 옆에 있던 처녀 하나가 쥐즈를 보며 이기죽거렸다.

"쥐즈, 오래 있다가 오네? 그 청년 따라서 황마밭이라도 갔던 거야?"

쥐즈는 상대가 비웃든 말든 아무 반응도 보이지 않았다. 쥐즈는 앉은 자세로 꼼짝하지 않은 채 등불 아래 어른거리는 사람 그림자를 바라봤다.

"쥐즈."

젊은 석공이 반듯하게 쥐즈 뒤에 서 있었다.

"당신 사촌 언니가 전해 달라던데, 오늘 저녁에 같이 있자고. 우리 같이 갈까요?"

"가자니요? 누구에게 물어보는 거예요?"

"왜 그래요? 추워서 어떻게 된 것 아니에요?"

"누가 어쨌다는 거예요?"

"당신!"

"내가 뭐요!"

"갈 거냐고요?"

"그래요."

돌다리 아래 물소리가 요란했다. 쥐즈가 걸음을 멈추었다.

젊은 석공은 그녀로부터 불과 한 보밖에 떨어져 있지 않았다. 홍수 방지 댐 서쪽 첫 번째 교각 구멍에 등불이 환하게 밝혀 있고, 나머지 가스등 두 개는 꺼져 있었다. 그녀가 댐 작업장을 향해 걸어갔다.

"헤이하이에게 가려고요?"

"네."

"같이 갑시다. 어휴! 그 조그만 녀석, 정신없이 가다 다리 아래로 떨어질라!"

쥐즈는 젊은 석공과 거리가 너무 가깝다는 생각이 들었다. '쿵쿵' 하는 그의 심장박동이 들리는 것 같았다. 걷고 또 걸었다. 그녀의 머리가 한쪽으로 기울자 젊은 석공의 단단한 어깨에 부딪쳤다. 그녀가 다시 몸을 뒤로 젖히자 건장한 팔이 그녀를 끌어당겼다. 젊은 석공이 커다란 손으로 찐빵 같은 쥐즈의 가슴을 움켜쥐며 살짝 만지작거렸다. 가슴 아래 쥐즈의 심장이 마치 비둘기처럼 팔딱거렸다. 그들은 계속해서 수문 아래로 향했다. 밝은 등불 사위로 들어서기 전에 쥐즈는 젊은 석공의 손을 자기 가슴에서 떼어 놓았다. 그는 다 알고 있다는 듯 그녀를 풀어 주었다.

"헤이하이!"

그녀가 불렀다.

"헤이하이!"

그도 불렀다.

젊은 철공이 외눈으로 두 남녀를 바라보았다. 뺨이 실룩거렸다. 늙은 철공은 자기 짚 더미에 앉아 두 손으로 담뱃대를 받쳐 들고 있었다. 그 모습이 마치 모제르총을 들고 있는 것 같았다. 그는 붉게 물든 쥐즈와 노르무레한 젊은 석공을 훑어 보더니 지쳐 보이긴 하지만 여유로운 목소리로 말했다.

"앉아 기다려요. 금방 올 거요."

……헤이하이는 빈 물통을 들고 강둑을 따라 위로 올라갔다. 작업을 마친 후 젊은 철공이 기지개를 켜며 말했다.

"배고파 뒤지겠네. 헤이하이! 물통 들고 북쪽에 가서 고구마 좀 캐 와. 무도 몇 개 뽑아 오고! 우리 밤참이나 먹자."

헤이하이가 눈을 게슴츠레 뜨고 늙은 철공을 바라봤다. 늙은 철공은 짚자리 위에 앉아 있었다. 마치 깃털이 헝클어진 패전한 수탉 같았다.

"뭘 쳐다봐? 개새끼, 갔다 오라면 갔다 오는 거지."

젊은 철공은 허리를 곧추세우고 목을 길게 늘이며 말했다. 그는 짚자리에 멍하니 앉아 있는 사부를 쓱 훑어봤다. 화상을 입은 팔 부위에 심한 통증이 느껴졌다. 그러나 손에 느껴지는 유쾌한 기분은 팔의 통증을 무마하고도 남았다. 완벽한 편안함, 완벽한 황홀함을 안겨 주는 온도였다.

헤이하이가 빈 물통을 들고 터벅터벅 밖으로 나가 교각 구멍을 벗어났다. 마치 텅 하며 우물에 떨어진 것 같은 느낌이었다. 사방이 어찌나 껌껌한지 번갯불이 번뜩이듯 헛것이 번뜩였다. 그는 겁에 질려 바닥에 쪼그려 앉아 잠시 눈을 감았다. 다시 눈을 뜨자 하늘색이 엷어지고, 하늘의 별빛이 따뜻하게 그를, 그리고 기와 빛 회색 대지를 비추었다……

강둑에 족제비싸리 가지가 이리저리 뒤엉켜 있었다. 아이는 한 손으로 가지를 헤치고 어깨를 모로 비틀어 위로 향했다. 아이가 축축한 나뭇가지와 나뭇가지 꼭대기에 달린 알차고 단단한 씨앗을 잡아챘다. 쏩쓸한 족제비싸리 가지 냄새가 얼굴로 전해졌다. 발이 갑자기 뜨끈뜨끈하고 폭신한 물건에 부딪쳤다. 발밑에서 끼르끼르 하는 소리와 함께 소리의 주인공이 메추라기라는 것을 미처 떠올리기도 전에 메추라기 한 마리가 마치 검은 돌 하나가 둑 바깥쪽 황마밭에 떨어진 것처럼 후다닥 고개를 돌려 날아올랐다. 아이는 애석한 듯 발로 메추라기가 좀 전까지 둥지를 쳤던 곳을 더듬었다. 건조한 바닥에 건초 더미가 있고, 건초 위에 아직 새의 온기가 남아 있었다. 강둑에 서서 쥐즈와 젊은 석공이 부르는 소리를 들었다. 그가 쇠로 된 통을 한 번 두드리자 쥐즈와 젊은 석공은 더 이상 고함을 치지 않았다. 앞쪽으로 강물 흘러가는 소리가 들렸다. 마을 어느 나무에서인지 부엉이가 처량하게 울었다. 계모는 번개 그리고 부엉이 울음소리를 무서워했다. 아이는 매일 번개가 치고, 밤마다 부엉이가 계모의 창문 앞에서 울어 대면 좋겠다고 생각했다. 아이는 족제비싸리 나뭇가지의 이슬에 팔이 젖자 바짓가랑이에 쓱쓱 문질러 닦았다. 강둑길을 내질러 강둑을 내려왔다. 어둠에 적응이 되자 사물을 똑똑히 볼 수 있었다. 커피색 흙과 자줏빛 고구마 잎의 섬세한 색조까지도 분별할 수 있을 정도였다. 아이는 땅에 쪼그려 앉아 고구마 두둑을 손으로 헤쳐 고구마를 캐내 텅 소리를 내며 통에 집어던졌다. 고구마를 파내다 보니 손가락에서 뭔가 떨어져 나가면서 고구마 잎이 파르르 떨렸다. 오른손으로 왼손을 더듬어 본 아이는 그제야 쪼개졌던 손톱 전체가 빠져 버린 것을 발견했다. 통이 묵직했다. 아이는 통을 들고 북쪽으로 걸어갔다. 무밭에서 연이어 무 여섯 개를 뽑아 잎은 땅에 버려 버리고 무만 통에 담았다…….

"헤이하이 어디 보냈어?"

젊은 석공이 초조하게 젊은 철공에게 물었다.

"뭐가 그리 급하쇼? 당신 아들도 아니면서!"

젊은 철공이 말했다.

"헤이하이는요?"

쥐즈의 두 눈이 뚫어져라 외눈박이 젊은 철공을 바라봤다.

"기다려 봐요. 고구마 캐러 갔으니까. 가지 마쇼. 군고구마 먹고 가쇼."

젊은 철공이 부드럽게 말했다.

"도둑질을 시켰단 말이에요?"

"도둑질이라니? 집에 가지고 가는 것이 아니라면 도둑질이 아니지."

젊은 철공이 기세당당하게 말했다.

"당신이 왜 직접 하지 않아?"

"내가 그 애 사부니까."

"개잡소리 하고 있네!"

"잡소리라고 해 두지!"

젊은 철공의 눈이 반짝이더니 교각 구멍 밖을 향해 욕을 퍼부었다.

"헤이하이, 쌍놈의 새끼, 어디로 고구마를 캐러 간 거야? 알

바니아라도 간 거야?"

헤이하이가 어깨를 갸우뚱 기울인 채 두 손으로 물통의 귀를 잡고 휘청거리며 교각 구멍으로 들어왔다. 마치 땅에서 구른 것처럼 온몸이 진흙투성이였다.

"야, 이것 봐라! 모진 놈일세. 몇 개 캐 오라고 했더니 아예 한 통을 가져왔잖아!"

젊은 철공이 소리 높여 헤이하이를 탓했다.

"웅덩이에 가서 무에 묻은 흙 좀 씻어 가지고 와."

"그만해요, 그 애 시키지 마요."

쥐즈가 말했다.

"고구마 굽게 불 올려 봐요, 내가 무 씻어 올 테니."

젊은 철공이 화로 주위에 빙 둘러 고구마를 쌓아 올리더니 가볍게 풀무질로 불을 당겼다. 쥐즈가 무를 가지고 돌아와 깨끗한 돌 위에 올려놓았다. 작은 무 하나가 굴러 떨어져 쇳가루가 묻은 채 젊은 철공 발아래서 멈췄다. 그가 허리를 굽혀 무를 집었다.

"줘요. 다시 씻어 올게요."

"됐어요. 무가 이렇게 크니 다섯 개면 충분할 것 같네."

젊은 석공이 이렇게 말하며 작은 무를 모루에 올려놓았다.

헤이하이가 풀무 앞으로 다가오더니 젊은 철공 손에서 풀무 막대를 받았다. 젊은 철공은 쥐즈를 힐끗 보더니 헤이하이에게 말했다.

"가서 쉬어라. 이놈의 자식아. 한가하니까 손이 근질근질하지? 좋아, 여기 있다. 하지만 날 원망하면 안 돼. 천천히 잡아

당겨야지. 천천히 할수록 좋아. 안 그랬다가는 완전히 흐물흐물해진다고.”

젊은 석공과 쥐즈는 어깨를 나란히 한 채 교각 구멍 서쪽 돌벽 앞에 앉아 있고, 젊은 철공은 헤이하이 뒤편에 앉아 있었다. 늙은 철공은 남쪽을 마주하고 북쪽 자리 위에 앉아 있었다. 담배통의 담배는 다 태워 버리고 없었다. 그러나 그는 여전히 담뱃대를 잡은 두 팔꿈치를 무릎 위에 받치고 있었다.

밤이 매우 깊었다. 헤이하이가 부드럽게 풀무를 당기고 있었다. 풀무에서 나가는 바람이 마치 어린아이 코고는 소리 같았다. 강물 소리가 점점 더 커졌다. 형상에 색도 갖추고 있어 냄새도 맡을 수 있고 볼 수도 있을 것 같았다. 모래톱 위 어른거리는 그림자가 마치 작은 동물이 쫓아오면서 가늘고 뾰족한 발로 모래톱을 밟고 지나가는 것 같았다. 소리는 어찌나 여리고 가는지 가녀린 솜털처럼 한 가닥, 한 가닥 길고 가는 은사(銀絲)가 강을 뚫고 전하는 음악 같았다. 수문 북쪽 황마밭에서는 황마 줄기들이 흔들흔들 서로 부딪다가 한참만에야 ‘사락사락’ 소리가 잦아들었다. 작업장 전체에 가스등이 켜진 곳은 여기 하나뿐이었다. 처음에 가스등 두 곳으로 몰려들어 빛을 찾던 날벌레들은 잠깐 우왕좌왕하다가 조금 지나자 일제히 철공의 화로 곁으로 몰려들어 빛을 찾아 가스등 유리에 ‘파드득 파드득’ 계속해서 부딪쳤다. 젊은 석공은 가스등 앞으로 걸어와 막대를 집고 ‘피식피식’ 가스를 켰다. 가스등 유리에 구멍이 하나 생겼다. 땅강아지 하나가 후다닥 구멍으로 들어가 밝게 타오르는 석면 덮개를 떨어뜨리는 바람에 교각 구멍 안이 어둠에 휩싸였다. 잠시 후 시간이 조금 지나서야 사람들은 서로의 얼굴을 분명하게 볼 수 있었다. 헤이하이의 풀무가 빨간색 하늘하늘한 비단이 너풀거리듯 화롯불을 지폈다. 교각 구멍에 고구마 익는 구수한 냄새가 가득했다. 젊은 철공은 집게로 고구마를 하나씩 뒤집었다. 냄새가 점점 더 진동했다. 마침내 사람들이 고구마와 빨간 무를 들고 먹기 시작했다. 껍질을 벗긴 고구마에서 하얀 김이 모락모락 피어올랐다. 사람들 모두 호들갑스럽게 호호 고구마를 불어 가며 가만가만 조심스럽게 입에 넣었다. 콧잔등에 땀방울이 배어 나왔다. 젊은 철공은 다른 사람보다 무 한 개와 고구마 두 개를 더 먹었다. 늙은 철공은 먹을 것을 입에도 대지 않은 채 마치 돌로 만든 조각상처럼 자리에 앉아 있었다.

"헤이하이, 집에 갈 거야?"

쥐즈가 물었다.

헤이하이가 혀를 내밀어 입술에 남아 있는 고구마 찌꺼기를 핥았다. 조그만 배가 불룩했다.

"계모가 들어오라고 빗장은 열어 뒀어?"

젊은 석공이 물었다.

"보릿짚 둥지로 들어갈래?"

헤이하이가 기침을 하면서 고구마 껍질을 화롯불을 향해 던진 후 몇 차례 풀무질을 했다. 고구마 껍질이 도르르 말리며 불에 탔다. 교각 구멍에 탄 냄새가 났다.

"뭘 태우는 거야? 잡놈의 새끼!"

젊은 철공이 말했다.

"집에 가지 마. 내가 수양아들 삼지. 내 수양아들도 하고, 제자도 되고. 나와 강호를 떠돌면 고기랑 술은 실컷 먹여 주지."

젊은 철공의 말이 채 끝나기도 전에 교각 구멍 안에 처량하면서도 한껏 사람을 흥분시키는 노랫소리가 흐르기 시작했다. 젊은 석공은 그 순간 행복이 밀려들면서 온몸에 소름이 돋았다. 아마도 전통극의 첫 구절이었을 것이다.

무예에 뛰어나고 시서에 통달했던 소년 영웅, 당신을 그리워하네.

그대를 따라 풍찬노숙, 강호를 떠돌며 세상 온갖 고통을 다 겪었네.

노인은 등을 수문에 기대고 있었다. 수문 틈으로 불어오는 황마밭의 바람이 그의 정수리를 스쳐 지나갔다. 정수리에 희끗한 머리카락 몇 가닥이 끊임없이 튀어 오르는 화로 안의 탄불을 따라 가만히 한들거렸다. 그는 한없이 깊은 감상에 빠져들었다. 볼 쪽의 가는 씹기 근육 두 가닥이 마치 지렁이 두 마리처럼 꿈틀거리고 두 눈이 탄불처럼 이글거렸다.

……삼 년 동안 베개를 함께한 정을 그리워하지 않고 그렇게 비가 지나가듯 깨끗이 잊었구려. 은혜를 이렇게 한낱 똥 보듯 하다니. 널 위해 여름밤 부채를 부쳐 주고, 겨울밤이면 발을 따뜻하게 덥혀 주고, 품속에서 참외를 꺼내 주고, 가슴 안의 횃불로 여겼거늘……. 준마와 높은 관직, 드넓은 옥토를 준다는 말

에 날 버리고 재상의 데릴사위로 들어가다니. 나, 나는 고달픈 운명의 노예…….

쥐즈는 설레는 마음으로 입을 반쯤 벌린 채 눈썹 하나 까딱하지 않고 고개를 약간 뒤로 젖힌 늙은 철공을 바라봤다. 늙은 철공의 길고 가는 목울대가 수은주처럼 빠르게 위아래로 움직이고 있었다. 그의 표정은 한없이 많은 이야기를 담고 있었다. 처량하도록 슬프고 아름다운 선율이 가을비가 되어 그녀 마음속의 들판을 향해 내리치는 것 같았다. 막 눈물이 쏟아져 나오려 할 때 다시 늙은 철공의 노랫소리는 장엄하고 아름다우며 아득한 세계로 접어들었다. 그녀의 마음이 마치 바람결 버드나무처럼 한들거렸다. 저릿저릿한 느낌이 등줄기를 따라 정수리까지 솟구쳤다. 그녀의 몸이 매우 자연스럽게 젊은 석공의 어깨 위로 기울어지더니 두 손으로 젊은 석공의 두툼하고 큰 손을 만지작거렸다. 두 눈에 눈물방울이 반짝이며 몸과 마음이 늙은 철공의 노랫말과 가락에 깊이 빠져들었다. 늙은 철공의 여원 얼굴에 눈부신 광채가 일었다. 그녀는 마치 그곳에서 노랫소리 같은 자신의 미래를 발견한 것 같았다…….

젊은 석공이 사랑스럽게 두 팔로 쥐즈를 감싸 안았다. 그리고 큰 손이 가만히 아가씨의 단단한 가슴을 매만졌다. 헤이하이 등 뒤에 앉아 있던 젊은 철공은 순간 안절부절 어쩔 줄을 몰랐다. 늙은 철공이 한 마리 늙은 나귀처럼 지껄이는 노랫말을 듣고 있으려니 귀에 거슬려 도저히 참을 수가 없었다. 잠시후 그는 나귀의 울음소리조차 귀에 들어오지 않았다. 반쯤 쪼그리고 앉아 고개를 갸우뚱하게 기울인 그의 왼쪽 눈이 거의 모로 세워질 지경이었다. 눈빛이 마치 짐승의 발톱처럼 쥐즈의 얼굴을 찢고 할퀴었다. 젊은 석공이 부드럽게 쥐즈의 가슴에 손을 올려놓자 젊은 철공의 배 속에서 불길이 솟아올랐다. 불씨는 그대로 목구멍을 타고 다시 콧구멍으로, 입을 통해 뿜어져 나왔다. 그는 마치 자신이 짓눌린 용수철 위에 쪼그리고 앉아 있는 것처럼 느껴졌다. 조금만 힘을 풀면 그대로 공중으로 날아올라 홍수 방지 댐의 반 미터 두께의 철근 콘크리트 다리와 부딪칠 것 같았다. 그는 이를 악물고 참았다.

헤이하이가 두 손으로 풀무 막대를 받치고 있었다. 화로의 불이 이미 많이 약해진 상태였다. 푸른 불꽃 한 오라기, 노란 불꽃 한 오라기가 탄 위에서 튀어 올랐다. 때로 불길이 기류에 휩쓸려 화로 높이까지 솟아오르고 허공에서 꿈틀대는 바람에 사람의 그림자까지 흔들거렸지만 두 불꽃은 금세 다시 사그라졌다. 아이는 그 누구에게도 관심이 없었다. 아이는 한쪽 눈으로 불꽃을 조준해 한 눈은 노란 불꽃을, 한 눈을 파란 불꽃을 보려 했지만 그렇게 할 수가 없었다. 그는 두 눈의 시선을 분리할 수가 없었다. 울상이 된 아이는 불꽃에서 시선을 떼고 좌우를 살피다 문득 화로 앞 송곳에 시선이 멈췄다. 송곳이 마치 거대한 짐승처럼 걸터앉아 있었다. 그는 처음으로 입을 쩍 벌리며 탄성을 질렀다.(탄성은 늙은 철공의 드높은 노랫소리에 묻혀 버렸다.) 그렇지 않아도 크고 반짝이는 헤이하이의 눈이 전깃불처럼 더욱 반짝였다. 그는 정말 아름다운 모습의 매끄러운 쇠 송곳이 눈에 들어왔다. 여릿하게 푸른빛을 내는 송곳.

푸른빛이 은근히 퍼지는 송곳에 금색 빨간 무가 있었다. 빨간 무의 형상과 크기가 마치 긴 꼬리를 단 커다란 서양 배 같았다. 꼬리 수염이 마치 금빛 양모 같았다. 투명하고 영롱한, 아름다운 빨간 무였다. 투명한 금빛 껍질에 생생한 은빛 액체를 품었으며 곡선이 매끄럽고 우아했다. 아름다운 곡선을 따라 금빛이 번졌다. 긴 빛살도 짧은 빛살도 있었다. 긴 것은 보리 까끄라기 같고, 짧은 것은 눈썹 같았다. 모두 금빛이었다…….늙은 철공의 노랫소리가 멀리까지 퍼져 나갔다. 마치 윙윙대는 파리 소리 같았다. 그는 마치 그림자처럼 풀무를 지나 송곳 앞에 서서 진흙이 잔뜩 묻은 석탄 부스러기와 찔리고 불에 덴 손을 내밀었다. 작은 손이 부들부들 떨렸다……. 헤이하이의 손이 작은 무를 잡으려 할 때 젊은 철공이 갑자기 뛰어올라 물통을 걷어찼다. 물이 줄줄 흘러내려 늙은 철공의 짚자리를 적셨다. 그는 바로 무를 낚아챘다. 외눈에 핏발이 가득 서 있었다.

"개잡놈의 새끼. 너한테 돌아갈 무가 있는 줄 알아? 배 속에서 열불이 나서 목에서 연기가 피어오르는 바람에 이것으로라도 해갈을 해야겠어!"

젊은 철공이 치아가 시커멓게 그을린 커다란 입을 벌리며 막 무를 깨물려 할 때였다. 헤이하이가 보통 때와 달리 민첩하게 뛰어 올라 젊은 철공의 팔오금 사이로 자신의 가는 팔을 집어넣었다. 몸이 공중에 붕 떴다가 또르르 미끄러졌다. 무가 바닥에 떨어졌다. 젊은 철공은 헤이하이 엉덩이를 향해 발길질을 했다. 헤이하이가 그대로 쥐즈 품으로 곤두박질을 쳤고, 젊은 석공이 큰 손을 펴서 안전하게 아이를 받쳐 주었다.

늙은 철공이 거친 노랫소리를 멈추고 천천히 자리에서 일어섰다. 쥐즈와 젊은 석공도 일어났다. 여섯 개의 눈이 일제히 젊은 철공을 바라봤다. 헤이하이는 머리가 핑 돌았다. 눈앞의 모든 것이 빙글빙글 돌았다. 힘껏 고개를 흔들었다. 젊은 철공이 다시 무를 들어 입에 밀어 넣고 있는 중이었다. 헤이하이가 부서진 석탄 조각을 잡아 던졌다. 석탄 조각이 젊은 철공의 뺨을 스쳐 수문 위를 맞힌 다음 늙은 철공의 거적 위로 떨어졌다.

"씹할 새끼, 맞아 뒈질래?"

젊은 철공이 고래고래 소리를 질렀다.

젊은 석공이 앞으로 한 발 성큼 나서며 말했다.

"어린아이를 괴롭히려고?"

"아이한테 무 돌려줘!"

쥐즈가 말했다.

"돌려줘? 못 그러겠다면!"

젊은 철공이 교각 구멍을 빠져나와 팔을 힘껏 휘두르자 무가 슉 바람 소리와 함께 앞으로 날아가더니 한참 만에 강에서 풍덩 소리가 울려 퍼졌다.

헤이하이의 눈앞에 긴 금빛 무지개가 나타났다. 아이의 몸이 스르르 젊은 석공과 쥐즈 사이로 쓰러졌다.

4

금빛 빨간 무가 수면을 치자 물보라가 퍼졌다. 무가 잠시 둥둥 떠가더니 천천히 바닥으로 가라앉은 후 서서히 바닥을 굴러가다가 순식간에 층층이 달려드는 누런 모래에 묻혀 버렸다. 무가 빠졌던 수면 위로 농무가 피어올랐다. 새벽녘 계곡에 안개가 가득 들어차고 안개 밑으로 강물이 구슬프게 울부짖었다. 일찍 일어난 오리 몇 마리가 강변에 서서 우울하게 꿀렁대는 안개를 바라보고 있었다. 용감한 오리 한 마리가 그새를 못 참고 강가를 향해 뒤뚱뒤뚱 걸어갔다. 더부룩한 수초 앞으로 안개가 마치 모기장처럼 오리를 가로막았다. 오리가 목을 왼쪽, 오른쪽 그리고 다시 앞을 향해 늘여 뺐다. 해면동물처럼 탄력 있는 안개에 오리가 그대로 뒷걸음을 치며 '꽥꽥' 불만에 가득 찬 듯 소리를 질렀다. 시간이 지나자 태양이 솟아올랐다. 마치 검 같은 햇살이 수면 위의 안개를 여러 갈래 골목과 터널로 갈라놓았다. 골목에서 오리들이 키 큰 노인 하나가 이불 한 채와 육중한 철기 몇 점을 메고 강가를 따라 서쪽으로 걸어가고 있는 모습을 바라봤다. 노인의 등이 심하게 휘어 있었다. 무거운 짐에 어깨는 한껏 눌리고, 마치 백조처럼 목을 길게 빼고 있었다. 노인이 지나간 후 윗옷도 입지 않은 맨발의 헤이하이가 다가왔다. 오리 수컷이 곁에 있는 암컷과 눈빛을 교환했다. 기억해? 그때 그 애야. 물통을 들고 가다 버드나무 가지에 부딪쳐 강으로 떨어뜨렸잖아. 그러더니 개처럼 제방을 기어올라 강으로 들어가서 물이 조금 남아 있던 물통을 끌고 갔던 아이. 물통에 하마터면 그 못난이 황오리가 압사할 뻔했잖아……. 오리 암컷이 황급히 대꾸했다. 맞아, 맞아, 맞아! 황오리 그 밉상! 매일 날 쫓아다니며 상스러운 말을 주절대는 그놈, 그때 깔려 죽었으면 속이 시원했을 텐데……. 헤이하이는 될 수 있는 한 안개 저편의 광경을 많이 살피기 위해 물가를 천천히 걸어갔다. 강 맞은편 언덕에서 시끄러운 오리 울음소리가 들려왔다. 아이는 쪼그리고 앉아 커다란 머리를 무릎에 얹고 두 손으로 선득선득한 종아리를 감쌌다. 태양이 등을 향해 내리쬐고 있었다. 마치 뒤에 철공의 화로가 있는 것 같았다. 아이는 밤에 집으로 돌아가지 않고 교각 구멍으로 들어가 잠을 잤다. 수탉이 울 때 늙은 철공이 교각 구멍에서 큰 소리로 지껄이는 소리가 들렸다. 잠시 후 모든 것이 다시 정적에 휩싸였다. 다시 잠을 이룰 수가 없었던 아이는 차가운 모래흙을 밟으며 강가에 이르렀다. 아이가 늙은 철공의 구부정한 뒷모습을 발견했다. 그러나 그를 쫓아가려는 순간, 그만 미끄러지면서 엉덩방아를 찧고 말았다. 몸을 일으켰을 때 이미 늙은 철공의 모습은 안개 속으로 사라진 뒤였다. 아이는 쪼그리고 앉아 마치 두부를 자르듯 햇살이 강 안개를 가르는 모습을 구경했다. 아이는 강 맞은편 오리를 바라보고, 오리 역시 고귀한 눈빛으로 그를 바라보고 있다. 안개 속에 드러난 수면이 마치 은처럼 눈이 부셔 바닥을 볼 수가 없었다. 무척 실망스러웠다. 작업장에서 시끄러운 소리가 들려왔다. 류 부주임이 목청을 높여 욕을 퍼붓고 있었다.

"씹할 것들! 대장간에 귀신이 나왔나, 늙은 철공은 말도 없이 이불을 챙겨 가 버리고, 젊은 놈은 코빼기도 안 보여. 대체 조직의 기율이라는 것이 있는 거야, 없는 거야?"

"헤이하이!"

"헤이하이!"

"저거 헤이하이 아냐? 봐, 물가에 쪼그리고 앉아 있는 애 말이야."

쥐즈와 젊은 석공이 뛰어가 각기 아이의 양쪽 팔을 잡아끌었다.

"처량하게 이게 뭐야! 여기 혼자 쪼그리고 앉아 뭐 하고 있는 거야?"

쥐즈가 손을 뻗어 아이의 머리에 붙어 있는 볏짚을 떼어 주며 말했다.

"여기 이렇게 쪼그리고 있지 마! 춥잖아!"

"어젯밤에 고구마 남은 것 외눈박이에게 구워 달래자."

"사부 어른이 떠났어요."

쥐즈가 침울하게 말했다.

"떠났다고."

"어쩌죠? 외눈박이에게 이 아이를 맡겨요? 못살게 굴면 어떡하죠?"

"괜찮아. 이 아이, 어떤 고생이라도 극복할 수 있을 거야. 게다가 우리도 있잖아. 절대로 함부로 대하게 내버려 두지 않을 거야."

두 사람이 헤이하이를 데리고 작업장 쪽으로 돌아갔다. 헤이하이는 걸음을 내딛을 때마다 자꾸만 고개를 돌렸다.

"바보 같은 녀석! 가자! 어서! 강에 뭐 볼 것이 있다고 그래?"

젊은 석공이 헤이하이의 팔을 잡은 손에 힘을 주었다.

"난 또 그놈의 자식 고양이가 물어 간 줄 알았네!"

류 부주임이 헤이하이에게 이렇게 말했다. 그가 다시 젊은 철공에게 입을 열었다.

"그래, 노인네를 괴롭혀서 내쫓고 나니 어때? 그렇지만 작업량은 미루면 안 돼. 송곳을 제대로 수리하지 않으면 외눈박이 눈깔까지 모두 파 버리고 말 테니."

젊은 철공이 거들먹거리며 웃었다.

"잘 대접하쇼, 류 씨. 노인네에게 돌아가던 돈이랑 식량이랑은 내게 붙여 주쇼. 안 그러면 나 일 안 할 거요."

"자네 일하는 것 보고. 제대로 하면 붙여 주고, 그렇지 않으면 너도 당장 꺼져."

"불 피우지, 수양아들!"

젊은 철공이 헤이하이에게 명령했다.

오전 내내 헤이하이는 마치 혼이 나간 듯 우왕좌왕 정신이 없고 일도 대충이었다. 때로 탄을 한 삽 떠서 화로에 밀어 넣는 바람에 교각 구멍이 연기로 가득 차기도 했고, 송곳을 거꾸로 화로 안에 넣는 바람에 달궈야 하는 부분은 그대로고, 달구지 말아야 할 부분이 달궈지기도 했다.

"개자식! 정신을 어디에 팔아먹은 거야?"

화가 난 젊은 철공이 욕지거리를 퍼부었다. 그는 온몸이 땀으로 범벅이 되어 정신없이 일했다. 한껏 자신의 기예를 보여 주고 싶은 생각에 달아오른 흥분이 땀방울을 따라 고스란히 흘러내렸다. 헤이하이는 철공이 담금질을 하기 전, 먼저 물통에 손을 집어넣어 물의 온도를 감지하는 모습을 지켜봤다. 송곳에 데여 낡은 천으로 동여맨 손등의 상처에서 썩은 생선 같은 냄새가 풍겼다. 헤이하이의 눈에 엷은 먹구름이 한 겹 드리웠다. 기운이 축 처진 것처럼 보였다. 9시가 지나자 햇살이 이상하리만큼 아름다웠다. 음침하고 어두운 교각 구멍에 빛줄기 하나가 서쪽 벽을 비추고 그 빛이 반사되어 구멍 전체가 휘황찬란하게 빛났다. 젊은 철공이 송곳 담금질을 끝내고 직접 석공 사부에게 확인을 받으러 갔다. 헤이하이는 들고 있던 도구를 내려놓고 살금살금 굴을 빠져나갔다. 갑작스레 주위가 밝아지자 마치 세상에 갑작스레 어둠이 찾아온 것과 마찬가지로 아이는 머리가 어지럽고 눈이 부셨다. 잠시 주춤하던 아이가 잽싸게 뛰기 시작하여 십여 초 만에 강변 가장자리에 이르렀다. 모서리 네 곳이 볼록한 개불알풀들이 호기심 가득한 모습으로 아이를 바라봤다. 자줏빛 꽃송이가 핀 가시연, 커피빛 머리통을 떠받들고 있는 향부자가 탐욕스럽게 아이의 몸에서 풍기는 매캐한 연기 냄새를 킁킁거렸다. 강 수면을 떠가는 수초의 청아한 향기와 연어의 비릿한 냄새에 아이가 콧구멍을 벌름거리며 활기찬 산비둘기가 날개를 펼치고 날아오르듯 가슴을 팔딱거렸다.

하얀 수면 위에 검은빛, 자줏빛이 섞여 있었다. 아이는 눈이 뻑뻑하고 쓰렸지만 그래도 계속해서 수면을 주시한 채 시선을 돌리지 않았다. 마치 수면 위를 떠가는 수은 같은 밝은 빛을 꿰뚫어 보는 것 같았다. 그리고 아이는 두 손으로 바짓가랑이 단을 접어 올려 물에 슬쩍 담가 보더니 춤을 추듯 앞으로 나아갔다. 처음에는 무릎까지밖에 차지 않던 강물이 금세 허벅지까지 차올랐다. 아이는 바지를 한껏 걷어 올렸다. 포도 빛

작은 엉덩이가 드러났다. 이미 강 한가운데까지 와 있었다. 사방의 빛이 일제히 아이의 몸을 향해 쏟아져 아이의 몸을 뒤덮고, 아이의 눈을 뚫고 들어갔으며, 아이의 까만 눈동자를 둑 위의 퍼런 바나나 같은 색으로 물들였다. 물살이 거셌다. 물살이 자꾸만 아이의 다리를 때렸다. 아이는 물속 단단한 모래 바닥에 서 있었지만 잠시 후 발 밑바닥에 있던 모래가 물길에 쓸려 가 버리는 바람에 모래 구덩이에 빠져 바지가 홀랑 젖어 버렸다. 축축한 바지가 반은 허벅지에 붙고 반은 엉덩이 뒤로 넘실거렸다. 바지에 묻었던 석탄재가 씻겨 나오며 강물을 까맣게 물들였다. 모래흙이 발밑에서 도르르 말리며 아이의 종아리를 쓰다듬었다. 호박 빛 물방울이 뺨에 서리자 아이가 힘껏 입가를 실룩거렸다. 물속을 걷기 시작했다. 발로 물길을 이리저리 더듬어 보았다.

"헤이하이! 헤이하이!"

아이는 젊은 철공이 교각 구멍 앞에서 외치는 고함 소리를 들었다.

"헤이하이! 죽고 싶어?"

아이는 젊은 철공이 물가로 다가오는 소리를 들었지만 고개도 돌리지 않았다. 젊은 철공은 아이의 푸른 등밖에 보이지 않았다.

"어서 나와!"

젊은 철공이 흙 한 줌을 움켜쥐고 헤이하이를 향해 던졌다. 흙이 아이의 머리카락 끝을 맞고 강물에 떨어졌다. 강물 위에 타원형의 파문이 일었다. 철공은 다시 흙 한 줌을 뭉쳐 던졌다. 흙덩이가 아이의 등을 정통으로 맞추는 바람에 아이가 앞으로 고꾸라졌다. 입술이 강물에 닿았다. 아이가 뒤로 돌아 홀렁홀렁 물을 가르며 강변으로 걸어 나왔다. 헤이하이는 온몸에 물을 뚝뚝 흘리며 젊은 철공 앞에 섰다. 물방울이 아래로 줄줄 흘러내렸다. 바지가 몸에 찰싹 달라붙어 누에처럼 빳빳하게 곧추선 고추가 그대로 드러났다. 젊은 철공이 곰 발바닥 같은 커다란 손바닥을 들어 올려 아이를 내리치려는 순간, 젊은 철공은 고양이가 발톱으로 심장을 할퀴는 것 같은 느낌이 들었다. 헤이하이가 눈을 똑바로 뜬 채 그를 바라봤다.

"어서 가서 불 피워. 이 사부가 담금질한 송곳도 늙은이에 뒤지지 않아."

그는 득의양양한 모습으로 헤이하이의 목을 도닥거렸다.

대장간에 잠시 일이 없는 틈을 타 젊은 철공은 어젯밤에 남긴 생고구마를 화로 옆에 놓고 굽기 시작했다. 황마밭의 바람이 살랑살랑 불어왔다. 햇살이 바로 교각 구멍을 비추고 있었다. 젊은 철공은 집게로 노릿하게 구워지는 고구마를 뒤집으며 신이 나서 흥얼거렸다.

"베이징에서 난징까지……. 헤이하이, 바짓가랑이가 환하게 붉어진 걸 본 적이 있나? 네 수양어미 바짓가랑이에……."

젊은 철공은 갑자기 뭔가 기억이 난 듯 아이에게 말했다.

"빨리, 빨리 가서 무 몇 개만 뽑아 와. 뽑아 오면 고구마 두 개 상으로 주지."

순간 아이의 눈이 반짝였다. 젊은 철공이 아이의 갈비뼈 사이로 작은 심장이 팔딱거리는 것을 보고 막 입을 열려고 하는 사이, 아이는 어느새 집토끼처럼 저만치 뛰어가고 있었다.

강둑에 올라간 헤이하이는 멀리서 쥐즈가 자기를 부르는 소리를 들었다. 고개를 돌리자 햇살이 눈앞을 가로막았다. 아이는 강둑을 내려가 황마밭을 빠져나오기 시작했다. 황마는 씨를 하나하나 뿌려야 하기 때문에 이랑을 만들어야 한다. 씨앗이 많이 몰려 있으면 황마 줄기가 손가락이나 연필처럼 가늘어지기 때문이다. 씨앗이 적당하게 듬성듬성 뿌려진 곳에서는 낫자루나 팔뚝 같은 황마가 자라난다. 그러나 높이는 모두 마찬가지다. 둑에서 황마밭을 바라보면 마치 작은 파랑이 넘실대는 호수 같았다. 아이는 두 손으로 가늘고 굵은 마 줄기를 가르며 앞으로 나아갔다. 마 줄기에 난 단단한 가시가 아이의 피부를 찌르고, 자랄 대로 자란 잎이 후두둑 땅에 떨어졌다. 어느새 무밭과 평행으로 걸을 수 있는 위치에 이른 아이는 직각으로 방향을 튼 후 서쪽으로 나아갔다. 무밭이 다가오자 아이는 바닥에 엎드려 천천히 바깥쪽을 향해 기어갔다. 곧이어 청록빛 무 잎이 가득한 곳에 이르렀다. 무 이파리 사이사이로 햇살이 빨간 무 꼭대기를 비추고 있었다. 막 황마밭을 빠져나가기 직전 아이는 살그머니 다시 몸을 움츠린 채 황마밭으로 돌아왔다. 늙은이 한 사람이 잔뜩 허리를 구부린 채 무 이랑을 지나며 한 구멍, 한 구멍 주머니에서 밀알을 꺼내 뿌리고 있었다. 거만한 가을 햇살이 노인의 등을 비추고 있었다. 노인은 흰색 저고리를 입고 있었다. 등골이 다 젖어 있었다. 미풍에 먼지가 일어 땀으로 젖은 부분이 누렇게 변해 있었다. 헤이하이는 다시 무릎으로 몇 미터를 물러나 땅을 기기 시작했다.

두 손으로 턱을 받치고 마 줄기 사이로 무를 바라봤다. 무밭에서 수없이 많은 빨간 눈이 그를 바라보고 있었다. 무 이파리역시 그 순간 까만 머리카락 같은 모습으로 변해 마치 날아가는 새처럼 들썩거렸다……. 얼굴이 붉은 남자 하나가 고구마들판에서 성큼성큼 걸어와 노인 등 뒤에 서더니 돌연 이렇게말했다.

"어이, 라오성, 어젯밤에 도둑이 들었다고 했던가?"

노인이 허둥지둥 몸을 일으키더니 손을 늘어뜨리며 대답했다.

"큰일이네, 무를 여섯 개나 훔쳐 갔어. 무청은 남겨 두고. 고구마는 여덟 개나 캐 갔어. 줄기는 남겨 놓고 말이야."

"아마 수문 고치는 그 개자식들이 훔쳐 갔을 거야. 각별히조심해. 점심은 좀 늦게 돌아가 먹을게."

"그래, 알았어, 대장."

노인이 말했다.

헤이하이가 노인과 마찬가지로 붉은 얼굴의 남자가 둑으로걸어 올라가는 모습을 지켜봤다. 노인이 헤이하이와 마주 보는 곳에 자리를 잡고 앉았다. 헤이하이는 당황하며 뒤로 물러섰다. 그때 빽빽하게 가득 찬 황마가 그의 시선을 가로막았다.

"헤이하이!"

"헤이하이!"

쥐즈와 젊은 석공이 둑 위에 서서 황마밭을 향해 고함을 쳤다. 그들은 정오의 태양을 등지고 있었다. 햇살이 일을 마친사람들을 비추고 있었다.

"헤이하이가 황마밭에 들어가기에 볼일 보러 가는 줄 알았어요."

쥐즈가 말했다.

"외눈박이가 또 못살게 굴었어?"

젊은 석공이 말했다.

"헤이하이!"

"헤이하이!"

쥐즈와 젊은 석공이 만들어 낸 남녀 혼성 이중주의 고함 소리가 황마 가지 끝에 붙어 제비처럼 하늘로 날아오르자 황마 가지 끝에서 회색 나방을 포식하던 제비가 깜짝 놀라 높이 날아올랐다가 한참만에야 다시 아래로 내려왔다. 젊은 철공은 교각 구멍 앞에 서서 외눈으로 어깨를 나란히 한 남녀를 바라보며 부아가 치밀어 오르는 것을 느꼈다. 헤이하이를 찾는 쥐즈와 젊은 석공의 모습이나 말투가 마치 자신들의 자식을 찾는 것 같았다.

"기다려 보시지. 꼴값은!"

"헤이하이! 헤이하이!"

쥐즈가 말했다.

"황마밭에 들어가 잠든 건 아닌지 몰라."

"가 볼까?"

젊은 석공이 간절한 모습으로 쥐즈를 바라봤다.

"가 볼까요? 그래요."

두 사람이 손을 잡고 둑을 내려와 황마밭으로 들어갔다. 젊은 철공이 그 뒤를 따라 강둑에 올랐다. 황마 잎이 마치 파도처럼 넘실거리고 황마 줄기에서 사라라 소리가 울려 퍼졌다. 남자 하나, 여자 하나가 헤이하이를 부르고 있었다. 소리는 마치 물속에서 흘러나오는 것 같았다…….

기어가다가 지친 헤이하이가 한숨을 내리쉬며 몸을 뒤집어 하늘을 향해 누웠다. 등바닥에 건조한 모래흙, 그 모래흙 위로 엷게 황마 낙엽이 깔려 있었다. 두 손으로 뒤통수를 받치자 배가 옴폭하게 들어갔다. 불긋불긋한 점이 난 누런 잎 하나가 한들한들 떨어져 석탄재가 가득 묻어 있는 배꼽에 떨어졌다. 위를 바라봤다. 가느다란 푸른 빛줄기가 누런 황마 잎 틈새로 비쳐 들자 황마 잎이 마치 떼를 이룬 금빛 참새처럼 너울거렸다. 떼를 이룬 금빛 참새는 때로 떼를 지은 오이금무늬밤나방 같기도 하고, 나방 날개의 반점이 마치 젊은 철공의 눈에 난 갈색 각막 백반처럼 경쾌하게 움직였다.

"헤이하이!"

"헤이하이!"

귀에 익은 소리에 아이는 정신을 가다듬고 일어나 앉아 손등으로 옆에 있는 커다란 황마를 흔들었다.

"잠이 들었나?"

"그럴 리가요. 이렇게 큰 소리로 외치는데! 분명히 집에 돌아갔을 거예요."

"조그만 것이…….."

"여긴 정말 좋네요."

"그렇네…….."

소리가 점점 더 낮아졌다. 마치 물고기 두 마리가 수면에 물방울을 뽀글뽀글 토해 내는 것 같았다. 헤이하이는 몸에 미세한 전류가 흐르는 것 같았다. 긴장한 아이는 두 무릎을 꿇고 귀를 쫑긋거리며 주변을 살폈다. 여러 가지 장애물을 지나 마침내 황마 줄기 사이사이로 어릿어릿하게 보이는 둘의 모습을 볼 수 있었다. 한순간 조용했던 황마밭에 산들바람이 불자 황마 잎만 하늘거릴 뿐 황마 줄기는 꼼짝도 하지 않았다. 다시 잎사귀 몇 개가 떨어졌다. 헤이하이는 공기가 진동하는 소리를 들었다. 아이는 경이롭고 신기한 듯 한들한들 황마 줄기 위로 내려앉는 자홍빛 두건을 바라봤다. 두건이 황마 줄기 가시에 걸렸다. 마치 침묵의 깃발을 쳐든 것 같았다. 붉은 체크무늬 상의도 땅에 떨어졌다. 벌판을 이룬 황마가 물결처럼 그를 향해 밀려왔다. 아이가 천천히 자리에서 일어나 몸을 돌려 계속 앞을 향해 걸었다. 문득 이상한 느낌이 엄습했다.

5

십여 일 동안 쥐즈와 젊은 석공은 마치 헤이하이를 잊은 듯 다시는 둘이 짝을 이루어 굴로 찾아오지 않았다. 점심과 저녁 때마다 헤이하이는 황마밭에서 아름다운 종달새의 노랫소리를 들었고, 그럴 때마다 그의 얼굴에 차가운 미소가 피어올랐다. 마치 그 새가 무슨 말을 하는지 아는 것 같았다. 젊은 철공은 헤이하이보다 며칠 뒤에 종달새 울음소리에 주의를 기울이게 되었다. 젊은 철공은 교각 구멍에 숨어 주의 깊게 관찰을 한 결과 드디어 그 안에 숨겨진 비밀을 발견할 수 있었다. 종달새가 울기만 하면 작업장에서 젊은 석공의 모습이 사라졌고, 쥐즈는 좌불안석으로 사방을 두리번거리다 망치를 던지고 작업장을 빠져나갔다. 쥐즈가 빠져나가고 나면 잠시 후 종달새가 울음을 멈췄다. 그때마다 젊은 철공의 얼굴은 더 심하게 일그러졌고, 더욱 난폭해졌다. 그는 술을 마시기 시작했다. 헤이하이는 매일 돌다리를 지나 마을의 가게에 가서 고구마 소주를 사 와야 했다.

그날 저녁 달빛이 마치 물빛처럼 교교할 때 또 종달새가 울기 시작했다. 황마밭의 훈풍이 마치 달콤한 사랑처럼 작업장을 향해 불어왔다. 젊은 철공은 술병을 잡고 단숨에 반병을 들이켰다. 외눈에 눈물이 그렁그렁 맺혔다. 류타이양 부주임은 요 며칠 장가를 드느라 집에 갔기 때문에 작업장 사람들은 마음이 풀어질 대로 풀어져 있었다. 야근하는 석공들 대부분이 교각 구멍에 와서 담배를 피웠다. 자연히 수리할 송곳도 별로 없는 바람에 화롯불은 거의 죽어 있었다.

"헤이하이…… 가서 무 몇 개 뽑아 와……."

알코올로 위가 잔뜩 덥혀진 젊은 철공은 입에서 마치 불이 뿜어져 나올 것만 같았다.

헤이하이는 나무 막대처럼 풀무 옆에 서서 그를 바라봤다.

"너, 맞아야 갔다 올래? 어서 다녀와……."

헤이하이가 달빛이 비치는 곳으로 걸어갔다. 달빛 아래 한없이 신비한 황마밭을 돌아 알록달록한 고구마 들판을 관통해 사막의 신기루 같은 것이 흔들거리는 무밭에 이르렀다. 아이가 무 하나를 들고 교각 구멍으로 돌아갔을 때 젊은 철공은 이미 거적에 비스듬히 누워 잠들어 있었다. 헤이하이는 무를 송곳 위에 놓고 손을 부들부들 떨며 화롯불을 밝혔다. 그러나 다시는 푸른 기가 감도는 노란 불길을 공중으로 치솟게 만들진 못했다. 그는 각도를 바꿔 모루 위에 놓여 있는 무를 바라봤다. 무는 마치 검붉은 색 낡은 천이 씌워져 있는 듯 정말 보기가 흉했다. 아이가 울상이 되어 고개를 숙였다.

그날 밤 헤이하이는 교각 구멍에 누워 엎치락뒤치락 잠을 이루지 못했다. 류 부주임이 자리를 비우자 민공들은 모두 집으로 달아나 잠을 잤고, 교각 구멍에는 얇은 거적 하나만 남아 있었다. 달빛이 비스듬히 교각 구멍으로 비쳐 들었다. 교각 구멍 안에는 차가운 빛, 강물 소리, 황마 소리, 맨 서쪽 교각 구멍에서 들리는 젊은 철공의 코 고는 소리 그리고 뭔지 모를 이상야릇한 소리가 한꺼번에 들려왔다. 돌 위에 놓인 밀짚의 번뜩이는 빛에 눈이 시렸다. 그는 모든 밀짚을 거두어 작은 언덕을 만든 뒤 그 안으로 비집고 들어갔다. 그래도 바람이 짚 사이로 새어 들었다. 그는 잔뜩 몸을 웅크린 채 옴짝달싹하지 않았다. 아무리 자려고 노력을 해도 잠을 이룰 수가 없었다. 계속해서 무를 생각했다. 그것이 어떤 무였던가? 황금빛의 투명한 무였다. 잠시 물속에 서 있는 것 같다가 또다시 무밭에 서 있는 것 같기도 했다. 계속 찾아다녔다. 여기저기를 찾아다녔다…….

다음 날 아침 태양이 아직 모습을 내밀지 않고 달빛이 완전히 빛을 잃기 전 까만 까마귀 떼가 우왕좌왕 작업장 상공을 지나갔다. 홍수 방지 댐에 더러운 까마귀 깃털이 떨어져 있었다. 동쪽 지평선에 커다란 나무가 십여 그루 서 있는 듯 회색빛 구름이 드리워져 있었다. 나뭇가지에는 낡아 빠진 천이 가득 걸려 있었다. 헤이하이는 교각 구멍을 빠져나오자마자 온몸에 한기를 느꼈다. 예전에 학질에 걸렸을 때 오한이 나서 부들부들 떨던 때와 같은 기분이었다. 어제 돌아온 류 부주임은 작업장 상황을 둘러본 후 불같이 화가 나서 민공들을 싸잡아 엄청나게 욕을 퍼부었다. 사람들은 오늘 모두 일찍 출근하여 일에 열중했다. 작업장의 망치 소리가 연못의 개구리 울음소리처럼 하나가 되었다. 수리할 송곳이 많았다. 젊은 철공 역시 매우 열심히 작업을 했고, 민첩하게 훌륭한 솜씨를 보여 주었다. 송곳을 가지러 온 석공들이 연거푸 담금질 솜씨가 늙은 철공을 능가한다는 둥 그에게 찬사를 보냈다. 그가 담금질한 송곳이 어찌나 날렵하고 강한지 돌보다 더 단단하다고 했다.

태양이 6시 정도를 가리킬 때 젊은 석공이 수리할 송곳 두 자루를 가지고 왔다. 새것으로, 한 자루에 대충 4~5위안 정도 되는 송곳이었다. 낯빛이 활짝 핀 젊은 석공을 힐끗거리는 젊은 철공의 외눈에 차가운 빛이 섬뜩했다. 젊은 석공은 철공의 표정을 살피지 못했다. 행복이 넘치는 눈에 들어오는 것은 온통 행복한 일들뿐이었다. 헤이하이는 두려움이 엄습했다. 젊은 철공이 젊은 석공에게 못된 짓을 하려는 느낌을 받았기 때문이었다. 젊은 철공은 송곳 두 자루를 마치 은처럼 하얗게 달군 후 대충 모루 위에 놓고 뾰족하게 다듬더니 단번에 물속에 집어넣었다.

젊은 석공이 송곳을 들고 사라지자 젊은 철공의 입가에 자신만만한 웃음이 떠올랐다. 그가 헤이하이를 보고 말했다.

"그까짓 자식이 내가 달군 송곳을 쓸 자격이 있어? 헤이하이! 말해 봐, 그놈이 그럴 자격이 있어?"

헤이하이는 구석에 웅크리고 앉아 부들부들 몸을 떨었다. 잠시 후 젊은 석공이 대장간으로 돌아와 송곳 두 자루를 젊은 철공 앞에 내던지며 욕을 했다.

"외눈깔, 도대체 담금질을 어떻게 한 거야?"

"자식이! 뭐라고 지껄이는 거야?"

젊은 철공이 말했다.

"그 외눈깔 똑바로 뜨고 보라고!"

"네 송곳이 안 좋아서 그런 거지."

"헛소리하고 자빠졌네. 너 일부러 나 골탕 먹이려고 그런 것 아냐!"

"그랬으면 어쩔 건데? 너만 보면 울화통이 터진다고!"

"너, 이 자식."

젊은 석공이 화가 나서 얼굴이 하얗게 질리며 말했다.

"어디, 자신 있으면 덤벼 봐!"

"네까짓 놈이 무서울 줄 알고?"

젊은 철공이 허리에 묶고 있던 방수포를 벗어 던지고 상반신을 그대로 드러낸 채 마치 갈색 곰처럼 성큼성큼 다가갔다.

젊은 석공이 댐 앞 모래밭에 서서 재킷과 빨간색 작업 셔츠를 벗었다. 작은 조끼 하나만 걸친 상태였다. 키가 크고 얼굴은 서생 같은 사람이 몸은 나무처럼 단단해 보였다. 젊은 철공은 여전히 발에 방수포를 두르고 있었기 때문에 바닥의 날카로운 돌 조각을 밟을 때마다 척척 소리가 났다. 그는 팔이 길고 다리가 짧으며 상반신의 근육이 매우 발달해 있었다.

"말로 덤벼 볼래, 아니면 한판 치고받고 붙어 볼래?"

젊은 철공이 업신여기듯 말했다.

"마음대로 해 보시지!"

젊은 석공 역시 비웃듯이 말했다.

"집에 가서 네 애비한테 아들 맞아 죽더라도 물어내란 소리 하지 않겠다는 서약서를 쓰게 하는 것이 좋을 거야."

"너나 집에 가서 관부터 짜 두는 것이 좋을걸."

한바탕 욕을 주고받은 후, 두 사람이 함께 기대고 섰다. 혜이하이는 멀찌감치 쪼그리고 앉아 계속 몸을 부들부들 떨었다. 젊은 철공과 젊은 석공의 대결은 처음에는 마치 장난을 하는 것 같았다. 석공이 혀를 말며 철공 얼굴에 침을 뱉었다. 철공이 긴 팔을 들어 올려 주먹을 날렸다. 석공이 뒤로 물러서는 바람에 그의 주먹이 허공을 치고 말았다. 다시 침을 뱉고 다시 일격을 날렸고, 또다시 뒤로 몸을 비켰다. 허공을 쳤다. 그러나 석공의 세 번째 침이 입술에서 나오기 전, 철공이 석공 어깨에 날쌔게 주먹을 날렸다. 석공의 몸이 휘청거리며 한 바퀴를 돌았다.

사람들이 비명을 지르며 그들을 에워싸고 고함을 질렀다.

"싸우지 마, 싸우지 말라니까."

그러나 싸움을 말리려 앞으로 나서는 사람은 아무도 없었다. 시간이 흐르자 고함 소리도 잦아들고 모두 눈만 휘둥그레 뜨고서 숨을 죽인 채 몸매가 판연하게 다른 두 청년의 힘겨루기를 바라봤다. 쥐즈는 얼굴이 허옇게 질려 자기 뒤에 서 있는 처녀의 어깨를 힘껏 움켜쥐었다. 철공에게 주먹질을 당하는 연인을 보며 쥐즈의 입에서 나지막하게 신음이 흘러나왔다. 눈이 마치 만개한 자줏빛 국화꽃 같았다.

서로 공격을 주거니 받거니, 결투는 좀처럼 승부가 나지 않았다. 석공은 키가 크고 주먹을 쓰는 모양새가 날렵하며 아름다웠지만 마치 꽃나무 가지처럼 휘청이는게 힘이 부족했다. 그에 비해 철공의 동작은 조금 느린 편이긴 하지만 주먹이 어찌나 매섭고 강력한지 주먹 한 방을 날리면 석공의 몸이 뱅그르르 한 바퀴를 돌았다. 그러다 철공이 머리에 한 방을 맞고 어찔하여 현기증을 느끼는 순간, 석공이 그 틈을 놓치지 않고 앞으로 나가 비 오듯이 주먹을 날렸다. 휙휙 소리가 울려 퍼졌다. 철공이 고양이처럼 허리를 굽히더니 석공의 겨드랑이로 파고들었다. 긴 팔 두 개가 마치 장어처럼 석공의 허리를 휘감았다. 석공이 잽싸게 철공의 머리를 팔에 끼웠다. 두 사람이 밀고 당기고, 전진과 후퇴를 거듭하더니 결국 석공이 수세에 몰리면서 하늘을 향해 벌러덩 모래밭에 드러눕고 말았다.

사람들 사이에서 환호성이 터져 나왔다.

철공이 반듯이 일어나 피가 섞인 침을 뱉으며 한쪽으로 삐딱하게 고개를 기울였다. 그 모습이 마치 투계에서 승리를 거둔 수탉 같았다.

힘겹게 바닥에서 일어난 석공이 곧장 철공을 덮쳤다. 허여멀건 한 몸뚱이와 까무잡잡한 몸뚱이가 다시 한데 뒤엉켰다. 이번에는 석공이 몸을 낮추어 가슴과 배, 사타구니를 철공이 공격할 수 없도록 방어했다. 팔 네 개가 단단하게 뒤엉켰다.

때로 석공이 철공을 들어 올려 뱅그르르 팔에 힘을 실어 보기도 했지만 철공을 넘어뜨리진 못했다. 석공은 숨을 가쁘게 몰아쉬며 온몸이 땀으로 범벅이 된 반면 철공은 땀을 단 한 방울도 흘리지 않았다. 석공은 기운이 떨어지자 발동작이 꼬이면서 눈앞이 어른거렸다. 잠시 집중력을 잃은 사이 팔에 힘이 빠졌고, 그 틈을 놓치지 않은 철공이 그의 허리를 부둥켜안았다. 석공은 호흡이 틀어지며 다시 한 번 바닥에 그대로 벌렁 자빠지고 말았다.

쥐즈가 흐느끼며 달려와 석공을 부축해 일으켰다. 쥐즈의 울음소리에 철공의 얼굴에서 웃음기가 사라졌다. 그가 씁쓸한 표정으로 멍하니 자리에 서 있었다. 석공이 일어나 쥐즈의 손을 뿌리치고 모래흙 한 줌을 집어 철공의 얼굴을 향해 흩뿌렸다. 모래흙 때문에 외눈의 시야가 흐릿해지자 철공이 마치 야수처럼 울부짖으며 힘껏 눈을 비볐다. 석공이 그 틈을 타 철공을 덮쳤다. 그가 철공의 목을 잡아 옴짝달싹 못하게 누른 후 마치 북을 치듯 철공의 머리를 난타했다.

그때 사람들의 다리 틈으로 시커먼 그림자 하나가 빠져나왔다. 헤이하이였다. 아이는 마치 커다란 새처럼 석공 등 뒤로 날아가 닭발 같은 검은 손으로 석공의 볼을 잡고 힘껏 뒤로 당겼다. 석공의 입이 벌어지며 이를 드러낸 채 "아!" 하고 비명을 지르며 다시 한 번 육중하게 모래밭에 발라당 넘어졌다.

철공이 가까스로 일어나 앉아 커다란 두 손에 바닥의 돌 부스러기들을 잡아 사방을 향해 던졌다.

"짐승 같은 놈! 개 같은 자식!"

욕을 퍼붓는 그의 소리가 돌 부스러기와 섞여 우박처럼 주위 사람들을 휩쓸었다. 사람들이 당황하여 허둥지둥 몸을 피했다. 쥐즈가 갑자기 참혹한 비명을 질렀다. 철공의 손이 죽은 듯 동작을 멈췄다. 그의 왼눈에 들어간 모래가 눈물과 함께 눈가로 흘러내리며 동공이 드러났다. 그는 어렴풋이 쥐즈의 오른쪽 눈에 마치 흰 목이버섯이 자라난 것처럼 하얀 돌 파편이 꽂혀 있는 것을 봤다. 그가 괴성을 지르며 눈을 움켜쥔 후 바닥에 누워 고통스럽게 몸을 비틀었다.

헤이하이는 쥐즈의 참담한 비명 소리에 손을 풀었다. 아이의 손가락에 석탄재와 함께 석공의 볼을 할퀸 핏자국이 묻어 있었다. 사람들이 허둥대는 틈을 타 아이는 몰래 교각 구멍으로 돌아와 제일 어두운 구석에 몸을 웅크린 채 치아가 딱딱 소리가 날 정도로 몸을 떨면서 작업장의 어수선한 사람들을 바라봤다.

6

다음 날 홍수 방지 댐 작업장에서 젊은 석공과 쥐즈의 모습이 사라지고 침울하고 어두운 분위기가 작업장을 감돌았다. 태양이 마치 경련을 일으키는 것처럼 바들거렸고 싸늘한 가을바람에 황마밭은 바다처럼 격랑이 일기 시작했다. 참새 떼들이 허둥지둥 불안하게 황마 가지 끝에서 짹짹거렸다. 바람이 교각 구멍을 관통하며 먼지바람이 일어나 하늘이 온통 누렇게 변했다. 9시가 넘어서야 바람이 그치고 태양도 점차 원래 모습을 회복했다.

혼사를 끝내고 돌아오자마자 이런 일을 당한 류 부주임은 울화가 치밀어 대장간 앞에 서서 젊은 철공에게 미친 듯이 쌍욕을 퍼부으며, 외눈이라도 파내 쥐즈의 눈을 대신해 주라고 소리를 높였다. 젊은 철공은 입을 꾹 다물고 있었다. 까만 얼굴에 여드름만 하나하나 벌겋게 돋은 채 숨을 몰아쉬며 벌컥벌컥 술을 들이켰다.

석공들은 뭣 때문인지 필사적으로 일을 했고 그 바람에 송곳이 몽땅 닳는 바람에 화로 옆에 보수할 송곳만 하나 가득 쌓였다. 젊은 철공은 새우처럼 거적에 몸을 웅크린 채 꿀럭꿀럭 술을 들이부었다. 교각 구멍에 술 냄새가 코를 찔렀다.

류 부주임이 화를 내며 젊은 철공을 발로 걷어차고 욕을 퍼부었다.

"무서워? 가증스럽게! 그런다고 누가 속을 줄 알아? 그렇게 죽은 것처럼 누워 있으면 그냥 지나갈까 봐? 일어나 어서 송곳이나 손질해. 그렇게 일이라도 열심히 하면 넘어갈까."

젊은 철공은 들고 있던 술병을 위로 내팽개쳤다. 술병이 교각에 부딪치며 산산조각이 났다. 소주가 묻은 유리 파편이 류 부주임 머리로 떨어졌다. 젊은 철공이 벌떡 일어나 갈지자로 도망치며 소리를 질렀다.

"내가 뭐가 무서워! 나는 하늘도 안 두려워! 죽어도 두렵지 않아, 그런데 뭐가 무서워?"

그는 홍수 방지 댐으로 올라가 계속해서 고래고래 소리를 질렀다.

"난 아무도 안 무서워!"

그의 다리가 돌난간에 부딪치며 몸이 비틀거렸다. 다리 밑에서 누군가 고함을 질렀다.

"철공! 다리 밑으로 떨어질라, 조심해."

"다리 밑으로 떨어진다고?"

그가 큰 소리로 웃기 시작하더니 돌난간을 기어 올라가 손을 놓고 바들바들 난간에 섰다. 다리 아래 사람들 모두 귀신에 홀린 듯 얼이 빠져 숨도 제대로 쉬지 못했다.

철공이 두 팔을 벌리고 마치 깃털이 풍성한 날개처럼 위 아래로 흐느적거렸다. 좁은 돌난간을 비틀거리며 걸어갔다. 그는 느릿느릿 걷다가 다시 빠르게 걷고, 그러다가 다시 잰 걸음으로 달리기 시작했다. 다리 아래 사람들이 눈을 가렸다가 다시 손가락 사이로 그를 훔쳐봤다.

철공이 흐느적흐느적 돌난간 위를 달려갔다. 난간 아래 검푸른 물에 하늘하늘 그의 모습이 비쳤다. 그는 서쪽에서 동쪽을 향해 달려가다가 다시 동쪽 끝에서 되돌아 달려오며 노래를 부르기 시작했다.

"난징에서 베이징까지……."

대담한 석공 몇 명이 수문 위로 올라가 젊은 철공을 끌어내렸다. 그가 필사적으로 허둥대며 욕을 퍼부었다.

"빌어먹을 웬 참견이야! 난 곡예의 명수라고. 계집애들이 영화에서 줄 위를 걷지. 이 몸은 수문 난간 위를 걷는 거야. 너 이놈들 말해 봐. 누가 더 뛰어난지……."

사람들이 지쳐서 숨을 헐떡거리며 결국 그를 다시 교각 구멍으로 돌려보냈다. 젊은 철공은 마치 진흙덩이처럼 거적 위에 널브러진 채 입에서 흰 거품을 토해 내면서 손으로 입을 찢으며 통곡을 했다.

"엄니, 괴로워 죽겠어요. 헤이하이! 착한 제자야, 이 사부 좀 구해 줘, 가서 무 좀 뽑아 와……."

사람들은 돌연 헤이하이가 엉덩이까지 내려오는 커다란 상의를 입고 있는 것을 발견했다. 상의는 두껍고 무거운 범포로 만든 것이었다. 천이 튼튼해서 오 년을 입어도 닳지 않을 것 같았다. 커다란 팬티가 상의 아래로 조금 드러나 있었다. 마치 상의의 레이스 장식인 것 같았다. 헤이하이는 발에도 새 후이리[69] 운동화를 신고 있었다. 신발이 너무 커서 신발 끈을 꼭 묶는 바람에 마치 대가리가 큰 못생긴 메기 두 마리 같았다.

"헤이하이, 들었어? 네 사부가 너더러 뭘 하라고 했는지 말이야!"

늙은 석공 한 사람이 담뱃대로 헤이하이의 등을 쿡 찌르며 말했다.

헤이하이가 교각 구멍을 빠져나가 강둑으로 올라가 황마밭으로 들어갔다. 황마밭에는 이제 황마 줄기가 양편으로 갈려 어렴풋이 작은 길이 나 있었다. 아이는 걷고 또 걷다 발걸음을 멈추었다. 황마가 쓰러져 있었다. 마치 누군가 황마밭 위를 굴러다닌 것 같았다. 아이는 손등으로 눈을 비빈 후 조그만 소리로 훌쩍이다가 다시 계속 앞으로 걸어갔다. 그렇게 조금 더 걸어가다 말고 아이가 몸을 엎드리더니 무밭 안으로 기어

---

69) 가장 역사가 오래된 중국의 운동화 상표.

서 들어갔다. 비쩍 마른 노인은 보이지 않았다. 아이는 허리를 편 다음 무밭 중앙에 쪼그려 앉았다. 무 고랑에 파종한 밀은 벌써 자홍빛 뾰족한 싹이 돋아나 있었다. 아이가 무릎을 꿇고 무 하나를 뽑았다. 무의 가는 뿌리가 땅과 분리될 때 수포 터지는 것 같은 소리가 났다. 아이는 유심히 소리에 귀를 기울였다. 그리고 그 소리가 하늘로 날아오를 때까지 계속해서 주의를 집중했다. 하늘에는 구름이 보이지 않았다. 맑고 수려한 가을 태양이 거침없이 그대로 햇살을 내리쬐고 있었다. 아이는 쥐고 있던 무를 들어 올려 햇살에 비췄다. 그날 저녁 모루에서 봤던 기이한 광경이 다시 보고 싶었다. 반짝이는 햇살 아래 이 무에서 물에 빠졌던 무처럼 맑고 투명한 금빛 빛살이 퍼지길 원했다. 그러나 결과는 실망스러웠다. 무는 맑지도 투명하지도 않았다. 금빛 광채도 없고 더더욱 금빛 광채 안에 싱싱한 은빛 액체도 머금고 있지 않았다. 그는 무 하나를 더 뽑아 다시 햇살 아래 비춰 보았지만 결과는 마찬가지였다. 이어서 아이의 행동이 매우 단순하게 반복되었다. 무릎으로 한 보를 걸어가 무 두 개를 뽑는다. 무를 쳐들어 살펴본 후 무를 버린다. 그리고 다시 무릎으로 한 걸음 간 후 무를 뽑고, 들어 올리고, 비춰 본 후, 다시 무를 버린다…….

채소밭을 지키는 노인의 눈은 혼탁한 두 개의 물방울 같았다. 그는 배추밭에 웅크려 앉아 마디충을 잡고 있었다. 하나를 잡아 손으로 눌러 죽이고, 다시 하나를 잡아 또 눌러 죽였다. 정오가 다 되어 가고 있었다. 그는 자리에서 일어나 원두막에서 자고 있는 대장을 깨우러 갈 생각이었다. 대장은 밤에 잠을 설쳤지만 마을이 하도 시끄러워 낮에도 잠을 청할 수가 없었기 때문에 가을벌레 소리만 잔잔하게 들리는 원두막에서 잠을 자고 있었다. 노인이 허리를 펴자 척추에서 우두둑 소리가 들렸다. 문득 햇살 아래 비친 무밭이 마치 불꽃이 인 것처럼 온통 벌겋게 보였다. 노인은 안대를 벗고 급히 무밭을 향해 걸음을 재촉했다. 그는 그제야 밭 한가득 채 자라지도 않은 무가 잔뜩 뽑혀 있는 것을 발견했다.

"업보야!"

노인이 큰 소리로 말했다. 그는 한 아이가 무밭에 무릎을 꿇고 앉아 커다란 무를 들어 올린 채 태양을 바라보고 있는 것을 봤다. 아이의 눈이 얼마나 크고 얼마나 반짝이는지 쳐다보고 있기가 거북할 정도였다. 노인은 그래도 인정사정없이 그를 붙잡아 원두막으로 끌고 가서 대장을 깨웠다.

"대장, 큰일 났어. 이 곰 같은 새끼가 무를 거의 반이나 뽑아 놨어."

대장이 졸음이 가득 담긴 게슴츠레한 얼굴로 무밭을 보러 가더니 씩씩거리며 돌아왔다. 그가 헤이하이의 엉덩이를 힘껏 발로 걷어찼다. 헤이하이는 한참만에야 겨우 바닥에서 몸을 일으켰다. 아이가 정신을 채 가다듬기도 전에 대장이 다시 따귀를 날렸다.

"이놈의 새끼, 어느 마을 놈이야?"

헤이하이는 당혹스러움에 두 눈에 눈물이 가득 고였다.

"누가 이렇게 못된 짓을 시켰어?"

헤이하이의 눈이 물처럼 맑았다.

"이름이 뭐야?"

헤이하이의 눈동자에 물결이 일렁였다.

"아버지 이름이 뭐냐?"

헤이하이의 눈에서 두 줄기 눈물이 흘러내렸다.

"빌어먹을 놈, 벙어리인가 봐."

헤이하이의 입술이 움찔거렸다.

"대장, 그만해! 그냥 놔줘."

노인이 말했다.

"놔주라고?"

대장이 웃으며 말했다.

"그래, 놔줘."

대장이 헤이하이의 새 저고리, 새 신발, 커다란 팬티를 모두 벗겨 돌돌 말아 담벼락 모퉁이에 던지며 말했다.

"집에 가서 네 애비에게 옷 가지러 오라고 해. 꺼져!"

헤이하이가 뒤돌아 걸어갔다. 처음에는 부끄러운 듯 손으로 고추를 움켜쥐고 몇 걸음 걷더니 그냥 손을 놓아 버렸다. 노인은 실오라기 하나 걸치지 않은 남자아이를 보며 흐느껴 울기 시작했다.

헤이하이가 황마밭으로 들어가는 모습이 마치 물고기 한 마리가 바다로 헤엄쳐 나가는 것 같았다. 쏴아쏴 황마 잎이 나부끼고 밝은 가을 태양이 내리쬐고 있었다.

헤이하이! 헤이하이!

작품 해설

이 책은 중국 소설가 모옌의 단편 열한 편과 중편 한 편을 모은 소설집이다. 중편인 「투명한 빨간 무」를 제외하고 나머지는 모두 국내 초역이다. 다산 작가인 모옌은 지금까지 장편 열한 편, 중·단편 백여 편을 썼는데, 2012년 상해 문예출판사에서 펴낸 모옌 작품 전집 열여섯 권에 대부분의 작품이 실려 있다. 본서에 수록된 작품은 1985년 이후 쓴 중·단편 소설 예순일곱 편 가운데 아직 국내에 번역되지 않은 주요 작품을 추린 것이다. 현재 우리나라에 그의 장편 소설 여섯 편을 포함하여 적지 않은 중·단편 소설이 번역 소개되어 있다. 그럼에도 불구하고 또다시 그의 중·단편을 모아 세상에 내놓은 것은 이번에 소개하는 작품들이 모옌과 그의 작품 세계를 이해하는 데 빠질 수 없는 것임에도 아직 우리말로 번역이 되지 않았기 때문이다.

모옌의 본명은 관모예(管謨業), 산둥성 가오미현(高密縣)의 농민 가정에서 3남 1녀의 막내로 태어났다. 2012년 노벨 문학상을 수상하면서 세계적인 명성을 얻었으나, 이미 1985년부터 자신만의 독특한 소재와 문체로 현실과 환상, 과거와 현재, 개체와 군체, 역사와 설화를 솜씨 좋게 버무린 수많은 소설을 발표하면서 중국은 물론이고 한국, 일본, 대만, 프랑스, 독일, 미국, 이탈리아 등 여러 나라에서 문학상을 받은 바 있다. 우리나라에서도 노벨 문학상 당선 전에 이미 『개구리』를 비롯하여 적지 않은 작품이 번역 출간되었으며, 2012년 만해대상 수상자로 선정되었을 때 한국을 직접 방문하기도 했다. 하지만 중국 문학은 여전히 우리에게 생경한 것이 사실이다. 특히 그의 소설은 중국 특유의 민담과 전설을 섞어 가며 중화인민공화국의 당대 현실을 반영하고 있기 때문에 독자의 입장에서 이해하기 어려운 측면이 있을 수도 있다. 그러나 본서에 실린 일부 작품의 해설과 작가의 연보를 참고한다면 그의 작품을 폭 넓게 이해하는 데 도움이 될 것이다.

우선 본서에 실린 중편 「투명한 빨간 무」는 1985년 초반 모옌이 잡지 《중국작가》에 발표한 후 단숨에 명성을 얻어 그의 이름을 독자들에게 각인시키는 계기가 된 작품이다. 작가의 자전적 요소가 강한 이 작품은 집을 나간 아버지와 계모의 학대로 고통받으며 생활 전선에 뛰어든 헤이하이(黑孩)가 주인공이다. 헤이하이는 말 그대로 풀이하면 시커멓게 생긴 아이를 뜻하지만, 그 외에도 출생 신고를 하지 않은 아이, 즉 호적에 없는 아이라는 뜻도 있다. 헤이하이는 아버지가 남겨준 너덜너덜한 옷에 시커멓고 꾀죄죄한 얼굴, 바짝 마른 몸으로 어른들과 함께 홍수 방지를 위한 댐 공사에 참여한다. 고아나 다를 바 없는 아이에게 공사장에서 만난 아가씨 쥐즈는 마치 엄마처럼 친절하게 대해 준다. 아이는 그녀에게 애틋한 연정을 지닌다. 하지만 그녀는 젊은 석공과 노닥거리며 사랑을 나누느라 아이에 무관심해지고, 아이는 더 이상 기댈 곳이 없게 된다. 또 한 명의 등장인물인 젊은 철공은 그에게 무를 서리해오라고 시킨다. 아이에게 무는 금빛의 아름다움이자 맑은 액체처럼 투명한 또 하나의 환상이다. 하지만 젊은 철공은 아이가 먹으려던 무를 멀리 강가로 던져버리고 만다. 집에서 버림받은 아이는 또 다시 사람들에게 버림받고, 심지어 자신이 훔쳐온 무마저 제대로 얻어먹지 못한다. 다시 무밭으로 달려간 아이는 땅을 마구 헤쳐 무를 파 들고 하늘에 비춰 본다. 무는 더 이상 금빛도 아니고 투명하지도 않다. 그러다 도둑질이 발각되어 생산대장에게 따귀를 맞은 아이는 홀딱 벗겨진 채로 어디론가 달려간다.

같은 해에 세상에 나온 단편 「백구와 그네」는 작품의 화자인 '나'가 가오미 둥베이향으로 귀향하는 길에 고향에서 흔히 보던 백구와 젊은 여인 '난'을 상봉하면서 시작된다. 백구는 둥베이향이 원산지인 희고 온순한 품종의 개였으나 몇 대에 걸쳐 다른 종의 개들과 교미하여 이미 잡종이 되었고, 실질적인 친척 관계는 아니지만 어린 시절의 화자가 작은 고모라고 부르던 난은 풋풋하던 모습이 사라지고 아직 서른도 되지 않은 나이에 폭삭 늙어 버린 시골 아낙이 되고 말았다. 그녀는 화자가 밀던 그네를 타다 줄이 끊어지는 바람에 땅에 떨어져 한쪽 눈을 잃었다. 이후 벙어리인 남자와 결혼하여 세쌍둥이를 낳았는데, 세 아이 모두 아버지와 마찬가지로 벙어리로 세상에 나왔다. 뜻하지 않은 사고로 인해 원치 않는 이와 결혼한 여인의 삶은 구겨질 대로 구겨진 상태였다. 그녀를 불행하게 만든 당사자는 그네를 밀었던 화자, 바로 '나'다. 그렇기에 화자는 그녀에게 무거운 부담과 함께 안타까운 마음을 느낄 수밖에 없지만, 지금에 와서 무엇을 돌이킬 수 있단 말인가? 그때 그녀가 말한다. 나에게 벙어리가 아닌 사람(화자)의 씨앗을 달라고.

「백구와 그네」에서 처음 등장하는 가오미 둥베이향은 모옌의 실제 고향이 아니라 그가 창조한 문학적 고향이다. 그의 실제 고향은 산둥성 가오미현 다란향 핑안촌이다. 가오미 둥베이향은 모옌의 어린 시절과 그의 작품 세계를 연결하는 공간이자 그가 자신만의 개성을 발휘할 수 있는 고유한 바탕이며 동력이다. 그렇다고 그의 문학적 본향이 그리 아름답기만 한 것은 아니다.

　그곳은 혹독한 가뭄과 홍수, 큰바람과 해충 등 자연재해로 인한 기아와 고통이 만연한 척박한 땅이다. 또한 인간의 그릇된 이념과 고집, 하잘것없는 외침과 투쟁, 멈출 수 없는 성욕과 식욕, 이기심과 공명심으로 가득한 잔인성 등이 삶을 비틀고 굴곡지게 만드는 참혹한 땅이다.

1927년 가오미 둥베이향을 휩쓴 메뚜기 재앙에 관한 이야기인 「메뚜기 괴담」, 국가의 계획 생육과 기아 때문에 또는 사생아란 이유로 길거리에 버려지거나 심지어 오줌통에 던져지는 아이들을 모티브로 삼은 「영아 유기」, 삼면홍기[70]라는 미명하에 뜬금없이 시행된 전국 규모의 철강 제련 사업을 배경으로 삼은 「철의 아이」 등이 바로 이런 참혹한 땅의 모습을 보여 준다.

　　"많고, 빠르고, 훌륭하고 유익한 사회주의를 건설한다."라는 방침 아래 '함께 일하고 함께 먹는다.'라는 공산주의의 이상을 실현하기 위한 실험은 실패로 끝이 나고, 1959년부터 1961년까지 삼 년 동안 전국을 휩쓴 대기황(大饑荒), 일명 대약진(大躍進) 기황(饑荒)이 이어졌다. 자연재해도 있었지만 인재가 70퍼센트를 차지하는 삼 년 대기황, 중국인들 스스로 곤란(困難) 시기라고 부르던 바로 그 시기에 적어도 3천만 명 이상이 굶어 죽는 참혹한, 참으로 있을 수 없는 일이 벌어졌다. 이는 대약진 운동으로 농업을 희생시키더라도 대신 공업을 발전시키겠다는 일련의 정책적 오류에서 비롯한 식량 결핍과 자연재해가 맞물린 결과였다. 대약진 소리가 귀청을 때리고, 강철을 제련한답시고 마을마다 우후죽순처럼 소형 고로(高爐)가 들어서며, 마을 사람 모두 공공식당(公共食堂), 일명 대식당(大食堂)에 모여들어 공짜 밥을 먹을 당시 모옌은 서너

---

70) 三面紅旗. 1958년 중국 공산당이 결정한 사회주의 혁명의 기본 노선으로, 총노선, 대약진, 인민공사를 의미한다.

살 어린아이였다. 그는 당시 집안 채마밭에 우뚝 서 있던 수령 수백 년의 거대한 버드나무가 강철 제련을 위한 불쏘시개로 희생되던 모습이 기억난다고 말했다. 아마도 이런 기억이 모여 가오미 둥베이향의 한구석에 자리하고 있다가 어느 날 문득 또 다른 소설의 소재가 될 것이다. 앞서 언급한 「투명한 빨간 무」는 인민공사 시절 모든 이들이 공공 식당에서 같이 밥을 먹고 모든 아이들이 유아원에서 공동으로 육아되며, 집단으로 노동하던 시절을 배경으로 하고 있다. '빨간 무'는 바로 그 시대의 '기아(饑餓)'를 상징한다.

다른 한편으로 그 땅은 어린 시절 할아버지나 할머니 또는 아버지나 동네 사람들에게 숱하게 들었던 옛이야기, 특히 모든 사물에 깃들어 있다는 정령이나 숲 속의 요괴에 관한 이야기가 넘쳐 나는 상상의 공간이자, 힘들었지만 결코 희망을 버리지 않았던 어린 시절의 아스라한 기억이 숨 쉬고 있는 땅이기도 하다.

모옌이 태어나 자라다가 20세에 떠났던 그의 고향 가오미는 비교적 너른 평원에 자리한 곳으로 지금과 달리 비가 많이 오는 비옥한 땅이었다. 지금도 그리 발전한 곳이 아니니 1960년대의 그곳은 봉건 시대의 유산이 그대로 남아 미신과 오랜 습속이 여전히 힘을 발휘하며, 내력을 알 수 없는 전설과 그렇고 그런 이야기들이 동네마다 가득한, 가난하고 궁벽한 마을이었을 것이다.

그의 소설을 보면 마치 모든 사물에 정령이 깃들어 있기라도 한 것처럼 어떤 사물이 돌연 요괴나 신선, 심지어 형용하기 힘든 괴이한 물체로 바뀌기도 하고 또 다른 황당한 일들이 벌어지곤 하는데, 이 역시 어린 시절에 그가 듣거나 보았던 이야기에 대한 기억과 무관하지 않다. 「후미족」에 등장하는 냄새로 음식을 먹는 코쟁이 족속이나 「한밤의 게잡이」 속 선인(仙人)처럼 아리따운 여인이 바로 그런 부류이다.

한편 「철의 아이」, 「큰바람」, 「한밤의 게잡이」, 「후미족」 등 모옌의 작품에서 유독 어린아이가 주인공으로 등장하는 경우가 많은데 이 역시 가오미 둥베이향을 배경으로 그려진 어린 시절과 관련이 있다. 모옌은 언젠가 자신이 루쉰의 영향을 많이 받았다고 하면서 「광인일기」를 거론한 적이 있다. 루쉰은 그 작품에서 중국의 봉건 제도와 가족 제도를 지탱하는 유교의 위선과 비인간성을 고발하고, 그러한 현실을 부정하는 사람을 집어삼키고자 하는 봉건 사회의 억압에 대항함과 동시에 이 암울한 사회의 유일한 희망인 어린아이를 구하라고 외쳤다. 어쩌면 모옌 역시 작품에 나오는 어린아이를 통해 그런 희망을 기대하고 있는지도 모른다. 다시 말해 어린 시절 둥베이향에서 온갖 비참한 삶이 연희되기는 하였으나 그럼에도 불구하고 놓을 수 없는 희망의 불씨가 바로 그곳에서 타올랐다는 뜻이다. 이는 「큰바람」에서 하루 종일 애써 띠풀을 베어 수레에 싣고 귀가하는 길에 큰바람을 만나 띠풀을 몽땅 날려버린 할아버지가 함께 따라갔던 손자 싱얼에 대해 이야기하는 문장에서 엿볼 수 있다.

"그 먼 둥베이와까지 가서 이런 풀 한 포기를 가져오시더니, 글쎄, 이렇게 말씀하시지 않겠니. '싱얼 돌아오면 보여 줘.

이게 무슨 풀인지, 그 애는 배운 게 많으니⋯⋯.' 그래 너는 알 겠니?"

바로 이런 이유로 그는 자신과 농촌(고향)의 관계를 "물과 물고기의 관계이자 토지와 씨앗의 관계"이면서 동시에 "새와 조롱, 노역과 피노역의 관계"라고 말했다. 이미 하나의 문학 지리 개념이 된 가오미 둥베이향은 이렇듯 그가 세계를 담고, 세계로 내보이는 그만의 공간이자 결코 벗어날 수 없는, 아니 벗어나려고 하지 않는 고립된 세상이자 열린 세상이다. 그 공간에서 그는 시간, 사람, 자연, 전설, 괴담, 사건, 이념, 세태, 갈등, 모순 등을 비비고 섞어 그만의 문학 세계를 창조했다. 모든 저명 작가는 자신만의 문학 세계를 갖고 있으며 나름의 문학적 본향을 확보하고 있다. 하지만 그처럼 자신의 문학적 본향에 집착하는 이는 그리 많지 않다.

물론 처음부터 그가 자신만의 문학적 본향을 확보한 것은 아니었다. 1978년 소설 창작을 시작하여 1982년 《연지》에 발표한 첫 단편 「봄밤에 비는 부슬부슬 내리고(春夜雨霏霏)」나 「못난 병사(醜兵)」 등은 당시 군대 생활의 경험을 바탕으로 영웅이나 모범을 권장하는 내용을 담고 있다. 모옌과 마찬가지로 인민 해방군에 오래 몸담고 있는 작가라면 누구나 한 번쯤은 생각해보거나 써 보았을 내용이다. 하지만 그에게 이 시기는 일종의 모색기였을 뿐이다. 그 시기를 거치며 그는 1980년대 개혁개방과 동시에 밀어닥친 서구의 문학 세계에 환호했다. 윌리엄 포크너의 『음향과 분노』, 가브리엘 가르시아 마르케스의 『백년의 고독』, 프란츠 카프카의 『변신』, 가와바타 야스나리의 『설국』 등을 탐독하며 모색기를 넘어 모방의 시기로 건너간다. 그의 작품에서 흔히 볼 수 있는 현실과 환상, 역사와 설화, 객관과 주관이 뒤섞여 있는 형태는 마르케스의 영향과 무관하지 않다. '의식의 흐름' 소설을 표방한 제임스 조이스 풍의 소설로, 남부 지주 계급의 퇴폐와 붕괴를 연대기 방식으로 그려 낸 작품인 윌리엄 포크너의 『음향과 분노』는 모옌 소설의 환상적 분위기를 조성하는 데 일조했다. 모옌은 「백구와 그네」에 나오는 '순종'이라는 단어와 백구의 이미지는 가와바타 야스나리의 『설국』을 읽으며 모티브를 얻은 것이라고 말했다. 이외에도 황당한 변신이나 전환을 즐겨 그리는 그의 소설은 카프카의 『변신』에서 주인공이 흉측한 벌레로 변하는 것과 유사하다. 다만 카프카가 이를 통해 실존의 불안을 그리고자 했다면 모옌은 오히려 만물 정령을 통해 사물에 생명을 불어넣고 있다는 점이 다를 뿐이다.

이렇게 일련의 과정을 거치면서 그는 서서히 문학적 상상력의 터전으로서 자신만의 가오미 둥베이향을 찾아가고 있었던 것이다. 일단 본향을 찾은 그는 한 편의 소설을 쓰는 동안 다른 몇 편의 소설을 구상할 정도로 왕성한 창작 욕구에 사로잡혀 작품을 써 내려갔다고 한다. 1984년부터 1987년까지 사년 동안 대략 1백만 자의 소설을 썼다고 하니 그럴 만도 하다. 본서에 실린 단편 소설 가운데 당시에 쓴 작품들이 적지 않다. 이렇게 본다면, 그가 자신의 문학적 본향을 마련하여 가장 열정적으로 창작에 임했던 시기의 작품들이 바로 이 책에 실렸다고 할 수 있다.

2012년 스웨덴 왕립 과학원 노벨 위원회는 모옌에게 노벨 문학상을 수여하게 된 이유를 설명하면서, "환각 리얼리즘(hallucinatory realism)을 민간 구전 문학과 역사 그리고 동시대와 융합시켰다."라고 말한 바 있다. 이른바 '환각 리얼리즘'은 때로 환상적 리얼리즘 또는 환상적 현실주의라고 번역되는데, 오히려 '환각 현실주의'라고 해야 그 함의가 보다 분명해지며, 아울러 서구의 시각을 극명하게 드러낼 수 있다. 그들의 주장은 모옌의 소설이 마르케스 등이 보여 준 것같이 꿈이나 환상을 중요 내용으로 하는 마술적 리얼리즘의 한 형태라는 뜻이다. 필자가 생각하기에 환각 현실주의라는 말은 지나치게 서구적인 발상이다. 모옌이 스스로 말하고 있다시피 마르케스를 비롯한 여러 서구 작가나 가와바타 야스나리를 포함한 일본 작가의 영향을 받은 것은 분명한 사실이다. 하지만 그에게는 또 다른 부분이 존재한다.

그 하나는 중국의 전통적인 전설과 괴담에 관한 것이고, 다른 하나는 그가 중국 설화인(說話人)의 전통을 이어받은 것처럼 끊임없이 이야기를 토설할 수 있는 막강한 입심을 지니고 있다는 점이다. 모옌은 자신의 단편 소설 선집 제목을 『포송령을 학습하다(學習蒲松齡)』(2011년 출간되었으나 그 이전의 작품들을 모은 선집이다.)로 정했다. 이는 단편 소설의 제목이기도 하다. 실제로 포송령의 고향인 쯔보는 모옌의 고향인 가오미와 그리 멀지 않은 곳에 있으며, 그는 어린 시절 포송령의 소설 『요재지이』에 나오는 이야기를 들으며 자랐다. 모옌은 「포송령을 학습하다」에서 『요재』에 나오는 암쥐의 요정 아섬

이야기가 그 책에서 자신의 고향인 가오미를 배경으로 한 유일한 작품이라고 하면서, 어쩌면 자신의 할아버지의 할아버지, 또 그 할아버지의 할아버지인 먼 조상이 포송령에게 이야기해준 것일 수도 있다고 말했다.

어린 시절부터 책 읽기를 즐겼다는 모옌은『요재지이』외에도 삽도본 신마(神魔) 소설『봉신연의』를 비롯하여『삼국연의』,『수호전』,『유림외사』를 탐독했으며, 춘절 전후로 마을 사람들이 연희하던 '쓰라린 과거를 회상하는 연극(憶苦戲)'인『혈해심구』,『삼세구』를 열심히 구경하곤 했다. 어린 시절 그의 독서 기행은 사회주의 역사 소설인『강철은 어떻게 단련되는가』를 읽은 후 '문화대혁명'이 폭발하면서 끝나지만, 그 기간에 이루어진 재미있고 흥미로운 이야기 기행이 이후 그의 문학적 원천이 되고 가오미 둥베이향을 흥미롭고 아름답게 꾸미는 근원이 되었다. 그리하여 그의 고향은 그에게 온갖 이야기가 주절거리며 흘러나오는 곳이 되었으며, 이를 문학적 본향으로 삼은 그는 흘러나오는 이야기를 끈기 있게 차근차근 담아내고 있는 것이다.

이렇게 본다면 그 스스로 영향 관계를 한곳으로 몰고 있는 것이 아님을 쉽게 짐작할 수 있다. 실제로 문학을 포함한 인문학, 아니 모든 학문은 학습과 모방에서 시작된다. 문제는 그것으로 끝나는가 아니면 새로운 창조가 이루어지느냐 여부에 있다. 모옌은 탐색과 모방을 거쳐 새로운 보금자리인 가오미 둥베이향을 만듦으로써 그만의 창조성을 확보했다.

마지막으로 거론할 작품은「창안대로 위의 나귀 타는 미

인」이다. 이 작품은 특이하다. 현실에서 일어난 일 같기도 하고, 전혀 불가능한 일인 것 같기도 하다. 무엇인가를 이야기하고 있는 듯한데, 정확하게 무엇인지 알기 힘들다. 혹자는 인간이란 황당한 환경에서 살아가는 터무니없는 존재라는 것을 보여주면서 어떻게 이런 환경 속에서 벗어날 수 있는가를 이야기하고 있다고 말한다. 물론 그럴 수 있다. 그런데 필자는 생각이 조금 다르다. 어느 날 문득 버스를 타고 창안대로를 달리면서 이런 생각이 들었다.

창안대로는 동서 양방향으로 이어진 중국의 수도 베이징의 중심 도로이다. 그 북쪽으로 고궁 천안문, 남쪽으로 천안문 광장이 자리한다. 고궁 서쪽으로 조금만 가면 중해와 남해의 합칭인 중남해(中南海)의 남문이 나타난다. 예전 서원(西苑)으로 역대 황제가 행궁이나 연회를 즐기던 곳이다. 지금은 중국 공산당 중앙위원회, 국무원, 중공중앙 서기처, 중공중앙 판공청 등 당과 국가 기관 사무실이 몰려 있는 곳이자 중국 최고 지도자들이 거주하는 곳이기도 하다. 국빈이 방문하면 묵는다는 조어대(釣魚臺) 역시 그 안에 있다. 때로 누군가 높은 분이 창안대로를 달려 중남해 남문으로 들어갈 때면 그 넓은 창안대로의 남북 방향 도로가 모두 막히고 항상 차량으로 가득하던 창안대로가 뻥 뚫린, 말 그대로 '대로'가 된다. 달리는 사람은 기분이 좋겠지만 기다리는 사람은 불편하다. 그날도 나는 불편한 마음으로 누군가가 열심히 달려가기를 기다리고 있었다. 그때 문득 생각난 것이 바로 창안대로 위의 나귀 타는 미인이었다. 나귀를 탄다는 말인 '기려(騎驢)'에는 '중간에서 이

익을 취한다.'라는 뜻도 있다. 바람처럼 창안대로를 스쳐 지나가는 검은 세단이 바로 나귀를 탄 미인처럼 느껴졌다.

물론 모옌의 창작 의도가 이러했는지는 알 수 없다. 다만 그 작품의 마지막 대목인 "흰말이 꼬리를 들더니 열댓 개의 똥 덩어리가 떨어졌다. 검은 나귀가 꼬리를 들더니 열댓 개의 똥 덩어리가 떨어졌다."를 떠올리니 절로 웃음이 터졌다.

나는 모옌의 끝없이 이어지는 입심이 부럽다. 2011년 어느 날 베이징 어딘가에서 만났을 때도 그런 느낌이 들었다. 앞으로 그의 입심이 또 어떤 이야기를 토해 낼 것인지 궁금하다.

노벨 문학상 수상 이후 그는 한동안 만나기조차 힘들 정도로 바쁜 생활을 하다가 이제는 소설 창작에 전념하겠다는 이야기를 들은 적이 있다. 아마도 그럴 것이다. 도처에서 성가실 정도로 들려오는 환호성에 정신이 없었겠으나 '막언(莫言)'이라는 그의 필명에서 볼 수 있듯이, 말로 하지 않고 글로 쓰겠다는 그의 의지와 열정이 여전하리라 생각하기 때문이다. '반부패(反腐敗)'에 관한 내용이라는 다음 작품이 기다려진다.

오래 기다려 준 민음사 편집부에 감사의 뜻을 전한다. 언제나 그렇듯이 책은 저자, 역자와 편집자가 함께 만드는 것이다.

2016년 9월

심규호

작가 연보

1955년   2월 17일 중국 산둥성 가오미현 허야구 다란향 핑안 촌의 농민 가정에서 3남 1녀의 막내로 출생. 본명은 관모예(管謨業).

1961년   다란 중심 소학교 입학.

1966년   중앙 정부가 '5.16' 통지를 발표하면서 문화대혁명 시작. 모옌은 학교 선생님, 동학들과 함께 그 당시 베이징의 대표적 지식인 그룹이었던 '삼가촌(三家村)'을 비판하는 대자보를 씀.

1967년   큰형이 가지고 온 조반파(造反派)의 전단에 영향을 받아, 학교에서 조반에 참가. 교사를 '노예주'라고 매도하고 교과 과정표를 찢으며 전투대를 만듦. 이 사건으로 인해 학교에서 제적.

1968년   생산대 사원이 되어, 목지에서 풀을 베고 소를 기르

는 등의 일을 함. 자오허의 홍수 방지댐 건설에 참가
했다가 너무 배가 고파 무를 훔쳐 먹다 걸려 마오쩌
둥 주석 동상 앞에 무릎을 꿇고 앉아 사죄.

1970년   허야 공사 식품부에서 판매한 소고기가 변질되어
304명이 식중독에 걸리고 1명 사망. 이는 소설『소
(牛)』의 소재가 됨.

1973년   자오차이허 준설 공사에 참가. 이는 소설『교채하반
(膠菜河畔)』의 소재가 됨. 처음으로 입대 원서를 내고
체력 검사에 합격했으나 허가를 받지 못함. 가오미현
면유(棉油) 가공 공장에서 임시 노동자로 일함.

1976년   저우언라이 총리가 사망하고 천안문 사건이 발생. 세
번의 신청 끝에 인민해방군에 입대.

1978년   소설 창작 연습을 시작. 소설「엄마의 이야기(媽媽的
故事)」, 희곡「이혼」등을 썼으나 스스로 불태워 버림.

1979년   두친란(杜芹蘭)과 결혼. 대약진 운동을 소재로 한 단
편「소외(異化)」를 집필. 부대에서 보밀원, 정치교원
등으로 근무하면서 소설「재난의 여파」, 「시끌벅적한
극단(鬧戲班)」등을 썼으나 모두 불태워 버림.

1980년   정식 공산당원이 됨.

1981년   문학 격월간지《연지(蓮池)》에 첫 번째 단편「봄밤에
비는 부슬부슬 내리고(春夜雨霏霏)」를 발표하면서
등단. 딸 샤오샤오(笑笑) 출생.

1982년   《연지》에 단편「못생긴 병사(醜兵)」, 「아이를 위하여
(爲了孩子)」발표.

1983년 《연지》에 단편 「수면대로(售棉大路)」, 「민간음악(民間音樂)」 발표.

1984년 《장성(長城)》에 단편 「섬 위의 바람(島上的風)」, 「비 오는 강(雨中的河)」 발표. 《무명문학(無名問學)》에 「금빛 날개 잉어(金翅鯉魚)」, 「오리를 놓아주다(放鴨)」 발표. 《해방군문예》에 발표한 중편 「검은 모래 사장(黑沙灘)」으로 올해의 우수 소설상 수상. 《소설 창작》에 「큰바람(大風)」 발표. 해방군 예술학원 문학 과에 입학. 중편 「황금색 빨간 무」에 대해 루쉰 문학 상 수상 작가 쉬화이중(徐懷中)이 크게 찬사를 보내 며, 제목을 「투명한 빨간 무」로 개작하고 《중국작가》 에 추천.

1985년 《중국작가》에 중편 「투명한 빨간 무」가 발표되면 서 큰 반향을 일으킴. 《북경문학》에 단편 「마른 강 (枯河)」이 발표되어 올해의 우수 소설상 수상. 「금발 의 어린아이(金髮嬰兒)」, 「구상섬전(球狀閃電)」, 「맷 돌(石磨)」, 「백구와 그네(白狗秋千架)」, 「낡은 총(老 槍)」, 「유수(流水)」, 「추수(秋水)」, 「세 마리 말(三匹 馬)」 등 발표.

1986년 「붉은 수수(紅高粱)」, 「고량주(高粱酒)」, 「고량빈(高 粱殯)」, 「구도(狗道)」, 「기사(奇死)」 등 붉은 수수 연 작 발표. 그 가운데 「붉은 수수」가 《소설선간(小說選 刊)》, 《중편소설선간(中篇小說選刊)》, 《중화문적(中華 文摘)》 등에 연재되었으며 제4회 전국 우수 중편 소설상을 수상함.《인민문학》에 「폭발(爆炸)」,《청년문학》에 「짚신 토굴(草鞋窨子)」 발표. 첫 번째 소설집 『투명한 빨간 무』 출간. 중국 작가협회 가입. 해방군 예술학원 졸업.

1987년 「붉은 수수」로 제4회 전국 중편 소설상 수상. 중편 「환락」, 「붉은 누리(紅蝗)」, 「죄과(罪過)」, 「영아 유기(棄嬰)」, 「비정(飛艇)」 등 발표. '붉은 수수' 연작을 『홍까오량 가족(紅高粱家族)』으로 묶어 출간.《인민일보》에 르포 문학 「가오미의 빛(高密之光)」, 「가오미의 별(高密之星)」, 「가오미의 꿈(高密之夢)」 발표.

1988년 중편 「붉은 수수」를 모티브로 한 장이머우 감독의 영화 「붉은 수수밭」이 베를린 국제 영화제에서 황금곰상 수상.《시월(十月)》에 장편 「톈탕 마을 마늘종 노래(天堂蒜薹之歌)」 발표. 산둥 대학과 산둥 사범 대학 공동 주최로 가오미에서 '모옌 창작 심포지엄' 개최. 산둥 대학교 출판부에서 심포지엄 관련 논문집 『모옌 연구 자료』 출간. 베이징 사범 대학교와 루쉰 문학원이 공동으로 주관하는 '창작연구생반' 입학. 소설집 『폭발(爆炸)』 출간. 작가출판사에서 장편 소설 『열세 걸음(十三步)』 출간. 「장미 향기가 코를 찌르고(玫瑰香氣扑鼻)」, 「고양이 양육 전문 농가(養猫專業戶)」, 「말을 몰아 늪을 가로지르다(馬驅橫穿沼澤)」 등 발표. '글로만 쓸 뿐 말로 하지 않는다.'는 뜻의 모옌(莫言)을 필명으로 사용하기 시작함.

1989년	「백구와 그네」로 대만《연합보(聯合報)》소설상 수상. 작가출판사에서 중·단편 소설집『환락 13장(歡樂十三章)』출간.
1990년	문학 석사 학위 취득. 소령 진급.
1991년	「붉은 귀(紅耳朶)」, 「꽃을 품은 여인(懷抱鮮花的女人)」, 「사람과 짐승(人與獸)」 등 발표. 말레이시아《남양상보(南洋商報)》, 《성주일보(星洲日報)》, 타이완《중국시보》, 《연합문학》 등에 「나는 새(飛鳥)」, 「한밤의 게잡이(夜漁)」, 「신표(神嫖)」, 「어시장(魚市)」, 「양의(良醫)」 등 발표. 중·단편 소설집『흰 목화(白棉花)』출간.
1992년	「고모의 보도(姑母的寶刀)」, 「모식과 원형(模式與原型)」, 「몽경과 잡종(夢境與雜種)」, 「유머와 취미(幽默與趣味)」, 「마비된 아이(麻風的兒子)」 등 발표.
1993년	호남 문예출판사에서 장편『술의 나라』출간.『꽃을 품은 여인』, 『풀 먹는 가족(食草家族)』, 『신의 한담(神聊)』출간.
1994년	단편 소설집『묘사회췌(猫事薈萃)』출간.
1995년	장편『풍유비둔(豊乳肥臀)』집필 후 잡지《대가(大家)》에 연재하면서 찬반양론의 반향을 일으킴.
1996년	작가출판사에서 모옌 문집 다섯 권 출간. '대가, 홍하(紅河) 문학상' 수상.『풍유비둔』을 각색한 영화「태양은 귀가 있다(太陽有耳)」가 베를린 국제 영화제에서 은곰상 수상.

1997년	창작 희곡「패왕별희(覇王別姬)」(공동 집필) 발표. 최고인민검찰원 소속《검찰일보》에 입사.
1998년	산문집『노래를 부르는 담장(會唱歌的牆)』출간. 반부패를 소재로 한 18부작 연속극「붉은 숲(紅樹林)」집필.「메뚜기 괴담」,「백양 숲의 전투(白楊林裏的戰鬪)」,「은행나무에 거꾸로 매달린 이리(一匹倒掛在杏樹上的狼)」,「창안대로 위의 나귀 타는 미인(長安大道上的騎驢美人)」등 발표.
1999년	《수확》에 중편「사부님은 갈수록 유머러스해진다(師傅越來越幽默)」발표. 연속극을 개작한 장편 소설『붉은 숲』출간. 소설집『창안대로 위의 나귀 타는 미인』출간.「우리의 일곱 번째 아저씨(我們的七叔)」,「사령관의 여인(司令的女人)」,「장보도(藏寶圖)」,「아이의 적(兒子的敵人)」,「심원(沈園)」등 발표.
2000년	「사부님은 갈수록 유머러스해진다」가 장이머우 감독에 의해「행복한 날들」로 영화화.『붉은 수수』가《아주주간》이 선정한 '20세기 100대 중국 소설'에 선정.『모옌 단편 소설 정선(莫言小說精短系列)』(3권),『모옌 산문』출간. 단편「후미족」,「천화난타(天花亂墜)」,「빙설 미인(氷雪美人)」등 발표.『술의 나라』로 프랑스 로르 바타용 문학상 수상.
2001년	장편『단향형(檀香刑)』출간. 타이완《연합보》'2001년 10대 좋은 책'에 선정.『그릇 속의 서사(籠中敍事)』(『열세 걸음』,『환락』,『빙설 미인』합본) 출간. 제6차

중국 작가 대표 대회에 참가하여 중국 작가 협회 전국 위원회 위원에 피선.

2002년   일본 NHK 방송국의 '21세기 인물'로 선정. 단편 소설집『엄지 수갑(拇指銬)』출간. 산문집『맑은 정신의 환상가(淸醒的說夢者)』,『어떤 냄새가 가장 아름다운가(什麼氣味最美好)』출간.

2003년   『단향형』으로 제1회 정균(鼎鈞) 문학상 수상.『사십일포(四十一炮)』출간.『백구와 그네』를 영화화한「난(暖)」이 도쿄 국제 영화제 황금기린상 수상.

2004년   단편「큰 주둥이(大嘴)」,「보통화(普通話)」,「토기 사육 수첩(養兎手冊)」,「마비녀의 연인(麻風女的情人)」발표. 프랑스 중국도서전에 참가하여 프랑스 문화예술 기사 훈장 수상.「달빛을 베다(月光斬)」가《인민문학》에 발표되어 '마오타이배상(茅台杯獎)' 수상.

2005년   이탈리아 노니노 문학상 수상. 한국 대산문화재단 주최 세계문학포럼 참석. 홍콩 공개(公开) 대학교 명예 문학 박사 학위 취득.

2006년   작가출판사에서 장편『인생은 고달파』출간. 후쿠오카 아시아문화상 대상 수상.『달빛을 베다』,『인생은 고달파(生死疲勞)』출간. 제7차 중국 작가 대표 대회에 참가하여 전원 일치로 주석단 위원에 피선.

2007년   중국 문학 평론가 10인이 뽑은 '중국 최고의 작가' 1위에 선정. 해천(海天)출판사에서 산문집『말해 봐, 모엔(說吧, 莫言)』출간. 한중 교류 15주년 기념 '한중 문학인 대회'에 참석하기 위해 중국 작가 22명과 함께 서울과 전주 방문 및 강연.

2008년 『인생은 고달파』로 홍콩 침회(浸會) 대학교 문학원이 주관하는 제2회 '홍루몽 상' 수상.

2009년 독일 프랑크푸르트 도서전 개막식 강연. 상해 문예출판사에서 『개구리(蛙)』출간.

2011년 한국 만해대상(萬海大賞) 수상. 『개구리』로 제8회 마오둔(茅盾) 문학상 수상. 청도 과학기술 대학교 객원 교수로 초빙. 중국 작가 협회 제8회 전국 위원회 제1차 전체 회의에서 부주석에 피선.

2012년 노벨 문학상 수상. 화둥 사범 대학교 겸직 교수 초빙. 극본 「우리의 형가(我們的荊軻)」로 전국 연극 문화상 편집상 수상.

2013년 문학 창작자 육성을 위한 '사이버 문학 대학교'의 명예 학장에 임명.

2014년 마카오 대학교 명예 박사 학위 취득.

세계문학전집 **345**

모옌 중단편선

1판 1쇄 펴냄 2016년 9월 30일
1판 8쇄 펴냄 2023년 11월 21일

지은이 모옌
옮긴이 심규호, 유소영
발행인 박근섭, 박상준
펴낸곳 (주)민음사

출판등록 1966. 5. 19. (제 16-490호)
서울특별시 강남구 도산대로1길 62(신사동) 강남출판문화센터 5층 (우편번호 06027)
대표전화 02-515-2000 팩시밀리 02-515-2007
www.minumsa.com

한국어 판 ⓒ (주)민음사, 2016. Printed in Seoul, Korea

ISBN 978-89-374-6345-7 04800
ISBN 978-89-374-6000-5 (세트)

* 잘못 만들어진 책은 구입처에서 교환해 드립니다.

세계문학전집 목록

세계문학전집은 계속 간행됩니다.